寧齋序跋集

金雲銘◎撰　陳旭東◎整理

人民出版社

本書出版得到福建省財政廳專項經費支持

金雲銘（1904—1987）

作者簡介

金雲銘（1904—1987），號寧齋，福州人。私立福建協和大學社會學學士，美國哥倫比亞大學圖書館學碩士，著名圖書館學家、歷史學家。歷任私立福建協和大學圖書館主任、福建師範學院圖書館副館長、福建師範大學圖書館館長，校外語系、歷史系教授。從事圖書館工作近六十年，爲中國近現代圖書館事業的開拓與實踐作出不懈的努力，尤其爲福建師範大學及其前身校圖書館的發展與壯大，付出畢生的心血。編有《中國圖書分類法》，著有《陳第年譜》及《鄭和下西洋年月考證》等具有國際影響力學術論文，並有《廬山吟草》等詩集多種。

内容簡介

《寧齋序跋集》二卷《外編》一卷《補遺》一卷，金雲銘撰。全書共收録序跋二百二十餘篇。除各書序，其餘爲作者整理福建師範大學圖書館藏本時所撰題跋。其中又以螺洲陳氏五樓（陳寶琛）舊藏爲主，居十之八九。題跋仿《四庫全書總目提要》例，分別載明作者之姓名爵里，朝代經歷，或著其書之源流旨要，或敘其書之版刻綱目，間亦參考諸家之評語考證等，其中偶及傳抄轉録之緣由、經過。書後附作者手書題跋二十餘篇。作爲一部文獻學著作，讀者可藉此瞭解福建師範大學圖書館館藏乃至螺洲陳氏藏書之特色與價值，亦可見作者之學術涵養、職業操守與奉獻精神，而有所取資。

序

寧齋金雲銘（1904—1987）先生，是我素爲敬仰的前輩尊長。還在學生時代，就從先師鄭益齋寶謙（1938—2014）先生及恩師方寶川教授那裡，聽到許多關於他的軼事。其中印象比較深刻的有：一，先生退休在家，某某到家中請益，告以當往本校圖書館古籍庫查閱某架某排第幾函某書，嗣後查檢，分毫不爽，且屢次如驗；二，先生身後，家中無一幀字畫，無一紙秘笈。這兩件事反映出的，一是先生業務之精熟，二是先生品德的高尚。這在先生固爲平常，而在今日則實有可稱道者。

先生一生坐擁書城六十載，由魁岐而邵武，再由邵武而魁岐，而倉前，而长安山，歷任福建協和大學、福建師範學院、福建師範大學圖書館主任、副館長、館長。中經日寇飛機的轟炸，無賴流氓的搶掠，歷次運動的干擾，作爲親歷者，長時間的主事者，苦心經營，將圖書館藏書從初始的幾萬册擴充到一百五十萬册，其中的艱辛非常人所能想象。以今天二十多萬册的古籍藏書來説，部分係先生多方奔走、極力洽談舊家如螺洲陳氏（陳寶琛家族）、福州李氏（李作梅家族）所捐藏，部分係先生親赴北京、上海、蘇州的古籍書店而購藏，部分則是先生有計劃地從全國各大圖書館乃至民間抄録、翻拍、複製而入藏。如果説首任校長陳弢庵先生秉持“藏於私不如藏於公”的理念，將家藏圖籍贈予福建協和大學及其他公共藏書單位，開啟閩中私家藏書捐贈公藏的風氣，促成福建近代圖書館事業的繁榮，也奠定福建師範大學圖書館今天作爲全國知名古籍收藏單位的基石，有肇創之功，那麼以金先生爲代表的老一輩圖書館同仁，在百年的風雨歲月中，歷盡艱難，開拓進取，豈不是同樣也值得大書特書？

一九三二年，陳家貽贈私立福建協和大學二萬餘册八萬多卷舊籍，学校專門成立陳氏書庫庋藏。先生窮數月之力，爬梳抉剔，探討搜求，先後撰寫《本校陳氏書庫福建人集部著述解題》、《福建協和大學陳氏書庫所藏清代禁書述略》等文章，利導學者開展本校特色的福建文化研究。一九三八年，學校北遷邵武，至邵後，“擾攘數月，部署方定，乃亟謀蒐羅閩北方志，藉以賡續研究本省文化之工作”（《咸豐邵武縣志跋》）。先生所念念不忘的圖書建設，自始至終，是貫徹服務好學術研究與教學的宗旨。又如，從一九五七年起，先生主持大量收集、購買古今名人字畫和金石拓片，則是爲了配合藝術系師生教學的需要，而這又恰好構成今天的又一大館藏特色。凡此種種，即以精專的業務能力，大公無私的奉獻精神，理當如此的行爲自覺，何事不可成呢？

開創進取不易，守成發展尤難。今天我們幾無可能在古籍典藏方面超越金先生一輩而做得更爲出色。但全方位、專業、精細地服務於學校的教學與科研，則是爲我們今天該守、能守的方寸。這一點上，我們很好地繼承了先生所提倡的讀者至上的傳統。海內外學者每每到館查閱資料，總有賓至如歸的感受。但若限於斯，亦僅是死守而已。只是取書與上架，何以應對來自外部的顯性艱難？即作爲學術性機構的圖書館，被短視者目爲可有可無的後勤單位，左右掣肘。更如何談起從內部脱繭而出？

先生早年曾考察全國各地六十多所著名圖書館以及美國尤其是紐約市各大圖書館，後撰文指出："在當今的世界上，凡是圖書館事業落後的國家，他的科學文化水平大抵是不高的。"（《書城六十載憶舊録》）這其實已成今天學術界共識。對國家如此，對學校何嘗不是？福建師範大學的發展，已踏上新百年征程的第十個年頭。我們正前行在路上！

值此建校一百一十週年之際，整理出版《寧齋序跋集》，以紀念金先生；同時也是激勵，見賢而思齊焉。

是爲序。

二〇一七年八月十八日清晨，陳旭東識於漳浦村舍。

整理説明

《寧齋序跋集》上下二册，金雲銘先生撰，先生晚年親自手訂，余質先生謄録。稿原藏於家，今捐藏福建師範大學圖書館。該集收録先生所撰序跋九十五篇，其中序六篇，跋八十九篇。所收録序跋主要來源有：一爲《本校陳氏書庫福建人集部著述解題》（福建協和大學編《協大學術》一九三五年第三卷），二十篇；二爲《福建協和大學陳氏書庫所藏清代禁書述略》（福建協和大學編《福建文化》第二十八期，即一九四一年第一卷第一期），四十八篇；三爲校核館藏抄本時所撰寫提要，二十一篇，手稿或過録稿今多存館藏各抄本卷首或書後；四爲自撰各書序言，六篇，除《陳一齋先生年譜序》已公開發表（見《陳第年譜》書前，福建協和大學福建文化研究會，一九四六年），餘均爲未刊稿。此次整理，以金先生手訂稿爲底本，並以四個來源已刊或未刊稿爲參校本。易上下册爲上下卷，計上卷收録四十二篇，下卷收録五十三篇。序次大體依原稿，唯將上卷《正氣堂集跋》後《陳一齋先生年譜序》，移至下卷《湖上吟草自序》前，使序跋秩然有別。又因上卷《續表忠記跋》與下卷《寄園寄所寄跋》同爲趙吉士所撰，趙吉士生平簡介在《寄園寄所寄跋》，遂將《寄園寄所寄跋》從下卷調至《續表忠記跋》前，庶免淆亂。經此微調，上下卷收録篇數亦未變。是爲正編。

《本校陳氏書庫福建人集部著述解題》共收録一百四十篇（唐人著述五篇，宋人著述十五篇，元人著述二篇，明人著述二十五篇，清人著述七十五篇，總集及詩話十八篇），正編已收録者二十篇（凡唐人著述一篇，宋人著述二篇，明人著述三篇，清人著述十一篇，總集及詩話三篇），茲將其餘一百二十篇作爲《外編》。其中《崇相集》、《曹大理集》、《寒支集》、《天潮閣集》等書解題，正編已有同題篇目，但因內容詳略各異，故仍予收録。每篇依正編例，各擬篇名。前後排序則如舊，唯不再按朝代與總集及詩話分類，僅於作者前冠以朝代，不一一註明。又《福建協和大學陳氏書庫所藏清代禁書述略》共載四十九篇，除《袁中郎全集跋》外，正編均已收録。大概因《袁中郎全集跋》文中著録版本有不妥帖之處，金先生以故不收。今核對原書，略爲訂正，補收於《葉向高集跋》後。又，《本校陳氏書庫福建人集部著述解題》、《福建協和大學陳氏書庫所藏清代禁書述略》篇首原各有小序，《福建協和大學陳氏書庫所藏清代禁書述略》末有後記，或交代撰著緣起，或敘述刊行經過，今均予收録，置編末，參考文獻并繫焉。總此，該編收録一百二十四篇，都爲一卷。是爲外編。

此外，筆者十餘年間先後在書庫中發現金先生題跋九篇，或爲先生手書，或爲抄胥所過録，均具有較大學術價值。大概因先生未留底稿，晚年手訂序跋集時因此闕收。又先生晚年曾爲鄭寶謙先生《福建舊方志綜録》作“指導勗勉之語”，《福建舊方志綜録》出版時以此弁諸簡端，今亦一并收録。總此，凡十篇，以撰寫先後編爲一卷。是爲補遺。

先生幼承母教，五六歲即受書學。七歲入私塾，接受傳統教育，打下舊學根基。此後六十年職業生涯中，長期與古代典籍打交道，耳聞目睹，浸染日深。所以先生雖不以書名家，然信筆所書，皆有可觀。今謹將所輯得手書題跋二十餘篇，依正文次序附於書後，以見其概。中間數篇過録稿，讀者自能鑒别。是爲附録。

上世紀五六十年代，一些老先生曾到圖書館請求幫助。先生遂請善書者數人，到館抄書，日給酬勞。此舉一方面可以豐富館藏，一方面使老先生們得以維持生計，公私兩便。余質先生與焉。先生晚年整理舊作，余質先生代爲謄抄，蓋感念先生舊日之情誼也。惟二人屆耄耋之年，書稿雖已經初校，但仍不免訛奪之處。此次整理，底本中明顯的錯别字，逕改而不出校。生僻的異體字、俗體字，在不影響字意的情況下，酌情改爲正體字，不出校。全書採用新式標點，與底本不同者逕改，不出校。其餘各種校改，一一於校注中説明，此不贅述。

因限於見聞，囿於學識，此次整理當尚多疏漏，且恐新增謬舛，祈請方家惠教。

目録

寧齋序跋集卷下 / 073

寧齋序跋集卷上

徐正字集跋[①]

《徐正字集》四卷，唐徐寅作。寅字昭夢，莆田人。博學經史，尤長於賦。舉乾寧進士，才思敏絕，授正字。遊大梁，以賦謁朱全忠。全忠時與李克用有恨，寅句有“一眼胡奴望英風而膽落”，蓋指克用也。全忠大喜，酬以縑五百。時海內多故，乃回閩，依王審知掌書記。克用子李存勗，因閩使問寅，謂其指斥先帝（克用），諷審知欲殺之。寅遂與妻月君偕隱以終。茲集四卷，亦爲福鼎王遐春所刻唐四家之一。存賦一卷，計七首；詩三卷，計二百六十餘首；附録一卷，輯諸書之關於寅者八則，王學貞有書後一篇。《四庫總目》謂“寅所著有《探龍》、《釣磯》二集，共五卷，目《唐書·藝文志》已不著録，諸家書目亦不載其名，意當時即散佚不傳。此福建巡撫採進本，僅存賦二卷計八首，各種詩計二百六十八首，蓋其後裔從《唐音統籤》、《文苑英華》諸書裒輯成篇，附刻家乘之後，已非五卷之舊矣”云云。今集卷數又略異，亦無所謂《御溝水》、《人生幾何》等賦，疑另爲別行本。

① 《本校陳氏書庫福建人集部著述解題》收録。

校輯了齋文集跋[①] 一九六〇年十二月卅一日

宋陳瓘（1062—1126）《了齋集》,《宋史·藝文志》作四十卷，《直齋書録解題》作四十二卷，而《郡齋讀書志》、《文獻通考》等均作三十卷。宋有刻板,《石遺室書目》引《帶經堂書目》云:“元明以來未有刊本，明抄本從宋槧本出。”楊士奇編《明書經籍志》時，尚及見內府所僅存之十册，蓋即宋槧也。清以來即此孤本亦未有傳之者，故乾隆修《四庫》時，並存目而無之。本年夏間，黄蔭亭先生持其友陳君世鎔所輯《了齋集目録》初稿，來館洽編成書，以便參考。乃按圖索驥，並補充其失收之目，綴拾其遺文軼事數十百篇，釐成八卷。較之原書所佚尚多，但亦可嘗鼎一臠耳。了翁仕於北宋哲宗、徽宗間，惡蔡京、蔡卞之奸，章疏十上，攻擊不遺餘力；對卞黨之欲毁司馬光《資治通鑑》一事，維護甚力。今觀其文，雖其間對王安石政見不無迂闊之處，但敢諫直言。汪應辰序其集，以爲“出死力攻權奸者，天下一人而已”。其後雖遭流竄以死，而立朝行己之概，亦可流露於寸珪尺璧之中，使後之學者讀其奏議而想

① 又，手稿存館藏抄本《了齋文集》卷首。文末署“福建師範學院圖書館識，一九六〇年十二月三十一日”。

其忠謇，讀其詩詞而知其逸致。第搜訪全書，使鄉賢遺文軼事更加完備，則有待於他日。此次除盡量就館存諸書中抄録外，尚有多篇係托浙江省圖書館從文瀾閣《四庫》諸本中抄出，使得成書，特此誌謝。

海録碎事跋[①] 一九六二年八月二十日

《海録碎事》，宋葉廷珪撰。廷珪字嗣忠，福建崇安人。政和進士，出知德興縣。紹興中，爲太常寺丞。與秦檜忤，以左朝請出知泉州。廷珪喜爲詩，多讀書，每聞異書，無不借讀，而擇其可作詩料者，手自抄録。積而久之，遂成數十大册，名曰《海録》。區其文成片段者爲《海録雜事》，其細碎如竹頭木屑者爲《海録碎事》，其未知故事所出者爲《海録未見事》。此外又有《海録事始》，記事物本原也;《海録警句》，録詩人佳句也;《海録本事詩》，輯詩之詠事跡者。獨《碎事》篇幅最多，分卷二十二，分部十六，分門五百八十有四，所據引各書間或不注出處者。刻本有明嘉靖間劉鳳校刊本，及萬曆己亥卓顯卿校刻本；此外尚有四庫抄本。今特由萬曆本迻録其首册。雖屬兔園獺祭之帙，然亦鄉賢遺著，聊一見其掇拾精勤之功耳。

① 又，手稿存館藏抄本《海録碎事》卷首。文末署“一九六二年八月二十日，金雲銘識”。

王著作集跋[①] 一九六二年十月廿五日

是集名《著作集》者，以王蘋曾官著作佐郎故也。原本四卷。南宋寶祐間，其曾孫思文取福清縣庠所藏寫本，刊於蘇州鄉賢祠，學遂得以傳。至明弘治三年，復由其十一世孫觀，掇拾後人跋語、像贊、祭文、輓詩及諸書中之傳、記、狀、劄，並以後所得先生之講學語録、門人所記問答等，釐爲八卷，再刻於吴郡。末有祝允明後序。今本係由文淵閣藏《四庫》寫本所迻録[②]，以其爲閩賢遺著，乃從傳鈔，並爲點校一過，藏之館中。

---

① 又，手稿存館藏抄本《王著作集》卷首。文末署“一九六二年十月廿五日，金雲銘記於病室”。

② 按，文淵閣《四庫》藏於臺灣“中央”圖書館。一九六〇年，本館校輯《了齋文集》，“尚有多篇係托浙江省圖書館從文瀾閣《四庫》諸本中抄出”，可見與浙江省圖書館有比較密切的聯繫。此當亦從文瀾閣本迻録，而非文淵閣。

晞髮集跋[①]

《晞髮集》十卷,《晞髮遺集》二卷,《補録》一卷，附《天地間集》、《冬青樹引注》、《西臺慟哭記注》諸篇，宋謝翱著。翱字皋羽，自號晞髮子，福安穆洋人，後徙浦城。咸淳初，試進士不第，慨然以古文倡作。時值元兵取宋，宋相文天祥走閩，檄州郡大舉勤王之師，翱傾家貲以從，遂參軍事。後天祥被執死，翱走吴越，依蒲陽江方鳳。嘗登會稽、吴會諸山，所至歔欷流涕。又浮七里瀨，登子陵釣臺，北向設文山位再拜而慟，以竹如意擊石作楚歌以招魂。又作《西臺慟哭記》一篇，一時義聲震海內。乙未以肺疾死，年四十七。其友爲葬之釣臺之南。茲集爲《宋鐃歌鼓吹曲》一卷,《宋騎吹曲》一卷，詩六卷，文二卷。其詩奇古，不作近代語；文尤嶄拔峭勁。本書版本甚多，茲所藏係光緒二年丙子葉紹桐依平湖陸大業重刻本所刻。首多葉紹桐序一篇，其他序傳碑跋等十四篇。末附《晞髮遺集補》二卷[②];《天地間集》詩二十首，爲翱所録者;《冬青樹引注》，則爲浦陽張丁撰，藍水漁人《冬青樹引重注》，並附録八則；又附張丁《登西臺慟哭記注》，末附各家評語數十則。

---

① 《本校陳氏書庫福建人集部著述解題》收録。

② "補"字疑衍。或當作"《晞髮遺集》二卷《補録》一卷"。

艾軒集跋①

《艾軒集》十卷，宋林光朝撰。光朝字謙之，號艾軒，莆田人。專心聖賢踐履之學，動必守禮。南渡後，以伊洛之學爲東南倡。隆興初，第進士。乾道五年，入爲秘書省正字，兼國史編修。九年，提點廣西刑獄。淳熙改元，移廣東。茶寇薄嶺南，光朝擊敗之，除中書舍人。後知婺州，引疾。提舉江州太平興國宫。五年五月六日卒，謚文節。兹所藏爲舊抄本，首有陳宓、劉克莊、林希逸諸序，爲詩一卷，文八卷，末一卷附録遺事及時人與之往還書札、祭祝文等。原集應作二十卷，此蓋鄭岳删定之本也。克莊稱其文高者，逼《檀弓》、《穀梁》平，猶與韓並驅。雖爲推崇之辭，然其文實與俗格迥殊。

① 《本校陳氏書庫福建人集部著述解題》收録。

閩中十才子詩跋[①]

《閩中十才子詩》三十卷，明福州袁表、馬熒輯。袁表字邦正，官至臨江通判。爲人耿介，嘗以事忤權貴繫獄，人嘆其直。長於詩歌，有《江南春集》。馬熒字用昭，與袁表相友善。十子者，曰福清林鴻，字子羽，官至膳部員外郎，晚致仕歸，閉門肆力爲詩，有《膳部集》；曰長樂陳亮，字景明，故元儒生也，累徵不出，自老山中，其詩沖澹，有陶孟風，作《儲玉齋集》；曰長樂高廷禮，字彦恢，工山水畫，有《嘯亭集》、《水天集》；曰閩縣王恭，字安中，採樵不仕，明文皇帝四年，強起至京，授翰林典籍，有《白雲樵唱》、《鳳臺清嘯》、《草澤狂歌》等集；曰閩縣唐泰，字亨仲，洪武間進士，官至陝西副使，有《善鳴集》；曰閩縣鄭定，字孟宣，有《澹齋集》，不傳；曰永福王偁，字孟敭，永樂初授翰林檢討，爲《永樂大典》總裁官，後以坐事繫獄死，有《虛舟集》；曰閩縣王褒，字中美，永樂間擢爲翰林修撰，協修《大典》，有《養靜集》；曰閩縣周玄，字微之，永樂中拜祠部尚書，有《宜秋集》，不傳；曰侯官黄玄，字玄之，爲泉州訓導，著詩若干卷，皆佚。十人皆明初

① 《本校陳氏書庫福建人集部著述解題》收録。

人，其集已不盡傳。此爲萬曆時所選，計林鴻詩五卷，陳亮四卷，高棅五卷，王恭五卷，唐泰一卷，鄭定一卷，王偁五卷[①]，王褒二卷，周玄一卷，黄玄一卷。其詩千篇一律，成閩中詩派。此編採擷菁華，存其梗概，尤可見一時之風氣焉。今集爲郭伯蒼據鄭杰注韓居本所刻。

① “五”，原脱，《本校陳氏書庫福建人集部著述解題》作“一”。查《閩中十子詩》，知王偁詩凡五卷。

正氣堂集跋[1]

《正氣堂集》十六卷，又《近稿》一卷，《鎮閩議稿》一卷，明俞大猷撰。大猷字志輔，號虚江，晉江人。《明史》本傳謂其少好讀書，習兵法。舉嘉靖十四年會試。除千戶，守禦金門。海寇頻發，上書監司論其事。監司怒其小校上書，杖之，奪其職。尚書毛伯温與論兵，奇其才，用爲汀漳守備。連破海賊，擢廣東都司。平峒賊交黎等有功，進參將。移浙東，屢以舟師破倭寇，先後殺倭四五千，時稱俞家軍，爲諸酋所憚。擢廣東總兵官，平惠、湖羣盜。又經略廣西，平古田獞，積寇盡除，威名震南服。改福建總兵、征蠻將軍，與戚繼光復興化城，共破海倭。其爲將廉，馭下有恩。萬曆初，因忤巡按李良臣，劾之，因奪職。卒，謚武襄。其用兵先計後戰，不貪近功。忠誠許國，老而彌篤，所在有大勳。武平、崖州、饒平皆爲祠祀。是集所收皆爲平賊時書、揭、疏、諭等，論用兵委曲、策劃經綸，較史爲詳。古人所謂經國之遠猷，不朽之盛事，皆於是集見之。道光二十一年味古書室刊本。

---

① 《本校陳氏書庫福建人集部著述解題》收録。

王伯穀集跋[①]

穉登字伯穀，其先世爲太原，遷吴郡，遂爲長洲人。生於嘉靖十四年，卒於萬曆四十年（1535—1612）。十歲能詩，名滿吴會。嘉靖四十三年（1564），遊京師，客大學士袁煒家，備受推崇。尋以父喪奔吴。袁相亦以事罷去，尋卒。隆慶丁卯（1567），再遊京師。時徐階當國，與袁煒有隙，或勸穉登勿言爲袁公客，不從，反大書其事，發爲文章，以報知遇，時人義之。吴中自文徵明後，風雅無定屬，穉嘗及其門，遙接其風，執詞壇之牛耳者三十餘年。萬曆中，徵修國史，未上而史局罷。卒年七十八。嘉靖、萬曆間，詩文主復古，以王世貞、李攀龍爲最，所謂“後七子”。與“前七子”何（景明）李（夢陽）派，遙相號召。其詩文貌爲秦漢，聱牙戟口，讀者至不能終篇。而王穉登、徐渭（文長）等非之，排詆甚力。自創清新輕俊之體，詆諆復古派，開公安、竟陵派之先導。其流風所播，迄於清初乾隆之際。文既日麗，麗則必靡，靡則救之以質。於是桐城派古文辭乃應運而起，明末之公安、竟陵體竟被排斥以盡，其遺著且列懸爲厲禁。百穀之集乃亦遭列禁書（乾隆四十七

① 《福建協和大學陳氏書庫所藏清代禁書述略》原題:《王伯穀集》十四卷，六册，清王穉登撰，明刻本。

年《禁書總目》),《四庫》不録，故傳世絕少。茲所存者計有六種：曰《金昌集》，分四卷，大抵爲辛酉至癸亥間（1561—1563）在吴郡金昌時所作。首列明沈堯俞、黄姬水二序，內容大抵爲友朋酬答之詩文。曰《燕市集》，分二卷，上卷則爲甲子（1546）初至京師所作，下卷則係丁卯（1567）再遊燕京之作品。首有自序及朱察卿序，所以紀袁相國相知之恩也。末有“隆慶庚午三月，靖江縣朱宅快閣雕本”字樣。曰《客越志》，分二卷。上卷爲文，蓋敘其於丙寅夏間（1566）赴茲溪弔袁相國之喪。當是時，人多莫敢名爲袁公門下，獨百穀絮酒冒暑，兩奔其喪，爲經紀其遺文以歸，時人重其風義。計所歷有嘉興、杭州、紹興、寧波諸郡。下卷爲詩，則紀其所歷諸地風光之紀勝也。卷首有王世貞、童佩、朱察卿三序，末有“延陵吴氏蕭疏齋雕”字樣。曰《明月篇》，分二卷，上卷係紀丁丑（1577）中秋遊馬汰沙看月之作，下卷則紀是年閏中秋遊毘陵（武進）看月所作，其詩文皆清新華麗。曰《清茗集》，則爲萬曆丙申（1596）及癸卯（1603）間遊吴興與郡守謝在杭及陳惠甫（兩者皆閩人）等酬酢遊觀之作，首有自序。曰《荊溪疏》，分二卷，所紀係於萬曆癸未（1583）間遊荊溪（在江蘇宜興縣南）之詩文也。首有王則懋序，末有“常州府顧塘橋吴宅雲樓館雕本”字樣。

傅木虛集跋[①]

《傅木虛集》十五卷，明傅汝舟著。汝舟一名舟，字遠度，一字木虛，號丁戊山人，一曰磊老，或稱七幅庵主人、扶桑下臣、唾心道士，又稱步天長、前邱生，時或自署紫白山人、箜篌主人。侯官人。與高瀫友善，而瀫長於畫，汝舟則長於書。中歲好神仙，輕別妻子，椶鞋箬笠，求仙訪道，遍遊吴會、荊湘、齊魯、河洛之間。朱竹垞謂其詩淵致蕭散，多發之性情，上下魏晉，抗聲於武德、天寶之間。王元美評其詩如言《法華》作風語，凡多聖少，然奇崛處亦頗能獨造。其詩實學鄭善夫，喜爲荒怪詭譎之語。茲集分《七幅庵》一卷,《吴遊記》一卷，皆文也;《唾心集》二卷,《步天集》二卷,《英雄失路集》二卷,《拔劍集》三卷,《箜篌集》二卷,《嗆囈存卷》二卷，皆詩也。《福建藝文志》作《傅山人集》。今集爲郭伯蒼昆季所編，首刊諸家傳記，每集之首各有序或自序。

① 《本校陳氏書庫福建人集部著述解題》收録。

養正圖解跋[①]

焦竑字弱侯，江寧人。生於嘉靖二十年（1541）。少從耿定向、羅汝芳學，享盛名。嘉靖四十三年，鄉試下第。定向聘之長崇正書院，十四郡名士皆從之學。萬曆十七年（1589），始以狀元及第。官翰林修撰，益研習國朝典章。旋爲皇長子講官，循循啟迪。嘗採古儲君賢聖之嘉言懿行，及事可爲法戒者，繪爲圖，著爲解，爲《養正圖解》以進。竑既負盛重名，性復鯁直，時事有未合者，輒形之言論，以此惡同官，張位尤甚。萬曆二十五年，主順天鄉試，舉子曹蕃等九人，文多險誕語，竑遂被劾，謫爲福寧州同知。旋亦罷去，自是杜門不出。嘗與李贄論學，善之，時人雖譏，弗顧也。萬曆四十八年（1620）卒，年八十。天啟時追復其官，贈諭德，賜祭。竑之學，以羅汝芳爲宗，間入禪理。又博極羣書，自經史至稗官雜説無不淹貫，爲古文典正馴雅，卓然名家。有《澹園集》，亦清代禁書。茲《養正圖解》即爲其教授太子時所作，首有竑序，及南京吏科給事中祝世祿序，有云："皇長子誠披圖而悅於目，味解而遜於心。參之古今，以合其符；體之身心，

① 《福建協和大學陳氏書庫所藏清代禁書述略》原題:《養正圖解》不分卷，二册，明焦竑撰，明原刊本。

以驗其實。務於養，勿傷於驟；比於正，弗狎於邪。所以毓成主器，而培我國家萬年無疆之庥者，此書未必無小補云。繪圖爲丁雲鵬，書解爲吴繼序，捐資鐫之爲吴懷讓，而鐫手爲黄奇，咸樂是舉，借以自效，而世禄實董其成……”云云。其書爲清代禁書，流傳絶少，曾有光緒二十一年重刊本。此本爲原刻，有“侯官楊浚”及“陳氏賜書樓珍藏”諸印記。

蒼霞草跋①

葉向高字進卿，號臺山，福清人。生於明嘉靖三十八年（1559）。時值倭寇之亂，母逃難，生向高於道旁敗廁中，幾瀕於死。舉萬曆十一年（1583）進士，授編修，遷南京國子司業。二十六年（1596），召爲左庶子，充皇長子倚班。屢上疏陳礦稅之害，不報。三十五年（1607），擢爲禮部尚書，兼東閣大學士，進爲首輔。時神宗倦勤，朝事多廢弛，朋黨漸成，上下乖隔甚。向高憂國奉公，每事爭執，帝雖重向高，然其言大抵格不用。向高屢上疏叩陳，然所救正者十之二三而已。萬曆四十年春，向高以歷代帝王享國四十年以上者，自三代迄今止十君，勸帝力行新政，陳用人理財諸事。帝知其忠，然不能行其言。向高知不可爲，屢疏乞歸，帝輒優旨勉留，至四十二年始准帶職歸林。及熹宗立，特詔召還，屢辭不獲，乃復爲首輔。時帝以沖年踐位，不能辨忠佞，魏忠賢、客氏漸竊威福，罷斥諸賢，目向高爲東林黨魁，尤恨之。向高以朝事不可爲，前後上六十餘疏乞歸，乃命加太傅，遣行人護歸。於天啟七年（1627）卒，年六十有九。崇禎立，贈太師，謚文忠。

① 《福建協和大學陳氏書庫所藏清代禁書述略》原題:《蒼霞草》二十卷，十册，明葉向高撰，明刊本。

《蒼霞草》者，其所爲文集也。集以蒼霞名者，其居之名也。集中大抵皆論、議、序、記、書、狀、碑、銘之文。其文頗得力史遷家法，而帶明代之臺閣體，頗能擺脱貌爲秦漢之臼窠，自立門戶，故其文尚無詰屈聱牙之弊。故自序有云:“居恒自評其文，多率易，無深沉之思。見近代作者有雕鏤苦刻，迴複奧晦，三四讀不可解者，亦心慕以爲奇，欲摹效之。而賦性佻坦，與人言唯恐不盡，惟恐人不曉，文亦復爾，終不能強也。”蓋亦反對復古派之論調耳。集爲明刻本，末有“新安黃一桂刻”字樣。首有郭正域、顧起元、董應舉三敘，及自序。其書於乾隆四十三年列入《違礙書目》。查乾隆四十一年十一月十七日上諭，尚有“如葉向高爲當時正人，頗負重望。及再入內閣，值逆閹弄權，調停委曲，雖不能免責賢之備，然視其《綸扉奏草》,《請補閣臣疏》至七十一上，幾於痛哭流涕，一概付之不答，其朝綱叢脞，可不問而知也。以上諸人所言，若當時能採而用之，敗亡未必若彼其速。是其書爲明季喪亂所關，足資考鏡，惟當改易違礙字句，無庸銷燬”之言。而乾隆四十三年而又雷厲風行查繳民間所藏，務使根絕。此無他，蓋出自之臣下之阿好耳。

蒼霞詩集跋[①]

向高既刻其文，又彙其平日與友朋酬答之詩，遊觀之作，釐爲《詩草》八卷。林堯俞序其詩有云："先生之文，郭宗伯（按即郭正域）爲敘而刻之留都，讀之者以爲黄鐘大吕之音，又以爲若化工之肖物，無雕鏤刻削之跡，而生意横流，神彩勃發。然則讀先生之文，而其所爲詩者亦可知已。先生之詩，凡長篇短什，流布人間，人咸寶之，不啻寸璣尺璧，而獨未觀睹其大全。南署固以爲請，先生又度不能終秘之也，則彙其二三而授不肖，不肖得盡讀焉。其調泠如也，其詞斐如也。上下僚友之間，懷舊感都之作，忠愛惻怛，道義勤勉藹如也。蓋四始六義，先生由玆起家，故宜其獨得於敦厚温柔之旨，而異乎所謂蹈厲隤放，一洩無餘者矣。……"然讀其詩，則覺古體平淡而質樸，近體亦乏淋漓豪宕之氣，其文實勝於詩矣。

---

① 《福建協和大學陳氏書庫所藏清代禁書述略》原題:《蒼霞詩草》八卷，四册，葉向高撰，明刊本。

蒼霞奏草跋①

是書亦名《綸扉奏草》。《正草》係從爲南京國子監時起，至萬曆四十八年七月歸田止之奏疏。《續草》十四卷，則起於萬曆四十八年歸田時慰問諸疏，至天啟時再入內閣執政三年之奏草。其中對於遼事之陳奏，如《請發薊遼總督防虜酋（以上三字因涉忌諱被挖空，茲以意擬之）揭》、《請處分遼事揭》、《邊務揭》,《誤傳虜警揭》、《請邊餉揭》、《虜警補官揭》、《論經撫事情疏》、《告病併陳時事疏》、《請內帑揭》、《毛文龍賜劍揭》等多篇，均語涉滿清，稱清曰韃虜，曰夷酋，言其擄掠猖獗之狀，凡此等語皆觸清廷之大忌，故雖有乾隆四十一年上諭所云"惟當改易違礙字句，無庸銷燬"，而銷燬者如故，且限期肅清之。故留傳至今者，已稀如星鳳矣。茲所存本，遇此字面均已挖空，可知當時藏書者之畏禍心理。是書得免於秦火者，蓋亦幸矣。書中有"王士禛"、"字貽上"二印記。

① 《福建協和大學陳氏書庫所藏清代禁書述略》原題:《蒼霞奏草》三十卷,《續奏草》十四卷，二十册，葉向高撰，明刊本。

蒼霞餘草跋[①]

向高既刻《蒼霞草》及《續草》，謝事歸田後，檢其未刻之文，復爲《餘草》十四卷。計卷一爲碑、銘，其《平紅夷碑》、《靖寇碑》等，對於萬曆末年荷人之侵擾，倭寇之騷掠，足資考鏡。卷二爲記，卷三至卷七皆爲序，卷八爲碑、傳，卷九至十三則皆墓銘酬應之文，卷十四爲雜文。其《遼言》及《議餘》二篇，皆論建州遼事，呼清爲建酋、爲賊，則所以觸清廷忌諱者，而其集亦以被禁歟。

① 《福建協和大學陳氏書庫所藏清代禁書述略》原題:《蒼霞餘草》十四卷，六册，葉向高撰，明刻本。

後綸扉尺牘跋[1]

卷首自序云，“余生平尺牘皆焚其稿，惟前次在綸扉，有關係時政者雖存之，以附於《奏草》之後。此再入政治三年，值封疆多故，議論酬答皆兵食大計，雖書生未閑軍旅，苟有所見，不敢不盡”云云。書中到處均有“建夷”、“奴酋”、“夷狄”等字眼，又在《答呂公原》、《答徐二俞》、《答王霽宇》、《答魏澹明》、《答陶元會撫台》、《答王肖乾》、《與熊芝罔》等諸書，皆對於遼左用兵議論，計之約十居六七，故名雖尺牘，實關明清之史事，非泛泛話寒暄者可比也。以上諸書，均列《違礙書目》。

① 《福建協和大學陳氏書庫所藏清代禁書述略》原題:《後綸扉尺牘》十卷，四册，葉向高撰，明刊本。

高子遺書跋[①]

高攀龍字存之，號景逸，無錫人。生於嘉靖四十一年（1562），萬曆十年舉於鄉。嘗從羅止庵學，爲程朱之學。萬曆十七年（1589）成進士，旋授行人司。屢上崇正學闢異説、講學勤政、發帑理財之疏，有行有不行。行人署中多藏書，遂恣意探討，手自摘録，爲《日省》、《崇正》諸編。力求反躬踐實、尊養德性之道，故日以取友問業爲事。萬曆二十一年，以疏詆鄭材、楊應宿，語涉憤激，謫爲揭陽典史。之官七月，以事歸省，尋以連遭親喪，遂不出。築室湖濱，曰可樓，爲終老計。又集同志多人，築東林書院，每月與顧憲成集吴越士紳，會講其中。其學以程朱爲的，復性爲主，知本爲宗，居敬窮理爲業。爲人操履篤實，靜心誠意，一出於正，一時海內尊爲儒宗。及天啟改元，詔起光禄寺丞，進少卿。署事數月，力裁積弊，又疏劾"梃擊"、"紅丸"諸案，力陳方從哲、鄭國泰罪狀。旨責多言，欲交廷臣議處，賴葉向高維持，僅罰俸。旋擢爲刑部侍郎。魏璫用事，排斥東林諸子，緹騎四出，矯旨逮捕，攀龍遂引罪歸里。旋聞周順昌就逮捕，將及己，自度不免，乃

① 《福建協和大學陳氏書庫所藏清代禁書述略》原題:《高子遺書》十二卷附録一卷，八册，明高攀龍著，光緒二年重鐫，無錫東林書院版。

從容草遺表，肅衣冠，投池死，年六十五，時天啟六年也（1626）。遠近聞其死，莫不傷之。崇禎初，贈太子少保、兵部尚書，謚忠憲。所著有《周易簡説》、《春秋禮義》、《二程節録》、《正蒙釋》諸篇。其《高子遺書》，爲其門人陳龍正於崇禎四年（1631）彙先生自定訂之《就正録》諸書，及其未編遺言，分爲劄記、經説、辨、贊、講義、語録、詩、疏、揭、問、書、序、碑、傳、記、譜、訓、墓誌、表、狀、祭文等爲十二卷，末附先生之誌、狀、年譜等一卷。紀昀評其"講學之語，類多切近篤實，闡發周密；詩意沖澹，文格清遒，均無明末纖詭之習"。其集初刻於崇禎間，再刻於康熙二十八年，乾隆間版遭禁燬，後以收入《四庫全書》，乃稍復出，然存者已絕少矣。迨至光緒初，始復梓於無錫，其間所謂違礙字句，均已削去矣。首有汪琬、徐秉義、秦松齡、徐永言、錢士升、陳龍正諸序，末有從孫芷生又葉裕仁、周士錦跋。

數馬集跋[①]

黄克纘字紹夫，福建晉江人。萬曆八年（1580）進士，累官至山東左布政使，遷右副都御史，巡撫其地，疏請停礦税，減商税，賑災黎，汰濫費等，惠政甚多。屢以平盜功，加至兵部尚書。萬曆四十年，詔以故官參贊南京機務，爲御史李若星等所劾，遣家候命。居三年始履任，疏陳時政，多痛切語，改官刑部尚書，預授兩朝顧命。天啟初，“移宫”、“紅丸”、“梃擊”三案起，克纘持議與東林黨異，於是攻擊者紛起，克纘獨排之。魏忠賢得勢，創《三朝要典》，克纘爲首功。時東林方盛，克纘以疾辭歸。天啟四年，忠賢既逐東林，起用克纘爲工部尚書。視事數月，與忠賢忤，復引疾歸。崇禎元年，詔起南京吏部尚書，有劾之者，不就，旋卒。有《古今疏治黄河全書》、《數馬集》、《百氏繩愆》。其《數馬集》、《百氏繩愆》二種，均爲乾隆禁書，《四庫》不收。《數馬集》分五十一卷，首九卷爲奏疏，十至十八爲詩、賦，其餘皆序、記、書、銘等文。卷首有其門生楊景辰序。書以數馬名者，取右丞相數馬而對漢帝以示醇謹，茲藉以名集，益以示其乾惕競業之心也。版爲明原刻本，傳世極少。

---

① 《福建協和大學陳氏書庫所藏清代禁書述略》原題:《數馬集》五十一卷，十六册，明黄克纘著，明刊本。

曹大理集跋[①]

曹學佺字能始，號石倉，侯官人。生於明萬曆二年（1574）。舉萬曆二十三年（1595）進士，授戶部主事，調南京大理寺正。居冗散七年，肆力爲詩，作《金陵初稿》、《金陵集》諸篇。天啟二年（1622），起廣西右參議。初“梃擊”獄興，劉廷元輩主瘋癲，學佺著《野史紀略》，直書其事本末。旋廷元附魏忠賢，劾佺私撰野史，淆亂國章，遂削籍爲民，並燬其所鏤板。及崇禎立，誅魏黨，並復學佺官，辭不赴。家居二十年，肆力著述。所居曰石倉園，常與徐興公、林公度等諸友遊唱其中。作《石倉十二代詩選》，又廣羅羣書，欲修儒藏，未成。兩京繼陷，唐王立於閩中，國號隆武，起佺爲太常卿，尋遷禮部右侍郎，進尚書，加太子太保。隆武二年，清兵破閩，乃入鼓山投繯以殉，年七十四，時爲清順治四年（1647）。其著述甚富，總名《石倉全集》，計百卷。茲所存者，爲《金陵初稿》一卷、《金陵集》三卷、《浮山堂集》一卷、《石倉詩稿》一卷、《福廬遊稿》一卷、《石倉文稿》六册，已不全矣。萬曆中，閩中文風頗極一時之盛，蓋即學佺爲之倡也。葉向高序其詩“爲刻意

① 《福建協和大學陳氏書庫所藏清代禁書述略》原題:《曹大理集》十三卷，十二册，明曹學佺著，明刻本。

《三百篇》，取材漢魏，下及王右丞、韋蘇州，其文則如韓昌黎”。王士禛亦稱其詩得六代三唐之格（見《古夫于亭雜録》）。迨晚年國變後，尤多悲愴感慨之作，蓋亦遭際使然耳。茲録其《癸未上巳李子素直社城樓即事》一首云[①]：“豫章諸郡撤哀笳，閩海猶然天一涯。三月高光臨上巳，兩京消息隔中華。登樓預想魚麗陣，入幕誰爲燕子家？世味不知如此惡，且將情況試新茶。”其全集被禁於乾隆四十七年，故傳世者絕少。茲所存者，不過其中年所作之殘本耳，然尚爲明刊本，亦難得也。首有葉向高序。

① “癸”字原脱，據《福建協和大學陳氏書庫所藏清代禁書述略》補。

崇相集跋[1]

董應舉字崇相，閩縣人。好學善屬文，舉萬曆二十六年（1598）進士，除廣州教授，有聲於時。尋遷南京國子博士，再遷吏部主事。疏薦高攀龍、劉宗周等，皆召用。萬曆三十九年遷考功郎中，旋以事參歸。起南京大理寺丞。萬曆四十六年（1618），清人侵略遼東、撫順，應舉以強敵侵淩，宜勤政修備，因疏陳（見《日變疏》），帝置不省。天啟改元，遷太常少卿，督四夷館。二年春，以虜犯廣寧、山海關，京師岌岌危殆，當事大臣多託故移家，謀保妻子，不顧宗社，乃上疏陳急務，如禁移家、守要隘、編保甲、修器械、選兵民、屯粮食等數事。帝以應舉知兵，命專任校射演武諸務。應舉因上保衛神京在設險屯田之事議，並疏請安插關外流民等事，遂擢應舉太僕寺卿，兼河南道御史，經理天津至山海關屯務，及安插遼民。乃上疏陳十難十利，帝悉從其議。於是督民墾閒田十八萬餘畝，收穀麥五萬五千餘石，廷臣多論其功。天啟三年，升都察院右副都御史。天啟五年（1625）四月，朝議以屯務即成，當廣鼓鑄，乃改陞應舉爲工部右侍郎，專領錢務，開局荊州，

① 《福建協和大學陳氏書庫所藏清代禁書述略》原題：《崇相集》不分卷，六册，明董應舉撰，民十七年石印本。

給兩淮鹽課爲鑄本，並命兼戶部侍郎，並理鹽政。應舉至揚州，疏陳釐正鹽規，增輸税銀，爲巡鹽御史陸世科所劾。魏忠賢傳旨詰責，因以罷歸。居武夷八曲之涵翠洞及琯江之百洞山，與生徒講學，老而不倦。年八十三卒。崇禎初，詔復其官。居鄉多舉公益，如修城堡，疏水利，修學校，置社倉義田，恤孤寡，濟凶荒，故至今海濱人猶祠祀不絕。其集以多論明清間時事，諸疏中稱清人爲奴虜、爲賊敵，是以被禁。原書分十八册，未分卷，以版片久燬，流傳絕少。茲集爲民國十七年琯江林煥章據舊本校鈔，縮爲六册，編次以體，悉仍舊貫，卷首增刻公像與傳，及葉向高序。其文大抵多經濟議論，切於實用，非浮綺泛泛者可比。董可威序其文爲“雄深奥雅，飄飄乎若崖谷逶蛇，煙嵐重疊，忽而雷電交作，忽而波濤澎湃起立，忽而天清日霽，泬寥空廓，莫測其所以”，則其文又以氣象見稱矣。

左忠毅公集跋[①]

左光斗字遺直，一字共之，號浮邱，又號滄嶼，安徽桐城東鄉人。生於萬曆三年（1575）九月初九日。舉萬曆三十五年（1607）進士，除中書舍人。萬曆四十七年選授御史，直聲震海內。嘗巡視中城，捕治銓胥金鼎臣等，獲假印七十餘顆，僞印文卷百餘件，假官百餘人，輦下震悚，京畿爲之一清。出理屯田，大興水利，教民藝稻。時奸璫魏忠賢當國，與李選侍結黨爲奸，發生“移宮”、“紅丸”、“梃擊”三案，公上疏劾之。與楊漣、趙南星、高攀龍等相結，務爲危言激論，奏魏忠賢二十四大罪、三十二斬罪。忠賢先知之，矯旨下光斗等於獄，遣使往逮之，父老子弟擁馬首號哭，聲震原野。下獄後，誣贓二萬，嚴刑拷問，五日一比。與楊漣同日拷斃獄中，時稱六君子，是爲天啟五年（1625）七月二十四日也。卒年五十一。既死，贓猶未息，逮其家族坐是盡破，母兄皆死。及忠賢被誅，於崇禎二年追贈太子少保，謚忠毅。茲集共三卷，卷一二皆奏疏，三爲詩。首有方震孺、陳子龍、方履中序，並《明史》列傳。附刻《年譜》二卷，則爲乾隆四年所刻。其集

① 《福建協和大學陳氏書庫所藏清代禁書述略》:《左忠毅公集》三卷《年譜》二卷，四册，明左光斗著，道光己酉重刊本。

至乾隆四十三年被列禁書，大抵以其疏中有關於遼東防衛之事，如《急救遼東飢寒疏》、《遼士萬苦千辛疏》、《專設援遼事例疏》等，皆語涉忌諱。四庫館查辦違礙書籍條款，第一條有云："自萬曆以前各書內，偶有涉及遼東及女直、女真諸衛字樣者，外省一體送燬。"茲版遇有此等字樣之處，皆留空白，尚可窺見該書在乾隆間被禁之跡也。考是書原本應爲五卷，此本缺尺牘、雜文二卷，蓋左氏祠堂刊本係不全本也。

殊域周咨録跋[①]

嚴從簡自號邵峰子,《明史》無傳，他書亦不可考。自署嘉禾，殆爲浙江人。萬曆間官至行人司行人，刑科右給事中，蓋所掌不過外國朝覲聘問之執事而已。《殊域周咨録》者，紀外蕃各國歷史、地理、風俗、土產、禮制，及有明一代入貢、通好、册封、犯順以及征討之事也。書成於萬曆二年（1574）正月元日，首有自序，稱前行人司，則成書之時已罷事矣。又有萬曆癸未（十一年，1583）嚴清序。清爲嘉靖二十三年進士，萬曆間官至刑吏部尚書。序中稱從簡爲侄，清爲雲南後衛人，則從簡原籍又爲雲南而遷於浙者歟？故嚴清序自稱滇浙居士。全書分東夷四卷，朝鮮、日本、琉球屬之；南蠻五卷，安南、占城、真臘、暹羅、滿剌加、爪哇、三佛齊、浡泥、瑣里、古里、蘇門答剌、錫蘭、蘇祿、麻剌、忽魯謨斯、佛郎機、雲南百夷屬之；西戎六卷，吐蕃、佛菻、榜葛剌、默德那、天方國、哈密、土魯番、赤斤蒙古、安定阿端、曲先、罕東、火州、撒馬兒罕、亦力把力、于闐、哈烈屬之；北狄九

① 《福建協和大學陳氏書庫所藏清代禁書述略》原題:《殊域周咨録》二十四卷，八册，明嚴從簡輯，故宫博物院鉛印本。

卷，韃靼、兀良哈、女直屬焉。其東北夷女直一卷，記未入關前之滿清（即建州夷酋）於明季劫掠入寇、征討置衛事甚詳。他如朝鮮條亦屢言建夷截劫貢使之事，凡此皆屬觸清廷之大忌，故四庫館查辦違礙書籍條款第一條即云：“自萬曆以前各書內，偶有涉及遼東及女直、女真諸衛字樣者，外省一體送燬。”而此書遂湮沒無聞者隨三百年，至民國十九年始由故宮博物院圖書館搜得舊本，印以行世。

存真集跋①

鄒元標字爾瞻，號南皋，江西吉水人。幼穎悟，九歲通五經，師事泰和胡直，得王守仁之學。舉萬曆五年（1577）進士，觀政刑部，以疏劾首相張居正杖戍都勻衛。衛在萬山中，夷獠與居，元標處之泰然，益研心理之學，學以大進。謫居六年，居正歿，起爲吏科給事中。正直敢言，疏陳培聖德、觀臣工、肅憲紀、崇儒行、飭撫臣五事。慈寧宫災，復上疏陳時政六事，諫帝勿留意聲色遊宴，帝怒其刺已也，貶之南京刑部。旋就遷兵部主事，改吏部，進員外郎。居南京三年，移疾歸，旋遭母喪。里居講學，從游甚眾。名高海內，中外疏薦遺佚凡數十百上，莫不以元標爲首，卒不召用，居家垂三十年。泰昌元年（1620），召拜大理卿，未至而光宗崩。天啟元年（1621）四月入朝，首進"和衷"之説，言朝臣應以和衷共濟，論人論事勿懷偏見，乃疏請召用趙南星、高攀龍、劉宗周等十餘人，帝皆嘉納。初，元標立朝以方嚴見憚，自是爲和易。時朋黨方盛，元標心惡之，然卒未能矯其弊，乃與馮從吾建首善書院，集同志講學。時忠賢方竊柄，傳旨謂宗室之亡，由於講學，將

① 《福建協和大學陳氏書庫所藏清代禁書述略》原題:《存真集》十二卷，十册，明鄒元標著，明刊本。

加嚴譴，幸葉向高爲之力辨得免。標知無可爲，力請乞休，加太子少保以歸。天啟四年（1624）卒於家，崇禎初謚忠介。著有《南皋語義》、《願學集》、《存真集》、《太乙山房疏草》等書。《存真集》亦名《鄒忠介公全集》，皆先生酬酢之文也。計卷一爲書，卷二至四爲序，卷五爲記，卷六傳贊，卷七至九皆志銘，卷十爲行狀碑碣，十一雜著題跋，十二則皆奠文。其文承姚江支派，規矩準繩頗稱謹嚴，而以質樸爲主。此集以集內多處有稱滿人爲“虜酋”字樣觸忌，且滿清鑑於明末朋黨禍國，務爲嚴禁，對於東林諸子文集，皆與銷燬，故是書亦被列入《全燬書目》，傳者甚鮮。茲集爲元標子燧所裒録，其雲孫椿燏重梓，首有天啟壬戌（二年）趙南星序。

夏峰集跋①

孫奇逢字啟泰，號鍾元，以講學於輝縣蘇門山之夏峰，學者稱夏峰先生。萬曆十二年（1584）生於保定之容城，鼎革後圈其地入旗，移居衛輝，故入衛輝籍。萬曆二十八年舉人。少負奇節，內行篤修，嘗與定興鹿善繼（伯順）爲莫逆交，以聖賢相期勉。二十歲後以連丁父母憂，哀毀成疾，有司建坊旌其孝。家故貧，日食常不繼，然講學自如。雖有濟之者，皆婉卻之，自言從患困苦中體認心性本源②。以慎獨爲宗，天理爲要，故淡於仕進。天啟五年，魏忠賢禍國，左光斗、魏大中、周順昌等皆以黨獄被逮，誣贓巨萬，奇逢與諸友謀募金營救，未果；而三君已先後被拷斃，乃爲經紀其喪，且按籍還所醵金，時人義之。御史黃宗昌等交薦之朝，屢徵不就。崇禎九年（1636），清兵薄容城，先生率兄弟族黨，與有司分城守禦，城賴以保。崇禎十五年，近畿盜賊猖獗，乃率子弟門人隱居易州五公山，從者數百家。爲之修武備，嚴約束，暇則與其徒講學習禮，絃歌之聲相聞，盜賊相戒不敢犯。明社既屋，先生年已

① 《福建協和大學陳氏書庫所藏清代禁書述略》原題:《夏峰集》十四卷《補遺》二卷，八册，清孫奇逢著，道光乙巳大梁書院重刊本。

② “認”，原作“念”，據《福建協和大學陳氏書庫所藏清代禁書述略》改。

六十一，清廷諸臣交章薦引，前後凡十一徵，皆固辭不就，海內皆以孫徵君稱之。晚年慕輝縣百泉之勝，且爲邵康節諸儒講學地，乃移家夏峰，築堂曰兼山，讀《易》，率子弟躬耕。四方負笈而從者日眾，皆授田使耕；公卿過者，輒屏騶從，以一見先生爲榮。居夏峰二十五年，於康熙十四年（1675）四月二十一日卒，年九十二。葬東原，門人千里會葬，卿士大夫數百里弔奠不絕。郡祀百泉書院。道光八年，詔從祀孔子。其學原本象山、陽明，以澄澈爲宗，和易爲用，然亦不非程朱，故人目之爲朱陸之調和派。其所言務切實際，不作爲空論。蓋先生飽經喪亂之餘，抱窮則勵行之旨，故其成就有獨到者。其要著有《四書近指》二十卷、《理學宗傳》二十六卷，他著有《讀易大旨》、《尚近指聖事録》、《四大案録》、《甲申大雜録》、《乙丙紀事》、《孫文正年譜》、《歲寒居文集》、《歲寒居答問》、《孫徵君日譜》、《畿輔人物考》、《孝友堂家規》、《中州人物考》、《四禮酌取節録》等書，凡百餘卷。茲《夏峰集》即其重孫洤自《歲寒居集》中裒録釐訂而成者。乾隆間，以集中所敘明季事，語涉忌諱被禁。百餘年後，始由錢儀吉於道光二十五年刪去所謂禁避者數篇，重梓於世。前有儀吉序，及張鏡心、魏裔介、趙御蒙、其孫洤諸舊序。其書已收入《畿輔叢書》。

嶧桐集跋[1]

劉城字伯宗，晚號存宗，貴池人。生於萬曆二十六年（1598）。與吴應箕同爲復社巨子，皆以古文名家。崇禎十二年（時年四十二），由諸生薦舉郴州知州及九江同知，均辭不赴，世稱劉徵君。性嗜古如飴，積書至數萬卷，晝夜披覽，不少休止。精於史籍易理。崇禎十七年，闖賊陷京師，明帝殉國。五月福王立南京，池州始聞京師凶問，先生與吴次尾爲位哭於野。旋避兵峽川山中，日居土室，以唱和遊觀自晦。順治七年（1650）卒，年五十三。私謚文貞。所著《嶧桐集》，文十卷，詩十卷，爲其歿後子廷鑾彙已刻、未刻稿，囑和州戴移孝所編。初刻於康熙十七年，有康范生、余懷、吴非、邵嘉等序。乾隆修《四庫》，旨令禁燬。經時二百餘年，至光緒間，劉世珩始假得六合黄氏所藏原本，與《樓山堂集》合刻爲《貴池二妙集》。邵嘉評其文曰:“結構不疏，力去陳言，有自然之藻繪，精明嚴潔，適當乎理。樂府借古綴辭，頗多託諷，駸駸乎趨漢魏間。其他五七言諸體，思深可誦。”余懷謂其詩“於甲申以

① 《福建協和大學陳氏書庫所藏清代禁書述略》原題:《嶧桐集》二十卷，明劉城撰，劉世珩刻《貴池二妙集》本。

後，多沉鬱瀏亮，與杜甫詩相伯仲”。蓋亡國以後，罹愁抑鬱，故其所發不同凡響也。今集中涉及清代忌諱字眼，均已塗墨，如《燕臺集序》、《官子制義副鐫序》、《池州防守議》、《饒氏傳》等。詩則風雅諸叶，皆敘述當時滿虜入關民間情狀，故削版之處亦最多。其集以“嶧桐”名者，蓋其無兄弟，取“嶧陽孤桐”之意也。

樓山堂集跋[①]

吴應箕字次尾，一字風之，號樓山，安徽貴池人。生於萬曆二十二年（1594）。少即喜治詩文古辭，亦喜聲伎娱樂，爲復社之領袖。崇禎十五年（1642）舉人。阮大鋮以附魏璫削籍，僑居南京。應箕諸名士爲《留都防亂公揭》討之，列名者有黄宗羲、顧杲、冒辟疆、侯方域等百四十餘人。大鋮憤甚，然無如何也。及北京陷賊，弘光立南郡，大鋮驟得志，捕黨人周鑣下獄。應箕入視，大鋮欲捕之，乃乘夜亡命去。清兵南下，南京不守，箕乃帥門徒糾合義兵以抗清師，計復建德、東流等縣，聲勢頗甚。時歙州金聲首倡義舉，奉隆武正朔，箕起兵應之。旋敗，乃入山拒險。飛檄諸郡，醜詆鄉人之降清者，於是怨者咸爲清軍耳目，百計償緝，遂被執。不屈，將戮之市，一卒以刀擬之，箕叱曰："吾頭豈汝可斷耶？"乃顧謂清總兵黄某曰："爾官自持刃，且勿去吾漢服巾幘，將以見先朝於地下也。"遂遇害，年五十二，時清順治二年也。黑面紫髯，奕奕如生，歷三日不變。著有《啟禎兩朝剥復録》，及《樓山堂集》等。其集於崇禎十二年諸弟子爲刊於南京，清師既破南

① 《福建協和大學陳氏書庫所藏清代禁書述略》原題:《樓山堂集》二十七卷，明吴應箕著，貴池劉氏刻《二妙集》本。

都，鏤版不可復得。順治間，劉廷鑾、吴非始爲搜集散佚，編爲二十七卷，又遭乾隆之禁，其書幾絶。同治四年，始由當塗夏燮刻於江西，旋版亦零落。此則於光緒二十五年，貴池劉世珩得夏燮刻本，與劉城《嶧桐集》合刻爲《貴池二妙集》。蓋用朱竹垞《静志居詩話》所謂“伯宗、次尾，貴池二妙”之語耳。《樓山堂集》爲文十九卷，分論七卷，辯一卷，策三卷，議一卷，書三卷，序二卷，傳、記一卷，檄、問、對、書後、説、祭文等合爲一卷，賦、樂府合一卷，其餘七卷爲詩。其詩文淩厲横絶，一如其人。嘗自云：“文自韓、歐、蘇後，幾失其傳，吾文足以起而續之。”其論詩則云：“吾生平不爲擬古，強笑不歡，非中懷所達故也。”集中之關兵事各策，尤多清朝忌諱之語；詩如《聞虜警有感》、《無雞行》、《任邱行》等作，甚多描敘清虜虐民蹂躪之狀。今集中遇有奴虜、韃酋字樣，均已塗黑，已非原來面目矣。

金忠節公文集跋①

金聲字正希，安徽休寧人。生於萬曆二十六年（1568）。少好學。崇禎元年（1628）進士，授庶吉士。明年大清兵迫通州、昌平，京畿震動。聲慷慨陳詞，力薦草澤英雄申甫，捍禦強敵。申甫爲雲南僧，知兵，能製戰車、火器。崇禎用其言，授甫副總兵。倉猝間募得新兵數千，皆市井遊手也。當時權貴與聲素相左，軍需不時給。柳林總理滿桂兵，與甫亦不能合作，互相猜忌。清兵臨郊外，甫不得已，慟哭縋城引衆出，結軍營於盧溝橋。清兵繞攻其後，御車者惶懼不能轉，殲滅殆盡。甫亦衝鋒陣亡，遺骸矢刃殆遍。聲傷痛之餘，屢請練兵，連絡朝鮮，以牽制之，皆不果用，遂疏乞歸。屢召起用，皆不赴。時鄉多盜，乃團練義勇以爲捍禦。北京既破，清兵南犯，聲與其門人江天一糾義勇守績溪，屯軍分守六嶺，於是寧國邱祖德、涇縣尹民興、徽州温璜、貴池吴應箕等，皆起兵應之。乃遣使拜表閩中，唐王命章赤心授聲右都御使、兵部侍郎，總督南直軍務。旋清兵攻績溪，相持累月，祖德、民興等多敗死。徽故御史黄澍降清，詐稱援兵入城，遂執金聲及江天一等至

① 《福建協和大學陳氏書庫所藏清代禁書述略》原題:《金忠節公文集》八卷，明金聲著，光緒十四年黟縣李氏重刊。

南京。時改服已久，聲與天一猶服明衣冠，道路聚觀如堵。清廷欲降之，不屈，從容飲刃死，時隆武元年（即順治二年，1645）十月十八日也，年四十八。唐王贈禮部尚書，謚文毅。乾隆四十年謚忠節。其集舊刊於楚中，名《金太史集》。禁書案起，銷燬殆盡。此爲光緒十四年黟縣李宗媚搜得舊本重刻，改名《金忠節公集》。首有宗媚序，並乾隆上諭、《明史》列傳、《南疆逸史》列傳等。論者謂其文筆力堅鋭，原本性情，有震川法度。全書分八卷，卷一策、館課，卷二奏疏，卷三至五書，卷六序，卷七壽序，卷八碑、記、傳、祭文、墓銘等雜文。以避忌諱故，奏疏、書牘中遇有夷虜字眼，均已削去，代以方圈矣。

白奃山人集跋①

閻爾梅字用卿，號古古，以其耳長大，白過於面，故又號白奃山人。徐州沛縣人。生於萬曆三十一年（1603）。少善屬文，十六歲爲諸生。崇禎元年（1628）入京，得交萬年少、楊維斗諸子。三年舉京兆試，後以忤閹黨，遂罷公車。居鄉里，以忠孝持身。崇禎六年，南遊蘇杭，蓋歎其風俗僥漓，遂去之。崇禎十五年，山人年四十，以寇氛四起，乃集其家僮，又選其鄉之能者教以武事，嚴申約束。賊有犯者，輒大破之。越二年京師陷，山人適居母喪，聞信七日不食，死而復甦，因作《燕山詩》以哀之（見卷五，七古）。次年弘光立南京，山人走見史可法於白洋河，陳鎮撫高傑策，不聽；投以書（書見集中）而去，遂東走淮安。是年五月，清軍入淮，山人率河北壯士謀抗之。淮人懼爲累，將出首，山人知大勢已去，乃間道歸沛。時清廷大開會試，羅致天下舉子，其有朋輩咸欲令就試，屢作書招之，山人皆辭不赴，且剃髮自稱蹈東和尚。旋走山東，聯絡四方豪傑謀匡復。順治九年（即永曆六年，1652）事發，漕督沈文奎捕置之獄，無何得脱歸。沛有司捕之急，其妻張氏及妾皆被迫自縊死。山人與其幼子逃之

① 《福建協和大學陳氏書庫所藏清代禁書述略》原題:《白奃山人集》六卷，六册，閻爾梅撰著，民國十一年翻印本。

河南，北走陝西，入咸陽，遍遊周漢諸陵，旋踰秦嶺過漢中入蜀，又東下遊襄郧諸山，而抵江西之廬山。時永曆已殉國於緬甸，而山人山東之案亦結，乃於康熙元年（時山人已六十歲）還沛，而離家已達十年矣。自是屢出遊，足跡遍趙魏秦隴間，所至輒訪明遺老，嘗數哭先朝陵寢，及返沛年已七十一矣。康熙十八年（1679）卒，年七十七。山人不修小節，性直，善飲。遇有所不韙，即權要亦罵之，義形於色，此海内有閻古古善罵座之稱。生平不以詩名，所至輒發爲吟詠①。其詩文類皆忠義奮發，激勵民族思想之作，如《帝統樂章》排斥猾夏，借歷代夷狄淪胥華夏之實而爲之歌。《燕京五詠》有云："掃除胡種落，光復漢威儀。"又云："敬瑭先納地，耶律繼窮兵。禍自中原召，功爲外寇成。久之天意厭，獗厥聖人生。瓦刺三犁後，王藩改帝京。"又有："神州多變故，鬼國出英雄。河朔光華鬱，金元氣數窮。陸沉年四百，復見主人翁。"又《燕京頌》一首，有句云："偶被渥温塵帝座，歸還華夏啟神宫。長城遠扆敦煌右，大海環收肅慎東。"又有："箕尾寅賓須有爲，金元猾夏豈能勝。"又《哭先帝陵》一首云："遁迹江湖二十春，潛來故國察風塵。煤山改作招魂路，柴市漸無灑血人。袞剪圓蹄充韎韐，纓蟠小頂飾金銀。可憐天壽諸陵戶，猶點香燈哭忌辰。"集中指斥清廷，鼓吹民族思想之處，不勝枚舉，凡此皆冒當時之大不韙書之，故其集懸爲厲禁。賴秘密留傳，經時三百年始復現於今日，然幾經删削，散佚泰半矣。玆集於民八由泗陽張湘文（慰西）搜得舊本重爲校訂，爲作年譜、序、跋，並附刻山人孫圻所作傳及鄧之誠跋，彙爲一卷；《白耷山人詩》四卷，雜文一卷，題《閻古古全集》。末有吴其轅跋。

① "至"，原作"在"，據《福建協和大學陳氏書庫所藏清代禁書述略》改。

嶠雅集跋[①]

鄺露字湛若，廣東南海人。生於明萬曆三十二年（1604），死於永曆四年（1650），爲明諸生。少擅書法，工詩文，慷慨自負。嘗游阮大鋮之門，爲大鋮作集序，屢稱大鋮爲石巢夫子，以此詒譏於名教。時明季亂起，乃歷遊於粵西、吴越間。及唐王立於福州，仕爲中書舍人。清兵入閩，乃走廣州，依永曆帝。清兵功粵，城破，露義不改節，抱平生所寶古琴，徐還所居海雪堂，不食而死，年四十七歲。王士禛詩所謂"南海畸人死抱琴"者，即志其節也。著有《赤雅》，乃其遊廣西時徧歷岑、藍、胡、侯、槃五姓土司，因爲猺女雲嬋孃掌書記，歸而述其所見山川、物產、風俗之作也。《四庫》收之。《嶠雅》者，蓋所作詩文集也，係以其手書開雕，首有阮大鋮序。其詩清曠超妙，不染人間煙火氣，頗有李白意境。玆舉其《邊風》一首云："地角寒初斂，天歌風乍飛。大旗危欲折，孤將足何依？送雁侵胡月，驚霜點鐵衣。可能吹妾夢，一爲達金微。"又《黄鶴樓》云："漢陽芳樹古今情，

① 《福建協和大學陳氏書庫所藏清代禁書述略》原題：《嶠稚》二卷，一册，明鄺露著，影印海雪堂寫本。"稚"蓋爲手民所誤。

逐客南浮雁北征。天屬水連巴子國，月明人在武昌城。白雲依舊過全楚，黄鵠何年控太清？日暮數峰青似染，九疑無恙隔湘英。”惜其書於乾隆年間列入禁書，原本傳世者絕尠。兹集爲影印海雪堂寫本。

變雅堂文集跋①

杜濬字于皇，號茶村，湖北黄岡人。生於明萬曆三十九年（1611），爲明副貢生。以避流寇張獻忠之亂，避地金陵，遂久客焉。居雞鳴山之右，茅屋數椽，不蔽風雨。入清後，以奇節自勵，不求利達，一意爲詩，以此聞天下，然不欲以詩人自名也。金陵爲四方冠蓋往來之衝，大吏貴人求詩者踵至，濬多謝絶，然獨推重宣城沈壽民（眉生）、吴中徐枋（昭發）。性廉介，不輕受人惠，晚年窮飢自甘。王獻定（于一）嘗問其窮愁何如往日，濬答云："弟往日之窮，以不舉火爲奇；近日之窮，以舉火爲奇，此其别也。"又曰："吾有絶糧無絶茶。"嘗舉所用茶之敗葉聚而封之，謂之茶邱，作《茶邱銘》。已而貧益甚。康熙二十五年，窟室於蔣山之陽，多往來於維揚之間。渡江數月，竟死揚州，年七十八，時康熙廿六年（1687）六月也。貧無以葬，陳鵬年知江寧府始葬之蔣山北梅花邨。先生著述，手定凡四十七册，多散失，所傳不及十之三。同治間，永康胡鳳丹（月樵）曾刊其文於湘中。是本則詩文合集，爲劉維楨於同治九年所重梓者。計文四卷，多序、記、傳、贊、書、跋

① 《福建協和大學陳氏書庫所藏清代禁書述略》原題：《變雅堂文集》四卷《詩集》十卷附録一卷，八册，清杜濬著，同治九年鄂刻本。

之作。其文多激昂慷慨，怨誹跌宕，讀之令人怡然有讀《離騷》之感，蓋亦其遭際使然也。集亦以此遭禁。如集中之《跋黄九烟戶部絕命詩》、《跋吴初明北征絕句》、《復屈翁山書》、《書陶將軍傳》等，尤觸清廷之忌諱，集之被禁，良有以也。《詩集》十卷，初爲陳師晉所輯，劉維楨重刻。其詩逸情孤詣，迥出塵表，奇崛警健，略無雕刻粗豪之氣。末附録一卷，則皆集諸家與之往來贈答及評、記、墓碣諸篇也。玆集爲同治九年鄂刻本。

嶺南三大家詩選跋[①]

王隼字蒲衣，番禺人。父邦畿，以詩名，明末副貢，入清後隱居浮羅不仕，有《耳鳴集》，亦清代禁書。隼七歲即能詩，早年志切棲遁，嘗入丹霞爲僧，繼居匡廬，六七年後返儒服。性好琵琶聲律，尤喜書卷吟詠。旋娶潘梅元女孟齊，亦能詩，遂樂貧偕隱以終。卒年五十七，私諡清逸先生。著有《詩經正訛》、《嶺南詩紀》、《大樗堂集》、《琵琶楔子》等書。茲所選嶺南三家，爲番禺梁佩蘭（藥亭）、屈大均（翁山）及陳恭尹（元孝）三人之詩。除梁佩蘭外（佩蘭入清官翰林庶吉士），屈、陳二家詩均爲乾隆禁書（已見《翁山詩外》、《文外》及《獨漉堂集》條），故是書亦遭禁燬（見乾隆四十三年十一月初日頒《違礙書目》）。《四庫館查辦違礙書籍條款》復諭令抽出梁佩蘭詩存留。全書卷一至卷八爲梁詩，共選四百五十九首，多由《六瑩堂集》選出；卷九至十六爲翁山詩，所選計四百七十七首，皆由《道援堂集》選出；卷十七至二十四爲元孝詩，共選二百六十九首，皆由《獨漉堂集》選出，各以體分。首有盤麓王煥序，謂"藥亭之詩如良金美玉，韜鋒斂采，温厚和平"；

---

① 《福建協和大學陳氏書庫所藏清代禁書述略》原題:《嶺南三大家詩選》二十四卷，五册，清王隼選，同治戊辰南海陳氏重刊。

“翁山詩如萬壑奔濤，一瀉千里，放而不息，流而不竭，其中多藏蛟龍神怪，非若平湖淺水，止有魚蝦蟹鼈”；“元孝詩如哲匠當前，衆材就正，運斤成風，既無枉撓，亦無廢棄，梁棟榱題各適其用，準程規矩不得不推爲工師。時或咿嚶若伸所痛，則亦小弁之怨，孔子不删，未足痛也”。實則翁山、元孝二家詩，多詠時寄託，微吟深諷，多所隱寓，此所以觸清廷之忌而遭禁絶也。

寧都三魏集跋①

魏際瑞原名祥，字善伯，號伯子，江西寧都人。爲明諸生，明敏強記，熟兵、刑、禮制。國變後，與弟禧、禮並謝諸生，挈家居邑之翠微峰，專肆力古文。士林如李騰蛟、彭士望、邱維屏、林時益、彭任、曾燦等皆依之，以文章氣節相砥礪，名振一時，稱“易堂九子”。康熙十六年，滇將韓大任據贛，當事議撫之，遣際瑞往視，遇害，年五十八。子世傑（字興士），自殺殉焉。際瑞治古文喜漆園、太史公書，著有《魏伯子文集》十卷，《五雜俎》五卷。禧字叔子，一字冰叔，生天啟四年（1624）。十一即補諸生，性豪達，負才略。甲申之變，號慟不欲生，謀從曾應遴起兵不果，遂棄諸生，隱居授徒。束身砥行，才名尤噪。人稱其兄弟爲寧都三魏。門前有池，顏其堂曰勺庭，學者稱勺庭先生。少體弱善病，參朮不去口。性仁厚，寬以接物，不記人過。胸中多奇氣，論事無縱横捭闔，倒注不窮。年四十後，遍遊江淮、吴越間，思廣接天下奇士，聞有明之遺民，則雖崎嶇山水，必造請益。康熙十七年，詔舉鴻博，禧亦被徵，以疾力辭得放歸。後二年（1680）赴揚州，卒於

① 《福建協和大學陳氏書庫所藏清代禁書述略》原題:《寧都三魏集》八十三卷，五十册，清魏際瑞、魏禧、魏禮撰，道光二十五年重刊本。

儀徵，年五十七。妻謝氏，絕食以殉。著有《魏叔子文集》二十二卷,《日録》三卷，詩八卷,《左傳經世》十卷。禮字和公，號季子。少魯鈍，受業於禧，力學弗息。寡言笑，急然諾，喜任難事。以鬱鬱不得志，乃益事遠遊，足跡遍寰中，所至必交其賢豪，物色窮巖遺逸之士。年五十始倦遊，返居翠微峰，教其弟子肆力爲文。卒年六十六。著《魏季子文集》十六卷。子世傚，字昭士，著有《耕廡文稿》十卷；次子世儼，字敬士，著有《爲谷文稿》八卷，與從兄世傑共稱小三魏，皆不仕清，其集皆附刻《三魏集》中。三魏之文，淩厲雄邁，不屑規模，且時抱遺民之戚，志存恢復，故遇明末之節烈奇士，則益感慨激昂，摹畫淋漓；遇忠孝遺孤，尤折節樂道以表彰之。如《叔子集》中之《泰寧二烈婦》、《新樂侯》、《劉文炳》、《蔡忠襄》及《大鐵椎》諸傳，皆有奇俠節烈之氣，爲今人所喜誦者，而其集被列於禁書者亦以此。《奏繳咨禁書目》批云："寧都州魏際瑞等合刻詩文全集，其中多有違悖。"[1]故《四庫》不收。茲集所收，計《魏伯子文集》十卷，附其子魏興士《梓室文稿》六卷;《魏叔子文集》二十二卷,《日録》三卷，詩八卷;《魏季子文集》十六卷，附其子《耕廡文稿》十卷、《爲谷文稿》八卷。其文皆鋒鋭有力，一如其父叔焉。

① "悖"，原作"背"，據《奏繳咨禁書目》改。

賴古堂尺牘新鈔結鄰集跋①

周在浚字雪客，河南祥符人。父亮工，爲明御史，後降清，擢福建左布政，升至戶部右侍郎，有《賴古堂集》，亦清代禁書。在浚夙承家學，工詩詞，博通史傳。嘗注《南唐書》十八卷，爲王士禛所稱。康熙時官至經歷。精於金石之學，嘗合《天發神讖碑》三段，貫以鉅鐵，重爲《釋文》一卷，考證精詳，改正訛誤，曾收入《四庫》。著有《煙雲過眼録》二十卷,《晉稗》、《黎莊集》、《秋水軒集》等。其詩清新雋逸，流傳甚盛。兹集爲在浚與弟在梁（園客）、在延（龍克）集明末清初兩代諸家書札，計書札七百四十有奇，皆選其言切而不膚，詞達而不僻者，釐爲十五卷，冠以凡例二十二則。書成於康熙九年。其集多以收明遺老之作，如李世熊、屈大均、曾異撰、陳際泰、計東、艾南英、李清、錢謙益、孫奇逢、徐枋、高阜、曹溶、杜濬、方震孺、龔鼎孳、魏際瑞兄弟諸作，因以上諸家作品均爲乾隆禁書，是以觸忌被禁。經時百餘年，其書幾絶，至道光六年（1826）始由北平雷學淦重

① 《福建協和大學陳氏書庫所藏清代禁書述略》原題:《賴古堂尺牘新抄結鄰集》十五卷，十六册，周在浚兄弟輯，道光六年重刊本。

爲刊刻於義寧官署。是本卷末有“江西省城□照齋劉貢玉梓版”字樣，並陳文瑞跋一篇。此外尚有宣統辛亥上海國學扶輪社石印本（與道光本同，惟末缺陳跋），及近年上海雜誌公司之鉛印本，題周亮工纂，蓋有誤矣。

邱邦士文集跋[1]

邱維屏字邦士，號幔廡，亦寧都人。生於萬曆四十二年（1614），崇禎九年諸生，爲三魏之姊壻也。國變後棄諸生服，同魏氏兄弟隱於翠微山中，蓬頭野服，講學不輟。日坐舊廬松下，歌誦自娱，人稱松下先生，爲“易堂九子”之一。爲人高簡率穆，廉潔自持。讀書多玄悟，對於曆數、易學及泰西演算法，皆不假師授，冥力思索而得之。僧無可（即桐城方以智）來與佈算，驚爲神人。以不事家人生產貧甚，所居室如斗大，牀竈雞彘雜陳，衣破敝不能易。然人嘗迎致精舍居之，衣以裘綴，直著不辭，視之等於陋室敝衣。蓋其重精神生活，非物質所能移也。年六十尚踐健履。康熙十八年（1679）以病噎卒，年六十六。著有《易剿説》十二卷，《松下集》十二卷,《邦士文集》十八卷，計爲文十六卷，詩十七卷，《天君傳》一卷[2]。魏禧謂其爲文深思窮力，一字不輕下，嘗數月數日不成篇，故其發爲文辭，醖釀積鬱，湛深根底，而氣體渾脱，無前人章句蹊徑。除古文辭外，多數理、易數、陰陽、五行之説，以

---

① 《福建協和大學陳氏書庫所藏清代禁書述略》原題:《邱邦文士集》十八卷，清邱維屏撰，光緒元年重刊本。

② 按，集十八卷，凡文十六卷；卷十七爲詩，卷十八爲《天君傳》。

勾股乘積諸法繪圖分合，而更以六十四卦之數引伸，觸類旁通增益之。如集中之《玄空五行解》、《滴天髓論》、《紫微斗數五行日局解》、《京房卦氣攷》諸篇，皆以數解易，奥折出之，真自成一家之學也。其文尤雅潔精微，議論馳驟，别饒理趣；詩亦雋穎。末卷只存《天君傳》一篇，蓋爲性理之寓言也。其集於先生死後四十年始由其文孫志本鳩集，刻於康熙五十八年（1719）。因集中多處抵觸清朝忌諱，列爲禁書，版已久燬，書亦罕傳。經時百餘年，至道光十七年（1837），復由其六世孫滌以舊本重付剞劂，而去其字句之有違礙者，故集中多空格。其原缺第十八卷只補《天君傳》一篇①，他皆不可得見矣。是本則爲光緒元年（1875）周郁文（簡可）重刊本，首有道光三年河南學政盧浙序，及康熙間楊龍泉、鄭霽、邱尚志等原序。

① “八”字原脱，據《福建協和大學陳氏書庫所藏清代禁書述略》補，並核《邱邦士文集》原書。

寄園寄所寄跋[①]

趙吉士字恒夫，一字天羽，號漸岸，以所居曰寄園，故又以爲號焉。安徽休寧人。生於天啟七年（1627），入清後寄籍杭州，補諸生。順治八年（1651）舉人，康熙七年（1668）選山西交城知縣。縣北有交山者，巖谷深邃，與静樂所逮諸山相屬，袤延八百里，自明季爲盜窟，滋蔓劫掠，官兵不能制。吉士既至，以計剿撫，羣盜悉平。治交城五年，百廢俱舉。以平賊功，擢升户部主事，以母喪憂歸。服除，補故官，復以父喪歸。再起爲户部主事，康熙二十五年（1686）擢户部給事中。有忌者劾其冒籍，交部議處，被黜。旋補國子監丞。康熙四十五年（1706）卒於官，年八十。著有《萬青閣集》、《續表忠記》等。《寄園寄所寄》者，蓋爲仕隱京師寄園時，由羣書中所抄輯之遺聞佚事也。凡分十二門，曰《囊底寄》，皆智術事也；曰《鏡中寄》，皆忠孝節義事也；曰《倚杖寄》，述山川名勝也；曰《燃鬚寄》，詩話也；曰《滅燭寄》，談神怪也；曰《焚塵寄》[②]，格言也；曰《獺祭寄》，雜

① 《福建協和大學陳氏書庫所藏清代禁書述略》原題:《寄園寄所寄》十二卷，八册，清趙吉士撰，原刻本。

② “塵”，原作“麈”，據清康熙刻本《寄園寄所寄》改正。

録故實也；曰《豕渡寄》，考訂謬誤也；曰《裂眥寄》，記明寇亂及殉國諸人也；曰《驅睡寄》，遊俠方技之遺事可資談助者也；曰《泛葉寄》，皆徽州佚聞也；曰《插菊寄》，皆諧謔事也。所輯共五十九目，蒐集古今書籍約一千七百三十餘條，計古事十之二三，明季事十之七八。間有抄自禁書者，故安徽撫院閔鶚元咨會禁燬，斥其書爲“悖逆誣妄，語多狂吠”，因而被禁。《四庫》存其目。今書爲康熙間原刻本，首有趙士麟一序。

續表忠記跋[①]

是書原爲四明盧宜（公弼）所彙輯，吉士病其所載多有罣漏，而一事異辭者又鮮所抉擇，故以舊著《寄園雜録》相與參考而增損之，名曰《續表忠記》。以所記皆爲明萬曆以後忠義死節之士，又以明錢士升已有《表忠記》記明代節烈諸臣，故此以續爲名。所載凡百二十三人，首列顧憲成、趙南星、鄒元標等東林諸子之死於魏閹之禍者；後所記則皆甲申諸臣死於闖賊者。紀昀謂此其書參雜東林諸子，體例不純，斥爲未絕明末標榜之風，故不收其書入《四庫》，只存其目。實則其書間及明末清初時事，有所忌諱，故不收耳。是書《全燬書目》作《二續表忠記》八本，蓋"二"字爲衍文，實即是書也。書成於康熙三十七年，首有趙吉士及汪灝序，首卷端有"櫟園"及"文章千古事，忠孝一生心"二印記。

① 《福建協和大學陳氏書庫所藏清代禁書述略》原題:《續表忠記》八卷，八册，趙吉士撰，康熙寄園家刻本。

呂晚村文集跋[①]

呂留良字莊生，又字用晦，號晚村，又號何求老人，浙江崇德縣（舊曰石門）人。生於明崇禎二年（1629）。父元學，號澹津，萬曆庚子舉人，卒於崇禎元年，故先生爲遺腹孤。幼而神悟過人，八歲能文。十六遭喪亂，明社傾覆。先生眼見故國淪亡於異族，其姪宣忠殉國於虎林，中心疚抑，已伏排滿之思，故雖於順治十年（時年二十五歲）一度應試，旋即棄舉業，與其友陸雯若等評選程墨爲活。文章一經評選，輒聲價十倍。康熙初元，乃讀書於家園之梅花閣，與黄太冲（宗羲）、黄晦木（宗炎，宗羲弟）、高旦中（斗魁）、吴自牧（之振）等以詩文相唱和。嘗有詩云："誰教失脚下漁磯，心跡年年處處違。雅集圖中衣帽改，黨人碑裡姓名非。苟全始信譚何易，餓死今知事最微。醒便行吟埋亦可，無慚尺布裹頭歸。"其重氣節、反異族之思想，洋溢紙上。又云"甑要不全行莫顧，簣如當易死何妨"之句。於康熙五年避不應試，被革，歸臥南陽村，與桐鄉張考夫（履祥）、鹽官何商隱、吴江張佩葱（嘉玲）等發明

① 《福建協和大學陳氏書庫所藏清代禁書述略》原題:《呂晚村文集》八卷附録一卷，一册，清呂留良著。

洛閩之學，編輯朱子書以嘉惠學者。其反清言論，民族思想，無所發洩，一寄之詩文評語，大聲疾呼，不顧世所忌諱。窮鄉晚進有志之士，聞而興起者甚眾，先生則身益隱，名益高。康熙十七年，詔開博學鴻詞科，網羅遺逸，有以先生之名薦，牒下，誓死不受。十九年，又以山林隱逸薦。先生聞之，嘔血滿地，乃於枕上剪髮，襲僧伽服，曰："如是庶可以舍我矣？"僧名耐可，字不昧。築風雨庵於吴興埭溪之妙山，四方學問之士晨夕從遊。康熙二十一年（1683），先生病革，猶補輯朱子《近思録》及《知言集》二書，手批目覽，矻矻不休，然卒未成而死，年五十五歲。然先生雖死，其言論思想固傳播於士大夫間，故死後四十七年，於雍正七年間而有呂留良文字獄之暴發。緣其時有湖南人曾靜（號蒲潭）於應試時得讀晚村所評時文，內有"夷夏之防"及"井田"、"封建"諸議論，深合其心，乃遣其徒張熙赴浙訪求遺書於晚村之家，晚村子毅中盡授其書。中多排滿革命之論調，益深服其説，乃遣張熙上書於川陝總督岳鍾琪，言其爲岳武穆之後，應起而實行驅逐滿族，排斥雍正人格之卑劣。鍾琪拘之，刑訊究問其指使之人，張熙甘死不吐。鍾琪乃置之密室，詐許迎聘其師，共謀起事，且佯與發誓，張熙始將曾靜供出。鍾琪乃具奏，併以呂留良之書奏聞。旨提曾靜、張熙、呂留良家族及其徒嚴鴻逵、沈在寬等，解赴刑部嚴訊。其羅緝之廣，情形之慘，可於《東華録》及《清代文字獄檔》等書見之。呂留良及其子呂葆中俱戮屍梟示，呂毅中斬立決，其孫輩及婦女族人等均發配寧古塔，給與窮披甲人爲奴，其徒嚴鴻逵、沈在寬均凌遲處死，其祖、父、子、孫、兄、弟、伯叔父兄弟之子，男子十六歲以上者皆斬立決，男十五歲以下俱給功臣家爲奴，財產入官。至於藏書之人，刻書之人，作序之人，皆被涉及，被累者達數百人。其案牽至乾隆三十二年始行完結，其情形之酷，有難以筆墨形容者。呂留良遺著評述多至五十餘種，然經有清一代不斷搜羅焚燬，已磨滅殆盡。是集係陽湖錢振鍠（字庸人）所刻活字本，計書四卷，序論文一卷，論辯記題跋一卷，墓誌銘祭文一卷，雜著一卷。末附略一卷，係其子公忠所作。首有振鍠序一篇，敘得此集之涯略。

呂晚村詩集跋[1]

晚村著作經三百年之焚燬，幾已絕跡，世人或遇片紙隻字，珍同和璧。是集係翻印本，其原本或爲乾隆間繕稿（晚村子葆中所繕），爲黄丕烈（蕘圃）所得者。卷端有序三篇，其一云："此呂恥翁詩稿也。翁名留良，字晚村，原名光輪，恥翁乃其自號，或作恥齋，禾之石門人。是册予得於古鹽故家某，前有其先人序跋全頁，述所得原委及詩隱微之旨頗詳。惜某過於謹慎，將序跋折去燬之，並囑予諱其事。因識數語於簡端，告夫後之得是書者，知所寶護，弗輕視之。"末署"第七十六甲子之丁亥歲秋七月既望，養恬盦主（丕烈别號？）書於武原邸舍"。其第三序則署名"風塵逸客"。茲集爲詩共五百有四章，分彙曰《萬感集》、《悵悵集》、《真臘凝寒集》、《零星稿》、《東將詩》、《欬氣集》、《南前唱和詩》諸篇，末附《補遺》二十四首，蓋經其原删而復存者。

① 《福建協和大學陳氏書庫所藏清代禁書述略》原題:《呂晚村詩集》不分卷，四册。

何求老人殘稿跋[①]

是集與前書大略無異，第所録者只《萬感》、《悵悵》、《夢覺》三集而已。其書原係鈔本，蓋爲敦源之母汪夫人得之於其姑左太夫人，而左氏又得之於其先世者也。首有敦源所作二序，及《何求老人傳》一篇，蓋亦據晚村子公忠所作行略而成者。江安傅增湘（沅叔）所存，與是本無異，惟增補七律一首、注數處，已經敦源校正補録之。按晚村之詩，清禁書綦嚴，而刊本絕鮮，然重其人與言者，秘密流傳，互相傳鈔，自不能已。其詩頗近宋人，所作多家國身世之感。如《悵悵集》有："躍馬誰當據要津，騎牛何處會真人？閉門甲子書亡國，闔戶丁男坐不臣。鯨卒敢爭莝豆食，髡鉗未許漆塗身。縱然不死冰霜下，到底難廻幕北春。"又如《祈死詩》則云："貧賤何當富貴衡，今知死定勝如生。泰山已撫鴻毛重，鬼窟猶爭漆火明。……"又有"清風雖細難吹我，明月何嘗不照人"諸句，其眷懷故國也如此。其他之寓意深隱者，比篇皆是，有心人可以諷詠會意而得其旨耳。

① 《福建協和大學陳氏書庫所藏清代禁書述略》原題:《何求老人殘稿》不分卷，一册，鉛印本，民十九年常熟言敦源印本。

呂晚村先生家訓真蹟跋[1]

是篇首列《梅花閣齋規》，蓋先生於退隱家園時課子所定之規則也。次列《家範》，以示兒媳者。曰《戊午一日示諸子》，則爲先生五十歲生辰，書禁其子爲其做壽之語。曰《遺命》，則爲其五十五歲臨終之遺囑也。其他諸篇，多係與其子姪之往來書帖之關於家事者。其第五卷則爲其示兒之詩文，斷簡零篇，綴拾而成書。末有私淑門人員賡載之跋語一篇。清代以異族入主中華，明室遺逸多抱排滿復明之志，武力既不能勝，乃假文字以漸漬文人學士之思想[2]，以鼓吹革命。故其卒也，有文字之獄，歷雍乾兩朝而益厲。人民蜷伏於積威峻法之下者垂三百年，而遺老著作尤被搜括焚燬無遺，晚村之手蹟尚得流傳於今日者，蓋亦幸矣。《禁書總目》作《晚邨家訓》，蓋即是書也。

① 《福建協和大學陳氏書庫所藏清代禁書述略》原題:《呂晚村先生家訓真跡》五卷，一册，影印本。

② “士”，原作“生”，據《福建協和大學陳氏書庫所藏清代禁書述略》改。

戴南山先生古文集跋[①]

戴名世字田有，一字褐夫，安徽桐城人，卜居南山之硯莊。生於明永明王永曆七年（即清順治十年，1653）。少負奇氣，才思艷發。好讀《左氏傳》及太史公書，以史才自負。尤喜搜羅明代軼聞逸事，時訪明季遺老，考求古事，冀成明史。並著《孑遺録》，以紀桐城於崇禎末年被流寇圍攻，及清兵入城事以見其概。以壯年不遇，窮遊潦倒[②]，尤多憤慨嫉俗之作。以是積學之士皆慕其名與之交，而權勢者則畏其口而忌其能。當是時詔修《明史》，史館徵求遺書，凡事涉鼎革之際，民間多諱不敢録。先生心竊痛之，欲網羅散失，乃購得桐城方孝標著《滇黔紀聞》一書，中多述明末清初事。又嘗聞其門人余湛（字石民）得晤釋氏犁支，談明桂王被清兵所殺事。蓋犁支本爲桂王宦者，皈依釋氏者。乃作書致余生，詳詢其事，令余生一一書示，乃據而與《滇黔紀聞》互爲參照，考其異同，且作書與余生論其事。書中有句云：“昔者宋之亡也，區區海島一隅僅如彈丸黑子，不踰時又已滅亡，而史猶得備書其事。今以

---

① 《福建協和大學陳氏書庫所藏清代禁書述略》原題：《戴南山先生古文集》十四卷《補遺》三卷，八册，清戴名世著，光緒壬寅重刊本。

② “遊”，疑當爲“愁”。

弘光之帝南京，隆武之帝閩越，永曆之帝兩粵、滇黔，地方數千里，首尾十七八年，揆以《春秋》之義，豈遽不如昭烈之在蜀，帝昺之在崖州？而其事漸以滅没。近日方寬文字之禁，而天下所以避忌諱者萬端，其或菰蘆山澤之間，而廑廑議其梗概，所謂存什一於千百。而其書未出，又無好事者爲之掇拾流傳，不久已蕩爲清風，化爲冷灰。至於老將退卒，故家舊臣，遺民父老，相繼漸盡，又文獻無徵，凋殘零落，使一時成敗得失，與夫孤忠效死、流離播遷之情狀，無以示於後世，豈不可歎也哉？”康熙四十一年，其門人尤雲鄂爲刊其文行世，名曰《南山集》。集中多採方孝標所紀事，而《孑遺録》及余生書亦在集中。至康熙四十四年，名世應順天鄉試中式，四十八年殿試以榜眼及第，時年已五十七矣。康熙五十年，御史趙中喬據《南山集》奏參名世“語多狂悖，逞一時之私見，爲不經之亂道”，旨發刑部嚴審。康熙五十一年，判戴名世所著《南山集》、《孑遺録》內有大逆語，應凌遲；方孝標著《滇黔紀聞》亦有大逆語，應剉屍；而家之祖、父、子、孫、兄、弟及伯叔父兄弟之子，年十六歲以上者俱查出解部立斬；其母女妻妾、姊妹子之妻妾十五歲以下，子、孫、伯叔父兄弟之子亦俱查出給功臣家爲奴；其餘刊校作序者均應斬，妻子充邊。是案干連三百餘人，康熙覽奏惻焉，因諭戴名世免凌遲，著即處斬，其餘方孝標之子孫俱從寬免死，並其妻子充發黑龍江。名世死時年六十一，論者哀之。茲集《禁書總目》作《南山集》。閱二百年後，至道光廿一年（1821），始由其宗裔戴蓉洲遍爲搜訪，補輯散佚，排纂編次，訂爲十四卷。輾轉傳鈔，至光緒六年（1880）始由王鏡堂鐫以行世，未竟而卒。復踰二十餘年，始由桐城張仲沅取舊鈔蓉洲訂本參校，復旁羅十餘首，補遺三卷，刊成是書。全書卷一爲論説；卷二至卷四爲序；卷五爲書,《與余生書》在焉，其得罪之由也；卷六爲贈序；卷七至九皆傳記；卷十墓誌；十一記；十二雜著；十三紀行；而殿以《孑遺録》，先生得意之作，亦賈禍之源也，本係單行，今附刻於此。其補遺之文六十餘首，類皆政治時事之議論，爲蓉洲認爲特議過當，立説太激，爲之删削者，今亦裒集於此。首有朱書、方苞、尤雲鄂序，徐宗亮所作傳，及張仲沅所作年譜，末有張跋。是書另有民國十一年皖黄寶文書局刻本，蓋即據沅刻重刊者也。

天潮閣集跋[①]

劉坊原名琅，字季英，號鼇石，福建上杭人。生於明永曆十二年，即清順治十五年（1658）。明雲南永昌通判劉廷標之孫，戶部主事之謙之子也。坊生於雲南，甫八月清軍已入滇，永曆奔緬甸，之謙死之，全家殉難者八十餘人。其母携之避難騰陽，旋亦去世。先生內無格親，外無宿懽，卒克自立，年十五六即能詩。時吴三桂叛清自立，建國大周，先生作《哀雲南曲》一首，决其必敗，尤有先見之明。年十九，以永昌僻處天末，慨然興放遊四方之志，遂自蜀中至南嶽，遍歷嘉陵、峨眉、衡山諸勝。隨軍入粤，將假道歸閩，至韶不果。年二十一，始由楚歸上杭，館於伯子家。名其所居爲天潮閣，蓋隱寓大明之意也（有《天潮閣記》）。先生雖返上杭，終年出遊。嘗度仙霞，經兩浙，而北往燕京者年餘。復出遊廣南，孑身訪羅浮，過惠州。嘗登海陵之山，爲文祭宋越國公張世傑。所至輒訪求遺老，所最推崇者如衡陽王夫之，江右丘維屏，寧化李世熊，南海陶葉，明州萬季野，皆明季遺逸遯跡山林者也。先生少經喪亂，以祖父全家皆死國難，胸中抑鬱牢騷不能自已，故其發爲文

① 《福建協和大學陳氏書庫所藏清代禁書述略》原題:《天潮閣集》六卷，一册，劉坊撰，鉛印本。

章皆惓懷家國，悲憤不平。以遨遊四方，奔走無定，終身不娶。康熙五十二年（1713），年五十六，卒於寧化李求可（世熊子）家，葬諸茶窠山元仲先生墓側。茲集所收者，皆先生遊歷酬贈之作，身世之感，特借文字以寓其牢愁者也。乾隆之世，文網繁密，稍露故國之思，即觸其忌，故是書亦列禁書（按《禁書總目》，劉坊誤作劉芳）。時經二百餘年，原本絕稀，茲爲民國五年上杭丘復爲之重輯散佚，並旁搜遺著，彙訂諸傳，印以行世。凡爲文一卷，爲詩五卷，末附詩餘。

寧齋序跋集卷下

壯悔堂文集跋[1]

侯方域字朝宗，號雪苑，河南商邱人。生於萬曆四十六年（1618）。父名恂，爲戶部尚書。域幼隨父宦京師，習知朝事，能別士大夫賢否，頗負氣節。又嘗問題於倪元璐，元璐教之以爲文之法。年二十二應試南京，得交陳貞慧（定生）、吴應箕（次尾）及冒襄（辟疆）等南中諸名士。時故魏閹義兒阮大鋮屏居金陵，謀復用，諸名士作《留都防亂揭》檄其罪，大鋮愧且恚，然無可如何也。因知方域與諸名士善，因屬其客通好侯生，方域佯應之。與諸名士置酒秦淮，縱論天下事，語涉大鋮，擊手唾駡不絶，大鋮恨之刺骨。甲申（1644），崇禎殉國，南都擁立福王，大鋮驟得志，乃興大獄，欲盡殺黨人，捕貞慧入獄。方域夜走渡長江，依鎮帥高傑得免。入清隱居不出，雖已以明經累舉於鄉，輒報罷。初放意聲伎，已而悔之，乃發憤爲詩古文，刻其集曰《四憶堂詩集》及《壯悔堂文集》。順治十一年卒，年三十七。兹集十卷，計分序、書、奏議、傳、記、論、策、説、書後、墓誌、祭文等。其文大抵宗法韓、歐而長於敘事，與寧都魏禧、長洲汪琬齊名。因感於明末之時

① 《福建協和大學陳氏書庫所藏清代禁書述略》原題：《壯悔堂文集》十卷，四册，清侯方域著，嘉慶甲戌重刊本。

勢[1]，故於文頗多不平之氣，而字裏行間，每露明室遺民之感，亡國之痛。文中如《寧南侯傳》、《任源邃傳》，所敘皆明末事，尤觸清廷之忌，故其集懸爲厲禁，其版久滅。茲集於嘉慶十七年（1812）間始經其裔孫資燦重梓行世，然較之原版已汰去文十五篇，如《李姬傳》、《豫省試册策》等，惟尚附存其目以備考。他如篇中有削去字句者，皆語涉忌諱，依四庫館録明季遺集之例，概已删去矣，惜哉！書經二年至嘉慶十九年始刻成。首有徐隣唐爾黄、徐作肅二序，末有朱錫穀跋。

① “於”，原作“其”，據《福建協和大學陳氏書庫所藏清代禁書述略》改。

清流摘鏡跋[1] 一九六二年八月一日

有明之亡，亡於門戶之爭。門戶之爭肇於三案，於是君子小人互爲指斥，東林閹黨共相醜詆，馴至國事成蜩螗沸羹之局，用人爲意氣朋黨之爭，以致邊疆日蹙，民生凋敝，而明社終因之以屋[2]。是書成於崇禎元年五月，作者王嶽，當係在魏閹伏誅之後所記。書共六卷，一黨禍根源，二黨禍發端，三特旨處分，四特疏糾彈，五守正諸臣[3]，六建祠諸臣。今存四卷，五六缺焉。書爲郡公鍾室鈔本，兹從北京圖書館借得[4]，特爲轉録，並爲校勘一過，頗多魯亥。以謝國楨氏《晚明史籍考》所録鈔本序文校之，瑕瑜互見，異文已多，可見傳鈔之本改易面目，未可徵信也。惜未得別本而細校之，凡塵落葉未能盡掃耳。

---

① 又，手稿存館藏抄本《清流摘鏡》卷首。文末署“金雲銘記於一九六二年八月一日院之療養室”。

② “因”字原脱，據手稿補。

③ “諸”字原脱，據手稿補。

④ “從”字原脱，據手稿補。

獨漉堂全集跋[①]

陳恭尹字元孝，初號半峰，晚號獨漉子，廣東順德人。生於明崇禎四年（1631），年十五補諸生。父邦彥，於永曆元年率兵攻廣州以抗清兵，被執殉難，兄弟皆死。時恭尹年十七，易服逃出，棲止於父友湛珩如家，匿複壁中者年餘。及李成棟叛附桂王，迎王都肇慶，兩粵初定，恭尹出複壁，赴肇疏陳父殉難狀，得贈兵部尚書，謚忠愍，世襲錦衣僉事。永曆二年，成棟兵至贛州敗歿，清兵再入廣州，桂王奔梧州。永曆四年，恭尹避兵西樵，時已無家可歸。每念及國破君亡，全家被戮，輒失聲慟哭，欲以身殉，乃間關至閩浙。時明唐王既没於汀州，鄭成功屯兵海上，魯王敗竄舟山，勢益不振。恭尹知不可爲，流落於閩浙者七年，始歸粵葬其先人。後泛舟出虎門，渡銅鼓洋，訪明遺老。久之歸娶珩如女。旋與陶窳（苦子）、梁無枝（器圃）就同邑何衡、何絳家，抑志讀書，以有用之學相砥礪，世稱北田五子。二十八歲復遊贛州。時永曆帝奔雲南，恭尹欲往從之，以清兵進戰，滇黔路絕，乃轉泛洞庭，再遊金陵，至汴梁，北渡黃河。旋聞永曆奔緬，緬人執之以獻於吴三

① 《福建協和大學陳氏書庫所藏清代禁書述略》原題:《獨漉堂全集》三十卷《續編》一卷附《年譜》一卷，十册，清陳恭尹著，道光五年刻本。

桂，被害，尹大慟失聲。自是南歸，戢影田間，築室羊城，以詩文自娱，自稱羅浮布衣。康熙四十年（1701），年七十一卒。所著《獨漉堂集》，計詩集十五卷，文集十五卷，續編一卷。其爲詩真氣盤鬱，激昂頓挫，足以發幽憂哀怨之思，而寓忠孝纏綿之致。因其憂患餘生，故於文辭類皆取諸胸臆，而縱横變化實擅其勝。如《過金陵夜泊》云："故鄉殘照在，一望尚崢嶸。山擁吴雲峻，天連楚水平。到秋禾黍意，爲客古今情。高寢長松外，遺臣怯近城。"其氣格之高古，足以出入漢魏。又《虎邱題壁》云："虎跡蒼茫霸業沉，古時山色尚陰陰。半樓月影千家笛，萬里天涯一夜碪。南國干戈征士淚，西風刀剪美人心。市中亦有吹篪客①，乞食吴門秋又深。"其奇警蒼涼，力透紙背，沉痛哀怨，有愴悅若難以爲懷者。其詩傾動一時，與屈大均、梁佩蘭齊名，世稱嶺南三大家。王漁洋且稱其詩爲清迥拔俗，得唐人三昧。趙執信、杭世駿、洪亮吉等尤推重之。其集於雍正八年以廣東巡撫傅泰之奏參，以中多悖逆之詞，隱存不平之氣，又將前朝稱呼空抬一字，與《屈翁山集》同遭禁燬，原板久佚。茲集於道光間始由其裔孫量平翻刻，復網羅奏疏、碑文附之篇末，爲《續編》一卷。首有彭士望、趙執信、潘鼎珪原序，及自序。末有梁佩蘭撰行狀，及馮奉初所撰傳等。附刻年譜，爲清温肅所著，於先生之軼事及明清間之史實記之尤詳。

① 原注：吹篪疑是吹簫筆譌。

偏行堂集跋[①]

金堡字道隱，號今釋，又號澹歸，浙江仁和人。明崇禎十三年（1640）進士。及永曆即位桂林，官至御史。時李元允（李成棟子）當國，堡與袁彭年、劉湘客、丁時魁、蒙正發附之，有五虎之號，目爲“楚黨”，把持朝政，與“吴黨”陳邦傅等互爲傾軋。及李元允出守肇慶，吴貞毓疏劾堡等專横，乃被杖戍。明亡後，堡落髮爲僧，居韶州之丹霞山莊，嘉湖大叢林皆有其蹤跡。所著有《偏行堂正續集》、《丹霞初二集》、《夢堞庵詩》、《梧州詩》、《臨青去去集》、《粤中疏草》、《行都奏議》、《四書議》、《偏行堂雜劇》等。《全集》舊存韶州丹霞寺，被揭發後，概爲銷燬。其情形可於乾隆四十年十一月十六日兩廣總督李侍堯、廣東巡撫德保《查辦澹歸墨蹟詩集丹霞碑記摺》内見之，其略云：“臣等伏查僧澹歸即金堡，所著《偏行堂正續集》，……語多悖逆，不容任其流傳。先經臣德保於暫兼督篆任内查出奏明進呈，並將《偏行堂》版片委員解赴軍機處在案。茲奉諭旨：金堡詩集之外，尚有碑記墨蹟等類留存寺中，亟應燬除淨盡。臣等遵，即密委廣州府知府李天培馳赴韶州

① 《福建協和大學陳氏書庫所藏清代禁書述略》原題：《偏行堂集》十六卷，八册，金堡著，宣統辛亥（1911）上海國學扶輪社印本。

府，會同南韶道李璜前往丹霞，悉心查辦。凡金堡所有墨刻墨蹟，逐一查出，現存碑石，摸搨進呈，一面椎碎拋棄，不使片紙隻字復有留存。並將其支派僧眾悉行逐出。……現據省中書賈、寺僧呈出《丹霞志》一部，《徧行堂隨見録》一本，與金堡墨刻各種。檢閲《丹霞志》內詩文語録，諸多悖逆。且有徐乾學爲伊撰製塔銘，知金堡尚有《嶺海焚餘集》、《梧州詩》二種。並查出院兩處，一名會龍庵，在韶州府東門外；一名龍護院[①]，在南雄府城。恐有金堡碑記字蹟及其支派僧眾，現亦一體查辦。又墨刻內有尚、耿二逆《重修省城光孝碑記》，係金堡撰文。此碑固應銷燬，而逆蹟亦不使留貽，凡伊等所豎之碑. 業已一並椎碎。竊思金堡既已託跡緇流，苟延殘喘，復與官員結納，妄呈筆墨，肆其妄吠，實爲覆載難容。查《丹霞志》載海螺岩有金堡埋骨之塔，刊刻銘誌亦應刨燬。現又飛飭委員查辦，不使存留。至金堡當日蹈襲虛聲，恐無識之徒或有將伊詩文採入志乘，臣等已札司調集磨勘。如有記載之處，持板鏟削，以清穢蹟"云云，其雷厲風行，極其專制之淫威，甚至殃及當日助刊之人，收藏之人（如高秉、高棶、高樺等全族之人），相率駢僇，没收其產，蓋亦慘矣（詳見《清代文字獄檔三集》）。本集原係江南圖書館抄本，首十二卷爲文，後三卷爲詩，附詩餘，前有清來賓縣知事當湖沈皞日序，及番禺僧今辯序。疢焉以未見前集爲言，據此則是編爲續集無疑。末有宣統辛亥歸安王文濡跋，蓋即校刊是書竣事時所作也。在清代文網森嚴之下，灰燼之餘，得此吉光片羽，賴以流傳，蓋亦幸矣。嗟乎！無平

① "院"原脱，據《福建協和大學陳氏書庫所藏清代禁書述略》補。

不陂，無往不復。在當時者逞其一世之淫威，大興文字之獄，動輒牽累多人，自謂其壓力可以夷滅一切，而百世之後徒爲唾罵之資。亦可見直道自在人心，而浩然之民族正義，縱畢力芟除，而卒難淨絕也。

爝火録跋[①] 一九六二年八月二日校竟附記

《爝火録》殘本一册，存卷首、引用書目、序例、目次、論略及紀元、續表等一卷，全書應共三十二卷，清江陰李天根著。天根字大木，號雲墟散人。著有《雲墟小稿》及《紫金環》等傳奇多種。一門風雅，高尚不仕。今觀此書序目，知係記南明五藩諸朝事，實爲編年體裁，起甲申崇禎十七年三月，至壬寅永曆十六年十一月末。另輯附記一卷，記臺灣鄭成功事，迄康熙二十二年鄭克塽降清止。因其書成於乾隆十三年，故以清代年號紀年，下附諸王年號。引用書籍多至一百五十四種，其間頗有今日失傳或不經見之本。蓋其書成於乾隆禁燬野史之前[②]，故能搜集較易也。此書亦爲清代禁書之一，傳本甚罕，已知者有吴興劉氏嘉業堂所藏鈔本及北師大藏傳鈔本。此本係借自北京圖書館，惜未得其全帙者一抄，以備研討南明史籍者之需耳。

---

① 又，手稿存館藏抄本《爝火録》卷首。文末署“金雲銘，一九六二年八月二日校竟附誌”。

② “書”後手稿原有“係”字。

山書跋① 一九六二年七月八日

《山書》十八卷，孫承澤撰。承澤字耳北，號退谷。益都人，世籍上林苑，故自稱北平人。明崇禎進士，官給事中，降清後官至吏部左侍郎。此書紀崇禎一朝事實，起元年，迄十七年，年繫數十事，多以四字標目。其體例既非紀事本末，亦不類編年，略似沈德符之《野獲編》。所録多出自諭旨章奏，其書足可補《明史》及《明實録》所缺略。承澤以靦顔事二姓，此書當作於入清以後，休致之時，故卷端題銜作"予告休致光禄大夫、太子太保、都察院右都御史、管吏部左侍郎事"。其書因康熙四年詔求天啟、崇禎兩朝事跡，因以上呈史館。名《山書》者，因其退歸山林所書也。其書中緬懷故國，追述墜緒之情，見於言辭，或思以此贖其內疚耶？此書未有刻本，所流傳者均爲抄本。今已知者，一爲海鹽朱氏藏鈔本，一爲吴興徐氏藏鈔本，一爲涵芬樓藏鈔本，一爲汪氏開萬樓藏鈔本。此則爲朱彝尊藏本之直接照相本，原藏北京圖書館。前後無序跋，未列康熙四年上諭，亦未開承澤呈書之由，當係

① 館藏抄本《山書》卷首存稿，疑係過録稿。文末署"一九六二年七月八日，金雲銘於院之療養室"。

出自乾隆三十年以前寫本。四庫館開之後，乃列入禁書，故傳本極罕。遂亟爲迻録藏館[1]，並略加點校。然此書因輾轉傳鈔，其間誤文脱字，至於不可句讀。以未得別本可資訂補，故寧從闕疑，未敢遽以臆改也。

① "遂"，過録稿作"乃"。

同人集跋①

冒襄字辟疆，號巢民，又號樸巢，江蘇如皋人。生於明萬曆三十九年（1611）。崇禎十五年以副貢生特舉司理官，以親老不仕。少遊董其昌門，其昌以王勃目之。既冠，風流蘊藉，文采輝映。所與遊者皆當時俊彥，如桐城方以智（密之）、歸德侯方域（朝宗）、宜興陳貞慧（定生），皆爲莫逆，時稱四君子。襄尤高才飈湧，矜持名節。時天啟間奄黨禍國，掠死東林六君子，襄因與其遺孤結復社於金陵，置酒桃葉渡，慷慨悲歌，痛詈馬、阮。馬、阮故奄黨也，憾之刺骨。及當國，大興黨獄，捕貞慧幾死，襄僅免。國變後，定生、朝宗相繼没，密之爲僧以去，襄雖屢被薦召，皆辭不就。家故有水繪園，饒池沼亭館之勝，乃廣邀四方名士，自教聲伎，製詞曲，遊宴無虚日。每於酒酣耳熱，縱談前代名卿，黨逆門戶，排擊是非邪正。南都才人學士、名倡狎客、遺逸緇羽之倫，皆來就之，有賓至如歸之樂。又好周人之急，嘗鬻産兩救凶荒，而園亦遭火，家由是中落。晚年卻掃家居，構匿峰廬，以圖書自娱。年八十猶作擘窠大字，體勢遒媚，人爭寶之。康熙三十二年（1963）

① 《福建協和大學陳氏書庫所藏清代禁書述略》原題:《同人集》十二卷，冒襄輯，咸豐九年重雕版。

十二月卒，年八十三，私謚潛孝先生。著有《水繪園詩文集》、《樸巢詩文集》。茲《同人集》十二卷，係其六十年中師友投贈詩文，皆一時名流碩彥之作，經其裒集成編，其間世事之遞遷，人情之迭異，風流之艷跡，慷慨之悲歌，莫不流傳簡牘，纏綿悱惻（如悼姬人董小宛詩文至百餘首），讀之令人於百世後猶可想見其當日之盛也。全集以體分彙，計卷一序文，卷二壽文，卷三爲傳記題跋等，卷四尺牘，其餘則皆古今近體詩及詩餘。卷首有李清、吴綺、韓則愈、張大心等序，及冒襄像、傳、墓誌等。原書殆爲康熙十四年間所刻，乾隆間列爲禁書。安徽撫院閔某且斥之爲"悖逆誕妄，語多狂吠"，藏板入官，書籍焚燬。茲版爲咸豐己未（1859）其族孫冒溶搜得水繪庵原本，據以翻刻，字大清晰，頗爲難得佳本也。

亭林文集跋[①]

顧炎武初名絳，字寧人，號亭林，江蘇昆山人。萬曆四十一年（1613）生。年十四補諸生。耿介絕俗，志操不羣，惟與同里歸莊友善，共入復社，一時有“歸奇顧怪”之目。明社既屋，魯王立於南都，乃與莊就縣令楊永言等起兵抗清於吴江，授官兵部司務，事敗走免。嗣母王氏未嫁守寡，聞兵敗，不食而死，遺命炎武勿事二族。旋唐王立於福州，召炎武，以母未葬不果行。順治七年，有怨家欲陷之，乃微服作商賈客遊江浙間。四謁孝陵，居神烈山下，自署蔣山傭。順治十二年歸里，有僕謀告炎武通海，先生縛而沉之水。事發，賴其友路澤農救之得免。遂去，之山東，墾田於章邱之長白山下。復徧遊北塞，出山海關，所至圖其山川形勢。順治十六年，至昌平拜謁明陵，復由太原入關中，墾田於雁門關。苦其地寒，乃付其門人掌之，而身出遊。康熙六年，至淮上開雕《音學五書》。次年居京，尋坐萊州黄培詩獄，馳赴聽鞫訟，繫半年，得有力者解之。獄明，復之京，五謁思宗陵寢，自是往返河北諸邊凡十餘年。康熙十六年，時已六十五，始置田五十畝

① 《福建協和大學陳氏書庫所藏清代禁書述略》原題:《亭林文集》六卷《詩集》五卷，三册，清顧炎武撰,《亭林遺書》本，同治八年重刊版。

於陝西之華陰，營書院卜居焉。以開墾所入，儲待有事。蓋先生時抱遺民之痛，常存匡復之心，孤忠磊磊，雖老弗渝。生平精力絕人，自老至少，無時不以書自隨，雖跋涉邊塞間，亦以二騾二馬載書而行。凡東西阨塞，東南海陬，所過必呼老兵退卒詳詢曲折，或與平日所聞不合，即發書檢勘，以此著《天下郡國利病書》百二十卷。所至荒山頹壁，有古碑遺蹟，必披荊莽去苔蘚讀之，著《求古録》一卷、《金石文字》六卷、《石經考》一卷。康熙十七年，清廷議修《明史》，特開博學鴻儒科，以徵海內宿儒，朝臣交薦，炎武以死力辭。徐乾學者，先生之甥也，既貴顯，爲致田宅，欲迎先生歸，亦拒不往。康熙十九年，妻殁於故里，寄詩輓之而已。二十一年（1682）往曲沃，正月八日墜馬成疾，次日卒，年七十。門人奉其喪，歸葬崑山。所著甚富，除《日知録》、《音學五書》、《天下郡國利病書》單行外，餘均收入《亭林先生遺書彙集》（光緒年朱記榮所輯）。今所流傳者，更有《亭林遺書》，爲先生門人潘耒等所輯①，計收書十種，《亭林文集》、《詩集》皆在內。初刻於康熙間，今刻本字裏行間多有闕字，填以方圈，蓋所以避忌諱也。《禁書總目》載云："《亭林文集》、《亭林詩集》二種，中均有偏謬詞句，應行銷燬。"故其集《四庫》不收。此外尚有《四部叢刊》本，與《亭林遺書》本無少異。無錫陳毓修據舊鈔本《蔣山傭詩集》校出闕字之原文，附之《詩集》之末；並附録補遺十七首，益皆語觸忌諱，爲潘次耕所改竄者也。先生以長於喪亂之中，鑑於明季積弱之由來，其學多以致用爲主，故《亭林文集·與人書二十五》有云：

① "等"，原作"著"，據《福建協和大學陳氏書庫所藏清代禁書述略》改。

“君子爲學，以明道也，以救世也，徒以詩文而已，所謂雕蟲篆刻，亦何益哉？”故終其身不爲無益應酬之文，以所敘止爲一人一家之事，無關於經術政理之大也。故其集能獨脱世人窠臼。此外尚有《亭林餘集》一種，此先生之佚文，蓋爲其門人編集所削去者。先生之忠貞大節，革命思想，慷慨傷懷，扶翼世教之作，於焉裒集。原書爲乾隆間彭紹新所刊行，機密流傳，幸逃禁網者也。

日知録跋[1]

《日知録》者，炎武顧先生讀書所得之劄記也。自云積之三十餘年，時經改削，始成是編，蓋爲先生一生精力所滙之作也。書中不分門目，而編次先後略以類從，大抵爲經義、政治、世風、賦税、田畝、職官、錢幣、禮制[2]、科舉、藝文、名義、典故、史學、治學、兵事、輿地、天象、術數、考証之屬。其學贍博，而能一一貫通諸書之源流，考訂其謬誤，對於學術極有裨益之著作也。炎武鑑於晚明理學之極敝，學者束書不觀，空談心性，故其爲學必尚實証，所言必爲經世，對於"烏煙瘴氣"之理學，尤抨擊不遺餘力。其立論之綜覈，思想之革命，皆可於此書見之。是書初刻於康熙三十四年，爲其弟子吴江潘耒刻之閩中。乾隆禁書案起，加以立論偏謬之罪名，列爲禁書。然紀昀修《四庫》，尚收其書，而繫之評語云："炎武生於明末，喜談經世之務，激於時事，慨然以復古爲志。其説或迂而難行，或愎而過鋭。觀所作《音學五書後序》，至謂聖人復起，必舉今日之音而還之淳古，是豈可行之事

① 《福建協和大學陳氏書庫所藏清代禁書述略》原題:《日知録》三十二卷，顧炎武著，同治八年述古堂重刊本。

② "禮"，原作"體"，據《福建協和大學陳氏書庫所藏清代禁書述略》改。

乎？潘耒作是書序，乃盛稱其經濟，而以考據精詳爲末務，殆非篤論矣。”然學者終以其浩博，雖禁而藏者寶之。如閻若璩、錢大昕、沈彤等，尤推重其書，爲之校定。經時百餘年，評釋其書者至八十餘家。至道光十四年，嘉定黄汝成爲之集釋，復集諸家本，條其訛誤，爲《刊誤》二卷以附之末。

南雷文定集跋①

黄宗羲字太沖，號南雷，學者稱梨洲先生。浙江餘姚人。生於萬曆二十八年（1610）。十四歲即爲諸生。父尊素，以劾魏忠賢死詔獄。及崇禎即位，羲草疏入京訟冤，卒得復仇。歸從劉宗周遊。憤科舉之學錮人思想，乃肆力於學，十三經、二十一史及百家九流、天文、曆算、道書、佛藏，靡不精研。年三十五，清兵入關，旋至浙東，劉宗周死節。魯王監國，宗羲乃糾合里中子弟數百人，從孫嘉績、熊汝霖守於江上，號“世忠營”。宗羲授職方郎，旋尋改御史。及軍潰，宗羲走四明山，結寨固守。山民畏禍，突燬其寨。乃間道歸里，而跡捕之檄紛至。乃奉母隱於化安山中，畢力著述。順治六年（1645），聞魯王在海上，乃赴之。時清廷下詔，凡前明遺孽不順命者，録其家口以聞。宗羲恐母罹罪，遂變姓名，易服歸。以當事搜捕甚急，乃東遷西徙，迄無寧居。魯王既覆，宗羲知不可爲，乃奉母返故里，致力著講，四方請業之士日至。年五十八，主講於越中証人書院，以申劉宗周之緒。次年復東之

① 《福建協和大學陳氏書庫所藏清代禁書述略》原題:《南雷文定》二十二卷附録一卷，八册，清黄宗羲著，耕餘樓藏本。

鄞縣、海寧諸地講學，從者甚多。康熙十七年（時年六十九），詔徵鴻博，宗羲辭以疾，且言母老。康熙十九年，詔修明史，御史徐元文以宗羲薦，羲固辭。乃詔取所著書關史學者付史館爲參考。康熙二十九年（時年八十一），詔訪求遺獻，刑部尚書徐乾學復薦之，仍不出。然羲雖不在史館，而史局每有疑事必諮之，其爲世所重者如此。康熙三十四年（1695）卒，年八十六。其成就甚鉅，於經則著有《易學象數論》六卷，《授書隨筆》一卷，《春秋日食曆》一卷，《律吕新義》二卷，《孟子師説》二卷，《明夷待訪録》一卷，《深衣考》一卷；於史有《明史案》二百四十四卷，《宋史叢目補遺》三卷，《四明山志》九卷，《明儒學案》六十二卷，《宋元學案》各若干卷，《二程學案》二卷；於天文則有《大統法辨》四卷，《時憲書法解新推交食法》一卷，《圜解》一卷，《割圜八線解》一卷，《授時法假如》、《西洋法假如》、《回回法假如》各一卷，《歷代甲子考》一卷；於集則有《明文海》四百八十二卷，又著《南雷文定》、《文約》、《詩集》等數十種。其爲學以修德爲心學之本，以慎獨爲入德之要，意在實踐，不喜空疏，以破明儒之積習。説經則宗漢儒，立身則宗宋學。嘗自謂受業戢山（劉宗周）時，頗喜爲氣節斬斬一流，所得尚淺；憂患之餘，始多深造。蓋其四十七歲以前，奔走國難，無暇爲學，故造詣未深；其後一意於學，成就始宏也。然鼎革之後，尤抱遺老之痛，時懷恢復之念，故其論調亦多革命思想。如《明夷待訪録》中之《原君》、《原臣》等編。《南雷文定》者，所以輯其言論思想之園地也。自云係由《南雷文案》、《吾悔》、《撰杖》、《蜀山》諸集中勾除之餘，彙爲四集（前集十一卷、後集四卷、三集三卷、四集四卷），蓋已删去三分之一矣。又云所載多亡國之大夫，俾補史氏之缺文。在彼清初嫉視漢族之時，專制淫威之下，對於明季孤臣秩事，諱莫如深，而先生獨勇爲表彰，無怪其書之痛遭禁燬也。他如《答錢牧齋先生流變三疊問》,《破邪論》中《科舉》､《罵先賢》諸説，則尤觸乾隆之大忌矣。末附録一卷，則皆時人如錢謙益、顧炎武、沈壽民、李清等之來書。此數子者蓋亦乾隆之所深惡痛絕，其著作皆遭燬棄者也。

林茂之詩選跋①

《林茂之詩選》二卷，明林古度著。度字茂之，福清人。與曹學佺相友善，時相唱和。茲集爲濟南王士禛所選，首有禛序，略云："林翁古度，亦閩人也，少賦《撾鼓行》，爲東海屠隆所知。……翁及其兄君遷，皆好爲詩歌，又出交當代名士，聲譽日起。而翁尤與曹氏（學佺）相友善，故其詩清綺婉縟亦復似之。……又三四十年，天下大亂，……而諸君亦零落老死無復存者，翁獨無恙。……別卜數椽真珠橋南，陋巷掘門，蓬蒿蒙翳，彈琴讀書不輟，有所感激，尚時發於詩。……康熙甲辰，自携其萬曆甲辰以後六十年之詩來廣陵，屬余删定。……乃爲披揀而精擇之，僅存百數十篇。"按是集亦作《掛劍集》。漁洋謂其少作，具江左初唐之體，後一變而爲函隱鉤棘之詞。故茲所録皆辛亥以前之作，而國破後老年顛沛之作，皆不可得見矣。漁洋弟子程哲爲之刊行，有跋一篇。

① 《本校陳氏書庫福建人集部著述解題》著録。

寒支集跋①

李世熊字元仲，號媿庵，福建寧化人。生於明萬曆三十年（1602），爲明諸生。少豪宕不羈，於書無所不窺，而獨好韓非子、王元美、李卓吾之書，每縱論古今興亡，慷慨自負。年四十三，賊破北都，崇禎殉難。乙酉（1645），隆武立於福州，黄道周、曹學佺疏薦世熊爲翰林博士，辭不赴。清兵既破閩，開科貢士，熊杜門不出，祝髮名寒知，以痼疾力辭。時鎮將高守貴賫書招之，親友逼入郡，世熊復書云："來書謂不出慮有不測，夫死生有命，豈遂懸於要津？且余年四十八矣，諸葛瘁躬之日，僅少六年；文山盡節之辰，已多一歲，何能抑情違性，重取羞辱哉？"其重氣節也如此。故雖潰賊流寇，亦恒敬之不敢犯。年六十四，乃由虔吉入青原山訪愚者大師，復順流下南昌，泛彭蠡，登匡廬，放浪山水，與謝文洊、彭士望、魏禧、魏禮等遊，甚相契。康熙十三年（1674）三月，耿精忠叛閩，遣使敦聘，世熊嚴拒之，得免。年八十三修《寧化縣志》，八十五歲卒。著有《寒支集》、《錢神志》、《史感》、《物

① 《福建協和大學陳氏書庫所藏清代禁書述略》原題:《寒支集》初集十卷二集四卷，清李世熊撰，同治甲戌刻本。

感》、《狗馬史記》等書。《寒支集》初刻於康熙九年，其集經乾隆間列爲禁書，原版無復存者。道光八年始由姚江陳塏重梓。茲則爲同治十三年重印本。《初集》爲詩二卷，文八卷;《二集》詩一卷，其餘皆屬文，而其文亦實勝於詩。所作大抵國變以前多激發之聲響，入清以後則多嗚咽之音，故所述多明季節烈之士，蓋亦借以激發民族故國之思，如《邱明大傳》、《明秀才李右宜傳略》、《答官公璧書》等，皆無所忌憚之作，無怪其集之遭禁燬也。

屈翁山文外跋①

大均字翁山，初名紹隆，一字介子，又號泠君，廣東番禺人。生於崇禎三年，卒於康熙三十五年（1630—1696），享年六十七歲。父宜遇，字原楚，别號澹足，爲明諸生，國破後以耦耕爲業。課子綦嚴，以明亡，戒其子不仕無義，以潔其身。比永明王（即永曆帝）即位梧州，乃喜曰，復有君矣，使出獻策。均乃赴肇慶行在，上中興六大典，得服官中秘，參永曆軍事，謀復大明天下，馳驅關塞，備嘗險阻。以所圖不遂，去爲浮屠以自晦，僧名今種，字一靈，一字騷餘。嘗居南京雨花臺之某寺，自作衣冠冢（集卷八有《自作衣冠冢誌銘》），以見志。又居羅浮山中，號羅浮山人。中年返儒服，始更名大均。以遨遊山水，嘗至秦隴，與秦中名士王無異等爲友，互爲唱和。其詩原本忠孝，寫其際遇，故磅礴興嗟，如其遠祖靈均彷徨山澤以寄其哀者。其詩與陳恭尹（元孝）、梁佩蘭（藥亭）齊名，號嶺南三大家，有《嶺南三家集》行世。兹編爲文，分爲記、序、傳、行狀、論、説、碑、墓表、墓誌銘、書後、跋什、銘、贊、頌、雜文、引、哀辭、書啟、賦等十六

① 《福建協和大學陳氏書庫所藏清代禁書述略》原題:《屈翁山文外》十六卷，四册，明遺民屈大均撰，吴興劉氏嘉業堂刊本。

卷。其文首列《謁孝陵記》，稱“臣大均”，其字裏行間尤多愴懷故國，獨寫孤忠。潘飛聲序其文爲“精魂毅魄，沈鬱篋底，終騰作日月光”云云。是書曾於雍正八年十月十九日（1730年11月2日）爲廣東巡撫傅泰奏請查辦，其奏摺有云：“查嶺南向有三大家名號，一名屈大均號翁山，一名陳恭尹號元孝，一名梁佩蘭號藥亭，俱有著作詩文，流播已久。……查梁藥亭詩文無悖謬，而翁山、元孝書文中多有悖逆之詞，隱藏抑鬱不平之氣，又將前朝稱呼之處俱空擡一字，惟屈翁山爲最，陳元孝亦有之。臣觀覽之際，不勝駭愕髮指。伏念我朝定鼎以來，天心篤佑，統一寰宇，德教弘敷，乂安中外，而且文德武功，深仁厚澤，普天率土，白叟黄童，孰不幸生盛世？……不意有食毛踐土之屈翁山、陳元孝，以狗彘居心，虺蜴爲念，秉彝盡喪，乖戾獨鍾，既不知天高地厚之深恩，妄逞狼嗥犬吠之狂詞，詆毁聖朝，盗竊微名，此實覆載所不容者。……”其狹仄之醜詆，至堪發噱，甚至拘捕其子孫親屬，頻興大獄。幸翁山子明洪知風，急行自首，得減罪戍邊。至乾隆間，復行嚴旨禁燬，斥爲逆書，將翁山所著如《寅卯軍中集》、《翁山詩集》、《翁山文外》、《翁山詩外》、《翁山易外》、《四朝成仁録》、《廣東新語》、《登華山記》（此記曾收入《小方壺齋輿地叢鈔》）等，一律禁止收藏。當時之風行雷厲，可於乾隆三十九年兩廣總督李侍堯、廣東巡撫德保奏摺中窺其一斑（參看《清代文字獄檔二集》頁二至九）。此案牽連數月，羅織多人，《東華録》有乾隆三十九年十一月初十上諭云：“據李侍堯等奏，查出屈大均悖逆詩文一節，已明降諭旨，將私藏之屈稔禎等免其治罪，止將其書銷燬，並另有旨傳諭江浙等省督撫矣。閲屈大均文内有雨花臺葬衣冠之事，此等悖逆遺穢，豈可任其留存？著傳諭高晉（江蘇巡撫）即行確訪其處，速行刨燬，勿使逆蹟久留。將此旨同發出密封，由四百里一併發往。仍著將辦理緣由，迅即覆奏”云云。此旨一下，於是藏書之家、書賈坊林盡行查繳銷燬。而此書之留存者，厥惟番禺潘氏之孤本，閱時二百餘年始得顯於當世，亦云幸矣。書末有潘飛聲及吴興劉承幹跋。

翁山詩外跋[①]

翁山之文既毅然有忠謇之氣，其詩則尤多感慨激昂、轑轢古今之作，故其自序有比於三閭之志者。觀其《出永年作》一首，有句云:“……志士生離亂，七尺敢懷安?……斷袂别親友，成敗俱不還。誅秦報天下，一死如泰山。寶馬與美人，烏足酬燕丹。……”沉雄頓挫，可擬《易水》。他如《歌贈金谿鄒子》有:“丈夫生世何坎坷，佯狂爲奴誰識我?當年賃作向朱家，此日棲遲尋紫蘿。雲蒸龍變在何時，憐君白髮亦成絲。君臣之義不可解，欲報何須國士知。國士雄才天所産，楚漢紛紛在那眼。……”其綣懷故君，欲圖報國之情，洋溢滿紙，在清代文網森嚴之下，無怪其痛遭厲禁，斥爲叛逆也。是編爲詩凡千餘篇，多從《道援堂》、《翁山詩略》二集簡出，以體分彙，計五古二卷，七古二卷，五言律四卷，七言律二卷，排律一卷，五言絕句一卷，七言絕句二卷，雜體一卷，詞三卷。爲其門人陳阿平所編次，首有自序及凌鳳翔序。

---

① 《福建協和大學陳氏書庫所藏清代禁書述略》原題:《翁山詩外》十八卷，二十四册，明屈大均著，凌鳳翔校刊本。

江左三大家詩鈔跋[①]

顧有孝字茂倫，江蘇吴江人。少嘗受業於陳子龍之門，爲明諸生。康熙十七年，舉博學鴻儒，不就，隱居釣雪灘，以選詩爲事。家貧好客，賓客至輒留。所交皆高士，與趙澐（山子）尤稱莫逆，名滿大江南北。將死，囑門徒以頭陀殮，勿作祭文。著有《雪灘釣叟集》，所輯有《唐詩英華》、《五朝詩鈔》，皆盛行於世。《江左三大家詩鈔》，係與澐同輯錢謙益（牧齋）、龔鼎孳（芝麓）、吴偉業（梅村）三家詩也。三人皆明之遺臣，而被迫降清，以詩名世，有"江左三大家"之目。謙益、鼎孳之詩，多詆謗譏刺清廷之語，睠懷故國之思。乾隆三十四年嚴旨禁燬，以牧齋之詩文爲尤甚，雖片紙隻字，及名號序跋見於他書者，亦遭刪削抽燬，務絶根株，故《三家詩鈔》亦遭禁燬。乾隆四十七年，改爲抽燬，三家只留《吴梅村集》。全書分《牧齋詩鈔》三卷，《梅村詩鈔》三卷，《芝麓詩鈔》三卷，首有康熙六年金俊明、宋實穎、計東等序，蓋尚存未抽燬前原面目也。

---

① 《福建協和大學陳氏書庫所藏清代禁書述略》原題：《江左三大家詩抄》六册，清顧有孝、趙澐輯。

國朝詩別裁集跋①

沈德潛字確士，號歸愚，長洲人②。生於康熙十二年（1673）。乾隆初舉鴻儒博未遇，四年（1739）始成進士，年已六十七矣。高宗憐其老而賞其詩，稱爲老名士，授內閣學士。十二年四月，命值上書房，擢禮部侍郎，尋以年力就衰，詔以原品休致。高宗賜詩極多，並命有所著作，許寄京呈覽，乃獻所著《歸愚集》。乾隆二十六年（1761），入都祝皇太后七旬萬壽，與錢陳羣並與香山九老會，德潛列致仕九老之首。時德潛進所選《國朝詩別裁集》，請御製序文，高宗以德潛所選有觸忌諱，命儒臣重爲校梓，而作序斥之曰："……德潛老矣，且以詩文受特達之知，所請宜無不允。因進其書而粗觀之，列前茅者則錢謙益諸人（按諸人指身仕兩朝之臣）也。不求朕序可以不問，既求朕序則千秋之公論繫焉，是不可以不辨。夫居本朝而妄思前明者，亂民也，有國法存焉。至身爲明朝達官，而甘心復事本朝者，……則非人類也。其詩自在，聽之可也，選以冠本朝則不可。……德潛宜深知此義。……此書一出，則德潛

① 《福建協和大學陳氏書庫所藏清代禁書述略》原題:《國朝詩別裁集》初刻本，三十六卷，十八册，沈德潛纂評，乾隆二十四年刻本。

② "長洲人"，原闕，據《福建協和大學陳氏書庫所藏清代禁書述略》補。

一生讀書之名壞。朕方爲惜之，何能阿所好而爲之序？又錢名世者，皇考（按指雍正帝）所謂名教罪人，是更不宜入選。而慎郡王（按即集中補遺之允禧），則朕之叔父也，……平時朕尚不忍名之，德潛本朝臣子，豈有宜直書其名？至於世次前後倒置者，益不可枚舉。因命內廷翰林爲之精校去留，俾重鋟版以行於世，所以栽培成就德潛也。……”並下旨燬其板。復於三十四年（1769）八月，諭兩江總督高晉等搜其家，有否收存錢謙益之《初學》、《有學》諸集。九月德潛病卒，年九十七。贈太子太師，入祀賢良祠，謚文愨。德潛死後，乾隆因恐其《別裁集》原版尚未銷燬，復於四十一年（1776）行文江蘇巡撫楊奎魁查辦（案見《清代文字獄檔》七集）。四十二年，楊魁覆云：“伏查沈德潛選集《國朝詩別裁集》初次鐫刻，係乾隆二十四年完竣，計三十六卷。嗣因初刻纂校未精，又於乾隆二十五年復經增删鏤版，計三十二卷。是沈德潛原刊版片有二副。其初刻者係門人蔣重光出資代刊，其重刻者係沈德潛與其門人翁照、周集校鐫。臣隨委令蘇州府知府李封帶同書局教官陸鴻繡，前往沈德潛及伊門之蔣重光之家查詢，兩次所刊原否銷燬，並現在何處，及沈德潛故後有無刷印。如版片現存，令各委數呈繳。……據沈德潛之孫沈維熙及門人蔣重光之孫蔣光城等覆稱，……沈德潛於乾隆二十七年正月自京回籍，同其門人蔣重光各將在外原版鏟燬無存。……”此外因查出廣東、江西二省另有翻刻版片，復移咨一體查燬，務絕根株。其雷厲風行，牽涉多人，經時數年，雖未興大獄如呂留良之慘，然其重視此案之狀，可於《清代文字獄檔》知其詳。德潛死後十年（乾隆四十三年），以江南東臺縣已故舉人徐述夔著《一柱樓詩》，語觸忌諱一案，查出集內有沈德潛爲述夔作傳，稱述夔品行文章皆可法，傳旨追奪德潛官銜祠謚，仆其墓碑。專制帝王之生殺予奪，豈有標準哉？茲本庫所藏係初刻本，與現在通行本（即乾隆删改本）截然不同。初刻本冠以錢謙益、王鐸、方拱乾、張文光、吴偉業、龔鼎孳、曹溶、陳之遴、周亮工等以下十餘遺老之詩，而删改本已不可見，而代之以滿人慎郡王蘊端、德晉、弘燕等七人冠首，其他則按世次學術之立場，以好惡出之，無乃示其狹仄乎？他如初刻本中之侯方域、冒襄、金人瑞、黄虞稷、許友、戴移孝、屈紹隆（翁山）、顧祖禹、僧元璟、大健等數十人之詩①，及德潛自序，删改本亦皆一概抹殺，不與留存。即凡例亦多改削，蓋已大非本來面目矣。茲所藏，首有乾隆二十四年沈德潛自題序一篇，略謂所輯國朝詩共得九百九十三人，詩四千九十九首，中間略作小傳、詩話，遠遜於錢牧齋《列朝詩選》及朱竹垞《明詩綜》云云。茲所藏卷端有“味青齋藏書印”記，全書字大清晰，信可寶也。

---

① “大”原闕，《福建協和大學陳氏書庫所藏清代禁書述略》亦不可識讀，謹據原書補。

無悶堂文集跋[1] 一九六二年六月廿九日

張遠《無悶堂文集》七卷，爲十餘年前托薩逸樵丈所傳抄者。去年秋間，復蒙黄蔭亭先生一瓻之惠，携其所得原刊本來館，比勘之後，知抄本尚缺《七姬朝詩跋》等三篇及自序，乃爲補録附焉；並由《翁山文外》補抄集序一篇，何梅生親筆所書識語一則，冠其首，使成完帙。今夏，蔭亭先生復携其所作《無悶堂文集跋》原稿到館，洋洋灑灑三千餘言，既考其版刻源流之異同，復闡發其内容事蹟之足以激勵人心者，尤以更正鄭振鐸氏所作《脈望館鈔校古今雜劇》一段，爲發前人之所未發，洵乎其思深意遠，有功是集非淺尠矣。亟爲轉録，附於卷末，以供參考。

---

① 又，手稿存館藏抄本《無悶堂文集》卷首。文末署“一九六二年六月廿九日，金雲銘誌”，鈐“金雲銘印”朱文方印。

楝亭詩鈔跋[①] 一九六二年六月廿六日

《楝亭詩鈔》八卷,《别集》四卷,《文鈔》一卷,《詞鈔》一卷,曹寅著。寅字子清，號荔軒，一號雪樵。世居瀋陽，隸漢軍正白旗。父璽[②]，以從龍入關功，官工部尚書。寅官通政使，康熙間任江寧織造，兼巡視兩淮鹽政。性嗜學，校刊古書甚精，嘗刊《音韻五種》及《楝亭十二種》。工詩詞，善書，其詩出入白居易、蘇軾之間。又好騎射，嘗謂“讀書射獵兩無妨”。在事二十餘年。初抵任時，曾於江寧署中手植一楝樹於庭，久而成蔭，暇輒偃息於斯，因名之曰楝亭，以寓其先憂後樂之意。時人如吴之振、尤侗等，因作楝亭圖詠賦記等多首以頌之。寅亦以是名集。其集一刻於揚州；再刻於儀徵，自汰其舊作。此本蓋即儀徵刻也。寅卒於康熙五十一年，壽五十一。子曹顒，嗣子曹頫，相繼任江寧織造。後因歷任所虧鹺課過鉅，雍正六年卒籍其家。其孫霑所寫《紅樓夢》，即以家世爲其背景，稱一代巨著焉。此集爲曹氏家遭巨變後刊板，籍没，傳世頗希。兹假得上海圖書館藏本，乃爲影抄一帙，藏之館中[③]，以供研究雪芹身世之一助云爾。

---

① 又，手稿存館藏抄本《楝亭詩鈔》卷首。文末署“一九六二年六月廿六日，金雲銘跋”，鈐“金雲銘印”朱文方印。

② “父”字前，手稿有“包衣”二字。

③ 該句前，手稿另有言“並由許曼館長校勘一過”。“藏”，手稿作“存”。

居業堂詩稿跋[1] 一九六三年七月三日

《居業堂詩稿》六册，清李馥著。馥字汝嘉，號鹿山，福清人。康熙二十三年舉人，旋登進士。官工部員外郎，轉刑部郎中，以治九門提督陶和器獄有聲於時。出知重慶府三年，有政聲。遷河東運使，調蘇松鎮道[2]，陞江寧按察使。時制府擒治所謂奸民者，株連至百餘人，馥爲察其冤濫者白釋之。轉安徽布政使，巡撫浙江。適值亢旱，民無以食，請截漕糧二十萬石以濟，民賴以活。雍正二年，以失糾屬員去任。家居以廉慎好施著稱，家亦中落。歸田二十年，賃屋以居。與福州知府顧焯倡平遠詩社，文酒往還，怡然自樂。好藏書，多善本。乾隆九年重宴鹿鳴。越二年[3]，年八十四卒。玆集係編年體，計存康熙甲申（四十三）年至雍正乙卯（十三）年止，計三十二年，惟其中尚缺雍正七年至九年一册。全書首尾起迄如何，未得其詳。卷端亦未署名。其集久晦，郭柏蒼《烏石山志》卷三《翠岩廢寺記》有"李鹿山集不可得"之言，蓋集中有《翠岩寺記》，恨其未見。《竹間十日話》亦提及之。《（道光）福建通志》作

① 又，手稿存館藏清抄本《居業堂詩稿》卷首。文末署"金雲銘記，一九六三年七月三日"，鈐"金雲銘印"白文方印。

② "蘇松鎮道"，手稿作"蘇松常鎮道"。

③ "二"，手稿作"三"。待考。

《鹿山集》，但未著卷數。沈德潛《國朝詩別裁》卷三十四補遺選有鹿山《過司空表聖墓》一首，並云“著有《鹿山詩鈔》，因未寄鐫本，祇録其曩時記誦一章”云云，可知少時所著詩集當未刊行[①]。此書前曾由省圖書館傳抄一册，存詩祇有八首[②]，而卷端則爲傖父誤填作高兆著。兆之一生困窮潦倒，與馥大異其趣，與集中所詠毫無相合之處。考集中有與田括蒼唱和之詩，而田氏之《有懷堂集》有《送李鹿山出守重慶》四首，而此集庚寅年卷亦有《次田括蒼送別》四首，與之正合。又田集《述懷柬李鹿山》有“閩海有李子，同事稱快友”句，此稿本《和田括蒼述懷原韻》，亦有“田子葆天真，結契忘形友”之句。又乙丑卷第四首起句“馥也性嬾拙”，已將作者之名點出，則此集爲李馥所著，殆無疑義。此抄本字精行疏，銀鈎鐵劃，句中不避乾隆弘曆之諱，如《戊申除夕》詩“老翻曆日多增感”句，曆未改歷，亦未缺筆，迨是雍正間抄本無疑。甲申卷卷端有“信天居士”、“李馥鹿山”二小印，蓋其自藏之初稿未完本。其定本何名，諸家均未著録。陳衍《福建通志存目》有《鹿山詩集》，未明卷數，或爲別行本[③]。此本舊藏李作梅處，有其藏書印記。解放後始流出，一部分入鄭麗生手，另部分則藏於林汾貽處，今幸得收歸吾館。其中所缺之卷，當續訪得之，庶成完璧耳。

---

① “少”，手稿作“其”。

② “首”，手稿作“年”。

③ “別”，手稿作“刊”。

金粟如來詩龕集跋①

《金粟如來詩龕集》四卷，清翁時穉撰。穉字蕙卿，福州南臺人。於嘉道間以諸生伏處里門，詩名蔚然。與張松寥、林香谿、鄭修樓、許秋史等時相唱和，造懷指事，各出其磊落慷慨之氣，一時旗鼓張於東南。是集初爲鈔本，藏之林歐齋家。光緒辛卯，歐齋火，先生之稿亦從之而燼焉。幸其從孫仙孫存有副本。其從子婿魏禎甫出資刊之，首有陳衍及林紓序。畏廬稱其詩"晚年益邃，雖松寥之豪恣不可一世，而先生未嘗自屈。先生初師青蓮，間出以昌谷之淒豔，近世拘於格調，與務爲澀體者頗引爲病。然吾鄉歐齋林公，詩雄一時，於先生則盛加推引"云云。

① 《本校陳氏書庫福建人集部著述解題》著録。

孟氏八録跋[1]

《孟氏八録》十四卷，清孟超然撰。超然字朝舉，號瓶庵，閩縣人。乾隆進士，累官吏部文選，遷考功郎，視學四川，廉政不苛，遇士有禮。年四十二以親老告歸，主教鼇峰書院。其學以懲忿窒慾、遷善改過爲修身立命之門。士從之學者麕集，横舍不能容，則數人共一室。超然鉅人長德重於鄉，解棄一切束縛，但勵以誠，人人皆自奮於學。兹所謂八録者，皆編於解組後，蓋爲居喪禮時採《士喪禮》載記，荀子及司馬光、程子、朱子説，正閩俗喪葬之失，爲《喪禮輯略》一卷。傷不葬其親者，感形家言以速禍，取孟子“掩之誠是”之語，輯自唐以來言葬者爲《誠是録》一卷。記檢身實踐之要，爲《焚香録》一卷。取《周易》復卦之義，歸之損益二象，採先儒格言，比類爲《求復録》四卷。輯朱子與友朋弟子問答，以資規誨，爲《晚聞録》一卷。輯古今殺誡，爲《廣愛録》一卷。訓子孫，爲《家誡録》二卷。雜考經史，談識遺佚，爲《瓜棚避暑録》二卷。爲嘉慶乙亥鋟版，亦園亭存板。首有游光繹、陳若霖序，後有陳壽祺跋。

---

① 《本校陳氏書庫福建人集部著述解題》著録。

崇本堂文集跋①

《崇本堂文集》十二卷，清徐時作著。時作字鄴侯，號筠亭，邵武建寧縣人。雍正四年舉於鄉，明年成進士。選成安縣，又二年調知邢臺縣，彊直有異政。擢知滄州一年，以母老乞歸，年纔四十九。倡建濉川書院，立學約，資諸生膏火；又置義田千數百畝以贍族人。自奉菲陋，歲入皆貯之倉，凶年則出之平糶，一邑之民賴以不飢。卒年八十一。其爲學務博綜，而立言雅正。是集多記其所行之事，若崇先，收族，修聖宫，建書院，構餐堂，續邑乘及鄉會資費，生徒膏火與爲宰時一切愛人下士於州縣著有成績者，悉載於文。朱仕琇謂其文不假雕琢，文采爛然，信然也。蓋其居官則言政事，居家則立德行，發以爲文，宜其炳炳麟麟有所本也。計書啟三卷，序三卷，記一卷，傳、贊一卷，墓表一卷，銘一卷，行述、祭文一卷，其他雜文二卷。乾隆四十九年刊本，嘯月亭存板。

① 《本校陳氏書庫福建人集部著述解題》著録。

蔗尾詩集跋[1]

《蔗尾詩集》十五卷，清鄭方坤撰。方坤字則厚，號荔鄉，建安人。雍正癸卯進士，官兗州知府。博學有才藻，於書無所不貫，於文偉麗酣適，而尤嗜攻詩。茲集凡分十五集，即《刪餘草》、《公車草》、《木石居草》、《公居後草》、《木石居後草》、《丁年小草》、《叢臺稿》、《春明草》、《廣川稿》、《酒市稿》、《一粟齋稿》、《瓶花齋稿》、《杞菊軒稿》、《詩話軒稿》、《青衫詞》。本館只存十一卷，缺《一粟齋》以後諸稿。其詩縱橫揮霍，每變愈工，所謂跌宕波瀾，沉鬱頓挫，兼擷韓、杜、歐、蘇之勝。其賦物理，指情狀，悉能摹刻端倪，琢寫精工，真閩中詩人之尤者也。《四庫全書總目》謂“方坤天分既高，記誦尤廣，故其詩下筆不休，有凌厲一切之意。尤力攻嚴羽《滄浪詩話》無詩不關學之非。然於邐字險韻，恒數千疊，雖間見層出，波瀾不窮，要亦不免於炫博，此又以學富失之”。集以蔗尾名者，謂其淡味可削棄之，蓋自謙之辭也。

① 《本校陳氏書庫福建人集部著述解題》著録。

閒漁閒閒録跋①

蔡顯字笠夫，一字景真，號閒漁，江蘇華亭人。生於康熙三十六年（1697）。雍正七年（1729）舉人，以授徒爲業。其詳細事跡，《松江縣志》等均不載。所著有《宵行雜識》、《紅蕉詩話》、《潭上閒漁稿》、《閒漁賸稿》、《老漁尚存草》等書。其《閒漁閒閒録》一種，皆摭拾遺聞佚事及時人詩句韻事，等之雜記文字也。其中於人事之變遷，風俗之醇漓，時作感慨。對於當時之政紳，亦多作雌黄語，如刑部郎中沈澍娶戶部郎中范倩之妾事，順天鄉試搜檢懷挾之非理事，上海曹御史密糾河督王士俊以洩於外獲罪事，常熟馮舒以《懷舊集》得罪事，吴三桂縊殺永曆事等。對於時人時事，多所指摘，以此挾恨郡紳，以妄生議論，謂其怨望訕謗，欲行告發。顯以其書無不法語句，呈書自首於松江府鍾允豫，以此聞於兩江總督高晉及江蘇巡撫明德，而大獄於是興焉。除逮捕蔡顯家屬外，即書内列名之門人劉朝棟、吴承芳、吴球、倪世琳、凌日躋，並作敘之聞人倓、胡鳴玉等，皆與拘捕。茲録其三十二年五月二十一日上乾隆之奏摺云："臣等詳加檢閱，所刻之《閒漁閒閒録》及《宵行雜

① 《福建協和大學陳氏書庫所藏清代禁書述略》原題：《閒漁閒閒録》九卷，一册，清蔡顯著，吴興劉氏嘉業堂刊本。

識》、《潭上閒漁稿》中記載之語含誹謗，意多悖逆。其餘紕繆之處，不堪枚舉”云云。並擬蔡顯以大逆罪凌遲處死[①]，長子蔡必照年十七擬斬立決，其餘幼子二人及其妾朱氏及未字女等俱解部給功臣家爲奴；作敘之聞人倓，依知情不首杖一百、流三千里；劉朝棟等訊不知情，請免議。並飛咨没收蔡顯一切家產，其書籍板片查繳齊全，一併銷燬。奏上，乾隆尚以爲未足，復於是年六月初五日上諭云："蔡顯身係舉人，輒敢造作書詞，恣行怨誹，情罪重大，實爲天理國法所難容。……細檢各處，如稱戴名世以《南山集》棄市，錢名世以年案得罪，又'風雨從所好，南北杳難分'，及《題友袈裟照》有'莫教行化烏場國，風雨龍王欲怒嗔'等句，則是有心隱躍其詞，甘與惡逆之人爲伍，實爲該犯罪案所繫。而册內轉不簽出，明係該督等自以文義未精，委之一二幕友代爲披檢。……"又以聞人倓目擊書詞不舉首，非僅杖流可蔽其辜，改發伊犁；而列名書內之門人劉朝棟等，及吴姓書賈，俱着嚴行根究治罪。旨下而蔡顯家等遭棄市，時年七十一矣。此外，復羅織成獄者又數十人，即看書、販賣、刷印、刻字之流亦均不免。其捕風捉影、淫刑以逞之狀，令百世以下猶得唾罵之也。原書於乾隆三十二年刻成，當時刷印行世者不過百二十部，已被追繳殆盡。茲爲民國四年吴興劉承幹搜得舊抄本，爲之重付剞劂，其乾隆所摘諸條已不可見矣。首有顯自序一篇，末有承幹跋語。

① "擬"，原脱，據《福建協和大學陳氏書庫所藏清代禁書述略》補。

遺民詩選跋[1]

卓爾堪字子任，號寶香山人，爲漢軍旗人，頗工詩。康熙時曾從征耿精忠，任右軍先鋒，歷兩粵，涉江淮，所至均賦之詩，作《近青堂集》。《遺民詩》者，爲山人集明末四百餘家之詩，凡死事之忠臣，隱遯之志士，其詩歌流傳於當時，而懼其湮没於後世者，皆彙之成一編，而各家之下，各繫詩人小傳。所集遺民詩，如黄周星、萬壽祺、李清、黄宗羲、杜濬、孫奇逢、閻爾梅、魏禧、顧炎武、劉城、冒襄、屈大均、戴本孝、李世熊、彭士望、釋今釋等，皆清廷所忌，其專集均遭銷燬者。故茲書亦經安徽撫院閔鶚元咨禁[2]，斥爲“荒誕悖逆，語多狂吠”。其原本流傳者甚少，卷首有爾堪自序及宋犖序，末附《近青堂詩》一卷。

① 《福建協和大學陳氏書庫所藏清代禁書述略》原題:《遺民詩選》十六卷，八册，清卓爾堪撰，石印本。

② “元”字原闕，據《寄園寄所寄跋》補。

河東君柳如是事輯跋[1]

《河東君柳如是事輯》一卷，原署雪苑懷圃居士録。懷圃居士，爲同光間人，其里居事跡無可考。此係輯録諸書中有關柳如是之遺聞軼事，彙爲一編，不加按語，以見其述而不作之意。河東君爲明清之際有數之女作家，其才藝冠絕當代，雖同時之李香君、顧横波，亦不足媲美。特以時代所限，身墜倡家，又以嫁錢謙益之故，時人遂有因惡錢而加柳以蜚語者。至有言其隨錢入都時，冠插雉羽，戎服作昭君出塞狀；或謂其因欲博得阮圓海珠冠，錢命其移席就大鋮勸酒者，一望而知其意存詆譏，乃不惜附會以辱之耳。觀其於東澗死後，因族人錢曾等之索詐，毅然決然以一死保錢家，其凜烈之概，雖古之烈女子亦不多讓，安得以悠悠之口而損其毫末耶？河東君遺作存世者，尚有《湖上草》、《戊寅草》及尺牘等。其軼事尚有近人丁初我輯本，均係傳抄之本，頗不易得。他日當一併訪抄藏館，以供參考。玆先書此以當左券。

① 又，手稿存館藏抄本《河東君柳如是事輯》卷首。文末署“一九六二年八月九日，金雲銘校於院之療養室”，鈐“金雲銘印”朱文方印。

史外跋[1]

汪有典字起謨，號訂頑，安徽無爲人，爲乾隆諸生。家貧好讀書，蕭然陋巷數十年，足跡不入城市，日以吟詠著書爲樂。性不好交遊，客至長揖而談，或饋之酒，盡醉而已。人或以狂傲目之，不顧也。志存忠義，每讀史見古人之卓然持大節者，輒三致意焉。晚年益肆力於古，其議論波瀾壯闊，意度雄遠。嘗著力於明代事蹟，自謂宋元以前，代有成書，惟世遠年湮，是非莫由考據；惟明代去今未遠，烈士貞女，奇節纍纍，皆正史不所及載者，慮其終與溝瀆同湮，乃旁徵博採，著爲《明人事類纂》一書，分門別類，部帙頗繁。以無力授梓，乃專取節烈死難之士，彙爲一編爲《史外》。蓋取胡文定公"史外傳心"之語，以示別於正史也。全書冠以方孝孺而殿以采薇子，敘傳之外兼以議論，而明代之得失成敗，尤大放厥詞，無稍藴藉，對於明末殉國諸臣，尤反復咨嗟，一唱三歎。其書刻於乾隆十三年（1748），以書中多忌諱語被禁。其版久燬，至光緒三年始由巴陵謝維藩據舊本重刻。首有藩序，及王夢鯨、王又僕、馮顧諸原序。末附録朱長源、史八夫人、沈雲英、劉淑英四傳，並附記《國變難臣鈔》，末有乾隆十九年（1754）補記數則。

---

① 《福建協和大學陳氏書庫所藏清代禁書述略》原題:《史外》八卷，八册，清汪有典著，光緒丁丑重鐫本。

濰溪四家詩鈔跋[①]

《濰溪四家詩鈔》八卷，清建寧朱仕玠輯。玠爲仕琇之兄，字璧豐，乾隆知縣。四家者，爲其同里何梅、李榮英、朱肇璜、朱霞也。考濰溪即今之綏溪，在建寧。寧邑於南唐爲永安鎮，至宋建隆間改爲建寧縣，遷治濰溪之北。自置邑後，代有其人。茲所稱四家，皆清初人。何梅爲《江郵詩鈔》三卷，李榮英爲《白雲詩鈔》一卷，朱肇璜爲《槎亭詩鈔》二卷，朱霞爲《曲廬詩鈔》二卷。梅字雪芳，以屢困公車老隱鄉里，其詩多感遇宴游之章，頗清新有致。李榮英字萼侯，少負異稟，積書數千卷，皆能暗誦，每有所作，輒隨手散去，茲僅收得《和章明府射圃觀梅》二十首而已。朱肇璜字待濱，困於場屋，其詩頗婉轉夷猶，有俯仰寬閒之致，讀其詩者，殆不復知槎亭之困諸生而息焉者。朱霞字天錦，少以經世志好讀書，老以博士弟子員入太學，既鬱無所展布，乃搆室曰曲廬，存書至萬卷，手自丹黄。今詩多遊酬贈答之篇。茲四子者，類皆能自出新意，固皆不囿於土風也。

---

① 《本校陳氏書庫福建人集部著述解題》著録。

抑快軒文集跋[1]

《抑快軒文集》三十卷，清高澍然撰。澍然字雨農，光澤人，與李默（古山）等相友善。嘉慶辛酉舉人，爲中書舍人，旋解職歸，閉門讀書。喜爲古文自娛，尤嗜韓昌黎之文，出入必挾以行，著有《韓文故》十卷。此外又著《春秋釋經》、《詩音》、《論語私記》諸書。茲文集三十卷，爲同治間賭棋山莊抄本，首有謝章鋌手書記一篇，略云："往金門林瘦雲從先生學古文，所作多經潤色。予讀其集，益思先生之文不置也。閩縣何道甫亦從先生遊者，傳《抑快軒文集》有七十三卷，此尚不及其半。同年劉炯甫與先生習，告余先生晚年區分其文，定爲甲乙丙丁集。殆所謂七十三卷者，當尚有精詣之作在其中。屬寄書其冢嗣屺民明經問之，未知何日得以快覩。此本舊藏恭甫先生，後爲雪滄所得，予從之轉寫。予自三十以後見可寫之書不勝寫，無力遂輟。茲特寫先生集，則予之傾倒先生久矣。三十卷中，完善可六七，其餘雖稍涉應酬，然亦依附義法，無甚蕪者。大抵先生之文以養勝，其體潔，其氣粹，不必張皇以爲工，平淡出之，令人有悠然不已之思。蓋積真其內，而寧靜淡泊之

① 《本校陳氏書庫福建人集部著述解題》著録。

修，有以固其外。故生平致力韓子，而所得和易乃近歐、曾，於歐去剽，於曾去滯，道氣醖釀者深，豈飾章繪句所能襲取哉。……”另有道光建寧張紳序一篇。正文之前有“道光十年福州陳壽祺讀”，“道光壬辰仲春侯官李彦彬、李彦章同讀”，“道光十二年秋仁和陳善讀”，“道光十二年冬福州翁吉士讀”，“道光癸巳初夏全椒郭應辰讀”，“同治己巳荷花生日侯官楊浚所得，中元節後裝補完善，緐讀一過”，又朱書“同治辛未謝章鋌從雪滄選寫，並校，祀灶前三日記”各字樣。全部爲章挺所點校，實爲難得佳本。與《福建藝文志》所稱文集乙編四十八卷、丙編十六卷、丁編九卷者異。

榕園全集跋①

《榕園全集》三十一卷，清李彦章著。彦章字蘭卿，侯官人。年十三鄉試第一，年十六登嘉慶進士。授內閣中書，尋入軍機參樞密。出守粤西，首闢書院，日與諸生講明孝弟忠信之義，雖土司亦咸至受學；又有興農弭盜諸善政。後調山東鹽運使，以疾卒。平生工書善詩，精於鑒藏。茲集爲《榕園文鈔》六卷，《槐忙吟草》一卷，《榕園詩鈔》一卷，《歸楂雜詠》一卷，《都門舊草》二卷，《薇垣集》三卷，《戀春園詩草》二卷，《出山小草》二卷，《江山文選樓集》一卷，《雙石齋詩草》一卷，《載酒堂集》二卷，《潤經堂自治官書》六卷，《榕園楹帖》一卷，《榕園識字編》一卷，《江南催耕課稻編》一卷。其文長於考據紀事，徵引繁富，規畫詳明，多官粤西後所作。其治人、興農、育士、保甲、招徠土司之設施，咸於此可考。所謂集文章政事於一處，誠經世之書也。其古今體詩亦窮力追新，雄深雅健。歸安葉紹本謂其才調婉麗，出入於中晚諸家，而神韻悠然，若孤桐朗玉，風神四映，又如鳳簫獨奏，天籟紆徐焉。惜其年不永，未得大用。

---

① 《本校陳氏書庫福建人集部著述解題》著録。

屺雲樓全集跋[①]

《屺雲樓全集》四十三卷，清劉存仁撰。仁字炯甫，又字念莪，晚號蘧園，閩縣人。道光丙午優貢生，己酉舉人，年已宿矣。歷官泰州知州。篤於陳程朱之學，與張際亮、林昌彝等十數人爲莫逆交。曾出任甘肅令，時回亂方殷，急軍餉，不急吏治，其求歸不得之情歷見於詩。後調署泰州，因賊亂道弗得通，乃以病告歸，被聘爲道南書院院長。卒年七十。是集爲《屺雲樓文鈔》十二卷,《屺雲樓集》三十一卷，內含《屺雲樓詩選》八卷、二集詩四卷、三集詩十二卷、《影春園詞》一卷、《詩經口義》二卷、《勸學芻言》四卷。其文鈔所録，多爲記序書札等言事之作，大都自道甘苦悽婉沈痛之情。蓋由其自少至老，備嘗艱苦，鬱勃之氣，藉此宣洩也。其詩當以年代排比，吐屬尤温雅和平，合於詩人忠厚之旨。其三集《歸田》諸草，尤多感慨身世之作。蓋當其仕宦邊疆，浮沉於盜賊戎馬之中，兩子皆歿，屋亦易主，老妻與稚孫困於飢寒，特借詩以澆胸中壘塊耳。其《詩經口義》、《勸學芻言》皆爲晚年講學之作，蓋亦有慨於身世之故，貫穿經羣，寫其傷心，所謂引而進之於道也。

---

① 《本校陳氏書庫福建人集部著述解題》著録。

不忘初齋集稿跋[①]

《不忘初齋集稿》不分卷，抄本二册，清王紹燕撰。燕字貽穀，仙遊人。嘗肄業於福州鼇峰書院，頗受知於陳恭甫、何子貞輩，與張亨甫相友善。舉道光己亥舉人，補授浙江，需次縣丞，累官至杭州太守。自言著有《不忘初齋詩鈔》八卷、《續稿》四卷，藏杭州官舍，於咸豐庚申太平軍之役，兵亂中散失殆盡。今存者祇文四十四篇，詩四十六首而已。其文多記在杭時遊觀之事及與友朋書問。其《芝園紀變》一篇，則述其父捷南於咸豐三年死於林俊起事之役。其詩《感知篇》，則爲自述其生平遭際者。《射鷹樓詩話》評其詩云："王貽穀太守詩，高朗可誦。"則其詩原勝於文。《福建通志·藝文志》亦祇列其詩草，不言卷數。此舊稿本原藏省圖書館[②]，首尾無序跋。前附吴大廷手札一通，許其文頗得義法；其詩蘊藉風華，清沁入骨，頗合晚唐風格，於平凡中時露奇傑之氣云云[③]。兹爲録副存館，俾鄉賢遺著多一傳本。雖非全豹，然殘璧斷簡亦彌足珍貴矣。

① 又，手稿存館藏抄本《不忘初齋集稿》卷首。文末署"一九六二年七月一日，金雲銘跋"，鈐"金雲銘印"朱文方印。

② "稿本"，手稿作"抄稿本"。

③ 此句手稿作："而率意中時露奇傑之句云云"。

怡亭文集跋[①]

《怡亭文集》二十卷,《詩集》六卷，清張紳著。紳字怡亭，建寧人。嘉道間諸生，肆力於詩古文。性耽山水，而喜獨遊，流連光景，日入忘返。嘗浮彭蠡，遊漢沔以歸，所著益富。與高雨農、李古山、姚石甫、張亨甫等相友善。道光己丑，應陳左海聘來省修志。居二年，爲忌者中傷，遽謝去。入泰寧天成巖，遁跡無人之境以老。今集二十六卷，前十六卷爲各體文；後四卷本爲通志稿，凡宋代列傳二十六篇，謝事志局時所收回也，今刻於此。其文淳古沖淡而孕奇氣，周凱謂“其文學韓文公，而隱秀沈裕又似李文公、歐陽文忠公。其清明純固之氣，淵懿充積之理，皆發於身心。”詩六卷，高澍然序云:“怡亭具敏贍之才，而未嘗少見於詩。然世之負才名者每絀然，蓋怡亭靜者也。其於詩牢籠萬狀，歸於自得，無所迎而悠然與之會，無所拒而泊然與之忘，無所倚著而浩然與之深，杳然其自高也。”今觀其詩，多覽物興懷、離憂寄慨之作，蓋多得於扁舟作客，歷豫章、江漢、孤山、鄱湖之時也。刻於道光癸巳年，留香書屋藏板。

---

① 《本校陳氏書庫福建人集部著述解題》著録。

寫經齋全集跋①

《寫經齋全集》十七卷，清葉大莊撰。大莊閩縣陽岐人，號損軒，又號慤父。同治癸酉舉人，署松江同知。精於考證之學，耽吟詠。是集分編如下。《初稿》四卷、《續稿》二卷、《詞》一卷。《初稿》爲其自刊,《續稿》爲陳衍代刊於武昌。其自序有云:“少好泛覽諸家，故屢變其格。”然其詩實學厲樊榭，頗長於尋幽覽勝之作。石遺謂其喜用冷雋字，冷僻典，而間近餖飣。《續稿》分《淞水集》、《嶧陽集》，前者爲往來於吴淞江上所得，而後者則爲渡淮以北之作也。詞三十闋，名《小玲瓏閣詞》，頗有南宋風格。《寫經齋文稿》二卷，卷一爲近體《媿盦稿》，卷二爲《小止觀室稿》。陳石遺謂其服膺樊榭，又喜言禪悦，故所爲文在牧齋、樊榭間。按，其文亦多敘閩中掌故及其家事。《禮記審議》二卷，係取《禮記》中字句注釋加以按語。《石遺室書録》謂“損軒治經用高郵派，多言句例，多破字。言句例其得也，多破字則單文孤證，得失相參矣。此二卷心得處不少”云云。《大戴禮記審議》二卷，其體例與《禮記審議》略同。《喪服經傳補

① 《本校陳氏書庫福建人集部著述解題》著録。

疏》二卷，是書爲講解《儀禮·喪服篇》之作。《石遺室書録》云:“損軒治經喜破碎，而《喪服》卻不能不稍貫串者，此二卷較他作用功較力，故頗能貫通。”按，是書各條先傳後箋，講解頗爲透澈。署玉屏山莊刊版。《退學録》二卷，是書爲其讀書時劄記也。計《穆天子傳》凡三十條,《大戴記》凡十八條,《國語》凡四十四條,《孫子》凡十九條,《司馬法》凡十九條,《尸子》凡十五條,《牟子》凡十五條,《韓詩外傳》凡三十一條。

遙集集前後編跋①

《遙集集前後編》十六卷，清許貞幹輯。貞幹字豫生，侯官人。光緒間以名進士不入翰林，得外放道臺，觀察於浙者多年。茲集前編六卷，用遺山之例，選唐以來至於明代諸家詠古七言律六百二十三首。因取顔延之“望古遙集”之義，命之曰《遙集集》。意謂人代古今，山川陵谷，俯仰感慨，開卷生遙然之思也。後編十卷，選自清代。其自識有云：“前編至明而止，更鈔國朝人詩爲後編。行篋存書無多，因就丁氏八千卷樓借鈔，佳手寫定②，遂不及次其人之年代。”又云：“雖二百年者作者如林，……而得人數百，得詩逾千，亦云富矣。”其例蓋按《唐詩鼓吹》惟取七言今體而已。前編卷首有俞樾敘，後有周嵩堯敘，及王耕心跋。光緒味青齋刊本。館藏有前編兩部。

① 《本校陳氏書庫福建人集部著述解題》著録。

② “佳”，疑當作“假”。

春草堂詩鈔跋①

《春草堂詩鈔》十卷，清謝士驥撰。士驥字宏卿，瀋陽沈廷玉方伯涖閩藩時，奇其才，贈以別字曰汝奇。閩縣人。幼穎異，嗜學工詩，性瀟灑，詩境如其人。善草書，好端硯，隨意琢鏤，皆合古制，爲名流所賞譽。雅不樂仕進，構逸齋居之，卒棲隱以老。茲集分《榕巢小草》、《拱極樓初稿》、《河上草堂集》、《蓉圃閒吟》、《遊吳草》、《秋槎集》、《閩山吟社自存草》等十卷。其詩沖和澹雅，一洗叫囂絢麗之態。足跡所經，輒成吟詠。近遊鄉井，遠涉燕吳，山水友朋之樂，時流露於歌詞贈答間，而磊落抑塞之氣，時亦見於筆墨之外。其草書篆刻，特其餘技耳。集爲其子曦編次，其曾孫婿王溱校刊。首有朱景英撰傳，汪新、沈維基、吉夢熊等序。

① 《本校陳氏書庫福建人集部著述解題》著録。

賭棋山莊所著書跋①

《賭棋山莊所著書》七十三卷，二十九册，清謝章鋌撰。鋌字枚如，長樂人，爲謝世南之曾孫。光緒丁丑進士，不殿試而歸，被聘爲致用書院山長。平生著述甚多，此篇已刻者爲《文集》七卷、《文續》二卷、《文又續》二卷、《餘集》五卷、詩十四卷、《酒邊詞》八卷、《説文閩音通》二卷、《詞話》十二卷、《詞話續》五卷、《圍爐瑣憶》一卷、《藤陰客贅》一卷、《稗販雜録》四卷、《課餘偶録》四卷、《課餘續録》五卷，附《八十壽言》一卷。未刻者尚多。其文集所收，不分體裁，以先後爲序，亦雜有駢儷數篇。其文皆自寫胸臆，所謂放筆爲直幹也。《石遺室書録》則謂其文大旨亦宗桐城姚氏説，合性理、考據、詞章三者而成，而益以經濟。其詩則深於情。喜山水遊，嘗三登太華。遊必有詩，以出遊嶺南後爲勝，遊秦遊贛爲更勝，體格在張亨甫、林歐齋之間。江湜嘗勸以當學山谷，謝不能從，然其詩實居古文詞、長短句之右。《圍爐瑣憶》以下雜記之文，多關於掌故者，蓋爲晚年回里後所作也。

① 《本校陳氏書庫福建人集部著述解題》著録。

興安風雅彙編跋[①] 一九六二年三月日

李光榮號梅友，莆田吉了人，前清鄉貢。是稿係輯興化一府有關名勝古蹟之詩，自唐宋至民初，分類排比。《莆田新志》載其集爲二十卷，首有江春霖、陳奮孫等序。今所存者爲卷三至十二，其餘已佚。原稿殘破，藏莆田縣圖書館。

① 館藏抄本《興安風雅彙編》卷首存稿，疑係過録稿。文末署“福建師範學院圖書館識，一九六二年三月”。

天籟集跋[①] 一九六二年一月十日

《天籟集》一册，不分卷，清鄭旭旦輯。旦錢塘人，生於道咸間[②],《浙江通志》及《杭州府志》均未有傳。意其人亦懷才不遇、寂寞無聞於世者，故其序有云:“嘗刻苦讀書十五年，而求一第竟成虚空。”宜其發爲牢騷，一舒其憤世嫉俗之懷抱也。是所録民歌四十八首，大都爲當時流行於吴越二地之兒歌民謠，內容健康，句法短俏，節奏明快，語言流暢。在封建時代以文必載道、詩必雅正相標榜之世，作者竟敢輯他人之所不敢輯，刊時人之所不屑刊，公之於世，加以品評，並借以發洩其胸中抑鬱不平之氣，自詡爲天地妙文[③]，用以寄託其精神所在，不顧世俗之譏評，噫，亦難矣哉！原書有同治八年錢塘許氏校刊本，但未及百年，傳世已稀如星鳳。此本[④]由光緒二年丙子上海印書局據原板排印爲巾箱本者所轉録，書前有咸豐丁巳年許之敘序，及自作序跋，末有同治八年許郊子一跋。以其可資爲民間文學之重要材料，特爲傳抄於蠟車覆瓿之餘，備省覽焉。

---

① 又，手稿存館藏抄本《天籟集》卷首。文末署“一九六二年五月十日，金雲銘識”。
② 或謂清初人。
③ “天地”，手稿作“天地間”。
④ “本”，手稿作“蓋”。

榕城景物録跋[①] 一九六二年春

《榕城景物録》三卷，卷端未著撰者姓名。福建師院圖書館存本卷前有榴園題記，稱爲陳景夔所作。陳衍《福建通志·藝文志》“地理志·雜記”存目，作侯官陳學夔著。考《閩侯縣志》卷七十八有傳云:“陳學夔字解人，一字解庵，康熙己酉舉人。當耿變作，抗節匿橘園三年，不受僞職。尋丁父艱。己未開宏詞科，任侍郎克溥薦之，以服未闋不起。郡縣逼迫，匍匐至京，籲乞終喪得歸。後授山東寧陽令，興利除弊。撫臣錢公珏疏薦，遷兵部主事，督理大通橋倉務，又督廣東鈔關，清慎精明，不渝素守。以遷葬假歸。居鄉七年，足不入城市。”是則誤學夔之名爲景夔耳。玆館存三卷，抄本，字劣而多魯亥。乃借得黄蔭亭先生所存舊抄本一册，與師院圖書館存本相校，知其內容詳略不同，而序次亦小異；知兩書所據原本各殊，館存本所據者應爲初編本，此本所據者則爲定稿。其中各條，有較館本所繫詩人題詠爲多者，而所録景物亦較詳，但其中亦有多條爲玆本所無；或館存本不誤而此本反誤者[②]，不一而足。校竟，爲記於此。

---

① 又，手稿存館藏抄本《清流摘鏡》卷首。文末署“金雲銘記於一九六二年八月一日院之療養室”。

② “乃借得……”至此，與手稿詳略有異。詳見附録書影。

銅山志跋 一九六三年四月十五日

銅山即今之東山縣，爲福建東南門戶。地接澎湖，明隸漳浦，清屬詔安，均爲衛所，民初始改縣。原未有誌刊行，有之祗見乾隆間陳振藻一稿耳。然歷時百載，輾轉鈔録，魯魚亥豕不堪卒讀。近以高價購得舊抄本一册，其中脱漏錯誤不一而足，而標題正文連續書之，眉目不清，焉馬参雜，序次顛倒，體例不純。茲應中國科學院圖書館囑，轉録是書，乃爲之校訂一過，略正乖誤，付之抄胥。然其間誤字及文意不明之處尚多，以事冗時促，未遑檢取詔安、漳浦諸誌一細訂之耳。

南安爐內鄉藏文件雜鈔跋[1]

一九六二年七月二十日

此南安爐內鄉潘氏所藏文件，原書並未有書名，因其中多關太平天國時代文件，姑定今名。實則其中有小刀會、天地會僞託洪秀全檄文，有滿清政府佈告，有鄉民甘結，有題壁詩、鄉間謠箴批語等，拉雜抄輯，疑其爲當時村學究所抄存者，但其中保存不少有價值史料及林俊起義文件。原書殘破，審爲百年前抄本，間多魯亥，其明顯者均加校正。今應南京太平天國歷史博物館之請，特爲轉録，以供參考。

① 館藏本今題《太平天國文件雜鈔》。

詔安乙丑屠城記跋[1] 一九六二年六月一日

比年以來，太平天國史料層出不窮，蔚成大觀。獨有關吾閩革命資料則稀如星鳳，即有片段單文散見於《咄咄録》、《舌擊編》、《寇汀紀略》等書，均語焉不詳，蓋十不存一二矣。此《乙丑詔安屠城記》，係記清同治三年（1864）天京陷落後，侍王李世賢、康王汪海洋率兵二十餘萬，由汀入漳，於同治四年四月初六日，由宋天燕、劉天豫、丁太陽等攻破城池時，三千人殉難之事。按其內容，雖爲舊時代之成王敗寇觀念所囿，不免誹謗詆諆之辭，然所記太平軍將領安置婦女、禁宰耕牛等諸事實，亦不抹殺；即詔城經左宗棠統帥之楚軍收復後，清兵入城佔居民舍肆，擄百姓服役，難堪之情狀，亦秉筆無諱。原書初由邑人吴錫康掇拾脱劫道人郭錦章氏遺稿名《懷恩紀略》者編輯而成，寫成八章，未完而歿。復由其父夢沂字斐然者續成，完帙於民國十六年，寄南洋吴鶴汀鉛印流傳。末附殉難者姓名，及民國十四年乙丑六十週年追悼會所録各界輓章駢語數十頁，因其無

① 又，手稿存館藏抄本《詔安乙丑屠城記》卷首。文末署"一九六二年六月一日，金雲銘誌"。鈐"金雲銘印"朱文方印。

關史事，概予從略。書雖晚近所印，但國內流傳甚罕。原書爲詔安縣圖書館僅藏之本，據典守者云，餘本存縣故家，均於解放時付諸一炬，則此幸存之本已珍如球璧矣。爰懼史料之散亡，亟爲轉録，並由朱維幹先生校勘一過。茲謹殿數語於卷後①，以明原委。

① 此句手稿作:“茲謹識數語於卷端”。

沈文肅公牘跋[①] 一九六二年六月日

《沈文肅公牘》二卷，係沈葆楨於同治十三年間奉命巡視臺灣防日窺伺之私人函件。此書向未經發表，祇有抄本流傳。考日人處心積慮謀佔臺灣，遠在明治維新以後，乘清廷之腐朽末運，得美國之支持唆使，藉口往歲琉球商船遭風漂臺，爲牡丹社土番劫殺爲辭，稱兵臺南。沈奉總理衙門之命赴臺，與日人折衝樽俎之間，將經過情況向當時軍機大臣李鴻章（少荃）、左宗棠（季高）、閩浙總督李鶴年（子和）、福建巡撫王凱泰（補帆）、南洋大臣李宗羲（雨亭）、道臺陸心源（存齋）、浙江巡撫楊昌濬（石泉）、支持上海招商局之盛宣懷（杏蓀）、廣東巡撫張之洞（香濤）、江蘇巡撫張樹聲（振軒）、觀察使沈秉成（仲復）等報告牘稿；或與當時赴臺人員如提督羅大春（景山）、率領淮軍之唐鎮奎（俊侯）、鎮守廈門之彭楚漢（紀南）[②]、法人日意格、福州將軍文煜（星台）、制軍（幫辦）潘霨（偉如）、代理福州船政之布政使林壽圖（穎叔）、臺灣道夏獻綸（筱濤）、鎮道曾元福（輯五）、糧道段清泉（小湖）、觀察使吴

① 又，手稿存館藏抄本《沈文肅公牘》卷首。文末署“一九六二年六月，金雲銘識”。鈐“金雲銘印”朱文方印。

② “楚漢”原闕。彭楚漢，紀南其字也。

大廷（桐雲）等密商函件。上卷内容多半爲籌餉、借款、購械、訂艦、調兵、交涉之經過情形，下卷則爲開發臺灣、剿撫事宜及船政籌畫[①]。此次雖得以賠款五十萬換得日本暫時退兵，而日人覬覦臺灣之心終未已也。讀此公牘，足可考見當時清廷官吏捉襟見肘，齮齕之情狀溢於紙上，亦可供作中日交涉關係史及臺灣開發史原始資料之一種也。此書如與本館翻印之《羅景山臺灣海防並開山日記》互爲補充，尤足印證。原稿存省圖書館[②]，亟爲轉録，並略加點勘，以供研究臺事者之取資焉。

---

① “則”字後，手稿有“多”字。

② 原注：“存”似應作“藏”。

莆田方氏家集跋[①] 一九六二年六月　日

《莆田方氏家集》，存十二世至十三世一册，二十二世一册，二十四世至二十六世一册，均屬藝文部分。此外尚有《方簡肅文集》一册，因已有印本流傳，不予再録。考莆田方氏，自北宋咸平間方慎言以後，代有文人。其著述如《方開府詩文集》二十卷，方龜年有《記室新書》七十卷、《經史解題》四十五卷，方次彭《高齋詩集》若干卷，方晞道《九江集》二十卷，方醇道《筆峰集》五卷，方通叔詩文集二十卷，方洵《濯錦集》三十卷，他如方澤、方軫、方臨、方元寀、方天若、方旬、方适、方略、方惟深、方廷實、方漸、方深道、方擴、方升之等數十家，均有著述。凡此咸在鄭漁仲以前者，若南宋以後則不勝枚舉矣。但因代遠年湮，集均不傳。此譜選録祇存十二世方信孺以下宋末至清初數十人之詩文，一鱗半爪，彌足珍貴，故爲轉録藏館，以供地方文獻参考之一助。此舊本原題作《方氏族譜》，以家譜部分已佚，所存者均爲藝文，抄竟略爲校勘，並改題今名，以符其實云爾。

① 館藏抄本《莆田方氏家集》卷首存稿，疑係過録校正稿。文末署“一九六二年六月，金雲銘識”。鈐“金雲銘印”朱文方印。

屏南縣志跋[1] 一九六二年七月二日

屏南建縣甚晚，清雍正十三年始析古田縣地，屏山之南，建爲縣治。至乾隆五年，知縣沈鍾始著爲志。再修於道光八年。三修始於光緒三十四年[2]，迄民國九年，成稿十卷。然除沈志外，均未付刻，加以縣處僻隅，故國內圖書館罕有藏者。此本成於民國三十年間，即據光緒稿本所遞修者，亦未付之剞劂氏。稿存縣檔案館，朱士嘉《中國地方志綜録》未著録其名，殆國內尚未有知之者。本年夏，因館員赴雙溪採訪故家藏書之便，得借回此書，恐孤本易佚，亟爲録副藏館，以備研究鄉邑掌故之一助云爾。

---

① 又，手稿存館藏抄本《(民国)屏南縣志》卷首。文末署“一九六二年七月二日，金雲銘識”。

② “修”原脱，據手稿補。

臺灣小志跋[1]　一九六二年七月廿六日

《臺灣小志》不分卷，一册，扉葉原題作《基隆淡水臺疆小志》，光緒十年菊月之吉管可壽齋刊印本。作者原署虚白主人，未知其何許人。原以是年法人藉口越南諒山之役索賠兵費，集兵船數十艘攔入臺灣，先攻基隆，繼侵淡水。閩江一戰，我國兵輪船廠糜爛無遺，全臺更在法人掌握之中。作者以欲饜國人求知臺灣情況之心，乃勾稽各籍[2]，益以見聞，撰成此書，用以唤醒輿情，使留心時事者有所取資焉。初刊於上海益報館。以臺事方殷，需要激增，書估射利，乃更由鄒守中氏添綴法人肇釁之由於卷首，刊成小册行世。時至今日，傳本已不多覯，爰爲校抄藏館，並爲誌數語於此。

① 又，手稿存館藏抄本《臺灣小志》卷首。文末署“一九六二年七月廿六日，金雲銘識”。

② “各”，手稿作“羣”。

陳一齋先生年譜序

一九四五年七月七日序於樵川寓廬

一齋先生以名將而兼碩儒，且爲明代之大旅行家，顧其生平及著述，殊鮮知其詳者。俞曲園號稱淹博，於其《隨筆》中且有“言古音者至國朝而大備矣。然古音之學，溯源於吴才老；而明陳第之《毛詩古音考》，亦其先河也。焦弱侯爲作序，稱其有三異。‘身爲名將，手握重兵，一旦棄去，鉼缽蕭疏，野衲不若，一異也。’余讀之，不知第爲何許人，深慚譾陋！及觀《絳雲樓書目》，陳第《毛詩古音考》二册，陳景雲注云：‘陳將軍季立，出戚少保麾下，一時名將也。’然後知陳第爲戚繼光部將。而檢《明史》戚繼光傳，又未附見其人，當更詳考之”之言。曲園若此，他人可知已。夫以一齋先生之鴻猷碩學，卓卓可傳。觀其禦倭守邊，在薊十年，調和文武，敦睦兵民，築城創橋，興學講武，使邊民樂業、行旅不驚，是名將而兼循吏。使上有明臣，假之便宜，則先生勳業豈止於一遊擊將軍哉！及其拂衣歸里，杜門著書。晚年從事遊歷，四山五嶽足跡殆遍，其行程所經，明代除後先生數十年之徐霞客外，實不多見。顧霞客《遊記》，時人題詠者甚多，而錢牧齋且稱霞客爲千古奇人，其《遊記》爲千古奇書，洎至輓近，復得丁文江先生爲之譜、附之圖，而遊跡乃大彰於世。而先生之遊，後世學者反無所知，豈非一大憾事歟？無他，霞客之遊因有日記，其所記事跡路線、山川風物較詳；而先生之遊，雖有兩粤及五嶽諸《遊草》，然均出之吟詠，語焉不詳，且其詩以體裁分，而非以年月分，故前後錯綜，難尋端緒，雖其七世從孫斗初於道光二十八年重刊其集，並識以年譜，然簡而不明，且錯誤百出，前後顛倒，此即彰與不彰之故歟？余竊感於此，頗欲搜覽遺籍，編定年譜，庶先生之嘉言懿行不至湮没。然比年以來，公私蝟集，有志未逮。抗戰七年之夏，余再讀曲園先生之言，因有感於心，乃檢先生之全集讀之，得其生平行事之概、著述之旨，乃不憚炎暑，揮汗爲繹其端緒，旁參羣籍，頗費勾稽，耗時數月，草成斯篇，以應中國文化研究會之徵。祇以人事鞅掌，初稿雖畢而未遑細校，故擱置者又久之。本年夏，始得再爲增删，並附以地圖，付之欹劂。間以手邊尚乏數書，如焦竑之《澹園集》、吴文華之《吴襄惠公集》、黄汝亨之《寓林集》等爲之印證，謬誤遺漏之處，在所難免。海内明達若能進而教之，則幸甚焉①！

① 文末原署："中華民國三十四年七月七日，金雲銘序於樵川之寓廬。"

湖上吟草自序　一九六三年兒童節前一日

予從事圖籍之學，人事倥傯，日無暇晷，未遑爲詩也。去秋因足疾復作，乃就本市工人温泉療養院養痾。以地近小西湖，環境宜人，休養之餘，稍寄情於吟詠，使心有所屬，而忘其痛耳。數月之間，積稿成帙，乃聊爲編訂。亦如遼東有豕，生子白頭，未見河東舉豕皆白，而遂自以爲異而獻之。詩雖不工，亦足以自見其性情，不忍焚棄云爾。

湖上詞草自序① 一九六三年五月三十日

余不諳倚聲，雖有少作，亦棄之如敝屣，不復存留。去年冬間養疴湖上，始偶一爲之，於是好之日篤，聞見所觸，多寄之於詞。數月之間，積至百闋，彙爲一集，敝帚自珍，然自知不能免於古人“言順律舛，律協言謬”之譏。揚子雲有言：“雕蟲篆刻，壯夫不爲。”況此區區聲律小技云乎哉！顧人當病苦無聊之際，姑託之吟詠以遣其有涯之生，明知所爲無益，然燈唇藥畔，擁鼻低吟，一縷幽思與天無際，亦自樂其真之一法耳。工與不工，非所計也。

① 按，書前目録題《湖上詞草自序》，正文篇目作《湖上吟草自序》。據序言内容，當以“詞草”爲是。

憶遊律集自序 一九六五年夏時年六十有二

余性好遊觀，每遇佳山水，輒留連忘返。一九三四年春，以服務六年期滿，有半年休假之便，奉當局命考察各省市圖書館。乃於是年二月束裝就道，經九省十六城市，參觀國內圖書館六十餘所。足跡所至，凡山川風物，勝境古蹟，悉備記之。迨抗日期間，協大內遷邵武，携眷居樵川者七年，雖在生活困難之中，亦不廢山水遊眺。抗戰勝利後，復隨校回榕，人事鞅掌，無暇出遊，至一九四八年得機赴美進修，始得睹大洋名城之勝。解放後回國十餘年間，赴京者四，順途遊杭者三。復於一九六〇年由工會送往廬山休養。攬大瀑層巒之奇景，雲煙縹緲之變幻，似覺心腑澄清，滿眼皆詩。於是乃與同遊之黄之六主任互相唱和爲樂，亦可謂予作詩之始，成《廬山吟草》一卷。自是之後，每一登高弔古，均紀以詩。五年之間，成《湖上吟草》、《湖上詞草》、《覆瓿餘草》、《閩南遊草》、《覆瓿續草》各一卷。去年秋間，復取曩年日記讀之，凡所經歷聞見如在目前。乃將三十年來親歷，按其年代成《憶遊七言律詩》一百二十首，以攄其歷落之清興，亦藉此以見余之生平焉。至於工拙與否，非所計也。

師友盍簪集序　一九七四年季春

夫詩者，古之樂歌也。自《卿雲》、《擊壤》以迄於《三百篇》，靡不可被諸管弦，協諸宮徵。至於下里巴人之作，亦必諧於聲律，以抒其感興，寫其情愫已耳。壬子春間，偶約曩時窗友作竟日遊，譚笑之間，因提及少日業師劉秉綸先生，近由貴陽歸閩，常於勝日爲盍簪之遊，敦古歡於夙契，抒遙情於今雨，於是約期相晤於温泉，卿作半紀重逢之會。相見之下，談笑忘形，歸後復紀以詩。自是互相引介，漸超香山九老之數。每當芳春宛宛，秋日融融，常作朋簪之約，遊後輒相與聯情摛藻，因物抒襟，鬪雪堂之尖，又賡樂府之雅韻。甲寅禊日，更值王師穆和八旬晉二誕辰，延東閣之吟朋，列英華之桃李，從容談宴以慶承平之樂，祝耋之什束比牛腰，爰裒眾作，都爲一卷。一則以免陵谷變遷，緗素散佚之慮；一則以紀桑海餘生，聊敘師友遊宴之樂。按其交詩前後，哀樂斯萃。夫人生朝露，杳若經空之雲；流光不停，倏如過隙之駟。徂歡可念，仗此吉光片羽，追述騷盟，亦可賴以聊存風矩而已。敢辭僭墨，述其緣起於此。

師友盍簪集三編序 一九七七年四月　日

朋聚之樂，莫如談肝鬲，共遊觀。觸而爲詩，尤談與遊之邃也。然出處聚散不常，烏能皓首相對，共數晨夕！其間或遊或歸，或溘先朝露，遼邈阻絕。風雨懷人，惟能將單言片紙及時搜討，置之座側，不時把玩。雖感昔遊已若今覩，而故人謦欬笑貌森列吾目，神授識興如平生歡，雖不見猶見也。若夫薛劍光埋，牙絃響輟，列宿草而漸淹湮，痛春蘭兮靡絕，杜司勳之賸稿竟焚，趙臺卿之遺言易泯。或乃星離月阻，水複山長，暮雨自歸，春波無極，芍葯誰贈棠棣？爾思藉此一編，時而雒誦，則不啻對故人而把袂劇談也。僕夙喜謳歙，前已有《師友盍簪集》初續編之輯，茲復不揣譾陋，爰將師友最近兩年來唱酬篇什，略爲釐定，列爲三編。庶韓陵片石不至散佚，師友音徵略得保存，則僕之驥尾竊附，豹皮幸留，尤其幸矣。

寧齋序跋集外編

林邵州遺集跋

《林邵州遺集》二卷，唐林藴著。藴字復夢，爲邵州刺史，故稱邵州。莆田人。兄弟九人皆爲刺史，世稱九牧林者是也。藴世通經，於貞元四年（788）及第，爲閩越人進士之第一人。韓昌黎以爲始於歐陽詹者，非也。四川節度使劉闢反，藴曉以順逆，不聽。復上書切諫，闢怒，械於獄，且殺之。將就刑，闢陰戒刑人抽劍磨其頸，以脅服之。藴叱曰："死即死，我項豈頑奴砥石耶？"闢知不可屈，捨之。藴名重京師。其文最可傳者，爲上宰相李吉甫、李絳、武元衡、張宏靖諸書，其一見《唐儒學傳》，其二見《唐文粹》。其原集《直齋書録解題》、鄭樵《通志・氏族略》均云一卷。康熙癸巳，嫡孫錫周鐫本，稱原書有書十，序十二，記九，表六，銘五，文十四，賦十一，風十，律三十六，説三，考五，碑二，今皆不存。玆集爲嘉慶十八年福鼎貢生王遐春取明成化本托陳壽祺考定所刻。上卷掇緝遺文八，詩二首，並附邵州父兄之作若干首。附録一卷，爲史傳，雜記邵州弟兄之佚事。首有陳壽祺序及蔡沈舊序一篇。

唐歐陽四門集跋

《唐歐陽四門集》八卷，唐歐陽詹著。詹字行周，晉江人，貞元八年進士，亦爲閩人登進士之先者。與韓愈、李觀、李絳等聯第，皆天下選，時稱龍虎榜。爲國子四門助教，與愈同爲博士，與柳宗元等相友善。事父母至孝，與朋友信義。其文章切深往復明辨。卒年四十餘，愈作哀辭弔之。唐黄璞作《閩川名士傳》，謂其因慟妓而死。其集亦稱《歐陽行周集》，亦名《唐歐陽先生文集》。今所存爲嘉慶十五年福鼎王遐春刊本，係所刻《唐四家文集》之一。首有張士誠、趙在翰等序，並列明曹學佺原序，唐李貽孫、蔡清虚舊序。末附録諸家傳記、哀辭、跋語、記事等，皆從他書輯出者。全書爲詩三卷，文五卷，附録一卷。其詩與鮑明遠、孟東野並稱；其文雅質，有六朝風度。

黄御史集跋

《黄御史集》八卷，唐黄滔撰。滔字文江，莆田人。乾寧二年進士，光化中遷四門博士，官至監察御史。王審知爲閩節度使，滔爲推官。卒能規正閩主，使終身爲開國節度，不作閉門天子者，滔之力也。時閩中所爲碑碣皆出其手，今浮圖荒隴舊刻猶存。中州名士若李絢、韓偓等避地於閩，悉與之遊。有《泉山秀句》三十卷。兹集爲賦一卷，詩四卷，文三卷，末附録九則。書爲其八世孫宋尚書公度等所輯。首有淳熙三年楊萬里序，慶元二年洪邁序，淳熙四年謝諤序及萬曆曹學佺等序。

晝錦集跋

《晝錦集》一册，不分卷，唐福清翁承贊著。一作五代莆田人。字文堯。嘗讀書於福清蒜嶺之漆林書堂，後改晝錦堂。贊舉乾寧進士，擢弘詞科，任京兆府參軍。天祐初，以右拾遺受詔册封王審知爲瑯琊王。梁開平間，復爲閩主詔禮副使，尋擢福建鹽鐵使，加左散騎常侍、御史大夫。留相閩卒，葬崇安新禮鄉。本庫所存爲校鈔福鼎王學貞所編次本，共三十餘首，蓋多由《南唐雅》、《全唐詩》等所輯出者。末附抄本傳及黄滔送翁承贊詩等數首。聊見其斷簡殘篇耳。

蔡忠惠公集跋

《蔡忠惠公集》三十六卷,《别紀補遺》二卷，首附序及本傳等一卷，宋蔡襄撰。襄字君謨，興化仙遊人。天聖進士，爲西京留守推官。范仲淹等以言事忤丞相吕夷簡，因而去國，襄作《四賢一不肖詩》以諷之，都人士爭相傳寫。仁宗間，知諫院，直史館兼修起居注，論事正直。以龍圖閣直學士知開封府，再知福州。聘郡士周希孟、陳烈等，以經術授學者。嘗躬至學舍，執經講問。作五戒以教民，巫覡、浮屠、蓄蠱之害一切禁止，福州大治。徙知泉州，建洛陽橋，長三百六十丈，以利濟者。閩人勒碑頌德，稱爲蔡福州。後以端明殿學士移守杭州，卒謚忠惠。平生善書，時稱第一，仁宗尤愛重之。是集爲詩八卷，制誥六卷，奏議四卷，國論一卷，書疏一卷，表狀、劄子、箴銘、書各一卷，他皆記、序、啟、牋、齋文、傳贊五卷，雜著《荔枝譜》二卷，哀詞、祭文、碑銘等五卷。《别紀補遺》二卷，爲徐㶿等所編，皆由諸書中輯出關於蔡襄之記載，分爲志行、政術、書法、談藝、鑒賞、茶事、荔品、恩遇、遺蹟、述異、逸編等，共三百六十二則。此集版刻甚多，陳振孫曰“王龜齡刻於泉州者三十六卷”,《文獻通考》載《蔡君謨集》十七卷,《宋史》載《蔡襄集》六十卷、又《奏議》十卷，陳四遊刻爲四十卷。今本則爲襄之裔孫蔡鶴村等刻本，晉江徐居敬遜敏齋等重校刻本。

楊龜山先生集跋

《楊龜山先生集》四十二卷，宋楊時撰。時字中立，將樂人。自少穎異，登熙寧進士。調汀州司戶，不赴。往河南師程顥，及歸，顥目送之曰“吾道南矣”。後又見頤於洛，頤偶瞑坐，時與游酢侍立不去，頤既覺，門外雪深一尺矣。時嘗疑張載《西銘》近於兼愛，與二程往復辯論，卒聞“理一分殊”之説。杜門力學者十年始出仕，高宗時官至龍圖閣直學士，以指陳時務不遇。致仕以著書講學爲事，東南學者稱龜山先生。茲集文三十八卷，詩五卷，卷首爲本傳、墓誌、行狀、年譜等。版本頗多，宋刊本爲三十五卷，明弘治李熙刊本爲十六卷，後常州東林書院刊本爲三十六卷，宜興刊本三十五卷，萬曆辛卯林熙春刊本爲四十二卷，經順治庚寅、康熙丁亥二次重刊。茲集爲光緒五年補修本，首有張國正等序。

游薦山先生集跋

《游薦山先生集》十卷，游酢撰。酢字定夫，建陽人。與兄醇俱以文行知名，與楊時同師事河南二程子，世傳立雪程門者是也。酢篤志聖學，載道南歸，遂爲建州理學之始。於是有胡、劉、朱、蔡諸子後先繼起，成閩中道學之統，與濂、洛、關中並稱。酢爲元豐五年進士，累官御史，歷知和、舒、濠三州政事。卒謚文肅，學者稱薦山先生。是集首列圖、表、傳、贊等，卷一至卷三爲《論語雜解》、《中庸義》、《孟子雜解》等，卷四爲《易説》、《二南義》，卷五爲《朱子四書》，卷六爲先儒之説，卷七爲朱子遺書、先儒之語等，卷八至十則皆爲序、跋、祭文、銘、詩、賦等，雜以朱熹、陳瓘等之作。蓋係後人掇拾重編，不但非其原本，且並非完書也。張伯行爲刻於福州正誼書院。

羅豫章先生集跋

《羅豫章先生集》十二卷，宋羅從彥著。彥字仲素，其先世自豫章避寇來劍浦，復遷於沙，是爲沙縣人。後學於楊時，盡得其秘傳。嘗築室羅浮山中，絕意仕進，靜坐以體驗天地萬物之理。從游者甚眾，若李侗、朱松等，皆先生高弟也。紹興二年，先生六十一歲，始授博羅縣主簿。六十四歲自廣回，遇草寇竊發，乃卒於汀州武平縣學。又數年，門人李侗始爲歸葬於郡之羅源里。淳祐七年，從閩邢憲楊棟之請，賜謚文質，從祀孔廟。其著述皆散佚，至元進士曹道振始搜得全集刊行於世①。今集卷一至卷八皆《遵堯録》，係輯宋太祖以下李沆等十餘人之言行論之；卷九爲《二程語録》，卷十爲《議論要語》，皆闡發仁義禮智之説；卷十一爲《春秋指歸序》、《韋齋記》等雜纂四種，卷十二則爲詩。卷首有序文、年譜、本傳等一卷，卷末附録一卷。是書版本甚多，此爲光緒八年謝甘棠等重刊本。

① 該句原置“淳祐七年”前，當爲手民所割裂，今復其舊。

屏山全集跋

《屏山全集》二十卷，宋劉子翬撰。翬字彦沖，崇安人。父韐，死於靖康之亂，痛憤成疾，以不堪吏事辭歸武夷山不出者凡十七年，講學不倦。妻死不再娶，與籍溪胡憲、白水劉勉之交相得。朱松死，以子熹相託，子翬教以爲學之道，卒成儒宗。卒年四十七，學者稱屏山先生。是集卷首爲序文、本傳、墓表、謚議等，卷一至五皆爲論、記、序文等篇，卷六爲雜著十四篇，卷七表及劄子，卷八啟，卷九祭文、墓表等，卷十至二十皆賦、詩、詞等。卷末附跋及《屏山集考異》一卷。原書爲其嗣子坪所編，朱子有序。後之版本頗多，此爲光緒二十年武夷潘政明重刊本。集中談理之文辨析明快，曲折盡意，無南宋人語録之習；論事之文洞悉時勢，亦無迂闊之見。古詩風格高秀，不襲陳因。惟七言近體頗多禪語，蓋其早年嘗接佛老之徒所致也。

朱子集跋

《朱子集》一百零四卷，目録二卷，宋朱熹撰。熹字元晦，一字仲晦，號雲谷老人，亦曰晦翁，又號遯翁。父籍婺源，因僑寓建州尤溪生熹。登紹興進士，歷事高、孝、光、寧四朝，凡所奏聞皆正心誠意治平之道，累官至寶文閣待制，慶元中致仕講學。其學大抵窮理以致知，反窮以踐實，而以居敬爲主。卒謚文，贈太師，追封徽國公，從祀孔廟，清康熙間升位於十哲之次。所著甚多，茲集爲咸豐庚申夏刊本，紫霞洲祠堂存版。其二十二世孫朱振鐸有敘云："文公文集原本八十八卷，季子侍郎公手編也。淳祐己酉得續集五卷，編輯姓氏無考。景定間建通守余公師魯補別集七卷，合百卷，爲建安嫡裔存本。元末建罹兵燹，版寖失。明洪武初，取浙本置南廱。成化、嘉靖間重鏤，版存閩浙藩臬署。國朝康熙壬寅，建安派從祖石中公玉留心蒐輯，綜三卷，而詳參原委，序次補入，彙鈔成帙，顏曰《文集大全類編》。……版存玉，繼存考亭書院。咸豐八年七月，院遭逆燬，板化烏有。振鐸懼先籍之失墜也，白建侯程公夢齡甫購版，旋解任去。閱年呈督學徐公，慨然允所請，諭建樓爲妥存之地。公回省百計營捐，雕刊就緒，……至同治癸亥，祠兩樓成，然版已鏤完省留三年矣。甲子春，赴省請督學章公沐飭檢付振鐸歸之建，永爲紫霞洲祠堂藏本。”故此本編目與別本亦略有異，卷一至卷十三爲奏疏、分封事、奏劄、講義、狀劄、奏狀、表、申請、辭免等，卷十四、十五爲牒諭，卷十六至六十四爲書，皆以人分卷，六十五至七十二爲論著，卷七十三至七十五爲序，卷七十六至七十七爲記，卷七十八爲銘、箴、贊，卷七十九至八十二爲跋，卷八十三至九十三爲碑文、墓表、墓誌銘、行狀等，卷九十四爲啟、疏、祭文等，卷九十五至一百四爲賦、詩、詞，末並附補遺詩九題，首目録二卷，有朱子遺像。

韓集考異跋

《韓集考異》十卷，宋朱熹撰。此書因韓集諸本互有異同，方崧卿所作《韓文舉正》雖參校衆本，棄短取長，然猶以其不盡載諸本同異，而多折衷於祥符杭本、嘉祐蜀本及李、謝所據館閣本爲定，而尤尊館閣本，雖有謬誤，往往曲從，他本雖善，亦棄不録，故朱子更爲校定，悉考衆本之同異，而一以文勢義理及他書之可證者决之。其體例但摘正文一二字大書，以所考夾註如下。此本爲光緒乙酉新陽趙元益據舊本翻雕，頗爲精善。末有李光地跋一篇。蓋光地又曾於康熙間取吕晚村家存宋刻本刊之也。

雲莊文集跋

《雲莊文集》十二卷，宋劉爚撰。爚字晦伯，建州建陽縣人，朱子弟子。登紹興八年進士，歷官會昌、山陰、饒州、連城、閩縣、贛州等地。嘉定二年除尚書左郎官兼國史院編修官、實録檢討，遷刑部侍郎、工部尚書，九年以三乞致仕，卒年七十三。其學以不欺爲主，有修身踐言之實，博聞強識，所著甚富。茲編卷首爲傳、敘、年譜等，卷一爲奏疏、表、請等，卷二經解，卷三春端帖子、詩賦等，卷四答詔，卷五詔制，卷六書啟，卷七序，卷八記，卷九文，卷十祝文，十一墓表，十二公移。集爲門人李公晦編次，十世孫劉穩重刊。首有成化二十一年趙文序，李堅等原序。

東塘集跋

《東塘集》二十卷，宋袁説友撰。説友字起巖，建安人，流寓潮州，號東塘居士。生於紹興庚申歲。登隆興進士，歷官至同知樞密院參知政事加大學士，官至宣奉大夫致仕。嘉泰甲子歲薨於德清，年六十五。學問淹博。是集爲詩七卷，文十三卷。其詩紀昀謂其五言近體謹嚴，而微傷局促；七言近體警快，而稍嫌率易；至於五七言古體則格調清新，意境開拓，置之石湖、劍南集中，淄澠易辨別矣。其文則曲折暢達，究悉物情，具有歐、蘇之體。奏章敷陳，多切時病，非迂儒所能及也。所存爲三山陳氏居敬堂寫本。其集《書録解題》、《宋史・藝文志》皆不載，殊不可解。

北溪全集跋

《北溪全集》五十四卷，宋陳淳著。淳字安卿，漳州龍溪人。北溪，先生之產地也，後人乃舉以稱之。少從朱子學，盡得其傳。熹嘗語人曰:“南來吾道喜得陳淳。”又積十年之學，凡所讀聖賢之書，講明義理，洞究淵微，日用之間，行著習察，藉以洞見天理流行之妙，胸中灑落，隨其所處，莫不有從容順適之意。丁丑以特試寓中都，四方多來請質，嚴州守鄭之悌乃延入學宮講道。嘉定十六年，以特恩授安溪縣簿，未任而卒，年六十五。所著關於經義者甚多,《四庫總目》謂其“平生不以文章名，故其詩文皆如語録”，良有以也。是集共分五門，第一門講義四卷，皆對諸生之講解；第二門書問四卷，乃先生所質於師者；第三門答問八卷，乃先生所答於弟子者；第四門各體文三十卷，皆説經、指事、雜著、日記、論、辯之屬；第五門各體詩四卷，附銘、箴、贊、疏七題。後又附《北溪字義》二卷，爲語録之類，後人所補刊也。又附外集一卷，皆先生墓銘、傳記之屬，末有補遺數則。合成五十四卷，爲光緒辛巳其宗裔文芳重刊之本。蓋自宋迄明萬曆已四開雕，於兹爲五次之刊本也。署種香别業存版。

蔡氏九儒書跋

《蔡氏九儒書》九卷，卷首一卷，清蔡從龍等重輯。是書集宋蔡發、蔡元定、蔡淵、蔡沆、蔡沈、蔡格、蔡模、蔡杭、蔡權等九人之書於一處，爲建陽廬峰派下二十二代裔孫闔族重刊以表彰祖德也。按，蔡發字神與，晚號牧堂老人。博學強記，杜門不仕，專以讀書教子爲事，著《天文地理發微》等篇行世。是集共收其著作二十餘篇。蔡元定，發之子，字季通，號西山，謚文節。幼承庭訓，長從朱熹遊。熹扣其學，大驚曰："此吾友也，不當在弟子列。"遂與對榻論經義，四方來學者必俾先從元定質正。韓侂胄興僞學之禁，疏詆朱熹並及元定，謫道州，至舂陵，遠近來學者日眾。是集收其《皇極經世指要》二卷，《律吕新書》二卷，書劄等十餘篇，詩十餘首而已。蔡淵字伯靜，號節齋，元定之長子也，沆與沈均其弟。沆字復齋；沈字仲默，號九峰，謚文正，均熹之弟子，兹集各收其著作若干篇。蔡格字伯至，號素軒，淵之長子。兹集收其文三篇，詩十四首。蔡模字仲覺，號覺軒，沈之長子，操行高潔。是集收其《論四象大旨》等十餘篇。蔡杭字仲節，號久軒，謚文肅，沈之次子，紹定進士，歷官工部侍郎。兹集收其文四十餘篇，詩數首。權字仲平，號靜軒，沈之季子，聰明嗜學，授廬峰書院山長。茲集收其文六篇，詩六首。九儒各有像及附録若干篇。首卷爲序，總述祠院、道統、祀典等之記載。廬峰書院存板，光緒丙戌重刊本。

詹元善先生遺集跋

《詹元善先生遺集》二卷，宋詹體仁撰。體仁字元善，建寧浦城人。嘗從朱子學。登隆興元年進士第，爲泉州晉江丞。宰相梁克家薦於朝，升太學博士，遷太常丞，尋直龍圖閣，知福州。以議孝宗山陵事被劾罷，家居八載。後復直龍圖閣，知靜江府，蠲免雜賦甚多，乃遷司農卿，總湖廣餉事。卒年六十四。其學以存誠慎獨，盡心平心爲主。其平生著述若《家教總義》、《曆學啟蒙》、《莊子解》皆不傳。茲集爲邑人朱秉鑑就各書中録出，語録數十條，文六篇，詩九首，存其梗概而已。卷首附本傳、行狀諸篇。

梁谿全集跋

《梁谿全集》一百八十卷附録一卷，宋李綱撰。綱字伯紀，邵武人，政和進士。靖康初爲兵部侍郎，金人來侵，力主迎戰被謫。高宗即位，首召爲相。修內治，整邊防，講軍政，力圖恢復。惜爲黄潛善等所阻，七十餘日而罷。卒年五十八，謚忠定。綱負天下重望，遠人畏服。其詩文雄深雅健，以喜談佛理爲南宋諸儒所不道。兹集首刊朱子序及陳俊卿序。陳序謂其子秀裒集其表章奏劄八十卷，是原刊本只八十卷。此爲後人續以詩文，釐併而成。全書爲賦四卷，詩二十八卷，雜文一百三十八卷，《靖康傳信録》三卷，《建炎進退志》四卷，《建炎時政記》三卷。附録卷首有年譜，末有行狀、謚議、祠記、祭文、挽贊等。

安雅堂集跋

《安雅堂集》十三卷，元陳旅撰。旅字衆仲，莆田人。弱冠篤志於學，爲閩海儒學官。中丞馬祖常（石田）按事閩中，奇其才，舉諸朝，由是通館籍。館閣諸老又推重之，以薦除國子助教。至元初遷國子監丞。其文典雅峻潔，氣肅而辭不汎。其詩亦綿麗藻拔，不徇世好。是集爲其子籲哀集成書，前有元張翥及林泉生序。本庫所藏爲舊抄本六册，張翥序缺半葉。《鐵琴銅劍樓書目》云“此本舊本元槧七卷，八卷以下依明刊本鈔補，遂成完書。考《傳是樓書目》有元板《陳衆仲集》十三卷，此未經闕佚者也。元本詩三卷係編年，明刻易爲分體，且原注多漏去，已盡失初刻之真矣”云云。

續軒渠集跋

《續軒渠集》十卷補遺一卷，元洪希文著。希文字汝質，號去華，莆田人。其父巖虎，號吾圃，爲興化教諭，有《軒渠集》，故希文之集以續爲名。希文之學博而邃，繼其父爲訓導。卒年八十餘，幾與元代相終始。其詩清遒激壯，林以順云其得意處皆自肺腑流出，至於造語練字頗費工夫，間多警句，有季唐之風焉。希文門人劉宗傳跋云，“集中《夏耘》一聯云‘非其種者鋤而去，毋使蔓然難以圖’，語句渾然。……《山谷翫月》：‘河漢無雲天萬里，溪山不夜月三更。’《雪髭》則曰：‘功名不建頭顱老，日月如馳髀肉生。’《築城垣》：‘淒其死者無歸地，羞與仇人共戴天。’令人痛心切齒”云云。今集首八卷爲詩，九卷爲詞十三首，十卷爲雜文十六篇，其補遺皆據顧嗣立《元詩選》補抄而出。並附其父吾圃翁遺詩三首。書爲杭州丁氏傳鈔本，光緒六年刊。前有序文十篇，爲王鳳靈、蔡宗兗、徐㶿等所作，頗詳其生平出處及該集流傳始末。有後序一篇。

藍山集跋

《藍山集》六卷，明藍仁撰。仁字靜之，崇安人。《崇安縣志》作藍山。師清江杜本，謝科舉，一意爲詩。洪武初，辟武夷書院山長，遷邵武尉不赴。其詩規摹唐調，和平雅淡，詞意融怡。紀昀稱“閩中詩派，明一代皆祖十子，而不知仁兄弟爲之開先，遂没其創始之功，非公論也”。《明史·藝文志》載仁集六卷，朱彝尊《明詩綜》猶見之。原本流傳甚少，兹集係《四庫》本，由《永樂大典》中採綴輯得其詩五百餘首，雖釐爲六卷，然與原本相較，所缺尚多。光緒戊寅枕石草堂刊本。郭伯蒼有後序一篇。

藍澗集跋

《藍澗集》六卷，明藍智撰。智字性之，或作明之，仁兄。洪武十年授廣西按察司僉事，著廉聲。十四年謝事歸里，與武夷諸隱者唱和爲樂，故其集中多與羽流贈答之語。紀曉嵐謂其詩“五言結體高雅，翛然塵外，雖雄快不足，而雋逸有餘；七言頓挫瀏亮，亦無失唐人矩矱，與《藍山》一集卓然可稱‘二難’”。惟因原籍散佚，傳本甚稀，故杭世駿《榕城詩話》云“二藍集，閩人無知之者”。今集係由《永樂大典》輯得古今體三百餘首，釐爲六卷收入《四庫》。侯官郭伯蒼爲其校刊，並附後序一篇。

柯竹巖集跋

《柯竹巖集》十八卷，補遺一卷，附録一卷，明柯潛撰。潛字孟時，號竹巖，莆田人。景泰二年以進士第一人及第，官至詹事府。當時頗負詞林宿望，邃於文學。性高介，爲學士時，嘗就後圃結清風亭一區，植二柏，數百年傳爲古蹟，即柯亭學士柏也。其文集傳本甚稀,《四庫》只收得詩集一卷，文集一卷，另由《莆風清籟集》中録出詩十首、文二首爲補遺一卷而已。今集爲其裔孫維騏所校編。原書刻於嘉靖間，嗣燬於倭寇之亂。光緒戊子間，始由其從孫玉樹等覓得原本，重鋟以行。全集爲文十四卷，詩四卷。紀昀謂“其詩沖澹清婉，不落蹊徑；文亦峻整有法度”，信乎哉。

鄭少谷集跋

《鄭少谷集》二十五卷，明鄭善夫撰。閩侯人，字繼夫，號少谷。弘治乙丑進士，授戶部主事，以清操聞。憤嬖倖用事，棄官去，築室金鼇峰下。嘉靖初起南吏部郎中，便道遊武夷，風雪絕糧，得病死。平生敦行誼，所交盡名士。善畫工書。除《少谷集》外，尚有《經世要録》等書。全集計詩八卷，古樂府一卷，騷賦一卷，卷十一以下爲各體文。其詩力追杜甫，多憂時感事之作，故其五言一首云："大哉杜少陵，苦心良在斯。末流但叫噪，古意漫莫知。鳳鳥空中鳴，眾會反見嗤。"蓋其抒論有不諧於俗也。《四庫總目》引王世懋《藝圃擷餘》云，"閩人家能佔畢，而不甚工詩。國初林鴻、高廷禮、唐泰輩皆稱能詩，號閩南十才子，然出楊、徐下遠甚，無論季迪。其後氣骨崚崚，差堪旗鼓中原者，僅一鄭善夫耳。其詩雖多摹杜，猶是邊、徐、薛、王之亞"云。王世貞《藝苑卮言》亦稱其詩得杜骨。近人陳石遺則謂其詩"甚多遊覽閒適之作，頗學晉宋，模杜者實甚少"云云。

山齋集跋

《山齋集》二十四卷，明鄭岳撰。岳字汝華，號山齋，莆田人。弘治六年進士，授戶部主事，改刑部主事，遷湖廣僉事，尋改遷江西左布政使。宸濠奪良田億萬計，岳持不可，爲所訐，罷爲民。宸濠敗後，起復江西巡撫，尋召爲大理寺卿，又遷兵部侍郎。以爭議大禮不聽，乞休歸，十五年而卒。是集卷首爲序文及傳記等，卷一至卷七皆爲詩，卷八至卷廿四皆爲文。其詩邕容夷曠，樸厚蘊藉，沖然有正始之致。其文簡重類退之，紆徐雋永類永叔、子固。原書有《蒙雜録》、《西行記》、《南還録》、《山齋吟稿》、《漫稿》、《續稿》、《奏議》等，因經島夷之亂，稿遭灰燼。此爲公之曾孫炫矢志搜羅，得詩文若干首，彙爲廿四卷刻之，蓋十未能存二三耳。萬曆辛卯刊本。

馬忠節父子合集跋

《馬忠節父子合集》不分卷，一册，明馬思聰及子明衡撰。思聰字懋聞，號翠峰，莆田人，弘治末進士。爲象山知縣，以溉田有功，累遷南京户部主事，督糧江西，駐安仁。值宸濠叛，公由南京督餉至，被執繫獄，不屈，絶食六日死。世宗立，謚忠節。其子明衡，字子莘，號師山。幼承庭訓，忠孝性成。登正德九年進士①，嘉靖間授御史。甫旬日值帝嫡母昭聖太后生辰，皆免命婦朝，蓋帝欲尊生母興國太后，而羣臣必欲尊昭聖，相持未決。衡疏入抗爭，帝恚甚且怒，立詔下獄，拷訊幾置死，賴申救者眾，杖之成廢，罷職歸田。二公生平著作，多燬於倭寇之亂。今集爲佘翔等得於灰燼之餘，劉尚文及其裔孫鴻年爲之重編成書，計馬忠節軼詩廿四首，馬侍御軼詩五十四首、軼文五篇而已。卷首有佘翔、鄭泰樞、張僖、劉尚文等序，張景祈題詞，附二公《明史》本傳。末附祭文、行狀及墓誌銘等，並附刻時人如王守仁等與衡贈答詩文，而殿之以江葆熙跋一篇。光緒戊戌刻本。

---

① “九”原作“十二”。查《明清進士題名碑録索引》，明正德十二年丁丑科并無馬明衡其人，而見於正德九年甲戌科，列三甲一百五名。

陳紫峰文集跋

《陳紫峰文集》十三卷，年譜一卷，明晉江陳琛著。琛字思獻，紫峰其別號也。世家晉江青陽山，後定居涵江碧溪，杜門獨學。舉正德十二年進士，歷官南京戶部考功主事等，以母年踰七十乞終養歸。嘉靖八年起江西按察司僉事，辭不赴。卒於嘉靖廿四年，年六十九歲。有《四書淺說》、《易經通典》、《正學編》、《紫峰集》等書。是篇卷一爲五言古詩十六首，卷二爲七言古詩二十三首，卷三爲絕詩，卷四五爲律詩，卷六至十二皆爲序、記、書、疏、誌、銘等雜文，卷十三則爲《正學篇》，首附年譜及丁自申等序。乾隆戊子仲春涵江家祠鐫本。

半洲詩集跋

《半洲詩集》七卷，明張經撰。經字廷彝，號半洲，侯官人。初冒蔡姓，久之乃復。正德十二年進士，除嘉興知縣。嘉靖四年，召爲吏科給事中，擢太僕少卿，歷右副都御史。十六年進兵部右侍郎，總督兩廣軍務，大破斷藤峽賊侯公丁於賓州。三十三年起南京戶部尚書，改兵部。朝命討倭寇，經日選將練兵，爲擣巢計。趙文華劾經縻餉殃民，畏賊失機，詔逮經。時經正大破倭兵，嚴嵩力訐之，乃論死，與巡撫李天寵、楊繼盛俱斬，天下冤之。隆慶初復官，謚襄愍。是集共收詩六百又七首，有《北寓》、《南行》、《西征》、《蒼梧》諸稿，皆以體分編。其詩多即景興思，撫緒暢懷。其《聞雷靜坐》諸什，皆計閱天下；即登眺、旅寓、應酬之作，亦皆沖逸雋永，不煩繩削，矩度森嚴，非氣之完者而能之乎?

小山類稿選跋

《小山類稿選》廿卷，明張岳撰。岳字維喬，號淨峰，惠安張坑人。正德進士，授行人。爲人沉毅簡重，朴古忠正，以諫正德帝南巡，杖幾死。嘉靖間，累遷都御史，總督兩廣，討平豐州、柳州、連山、賀縣諸賊，又平貴苗龍許保、吴黑苗等。卒謚襄惠。其學以程朱爲宗，與陳琛、林希元等同研心理之學，排斥陽明，時稱泉州三狂。今集文十九卷，詩一卷。王慎中謂其文“氣象宏裕，而敢發時見；法度謹嚴，而豪縱有餘，如山嶽之爲重，河海之爲涵，山雲興雨，姿態百變，怒浪悠波，伏起靡常”，非虚語也。

羣玉樓稿跋

《羣玉樓稿》八卷，十四册，明李默著。默字古沖，建安人，正德十四年進士。嘉靖中歷官吏部尚書，以鯁直執正不阿之故忤嚴嵩，罷爲民。嘉靖三十二年召復原職，加太子少保。終與嚴嵩、趙文華等結怨，妄指考選監生策題有犯忌諱，嘉靖三十七年冤死獄中，朝野哀之。至穆宗即位始昭雪，邀卹典。全集之鎔意鑄詞，不涉蹊徑，往往於紀情敘事之中，發奇崛俊逸之氣。如《上三閣老書》可以見忠誠之節，《坦上翁傳》可以見沖澹之風，其他諸文皆渾雄古雅。每至靖難死事諸臣，輒爲之表揚企慕，持論慷慨，讀之使人欲涕零焉。其詩法盛唐，格律嚴整，其得意處仿佛曲江。羣玉摟者，公所存書處也，故以名集。

石門集跋

《石門集》七卷，明高瀔撰。瀔字宗呂，號石門，又號霞居子、髯仙子、庖羲谷老農，侯官人，高鑑之子也。工畫山水、人物、花鳥，出入宋元四大家。尤善隸、草、八分，蓋本家學之淵源也。好山水，聞有奇勝，雖千里亦遊之。偶有得，輒寄之詩歌，故其詩有云“慣隨白鳥行偏健，貪看青山坐不辭”。性狷介，嗜酒不仕，嘯傲山林。卒於嘉靖壬寅，年四十九。其詩與鄭繼之、傅木虛齊名，稱十才子，以瀔居首。卷首有莆田林向哲序，稱其詩峻而不刻，清而不矯。郭伯蒼謂“石門之詩異於少谷，洪永之風革於石門，……石門可謂閩詩之藥石矣”。繼爲林榛序，並附刻何喬遠所作兩傳，及其自傳、墓銘等。

王遵巖家居集跋

《王遵巖家居集》七卷，明王慎中撰。慎中字道思，號遵巖居士，又號南江，晉江人。嘉靖進士，授禮部主事。與諸名士講學大進，惟以才名，多迕於時。會詔簡部郎爲翰林，衆首擬慎中，大學士張璁欲一見之，辭不赴，乃遷吏部郎中。仕終河南參政，以忤夏言落職歸，解官時，年才三十有三。因其壯年廢棄，益肆力爲古文，卓然成家，與唐順之等齊名，天下稱王唐。今集七卷，一二爲序，卷三記，卷四誌銘，卷五墓表，卷六行狀，卷七傳、祭文。其文氣𢀖而辭瓌，理析而藻敷，論議辯駁，折衷羣言，效法歐、曾，自成杼軸。集爲同安洪朝選所編次，其弟惟中校正，金山高尚志堂影印明句吴書院本。

石谿先生文集跋

《石谿先生文集》八卷，明王希旦撰。希旦字文周，號石谿，侯官人，明嘉靖間官至吏部。其事蹟不見於《明史》。此集爲《四庫》未收本,《福建藝文志》亦無其名。今考其版本確爲明刻本，爲其友人馬森、陳元珂、陳公陛、黃鼇，門人陳仕賢、陳一貫、吴從義、潘應元等所選，其子應治，姪應鐘等梓行，曾孫國珪重刊。卷一至卷三爲奏疏及敘文，卷四爲贊、頌、題跋、傳、記、論、說、書、啟等，卷五爲奠文、墓誌、行狀、訓誡等，卷六爲樂府、五七言古詩、五言律等，卷七爲七言排律、絕句等，卷八則附録時人如福建提學江以達、河南參政王慎中、僉事王問、考功員外劉思唐等與其酬答之書詩等。

雲岡文集跋

《雲岡文集》二十卷，明龔用卿著。卿字鳴治，雲岡其號也，初名相，以字行。世居侯官。嘉靖壬午領鄉薦，丙戌中狀元。昔福州有“南台沙合，官口相通，乃出狀元”之讖，後景驗，而公應之，時年方廿六也。出使朝鮮，宣揚國恩，遠人欽服。歷官左春坊左諭德，兼經筵講官，南京國子監祭酒。以惡嚴嵩故，乃乞病歸，時年四十六也。購別野曰雲岡，觴詠其間，凡十八年，所著詩文皆以雲岡名之。不及百年，明社邱墟，若古今體詩，若詩餘，若《玉堂講義》、《使朝鮮録》等各若干卷，悉付劫灰。《四庫》亦只收得詩餘選槀。此文集於三百年後，乃由楊繼六搜得，付其十九世從孫彝圖重刊於光緒二十九年以行世。全集凡八，曰《金臺稿翰譔集》，曰《玉堂稿山居集》，曰《玉堂稿北征集》，曰《玉堂稿使東集》，曰《青坊稿宮諭集》，曰《金陵稿成均集》，曰《瓊河稿臥痾集》，而終之曰《瓊河稿山居集》。卷首並附雲岡公傳及墓銘，並附公之孫懋墀字克丹又字玉屏公，崇禎六年以上津縣殉難流寇記三篇。

陳一齋全集跋

《陳一齋全集》三十五卷，明陳第撰。第字季之，號一齋，連江人。萬曆時諸生，爲戚繼光、俞大猷所賞識。學兵法，以京營提調起家，出守古北口，歷薊鎮遊擊將軍，在鎮十年，邊備修飭。年四十三致仕歸。母歿後周歷天下名山，遍及五嶽，此《寄心集》、《兩粵遊草》、《五嶽遊草》所由作也。卒年七十七。所居世善堂，存書甚富。全集爲《伏羲圖贊》二卷,《尚書疏衍》四卷,《毛詩古音考》四卷,《屈宋古音義》三卷,《松軒講義》一卷,《意言》一卷,《謬言》一卷,《書劄》一卷,《塞曲》一卷,《兩粵遊草》一卷,《寄心集》六卷,《五嶽遊草》七卷,《薊門兵事》二卷,《考終録》一卷。

水明樓全集跋

《水明樓全集》十三卷①，明陳薦夫著。閩縣人，名藻，以字行，更字幼孺。少孤而貧，年三十始中萬曆甲午舉人。應試南宫，不第而歸，貧益甚，至喪厥明，末年病嘔死。其於詩文之道，獨負俊才，能爲漢魏六朝文，詩尤工麗。兄价夫，字伯孺，亦以詩名，蓋承家學之淵源也。是集以水明樓名者，蓋取杜詩“四更山吐月，殘夜水明樓”之句也。卷首有曹學佺序。全集爲其友陳一元所選定，爲詩九卷，詩餘一卷，賦及雜文四卷。詩以七言律最多，五言律、七言絶句次之。五言古詩共三十七首，皆學魏晉六朝。七言古多轉韻，七言律頗近王元美，詩餘六首亦清新俊逸。其文兼駢散，只存三卷，應作四卷，末卷缺。所存爲道光丁未重鐫本，歸樂堂存版。

① 當作十四卷，存十三卷。

晉安風雅跋

《晉安風雅》十二卷，明徐熥選輯。熥字惟和，閩縣人，萬曆舉人，與弟𤊹俱擅才名，有《幔亭集》，未見。是集陳薦夫爲之校訂，董養斌爲之編次，前有熥自序及陳薦夫序各一篇。全書集明季晉安一郡六十餘人之詩，人無顯晦存殁之分，但取其情采適中，聲調爾雅者録之，閩得什六，侯官、長樂各得什一，懷、福共得什一，古田、永福、連江僅得什一。首附詩人姓氏爵里，頗便檢尋。本館所存爲萬曆可間堂刻本，前有趙在田等印記。

崇相集跋[1]

《崇相集》不分卷，六册，明董應舉撰。舉字崇相，閩縣人。萬曆戊戌進士，除廣州府教授，遷南京國子博士，再遷吏部主事，歷考功郎。天啟間官太常少卿，因陳急務屯田、鼓鑄數事，大著成效，擢太僕卿，官至工部侍郎，兼理鹽政。巡鹽御史惡其侵官，劾之，魏忠賢傳旨落職。閒住武夷八曲之涵翠洞及琯江之百洞山，與生徒講學，老而不倦，卒年八十三。因所舉皆有德於鄉，海濱人祠祀之，至今不替。是集爲近年林煥章借邑人家存刻本刊行，原刊書爲十八册，縮印六册。第一册爲疏、表、啟，二册爲議、書，三册書，四册傳、序，五册壽文、志、記、碑銘、頌及雜文，六册則爲祭文、墓誌銘、詩及《大學略》。首有吕純如、董可戚序，葉向高序則自《蒼霞草》而增録之。

① 該題正編已收，詳略各異，兩存之。

葉向高集跋[①]

《葉向高集》三十八册，明葉向高撰。向高福清人，字進卿，號臺山。萬曆進士，累官吏部尚書，兼東閣大學士，天啟間進爲首輔。後魏忠賢用事，知朝事不可爲，乃上六十餘疏乞休終養，與董應舉輩優游林下以自娱。卒謚文忠。是間所存《綸扉奏草》三十卷,《續綸扉奏草》十四卷，皆爲入閣時奏疏;《蒼霞草》二十卷,《蒼霞餘草》十四卷，則多爲論、議、賦、頌、序、傳、碑、銘等雜文。所存尚缺《蒼霞續草》二十二卷,《詩草》八卷,《綸扉尺牘》十卷。是書頗難得，因係清季禁書。蒼霞者，其所居之名也。

① 可參見正編《蒼霞草跋》諸篇。

袁中郎全集跋[①]

袁宏道字中郎，號石公，湖北公安人。與兄宗道、弟中道並有才名，時稱公安三袁，而以宏道爲最。年十六爲諸生，即結社城南，爲之長。時聞龍湖李卓吾之名，乃走質之西陵，大相契合。萬曆二十年（1592）舉進士，不仕歸里，下帷讀書，詩文主妙語。萬曆二十三年選吴縣知縣，聽斷敏决，删除額外之徵，吴民大悦；多與士大夫談詩論學，以風雅自命。旋解官走吴越，訪故人陶周望等，同覽西湖、天目之勝，五泄、黄山之奇。萬曆二十六年起授順天教授，與其兄弟結社城西崇國寺，名曰蒲桃社，相與論學。旋補禮部主事，數月即告歸。隱於城南，築堤種柳，號曰柳浪。潛心道妙，閒適餘時以揮灑爲樂，所作以"新奇生動，發之於真"爲號召。萬曆三十四年，詔起故官，以清望擢吏部主事，屢遷稽勳郎中。萬曆三十七年主試秦中，得遍歷中嶽華嵩諸勝。旋給假南歸，居沙市，治樓曰硯北。萬曆三十八年（1610）卒，年四十三。所著詩文，有《敝篋》、《解脱》、《廣陵》、《瓶花齋》、《瀟碧堂》、《破硯齋》、《華嵩遊草》等集行世。其詩文所謂公安派是也。紀昀謂："明

① 《福建協和大學陳氏書庫所藏清代禁書述略》原題:《袁中郎全集》二十四卷，十六册，明袁宏道撰，道光九年重刊本。

自三楊（按即楊士奇、楊榮、楊溥）倡臺閣之體，遞相模仿，日就庸膚。李夢陽、何景明起而變之，李攀龍、王世貞繼而和之，前後七子遂以仿漢摹唐轉移一代之風氣。迨其末流，漸成僞體，塗澤字句，鉤棘篇章，萬喙一言，陳因生厭。於是公安三袁又乘其弊而排詆之。……其詩文變板重爲輕巧，變粉飾爲本色，致天下耳目於一新，又復靡然而從之。然七子猶根於學問，三袁則惟恃恃聰明。學七子者不過膺古，學三袁者乃至矜其小慧，破律壞度，名爲救七子之弊，而弊又甚焉。”蓋三袁排斥古派，其詩文漸變爲清新俊逸，間或流於俚俗，如《西湖》一首云：“一日湖上行，一日湖上坐。一日湖上住，一日湖上臥。”又如《別無念》云：“海內交遊多，何人可與語？我欲知姓名，東西南北去。”其甚幽默平易，卓然成風。迨至清初，騷壇又主復古，提唱盛唐，於是公安派復被詆譏排斥，詈爲僞體。且卷中《答蹇督撫啟》及《宋陵詩》，均被斥爲“有偏謬語”，而其集之被禁者達二百餘年。《四庫》只存其目，不收其書。至近年始復有倡之者，於是所謂“幽默”文章始復現於世。蓋文體變遷，迨亦時代潮流使然耳。《四庫總目》載其集爲四十卷，迨爲別本。明萬曆丁巳（四十五年，1617）仁和何欲仙以中郎所著諸集從類編次，都爲一集，刻於梨雲館。清道光九年重刊之於培元原書屋，蓋即此本也。同治八年，其裔孫袁照又重校補刻①。其書已於近年由劉大杰重行校編，釐爲六卷，鉛印行世。其序次編章與前本頗有出入，蓋近本係取諸本校訂而成者也。

---

① 原作：“此則爲同治八年其裔孫袁照據明萬曆丁巳（四十五年，1617）仁和何欲仙以中郎所著諸集從類編次，都爲一集，刻於梨雲館之本所校刻。道光九年又重刊之於培元原書屋，蓋即今本也。”稍顯難解。今略爲梳理，方便閱讀。

曹大理集跋①

《曹大理集》十三卷，十二册，明曹學佺著。佺字能始，號石倉，侯官人。萬曆進士，天啟間官廣西參議。初梃擊獄興，學佺著《野史紀略》直書本末，劉廷元劾其私撰野史，遂削籍。崇禎初起副使，辭不就。唐王時官至禮部尚書，明亡入鼓山投繯死。是集分《金陵初稿》一卷，《金陵集》三卷，《浮山堂集》一卷，《夜光堂近稿》一卷，《福廬遊稿》一卷，末六册未分卷。葉向高謂其詩刻意《三百篇》，取材漢魏，下及王右丞、韋蘇州；其文則如韓昌黎，所謂"鑿鑿乎惟陳言之是去"也。

① 該題正編已收，詳略各異，兩存之。

黄漳浦集跋

《黄漳浦集》五十卷，明黄道周撰。道周字幼平，漳浦人，嘗居漳海銅山孤島中石室，故自號石齋。登天啟二年進士，爲庶吉士，授翰林編修，充經筵展書官。初與鄭鄤共劾魏忠賢不果，乃告歸。崇禎己巳起故官，以疏劾温體仁、周延儒削籍歸。講學四方，從者甚眾。乙亥起補原官，選翰林侍講，復上疏自劾三罪四恥七不如，復疏論楊嗣昌，直聲震天下。黜爲江西布政司都事，未任。會江西巡撫解學龍以地方人才薦之，上疑爲黨，下之獄，既而得赦歸。尋天下鼎革，清兵南下，乃立主閩中。憤鄭芝龍之不出兵也，乃出信州，會七閩及諸門人子弟之兵，可四千人，與清兵抗於婺源。師潰被執，不屈，死於南京之忠橋。所著甚多，茲集爲陳壽祺重訂本，蓋取鄭白麓、洪石秋等諸本重爲釐定，爲疏、表、論、辯等文廿八卷，雜著七卷，騷賦一卷，詩十四卷，卷首附録上諭、傳記、雜記、年譜、目録等二册。

蔡忠烈公遺集跋

《蔡忠烈公遺集》四卷，明蔡道憲撰。憲字元白，號江門，晉江人。崇禎十年進士，爲長沙推官。張獻忠攻長沙，吉藩及撫藩監司相率遁去，道憲攝太守事，爲死守計。總兵尹先民叛附於賊。城陷被執，百計脅降，不屈，怒駡愈甚。賊遂錐其胸，斷其手，割鼻舌，毀齒，寸磔以死，並殺其從卒九人。事聞，贈太僕，謚忠烈，葬岳麓山醴陵坡。是集卷一爲御製詩、序、小像、祠墓圖、序文、本傳及行狀等；卷二爲年譜、傳、申文、墓誌銘、墓表等；卷三始爲公之遺集，計詩二百餘首，詞八首，賦一首，文五篇；卷四則爲後之人遺集考異、祠田記、祭文、弔文、挽詩、祠墓聯、書後、跋、殉難傳録及逸事等。原書爲長沙鄭顯學編，光緒時新建夏獻雲爲之重輯。閩蓬萊山房版與鄧本有異。

寒支集跋[1]

《寒支集》初集十卷二集四卷，清李世熊撰。世熊字元仲，寧化人，號媿庵，自號寒支道人，又號檀河先生。明季廩生。國變後，遁跡空門，遊身世外，累徵不出。自謂其爲文凡三變：少時不蹈繩檢，好爲馳騁無涯涘之文；已又一變爲沉深窅渺之文；後又變爲縱横曲折之文。先生尤好管、韓、莊、屈之書，故其文實勝於詩。大抵甲申以前多激發之響，乙酉以後多嗚咽之音。初集有葉顒、釋本嶢及彭士望等序，分古今詩二卷，文八卷。二集有陳塏序，卷首爲《寒支歲紀詩》一卷，餘均書簡、序傳之作。刻於同治甲戌年秋月，庚子徐茂林重印本。

① 該題正編已收，詳略各異，兩存之。

史感物感跋

《史感》一卷《物感》一卷，寧化李世熊著。世熊以明末遺民，遁跡山林，目擊滿人入主中夏，頑鈍嗜利、背信棄義之徒，毁三綱，裂四維，靦顔北向，詭詐貪鄙，乃借史事寓意褒貶，或指斥事實，或隱匿姓名，莊言正論，以聲其討，成《史感》五十九則，雖篇幅不多，而先生之氣節孤詣皆寓於是矣。其《物感》一書，共二十則，皆借蟲鱗鳥獸，隱寓諷刺，義正辭嚴，亦莊亦諧，有如伊索之寓言，其勸懲人心，扶植世教，有足多者。惜以清代文網森嚴，此書湮没無聞者隨二百餘年。至民國七年，湘陰吴暲知寧化事，始覓得該書付修志局重爲刊刷，以廣流傳，爲世道人心之助。惜尚有《狗馬史記》一書終不可得，蓋亦清代之禁書也。

天潮閣集跋①

《天潮閣集》六卷附年譜一卷，明末劉坊撰②。原名琅，字季英，號鼇石，世居上杭。祖廷標，字霞起，爲雲南永昌通判。父之謙，明戶部主事。明末全家殉難者八十餘口，事詳《明史·忠義傳》。坊少經喪亂，胸中抑鬱牢愁，常迫發而不能自已，故其發爲文章，多自寄其悲憤。痛祖父二世死忠前代，終身不仕不娶，遨遊四方，靡定厥居，卒流落以死。李世熊等爲之營葬於寧化泉上里③。其生平著述甚富，皆散佚，僅存此集寥寥數卷。茲集爲民國五年邑人丘復等倡刻之，本爲文鈔一卷，詩鈔五卷，末附詩餘十首，卷首附本傳、序文等。集中文字，皆力避禁網，不敢暢所欲言，故多係紀遊酬答之作。其集得以流傳至今不列爲禁書者④，以此耳。

---

① 該題正編已收，詳略各異，兩存之。

② 按，當作清人。劉坊生於甲申變後，以明遺民自居罷了。

③ 此與記載稍異，恐誤。劉坊卒於李世熊之後，世熊子李向旻爲葬世熊墓側。正編《天潮閣集跋》已言及。

④ 該書《禁書總目》收録，誤劉坊作劉芳。詳見正編。

恥躬堂文集跋

《恥躬堂文集》二十卷，清王命岳撰。命岳字恥古，晉江人。以順治進士入中秘，官至刑部給事中。邃於性命之學，躬行實踐。其言論風旨及奏疏條對，多忠君愛國、憂時濟世之言。康熙初謫官閒住，以聖祖幼沖，宜披覽古今以爲法戒，乃録夏商至元明故實，名曰《千秋寶鑑》，書成未及上而卒。是集爲其没後李光地所輯，其子錫卣等校刊之。計爲奏疏五卷，議、策、詔諭三卷，論、説、序、記、尺牘等八卷，賦一卷，詩二卷，《周易雜卦》、《讀詩》二卷。其奏疏等多關君國大計，通達剴切，洞識時務。序、賦、銘、誄諸作，皆自鳴己意，能令受者感發而興起。富鴻基謂其文"旨遠味長，遷、固之雄健，韓、歐之温醇，無不兼而有之"，雖近阿好，然非無因而發也。陳肇昌亦謂其文"波瀾壯闊，氣魄渾熊，兼廣川、洛陽之長而必根極理要，無一家一句戾於聖人之旨"云云。書刻於康熙間，首有富鴻基、李光地、陳遷鶴、陳肇昌等序。有侯官楊浚雪滄氏印記。

何氏學跋

《何氏學》四卷，清何治運撰。治運字郊海，自署東越人。卷端有陳若霖序云："邑子何郊海，東越法度士也。"若霖閩縣人，則治運亦爲閩縣人無疑。若霖稱其聚書十萬卷，從子輩欲之，即舉以畀之，無吝色。又稱其在東越與游礩田侍御、陳恭甫太史風義兼師友，抗辭幽説，閎意眇指，不蹈前人一字一句。嘉慶間遊嶺南，阮芸臺聘爲《廣東通志》總纂。所著有《公羊精義》、《論語解詁》、《孟子通義》、《東越志》、《周書後定》、《姓苑鉤沉》等書。是篇卷一、卷二皆經説，卷三論、説、辨、議、答問、敘及各體文，卷四書後、跋、記、書、祭文、連珠各體文字。是書以《何氏學》稱者，用汪中《述學》體例也。陳壽祺於《左海文集》中有與何郊海書，駁其命名之失，謂其"書體近於隨筆紀聞之作，可以稱雜記，而不可稱一家之學。其下二卷，論、説、辨、議、答問、敘、跋、記、祭文、連珠、紀夢凡若干首，其體一皆雜著，可以入文集，而不可以入經説。非經説則尤不可名爲一家之學而又益明矣。求之古人撰述，從未有駁雜夸大，名與實乖若是之甚也"云云。

古愚心言跋

《古愚心言》八卷，清彭鵬著。鵬字奮斯，號無山，一號古愚，莆田人，順治舉人。康熙間耿精忠叛，逼脅受職，凡九拒之，有《拒僞自誓篇》，卒能不汙僞命。由三河知縣累擢給事中，直聲震海內，官至廣東巡撫。生平崇尚氣節，清苦刻屬，罷官後貧無以自存。是集第一册爲自誓及疏、牒、狀、跋，第二册爲述、語、題辭、祝辭等，第三册爲傳、銘、祭文等，第四册爲記、説、約、吟、歌、行等，第五册爲書，第六册爲啟、劄、榜、帖等，第七册爲詳文，第八册爲條議、告示等。集以《心言》名者，謂所存皆肝膈語，非有摹擬所謂秦漢六朝唐宋元明之謂，故其詩文多不入格。

慎修堂詩集跋

《慎修堂詩集》八卷，二册，清將樂廖騰煃著。煃字占五，號蓮山，康熙舉人，官至戶部侍郎。當耿精忠之變，煃遯跡山中，逆黨物色之不得，將大肆屠戮，卒以計獲免，亂平始出。集凡八草，其《山居草》則遯跡山中之詩也；他如《計偕草》、《扈行草》、《南闈草》、《燕臺草》、《使閩草》、《山東草》諸篇，皆大雅不羣之作。

秋江集注跋

《秋江集注》六卷，清黄任著，長樂王元麟注。黄任字莘田，永福人。康熙壬午舉人，官至四會縣知縣。工書。好賓客，詼諧談笑，一座盡傾。其詩芳馨悱惻,《榕城詩話》稱其詩“源出温、李，往往刻露清新，别深懷抱”。兹集由王元麟爲之箋注。麟字芝田，一字心端，舉丁酉科拔貢，年七十始選建寧府松溪縣學訓導。自謂竭十餘年之力，寢食弗倦，借書按詩詳注簡端，壯歲以後硯田爲業，非借書不入城市，日積月累又二十餘年，手自細書分爲六卷，用徒談藝爲言某卷某題某句，數典弗忘，咸以爲便。蓋十數易其稿矣。《石遺室書録》謂“此集與《香草齋詩》小有出入,《香草齋》每卷較多數首。《香草齋注》太簡，出處多不載書名，此注較詳。……惟往往引詩話云云，不載是何詩話，與陳注同病。”書爲道光癸卯刊，東山家塾存板。前有蘇廷玉序及自序，後有《芝田先生家傳》，及王有樹跋。

香草箋跋

《香草箋》一册，不分卷，黄任著。任傳見前。自罷官旋里後，卜居會城，日以吟詠爲樂。阮恕齋云：“莘田操履純白，襟度沖夷。生平所爲詩無慮數千首，若《十研齋稿》、《秋江集》，多與一時公卿士大夫酬贈及紀遊感遇之篇，並皆春容爾雅，嗣響唐音。而箋中詩獨寫閨房兒女之事，流連往復，純以綺語攄其深情。或疑爲香奩之續，至擬之陶徵士白璧微瑕。”今讀箋中《無題詩序》，有“無聊筆墨”云云，則莘田於是詩有微旨焉，知言者以爲有託而逃諒之矣。書爲中華民國二十一年繫春社印行本，爲該社小品叢刊之一。

米友堂詩集跋

《米友堂詩集》不分卷，一册，清許友著。友初名宰，又名友眉，一作有眉，字有介，一字甌香。師會稽倪元璐，善書畫，詩尤孤曠高迴。酷慕米芾，故名其所居曰米有堂，今光祿坊早題巷即其舊址。康熙間以諸生終①。是集爲不完本，原書爲連江劉東明所存，録五言近體百餘首爲一類，七言絕句百餘首爲一類，七言律詩五十餘首爲一類，五言短古二十首爲一類。《靜志居詩話》云其篇章“如俊鶻生駒，未可施其韝靮”，故牧齋《吾炙集》獨選其作十九首。卷首有黄莘田、林吉人印章，確爲初稿本。近爲劉氏景印，末附陳衍題跋，及黄賓鴻題詞；首印許友墨畫三幀，極爲精工。

① 按，許友爲明諸生，入清不仕，以遺老終。

樸學齋集跋

《樸學齋集》十卷，清林佶撰。佶字吉人，號鹿原，侯官人，爲林侗之弟。康熙四十五年，以舉人值康熙出巡，獻《日月合璧五星連珠賦》一册，手書御製詩二函，得賜進士出身，在武英殿辦事，授內閣中書。家多存書，徐乾學録《通志堂經解》，朱彝尊選《明詩綜》，皆就傳鈔。是集爲古體詩三卷，今體詩七卷，首附《獻賦始末》、《御覽賦》及《樸學齋稿》一卷。道光乙酉荔水齋重刊本。

秋水堂遺集跋

《秋水堂遺集》六卷，清莊亨陽著。亨陽字元沖，一字復齋，漳州南靖人。康熙辛卯舉人，戊戌進士。初知山東濰縣，以迎養其母道亡，乃不復仕，以事其父。乾隆元年以楊名時之薦，授國子助教，遷吏部主事。尋知徐州府，以治水積勞卒，年六十一。性坦易剛方而有曠度，素湛心性理書，好獎誘後進。其詩古文詞雅健清剛如其人。嘗從李文貞相國學九章之術，著有算法、河防諸書。茲集爲詩二卷，文四卷，卷末附有雜録，爲其曾孫樹金等補輯，並附時人之輓詩、傳、誌等。首有官獻瑤序。嘉慶丙子夏刊本，龜山存板。按《福建藝文志》作詩集六卷，文集六卷，誤①。

① 按,《秋水堂遺集》有文集六卷，詩集六卷，等等。

二希堂文集跋

《二希堂文集》十一卷，清蔡世遠撰。遠字聞之，號梁村，世居漳浦之梁山，學者稱梁山先生。康熙進士，雍正間官至禮部侍郎，卒謚文勤。嘗受業於張伯行，崇朱子之學，主講鼇峰書院。其學説以立志爲始，孝悌爲基，以讀書體察、克己躬行爲要。此集共收文一百七十一篇，不以文藝爲專門，所言多研究心性之學，理醇詞正，吐屬淵雅。二希者，其所居之堂名也。二希者何？其自記曰："學問未敢望朱文公，庶幾其真希元乎？事業未敢望諸葛武侯，庶幾其范希文？"

蛟湖詩鈔跋

《蛟湖詩鈔》四卷，一册，清黄慎著。慎字恭壽，號癭瓢山人，寧化人。雍正間布衣，僑居揚州，鬻書養母。性穎慧，其於繪事也，落紙栩栩欲活，善書又工詩。事母至孝，爲人脱落無城府，人多喜從之遊，與鄭板橋相友善。是集收山人詩三百十三首，大率自抒胸臆，渾樸古茂，絕無俗韻。七絕尤得晚唐神髓。雷壽彭稱山人"字與畫盡可數百年物，詩且傳之不朽"，非諛語也。

梅崖居士集跋

《梅崖居士集》三十八卷，清朱仕琇撰。仕琇字斐瞻，號梅崖，建寧人。年十五補諸生，博通經傳，乾隆十三年進士。官夏津知縣，緣足疾改福寧府學教授。被延主講鼇峰書院者十年。年六十六卒。工古文，自晚周以訖元明百餘家究悉其利病。其文始學韓昌黎，後更博采秦漢以來諸家之長，醇古沖澹，自成一家。與大興朱筠、朱珪，桐城姚鼐等相友善，皆推重其文。是集爲《梅崖居士文集》三十卷，《外集》八卷，首有朱珪、雷鋐、林明倫等序。陳衍謂："福建人以古文詞名家者絕尠。先生敝精力於爲文，在吾鄉千百年來當首屈一指。次則高雨農先生。遵岩散體中間以駢語，抑又其次也。"按文集中多書劄、墓誌銘之作，此外多壽序、書啟之作，末附《梅崖山人詩偶存》三十三首。《注韓居詩話》云："梅崖生平以古文詞自力，不喜作詩，顧每一篇出，輒淵古清深，峁然有合於六經之旨，與所爲文相埒。"乾隆四十七年鐫本。

青墅讀史雜感跋

《青墅讀史雜感》十三卷，清鄭大謨著。大謨字孝顯，福州人，詩人少谷十世孫。乾隆庚戌進士。是書詠由周至隋諸帝王，皆七言絶句，每首下皆自注史事，間亦舉出書名出處。計周秦楚四十首，西漢八十三首，東漢八十五首，蜀漢並魏吴四十一首，兩晉計五十五首，兩晉僭國計二百二十首，南朝計一百首，北朝計一百二十八首，隋計二十四首。嘉慶戊寅重刊本。

瓶庵居士詩文鈔跋

《瓶庵居士詩文鈔》八卷，附《使粵日記》二卷、《使蜀日記》五卷，清孟超然撰。超然傳見前。茲集爲詩鈔四卷，文鈔四卷。其詩纏綿芊麗，綽有中唐風味。《石遺室書録》云："各體皆流利自如，七言律尤工穩，似得力於朱晦翁而遜其深厚。其文亦特具深造，取多用宏，有自得之詣。"其《使粵日記》則爲乾隆三十三年主廣西鄉試時，途中所見風土人情行□等，記之綦詳。《使蜀日記》則皆爲督學四川時所記。全書爲其門人陳壽祺、馮縉所校刊，末有縉跋一篇。

緑筠書室詩鈔跋

《緑筠書室詩鈔》十八卷[①]，清葉觀國撰。觀國字毅庵，閩縣人。乾隆辛未進士，官至翰林侍讀。蔣士銓稱其詩爲“含英咀華，出入風雅”。又云:“凡密詠恬吟，隱然皆適於道。歷唐宋之精華，寫天真之情性，足以抗跡前賢，津梁後學。”《石遺室書録》云:“毅庵先生與孟瓶庵先生，一時有二庵之稱，詩亦相伯仲。”詩分《臺江集》、《瀛洲集》、《滇南集》、《瀛洲二集》、《嶺右集》、《垂槖集》、《瀛洲三集》、《循陔集》、《炳燭集》、《瀛洲後集》、《得槐軒集》、《蜀道集》、《江左集》、《得槐軒後集》、《人扶集》，以年歲分，共收古今體詩一千九十首。乾隆壬子刊本。

① 按，一般著録作《緑筠書屋詩鈔》。

秋坪詩存跋

《秋坪詩存》十四卷，二册，清陳登龍撰。登龍字壽朋，號秋坪，閩縣人。乾隆甲午舉人。嘗出監西藏裏塘糧務，遷建昌同知，均以慈惠聞。其爲詩五言學選，七言學盛唐明人，不力求鮮新深刻以自異。朱竹垞謂其所宗"伊然十子風調"，李元敘則云其"取法三唐，精心孤詣，機抒自成，有曹能始、謝在杭之風"。是篇裒集生平所爲詩千有餘篇，自擇其尤存四百餘首，分爲《道山亭草》、《蜀道草》、《雅雨山堂草》、《塞外草》等十四卷。其格鍊而純，其氣清而古。自入蜀後，徙陽塞外諸什，原本山川，極命草木，黎風雅雨，雪帳冰燈，蠻歌梵莢，蕃馬羌禽，憂愉喜愕之狀，靡不一一記之於詩。讀之足以振衰起懦，而爲盤空頓挫之思也。

林太史集跋

《林太史集》十四卷，清林兆鯤撰。兆鯤字南池，莆田人。舉乾隆丙戌春官，入國史館編修，以親老假歸卒。是集卷一賦六首，卷二五言古詩八首，卷三七言古詩，卷四五言律詩，卷五七言律詩，卷六五七言排律，卷七五七言絕句，卷八集蘇，卷九詩餘，卷十至十四爲雜文。末附存時人與其酬答之詩三十餘首。此集爲其子泰校刊，首有李殿圖等序，翰香堂存板。

書屏詩文鈔跋

《書屏詩文鈔》六卷，清郭文誌撰。文誌字可典，號書屏，閩縣人。乾隆辛卯舉人，授鄞縣知縣。是集爲《鶴井集》一卷，《後鶴井集》四卷，文鈔一卷。以鶴井名者，蓋取《酉陽雜俎》所載鶴鳥繞旋飛謂之鶴井。可典值臺灣之變，嘗奉差由海道運軍糧赴閩，回時取道建溪，度嶺旋浙，週轉如環，同於鶴井之謂。後集亦以鶴井名者，蓋奉命採銅於滇，往回二萬里，亦如鶴鳥之繞旋飛，故其所詠皆途中景物記程之作。《書屏文鈔》共文八題，多記事之作。前集有朱珪題辭，紀昀、文寧序，後有屠可播跋。後集有清安泰題辭，阮元、李賡芸序，伊秉綬、陳焯等跋。世美堂存板。

祖氏遺編跋

《祖氏遺編》十卷，清祖之望編。之望字戴璜，晚字子久，號舫齋。浦城人。乾隆進士，嘉慶初任湖北布政使。教匪起，大吏督兵出，之望坐鎮防禦，下游以寧。官至刑部尚書。茲編蓋爲表彰祖德之作，蓋輯祖氏之自商周下至宋元以迄於清凡姓祖者之遺文軼事，得詩文若干篇，類事若干條，類爲十卷。卷一至卷六爲著述，卷七至卷九爲贈遺，卷十則附以傳志及闕亡焉。皆山草堂校刊本。

惕園全集跋

《惕園全集》十九卷，十册，清陳庚焕撰。焕長樂人，字道由，號惕園。嘉慶歲貢生。世居會城之鼇峰坊。生於乾隆丁丑，卒於嘉慶庚辰，卒年六十四。入祀鄉賢祠。其文章行誼卓然爲閩中文獻學者所欽。所撰述有《五經補義》、《二十二史圖》、《于麓塾譚》、《師門瓣香録》、《尊聞録》、《莊嶽談》、《童子摭談》、《北窗隨筆》、《畜德隨筆》、《崇德同心録》等。所學均以程朱爲宗。兹篇爲《惕園初稿》十六卷,《外稿》一卷,《詩稿》二卷;《遺稿》八種則爲:《書札僅存》二卷,《莊嶽談》二卷,《童子摭談》一卷,《謬言意言附識》一卷,《日記僅存》一卷,《故紙隨筆》一卷,《約語追憶》一卷,《約語補録》一卷。均爲其門人林祖瑜、余潛士等於先生死後，咸豐元年假聚珍版印數百部行世。

澹靜齋全集跋

《澹靜齋全集》二十卷，十二册，清龔景瀚著。瀚字惟廣，一字海峰，閩縣人也。乾隆三十三年舉人，三十六年成進士。四十九年選甘肅靖遠知縣，有善政。嘉慶間擢知州，參督府宜綿軍事。時教匪蔓延，景瀚從督府連破賊巢，又上堅壁清野之策，數年間川東、川北、陝甘、湖北各省之匪先後得以蕩平。擢升蘭州知府。年五十六卒。著述頗多。茲集分文鈔六卷，皆論、説、書、記、傳、銘、題跋之屬；外篇二卷，皆疏、議、説、帖、告示之屬；詩鈔六卷，分《少草》、《遊草》、《雙驂亭草》、《棲鳳草》、《小草》、《思存草》、《庚戌以後草》等。《邶風説》二卷，爲主講永定鳳山書院時説《詩》之作。《離騷箋》二卷，爲集王逸、洪興祖、朱熹三家之注，加以己意，箋其大義。《祭儀考》四卷，爲研究禘祫之義，時祭之禮，以禮爲綱，而旁引經傳以證之。《説祼》二卷，爲研究古禮祭神之器也，末附圖説。全書爲其子式穀校刊於道光六年，陳壽祺爲之作傳。

林希五詩文集跋

《林希五詩文集》七卷，清林雨化著。雨化字希五，榕城之螺江人。乾隆戊子舉人，授教諭。以徑直忤上官下獄，戍烏魯木齊三年，遇赦歸。晚年授徒閩中。其人工時文，亦用力古文，文筆頗清矯。茲集分古文初集二卷；時文一卷，分《大學》、《中庸》諸講；時文外篇一卷，分《大學》、《論語》、《中庸》、《孟子》；詩集三卷，分初中晚三編，初編得諸北上司鐸時，中編得諸獄中、遣吹及輪臺[①]，晚編得諸友教、登臨感喟及與名流相酬答。書由其子金緘編次，首有陳若霖、陳大煜等序。道光庚寅仲冬鐫，燈花窗存板。

① "遣吹"，或當作"遣戍"？

櫻桃軒詩集

《櫻桃軒詩集》二卷，清謝震著。震字甸男，號尉東，福州侯官人，宋謝枋得之裔。舉乾隆五十四年鄉試，後試禮部屢黜，乃約閩縣林芳春、林一桂、趙在田、李大瑛等十人倡通經復古之業，號會所曰殖榭。震性亢直，多翘人過，落落尠合於時。熟《三禮》，治經斷斷持漢學，好擊宋儒，以不遇故。嘗久羈旅次，往來河、雒、關、隴、荊、益之間，周覽山川形勢，時以憤世嫉俗之懷抱，發爲文章。久之以教職用，尋補順昌校長，困頓卒，年四十。弟子輯其遺草爲《禮案》一卷、《四聖年譜》一卷、《四書小箋》一卷，多皆散佚。茲集爲詩百餘篇，律格孤蒼，不入凡響，多感憤紀游之作。其曾孫賢霖爲之剞劂，前有陳壽祺爲之作傳，謝章鋌爲之作序，其門人趙在翰有後序。嘉慶十六年十二月小積石山房刊本。

續東軒遺集跋

《續東軒遺集》二册，不分卷，清高均儒著。均儒字伯平，原籍閩縣，其先世官於浙，遂入秀水邑庠。幼即嗜學，治經精訓詁之學，不好制義，故屢躓於有司，不計也。尤專《三禮》，主鄭康成，故自號鄭齋。篤守程朱之學，不爲苟異，晚尤狷介。主東城講舍。卒於同治八年，年五十八。門人私謚孝靖先生。茲集署閩高均儒著，不忘本也。讀其文可以覘其自少至老，貧悴流離，確然不移之節。其詩亦多患難之作。吴昆田謂其“坦夷似陶靖節，倔強似韓昌黎”。下册皆策問，則爲東城講舍課徒之作。刊於光緒七年。

亦佳室詩文鈔跋

《亦佳室詩文鈔》八卷，清蘇廷玉撰。廷玉字鼇石，同安人。嘉慶進士，官至四川布政使，護總督。尋以猓夷騷動，廷玉疏請撻伐，不稱旨，降大理寺少卿。後謝政歸卒。是集爲詩鈔四卷，文鈔四卷，多係歸田後所作，計駢散文共七十餘篇，古近體詩二百數十首。其文關於時務如練兵、造船、禦寇、安邊之作，尤有卓見。徐宗幹序謂，“如《時務説》，本忠憤所蓄以發爲不易之論，至今讀之猶凛凛有生氣。其《示子士準書》論戰陣之法，悉本楊忠武公之言爲訓，惜乎遠歸道山，不能與當世將兵者，大聲疾呼，以作士氣而張國威”云云。

絳雪山房詩鈔跋

《絳雪山房詩鈔》二十卷,《續鈔》六卷,《試帖》三卷，清楊慶琛撰。慶琛字雪茮，福州人。嘉慶甲子舉於鄉，六赴春官，庚辰始成進士。歷官至山東布政使，內召補光禄寺卿，耆年致政歸里。其節氣才名，雅望一時。性喜爲詩，所至輒留題。是集前二十卷多爲未遇時所作，皆登臨懷古、因時感遇之作。《續鈔》六卷，皆爲晚年歸田後課子之暇所作，亦皆江山弔古，風雨懷人，以及鳥語花香，流連景物之詠。凡閩中景物，如九仙、烏石、越王、歐冶、釣龍臺、梅花塢、妙峰寺、喝水巖以及節令掌故，皆一一見之於詩。老年以遊山傷足，不能遠出，惟擁書吟嘯，夜分不休，老而彌篤。《試帖》三卷，則其生平應試課徒所爲。試帖詩録存者一百六十餘首。書刻於道光戊申，首有彭藴章、季芝昌、劉韻珂、黃贊湯、鄭祖琛等序。

李習之先生文讀跋

《李習之先生文讀》十卷，清高澍然撰。澍然既作《韓文故》，又作《習之文讀》，蓋其文本學習之，以其易良也。故其自序有云："韓取源《孟子》，故廣博與易良並；李得《論語》之易良。吾於韓爲公好，於李爲私嗜。"故是書與《韓文故》實相表裏。每題之後，皆有總評，此外有旁批甚詳，皆曲當質雅，足以啓悟來學。文凡九十九篇，末卷無評語，蓋爲擬删者。惟自序乃云亦加評，蓋刻時所漏耶？全書刻於同治十年冬月於福州，板存光澤抑快軒。首有寶慶王凱泰序及自序，並附校對同人姓氏。末有閩縣劉存仁跋一篇。

竹柏山房四種跋

《竹柏山房四種》十二卷，清林春溥著。春溥字鑑塘，號觀我道人，閩縣人。嘉慶壬戌進士，官翰林院編修。晚老林泉，所居曰竹柏山房。著書計十餘種百餘卷。茲所存爲《宜略識字》二卷,《識字續編》一卷,《論世約編》七卷,《閒居雜録》二卷。《宜略識字》者，乃取經史詩文常用之字，學者日習不察者，别其點畫音義，以免“差之毫釐，謬以千里”之譏。《識字續編》一卷，列舉雙聲疊韻之字，而殿之以今韻補遺。《論世約編》皆史論之屬，起自太古迄於明代，擇精舉要，瞭如指掌，計分《繹史摘論》、《春秋王霸》、《列國世紀編録要》、《春秋提綱録要》、《春秋大事表敘論録要》、《春秋大勢集論》、《魯政下逮始末》、《戰國輯略》、《讀史論略》、《路史摘論》。《閒居雜録》，皆讀書劄記，多九流雜説，野乘巵言，分别部居，頗便檢覽。

增默庵文集跋

《增默庵文集》八卷，清郭尚先著。尚先字蘭石，又字元開，號伯抑，莆田人。嘉慶十四年進士，選庶吉士，習國書，散館授編修。歷典貴州、雲南、廣東、山東等試。嘉慶八年，督四川學政，力除積弊。遷贊善、洗馬、侍讀、庶子、侍講學士、光禄寺卿、大理寺卿各職。卒年四十八。爲人工書，善畫墨蘭，博學能文。與林則徐交莫逆，在翰林時，相與研究輿地象緯及經世有用之學。尤熟於鄭樵《通志》。是集爲曾孫嗣蕃編校，與《郭大理遺稿》有異。原爲鈔本，於民二十年始印行。編次分駢散，以類相從。

增默庵遺集跋

《增默庵遺集》五卷，清郭尚先著。尚先傳見前。玆集爲其子篯齡、婿許祖芳所輯。爲:《增默庵遺集》二卷，多題畫題字之作，蓋其書畫本名於詩文者也。詩多七言近體，氣韻頗清穩。《芳堅館題跋》二卷，則爲品隲古今以及自書自畫各帙之作也。又《使蜀日記》一册，不分卷，則爲嘉慶八年督學四川時所作，所記皆途中景物，日常生活之語，對於裁使署諸陋規，考場積弊皆略不一語及之，蓋以爲分內事，視嶢嶢皦皦者不可同日而語也。

吉雨山房遺集跋

《吉雨山房遺集》八卷，補遺一卷，詞鈔一卷，清郭篯齡撰。齡字子壽，尚先子。官至司馬。全集爲文四卷，詩四卷，補遺一卷，《北山樵唱詞》一卷。《石遺室書録》謂其詩文時有新意，文較透闢，以頗究考據之學也。光緒庚寅孟夏刊本。

雲左山房詩鈔跋

《雲左山房詩鈔》八卷，附詩餘、試帖，清林則徐撰。則徐，侯官人，字元撫，一字少穆，晚號竢村老人。嘉慶進士。道光時官兩廣總督，以禁鴉片與英人戰，迨和議成，謫戍伊犁。旋起用，官雲貴總督，加太子太保。洪、楊亂起，召爲欽差大臣，中途卒，謚文忠。茲集所作皆其政事餘暇與同僚酬唱題賀之作，顧其所發固不只以志節勳業彪炳寰區，而其吟詠之道，則於嘉道之間，殆亦稱雄海內也。卷末詩餘十首，亦皆穩健俊逸。試帖詩二十餘首，皆應試之作也。書刻於光緒丙戌，家刻本。前有上諭、御祭、御碑文及像贊等。謝章鋌有序一篇。

西雲詩文鈔跋

《西雲詩文鈔》十卷，清李枝青著。青字蘭九，號薌園，別字西雲，福寧府福安縣人。道光二年舉人，十五年以孝廉歷官餘杭、新昌、龍泉、長興、仁和、嘉興、西安等縣者二十餘年。卒於咸豐八年，年六十。茲集爲《西雲文鈔》二卷，《西雲詩鈔》四卷，《西雲札記》四卷。其詩文博贍明達，直抒己意，不屑屑規仿古人。札記言必據典，不爲空談，每多創獲。集爲其門人張鳴珂、子世鋌等校刊。

聽秋山館詩鈔跋

《聽秋山館詩鈔》十卷，清林楓撰。楓字芾庭，侯官人。道光甲辰舉人。因屢困場屋，晚年以醫自給。且勤於著述，對於閩之地理掌故特精，皆有成書，詩學特其餘緒耳。是集分《臥湖賸草》，則爲戊寅至乙酉之詩；《漳南遊草》，則自丙戌至丁亥之作；《環翠樓集》，則自戊子至己丑；《梅溪草》，爲庚寅所作；《寄巢草》，爲辛卯至壬辰；《宜秋齋草》，自甲午至癸卯；《再北集》，自甲辰至丁未；《蛙吹寮集》，自戊申至辛亥七月；《湖上草堂集》，自乙卯七月至庚申；《湖西草堂集》，自辛酉至甲子。其詩多吟閩中風物掌故，頗饒趣味。

耕村姑留稿跋

《耕村姑留稿》六卷，清余潛士撰。潛士字時纘，號耕邨，永福人。道光癸卯舉人。以困於一第，晚藉筆耕爲活。績學數十年，闇然修省，耻爲空言。兹集卷一二皆序文，卷三爲題跋，卷四皆與朋友往來之書，卷五皆論、説、疏、辨、考證之文，卷六多記事雜文。其文皆即事即理抒所心得，無掩飾虚矯之弊。其與朋友往來書札中，深可見其爲人，潦倒中亦不忘道也。他如論説解經之文，如《織文鳥章説》、《端衣考》、《袒裼襲解》、《黄霸張敞治術優劣論》、《魯兩生論》、《洛書爲洪範九疇辯》等篇，皆具特識。集爲其弟子陳宗英所編，前有潛士自序，咸豐壬子務本堂刊本。

黄鵠山人詩初編跋

《黄鵠山人詩初編》十八卷，清林壽圖著。壽圖，閩縣人，字穎叔，號黄鵠山人。道光乙巳進士，官京兆尹，遷陝西布政使，署巡按，雅負時望。嘗與輦下士大夫時爲文酒之會。是集十八卷，獨缺第十一卷，云皆刺時之作，以罹禍故未刊布。《石遺室詩話》云，其詩“少壯時嘗濡染於張亨甫，後自謂學黄山谷，然亦不盡然。集中工力最肆者，在由京兆尹外放以後諸作，多憤時感世之章，慷慨憑弔，雄深紗遠，讀之使人罣然有高瞻遠矚之想”。卷首有王拯序及自序各一篇，末有門人馮煦跋。

羲亭山館集

《羲亭山館集》二十六卷，清王景賢撰。景賢，閩縣人，字子希，號希齋。登道光己亥鄉試，咸豐元年舉孝廉方正。卒年七十六。其講學宗朱子、漢唐諸儒，不屑措意於明儒，主格物在致知之説。其所著甚多，兹已刻者有《周易玩辭》一卷,《論語述注》十六卷,《性學圖説》一卷,《困學瑣言》一卷,《伊園文鈔》四卷,《伊園詩鈔》三卷。其自序《周易玩辭》有云,“今不敢求諸象數之繁賾，論説之異同，惟即其切於身心學問者，爲之引而伸之，觸類而長之”云云。余潛士序其《論語述要》亦稱其“不爲高遠之論，只求爲己之學之切於身心日用之實者”。《性學圖説》爲圖共二十八，以解明天地陰陽理氣之學，蓋本之於程朱之説也。《困學瑣言》則爲語録。其詩文鈔亦多多闡明道體，師法朱子，尤多關於鄉邦掌故也。

張亨甫全集跋

《張亨甫全集》三十四卷，清張際亮撰。際亮字亨甫，建寧人，嘗肄業鼇峰書院。道光舉人，榜名亨輔。號松寥山人。少負氣節，有狂名，因之屢困場屋。嘗歷遊天下山川，窮探奇勝。爲詩歌沈雄悲壯，負海內重名者將三十年。年四十五卒於京師。生平著作甚富，多散佚。同邑孔慶衢爲之刊校於咸豐年間。全集爲詩凡二十七卷，爲文凡六卷，卷前附序、傳、各家評語一卷。原本爲際亮所自編，名《思伯子堂稿》，爲詩凡萬餘首，已刻者爲《松寥》、《婁光》、《南來》、《匡廬》、《金臺》、《翠眉》諸集，約千四百餘首。查寄吾刻本有二千二百餘首，而遺漏尚多。是集所收不過二千六百五十首，文僅九十九首，駢體詞賦僅十七首，亦殘失大半。潘世恩評其詩"如天馬行空，瞬息千里；又如神龍變化，不可捉摸，殆得力於李青蓮。而激昂慷慨，可泣可歌，忠孝之忱，時流露於楮墨間，則少陵之嗣響也"云云。同治丁卯麥秋鐫本。

思伯子堂詩集跋

《思伯子堂詩集》三十二卷，清張際亮撰。是集與前集名雖異而內容則大略相同，特此集繁簡有異耳。收詩三千五十一首，爲亨甫臨終時所手定。詩稿原本存於其友姚石甫（瑩）處，至同治己巳，石甫子濬昌乃爲之刊刻。集以思伯子名者，以際亮幼孤，賴伯兄資之，得力學有成，故名以志不忘也。其稿自嘉慶乙亥至道光甲申曰《松寥山人初集》，乙酉至戊子曰《婁光堂稿》，己丑至壬辰曰《谷海前編》，癸巳曰《豫粤遊草》，甲午乙未亦曰《谷海前編》，丙申至庚子曰《谷海二編》，辛丑至壬寅曰《谷海後編》。今集每卷前不復標題，惟仍以編年分。其癸卯歲詩二十餘首原載別本，以兵燹佚去，故今集所編訖於壬寅。首刊姚石甫所作《張亨甫傳》，及臨桂朱琦濂志哀詩一篇。版本與孔慶衢重刊本有異。

篤舊集跋

《篤舊集》十八卷，清劉存仁撰。存仁有《屺雲樓集》，已著録。茲集係集其生平故舊友朋之詩，得八十五家，首列陳壽祺等，每人收數題以至數十題不等。朱伯韓爲之名曰篤舊，所以顧名思義也。首敘詩人之平生出處，後列其詩。有錢塘陳墉序及自序。咸豐九年秋八月刻於蘭州，蓋作者就官甘肅時也。

籀經堂類稿跋

《籀經堂類稿》二十四卷，清陳慶鏞撰。慶鏞字頌南，一字乾翔，晉江人。道光壬辰進士，改翰林庶起士，歷官至御史。時海事方亟，中外喈喈議未定，羣僚各慝其私意，迭爲輿蹶。公於是有申明刑賞之疏，指斥貴近，得旨嘉納，於是直聲震天下。文宗即位，仍以言官召用。尋以閩境盜起泉、漳、興、永之間，乃回籍辦理團練。解散羣盜有功，以道員候選，而鏞竟因病卒，年六十四。其生平精研漢學，而服膺宋儒，精古籀篆文。家富存書，披覽輒忘倦。是集爲論、策、奏疏三卷，經説二卷，賦二卷，古今體詩三卷，序、跋、考、銘等七卷，鐘鼎考釋一卷，餘均爲傳記、墓誌、祭文等。其文章樸懋淵古，晚而益進，尤長於考證金石聲音文字之學。書爲其門人何秋濤所編，陳棨仁重編，光緒癸未刊本。

齊侯罍銘通釋跋

《齊侯罍銘通釋》二卷，清晉江陳慶鏞撰。慶鏞有《籀經堂類稿》，已著録。茲篇爲考證揚州阮相國芸臺存器及蘇州曹氏存器之銘文，詳訂其律度、地域、系族、音韻，與文貽朱氏茮堂、吴氏子苾所考頗異。因慶鏞於經誼小學，咸闢奧窔，宜其對此恒精眇獨至也。署道光丙午閏月一鐙書舍刊版。

侯官郭氏家集跋

《侯官郭氏家集》三十三卷，清郭伯蒼撰。蒼字蒹秋，號青郎，字彌苞，侯官人。道光庚子舉人。是集爲《補蕉山館詩》二卷,《鄂跗草堂詩》二卷,《三峰草廬詩》二卷,《沁泉山館詩》二卷,《柳湄小榭詩》一卷,《葭柎草堂集》四卷,《竹間十日話》六卷,《海錯百一録》五卷,《閩產録異》六卷,《七月漫録》二卷（附《左傳臆説》),《閩中郭氏支派大略》一卷（附《我私録》)。其詩文多詠述閩中景物逸事，皆編年，無序跋。《竹間十日話》則爲筆記閩中遺聞掌故等。《海錯百一録》則記閩中魚、介、殼、石、蟲、豸、鹽、菜、海鳥、海獸、海草等，蓋補王世懋《閩部疏》及屠本畯《海錯疏》之不足也。《閩產録異》則分穀屬、貨屬、木屬、竹屬、藤屬、花屬、草屬、毛屬、羽屬、鱗屬、蟲屬等，凡閩中物產皆詳記之。《七月漫録》則爲研究《豳風》之作。《郭氏支派大略》則爲家譜。

冠悔堂全集跋

《冠悔堂全集》二十一卷，清楊浚撰。浚字雪滄，侯官籍，後遷晉江。爲人形體魁梧，才氣超邁。弱冠舉於鄉，槖筆徽省，交遊皆一時英俊。中歲遍歷吴、楚、兗、豫、幽、并諸州。咸豐間又嘗從左文襄西征逾年，故其詩文均深穩有骨，七言律尤高邁，有似太白、玉谿生者，而風格轉勝。是集爲《冠悔堂詩鈔》四卷,《冠悔堂駢體文鈔》六卷,《冠悔堂楹語》三卷，皆極工整。子幼雪、希滄刻於光緒壬辰季秋。

周莘仲廣文遺詩跋

《周莘仲廣文遺詩》一卷，清周長庚著。庚字莘仲，侯官人，咸豐壬戌舉人。官彰化教諭，愛人彌至。光緒十四年秋，彰化奸民倡亂，爲説平之。亂定，彰化令欲甘心於二十四莊之脅從者，庚爭於統帥沈應奎，卒得保護良民。令乃刻其通匪，持之急，乃棄官遯。没後，李茂才爲梓其遺詩。其詩古體發源於眉山，近體極仿義山。所詠多在臺時紀行攬勝之作，足補志乘之不及也。前有林紓一序，及臺灣彰化明宦一傳。

烏石山房詩稿跋

《烏石山房詩稿》十六卷，清龔易圖撰。易圖字少文，閩縣人。咸豐己未進士，歷官滇、豫，隸於軍籍者十餘載。是集所記皆其生平骨肉離合之端，朋友言笑之樂，羈旅艱危之況，以及從軍遊宦之所至，名山勝景之所流連也。詩以編年紀次，初集自甲寅至己巳爲十卷，續集自壬申至丁丑爲六卷，蓋爲遊宦吳中之作。以烏石山房名集者，蓋以其所居近烏石山，爲少時嬉游釣弋所經，亦以此繫懷鄉土之思也。附刻《谷盈子》十二篇一卷，爲研究諸子之説。蓋其讀《老子》至“天地不仁，以萬物爲芻狗。聖人不仁，以百姓爲芻狗”之句，味乎其言；又至周子《太極圖説》曰“一動一静，互有其根”，有感於心，乃融會而貫通之，作是篇。分一元，二運，三泰，四因，五極，六合，七復，八守，九究，十變，十一萌，十二育，凡十二篇。蓋有所會心尋繹而得之言，初無剿襲依傍之見也。光緒己卯仲冬刊本。

藤花吟館詩録跋

《藤花吟館詩録》六卷，二册，晉江陳棨仁撰。仁字鐵香，號戟門，先世自閩縣徙居晉江。幼有神童之目。同治甲戌成進士，官至刑部主事，以封公年高假歸，遂不出。先後主書院若泉州之清源，晉江之石井、鵬南，同安之雙溪，廈門之玉屏、紫陽，漳州之丹霞，龍溪之霞文，凡三十餘年。晚益嗜書，自四部迄稗官雜説，靡不鈎索鈔纂。所著有《閩中金石録》、《説文叢義》、《閩詩紀事》、《海紀輯要》等書，又注《岑嘉州詩》數萬言。詩文叢稿甚夥，顧感憤世變，輒束置高閣而已。卒於光緒二十九年，春秋六十有七。集中多紀遊之作，亦長於金石考據之詠，有《詠閩中石刻》等章。

書帶草堂詩鈔跋

《書帶草堂詩鈔》二卷，清鄭廷浛著。廷浛字慕林，侯官人。好讀書，家藏書甚富，名其居曰注韓居。賈而不仕，好文章士，爲人樸茂真純，暇輒飲酒賦詩以自娱。其子昌英亦有名於時，嘗刻《注韓居七種書》行世，本本原原，足訂諸家之訛。是集爲閩縣謝曦發川所寫刻。其詩多紀遊之作，不事雕飾，其味淵然。凡生平所歷甘苦之跡，即事寫懷，不爲掩飾，蓋欲自留其真云。

一鐙精舍甲部稿跋

《一鐙精舍甲部稿》五卷，清何秋濤撰。秋濤字願船，光澤人。道光間，年二十舉於鄉，逾年試禮部爲貢士，又逾年殿試授刑部主事。博覽羣書，精漢學，於經史百家之詞，事物之理，考證鈎析，務窮其源委。嘗研究俄羅斯，以其未有專集也，乃採官私載籍，爲《北徼彙編》六卷，復增衍圖説爲八十五卷，繕以進，賜名《朔方備乘》，惜燬於火。旋爲蓮池書院院長。卒窮困以終，年三十九。是篇皆爲經部論文，計二十五題，缺者凡七題。其文皆旁徵博考，對於小學字説諸篇，尤爲精當。惜其稿多散失，百不存一也。首有黄彭年作墓表一通。光緒五年淮南書局版。

外丁卯橋居士初稿跋

《外丁卯橋居士初稿》八卷,《東洋小草》四卷，附《斫劍詞》一卷，清劉家謀撰。家謀字芑川，侯官人。道光壬辰舉人，屢試禮部不第，乃司訓於寧德東洋學舍。茲集以外丁卯橋名者，蓋其屢夢至一橋，有外丁卯字，以後知爲謝枚如所居，謂有夙緣，故與枚如特厚（見《賭棋山莊餘集》)。其自序有云:“初秋，取庚寅以來詩删存五之一，爲《外丁卯居士初稿》八卷；續編丙午四年以後詩四卷，題曰《東洋小草》，併詞一卷附焉。”卷首有謝章鋌序，謂其詩“似張亨甫之憤時感事，長歌當哭，一發聲輒令人淒然淚下也”。按其詩多詠閩中掌故風物。

東嵐謝氏明詩略跋

《東嵐謝氏明詩略》四卷，清謝世南編。世南字慈田，長樂人。是篇係集其先世孟安、仲仁、仲簡、邦實、邦用、漢甫、其賢、其盛、在杭諸公之詩，各若干首。前有曾孫章鋌序，略云：“謝氏初籍浙江紹興上虞縣。其支祖星於宋末出知玉融州事，今之福清縣也，遭亂不得歸，乃渡海寓東嵐村，今之平潭廳，俗稱海山，終元之世，務農不仕。明初遂卜居長樂之江田里，數傳至孟安公以下，乃居省城。茲篇亦以表彰祖德，使後之人讀其詩仰其人，數典不忘其祖，所以爲門户光也。”

秋影庵遺詩跋

《秋影庵遺詩》一卷，清王景撰。景，侯官人，字蘭生，與石遺、余琇瑩等相友善。性喜爲詩，曾從蜀學使者校文，遍歷蜀中山水，旬月得詩數百首。又渡臺爲林朝棟幕友，以病辭歸。從琇瑩督學河南者一年。光緒辛卯，始舉於鄉。終以體弱卒，年四十三。其詩力學宋人，多近幽峭，遊蜀諸作尤爲壯健。

木庵居士詩跋

《木庵居士詩》四卷，補遺一卷，清陳書撰。書，侯官人，字伯初，號木庵，陳衍之伯兄也。年二十爲舉人。少通達，以文章名於時。丁日昌督閩時，奇其才，爲薦浙江巡撫梅啟照，會辦洋務局。年六十二，始以知縣赴選直隸博野。適拳亂起，百計鎮撫之，得無事。以年高乞歸，於光緒三十一年八月卒於里居。生平喜爲詩，屢棄少作，與陳琇瑩、龔易圖、陳寶琛輩時爲唱和之樂。其詩天才超逸，胸中不滯於物，與樂天、東坡爲近。晚年尤精詩律，圈點老杜、山谷全詩，詩境益嚴，與陸放翁、誠齋爲近。尤善説杜詩，其難解之句，一經説明，無不爽然。其詩二千餘首，此集先刊六百餘首，大抵爲紀遊感興之作。

天遺詩集跋

《天遺詩集》十三卷，近人林蒼撰。蒼字天遺，閩縣人。光緒甲辰進士，官江西知縣。鼎革後棄官歸里，與朋輩徜徉無虛日。尤好小西湖，故其詩千首，湖上之詩佔十之五六。全集又名《夢禪室詩集》，皆以甲子分。近體七言律居十之七八，爲憂時感世、窮愁潦倒而發者，居十之五六，蓋其詩皆爲罷官後在里所作也。卷首有陳衍序一篇。

匏廬詩存跋

《匏廬詩存》九卷，近人郭曾炘著。炘字匏菴，號福廬山人，侯官人。光緒朝，曾官禮部，垂三十年。自序有云："近作詩無格律，無家數，觸緒成吟，亦以言志已也。"陳弢庵則謂其詩"婉曲至類遺山，沈厚類亭林。其取材隸事，典切工雅"。全集前四卷爲《亥既集》，蓋誌其作於辛亥以後，取干支一字爲識，以別於舊也。中三卷爲《徂年集》，末二卷爲《雲萍簏稿》。後有常熟孫雄師鄭後序一篇。其《亥既集》有別行本，較此略有增減，爲民國八年京華印書局鉛印本一册。

匏庵論詩絕句跋

《匏庵論詩絕句》一卷，亦郭曾炘作。蓋以有清二百餘年，作者林立，即以詩論，卓然成家者不啻千數，兹篇爲其流覽所及，間摭一二本事，以韻語代劄記，以資談助耳。手書景印本。

無辯齋詩跋

《無辯齋詩》一卷，近人鄭容撰。容字國容，號無辯。以布衣優遊里巷，教授爲業，足不出門，間以吟詠自適。茲篇爲何枚生、林雪舟爲之校録百餘首印行；其後造詣益深，其友蕭奇斌等懼其散佚，乃又爲之蒐集數十首，合前集付手民。陳石遺、何振岱爲之敘。其詩學唐宋，能獨寫其天。大抵早歲邃於情，中更世故，更爲沖澹。陳弢庵、鄭蘇龕等皆稱之。

畏盧文集跋

《畏盧文集》、《續集》、《三集》各一册，近人林紓撰。紓字畏盧，號琴南，閩縣人。光緒舉人，鼎革後不仕，以授徒、譯著、書畫爲活，專治古文辭。其文泰半爲思君念親之作，真情流露，出之血性，故其文能不脛而走也。

畏廬詩存跋

《畏廬詩存》二卷，前人撰。琴南自謂肆力爲文，詩非所注意。此集爲其自裒壬戌以前詩古近體計三百餘首，太半皆愴時念亂、悲涼激楚之音，獨弦哀歌，讀之足想見其懷抱也。故此本首葉有其手書《呈政螺江太傅》云，“願一生感恩懷舊之心，所旦夕未能忘懷者先帝耳。不名爲詩，名爲由衷之言，想我公見之當洞觸其肺腑也”云云。

春覺齋論文跋

《春覺齋論文》一册，不分卷，林紓著。是集詳敘爲文之法，既論其流别，又分爲文八則，即意境、識度、氣勢、聲調、筋脈、風趣、情韻、神味等。次論十六忌及用筆八則，並换字法、拼字法、矣字用法、也字用法等，皆一一列舉，詳爲解説，誠作文修辭之佳著也。

石遺室詩文集跋

《石遺室詩文集》二十三卷，近人陳衍撰。衍字叔伊，石遺其別號也。二十七歲舉於鄉，孝胥、琴南皆其同榜也。自是屢北遊，足跡遍南北，賣文教授爲活，著述甚富。其學問事蹟關繫數十年來學界政界者不少。茲篇爲文集十二卷，附《木庵文稿》數篇；續集一卷，詩集十卷。另年譜七卷，則爲其子聲、暨，門人王真、葉長青等所編。

閩詩録跋

《閩詩録》四十一卷，清鄭杰原輯，侯官陳衍補訂。杰字人杰，又字昌英，乾隆間貢生。存書數萬卷，其存書之所曰注韓居。兹集首有陳衍序云：“嘉慶間，侯官鄭昌英輯有《全閩詩録》，已刻者惟《國朝詩録》，自順治至乾隆而止。其自唐迄明稿百餘册，輾轉流落於鄉先生之家，……後全書原稿入謝枚如先生家，先生既逝，鬻於武昌柯巽庵撫部。余客鄂中久，撫部……乃舉以還吾閩。……已酉正月，乃取而翻閲之，則殘缺重複、舛誤失次者居多。蓋搜集未成之書也。……原稿於唐五代家數遺漏尚少，稍補訂迻寫，已足成書。至於宋元，則宋一代原稿僅百餘人，補輯至五百餘人；元一代原稿僅十餘人，補輯至百餘人，而後規模粗具，分集寫定，仍名《閩詩録》云”。全書目次以一代爲一集，唐爲甲集，共六卷；五代爲乙集，共四卷；宋爲丙集，共廿三卷；金爲丁集，一卷；元爲戊集，共七卷；明以下待刻。各卷首葉先列原輯者姓名，次列補訂者姓名，其全卷補輯者則於首葉載明陳衍補輯，以別其原本。宣統三年夏刊成。

全閩明詩傳跋

《全閩明詩傳》五十五卷，鄭杰原本，郭柏蒼補編刊行。此鄭杰《全閩詩録》之一部分也。杰死後，其集曾輾轉入於郭手，乃獨取明一代之稿，改名《閩明詩傳》。柏蒼熟於閩中掌故，於原稿多所訂正補足，並於各詩人之姓名爵里下，添加《柳湄詩傳》若干則。書刻於光緒己丑，首有謝章鋌及郭柏蒼序，皆敘該書原委。全書收九百四十五人，以時次分，末附詩僧五人，惟不録閨秀。

國朝全閩詩録跋

《國朝全閩詩録初集》二十一卷,《續集》十一卷，侯官鄭杰撰。《石遺室書録》云,“杰輯《全閩詩録》，自唐至清，稿百餘册，皆未成之書，已成者惟清代自順治至乾隆四朝，蓋杰爲嘉慶間人也。兩集係杰自付梓工，未及半而病卒，其父與友齊弼足成之。每人考其生平出處，綴以各家評品，並附自撰《注韓居詩話》，間存軼事，皆《明詩綜》之例也。惟駁藍漣詩書畫及文章，墨守明人之説。至張遠《滕王閣詩》有‘豈無詞賦驚閻帥’句，稱閻君爲閻帥，可謂惡詩，不必入選。譏魏憲選本朝百家詩多顯官；列己於末，爲竹垞所指摘；又凡平日與己倡和者，美惡悉登，頗爲蕪濫，而頗采其論詩之言。詩稱全閩而不收閨閣及方外之作，當爲補録”云云。

莆風清籟集跋

《莆風清籟集》六十卷，清鄭王臣輯。王臣字慎人，一字蘭陔。工詩績學。乾隆拔貢，官至蘭州知府，有吏才。以病歸卒，年僅踰艾。是集所收莆邑先哲詩至三千餘篇，自唐宋至明清，上至仕宦，下至方外、閨秀，著録者凡一千九百餘人，並附讖語、雜謠、神怪等，其蒐討之富，可謂至矣。首有仁和錢琦序，後有劉尚文跋。錢塘杭世駿参訂，門人陳燮校閲。

全閩詩話跋

《全閩詩話》十二卷，清鄭方坤輯。方坤傳見《蔗尾集》條。是篇皆薈萃閩人詩話，及他詩之有關於閩者。閩在周時，列於九貊八蠻，語言須譯而後通，風俗僻陋，歌謠不可入詩，至唐始有薛令之、歐陽詹輩。故六朝以上，所收無多，至宋元明而大盛，若楊文公、蔡忠惠、謝景山、王深甫、劉後村、鄭善夫等，皆以詩文雄視天下矣。是書核據廣博，自遊寓、釋老、神仙、鬼怪以及方言土産等，搜括無隱。計所引書目有四百三十餘種之多，上下千餘年，使一方文獻得以有徵，其功誠不可没也。凡六朝唐五代一卷，宋元五卷，明三卷，國朝一卷，附無名氏、宫閨一卷，方外一卷，神仙鬼怪雜綴一卷。首有朱仕琇序及例言。

本朝名家詩鈔小傳跋

《本朝名家詩鈔小傳》二卷，亦清鄭方坤撰。兹篇專傳清朝詩人名家，所收凡九十餘人，采摭淹博，文筆娟雅。本庫所存爲杞菊軒藏本，首有缺葉及目録。

國朝名家詩鈔小傳跋

《國朝名家詩鈔小傳》四卷，清鄭方坤撰，李登雲校刊本。茲與原本略異，原本二卷，此則釐爲四卷。原本無序，此有光緒十二年戴督序，蓋述登雲校刊此書之緣起也。至於篇幅方面，原本與此本亦略有不同。原本多《查浦詩鈔小傳》、《檗子詩鈔小傳》二篇，而少卅二芙蓉齋、田間、石臼、畬山、西河、東癡、弱水諸篇，或爲登雲所添入者乎？又原本《西堂詩鈔小傳》作《看雲詩鈔小傳》，《香昊草堂》誤作《香草堂》等多處，校刊本則多改正之。書係萬山草堂存板，光緒丙戌孟復刊。又按，登雲字孝甡，衡山人。

閩中摭聞跋

《閩中摭聞》十二卷，清陳雲程撰。雲程字孫鵬，晉江人，生於乾隆間。是編所輯皆名勝古蹟，遺聞軼事，里巷習見之事。前有自序一篇，略云:“事不一類，例不一格，悉擷華於前人，不敢妄爲傅會，緣欲鋟爲片版，乃删之以就約。”其分類皆以地方爲次，首福州，次興化、泉州、漳州、延平、建寧、邵武、汀州、福寧、臺灣、永春州，而殿之以龍巖州。

閩川閨秀詩話跋

《閩川閨秀詩話》四卷，清梁章鉅撰。章鉅字閎中，又字茝林，號芷林，長樂人。嘉慶進士，道光間官至江蘇巡撫，兼兩江總督。嘗五任蘇撫，於江蘇地方利弊，了然胸中，用人理財，獨持大體。生平著述甚富，計七十餘種。有《二思堂叢書》。茲集係與其妹蓉函同輯，起自明代。首二卷，多據《閨秀正始集》、《福建通志》、《全閩詩話》、《閩詩録》等抄入。末二卷，則以梁氏一家子婦及內外眷屬之作居多。卷首有梁韻書（蓉函）序。是書初刻入《二思堂叢書》，無單行本。此爲永福力鈞於光緒辛卯用活字版印成，有跋一篇。

閩川閨秀詩話續編跋

《閩川閨秀詩話續編》四卷，清丁芸輯。芸字耕鄰，侯官人。以布衣終，年三十六。謝章鋌爲之作墓誌。茲集以章鉅所輯猶有未盡，乃旁搜博採，得百三十餘人，皆首載所採原書之名，較之梁氏所輯，有過之無不及。丁芸著述頗富，惜不壽窮没。茲集爲其友力鈞、閩縣林昌虞所參訂，其子震校刊。首有侯官女士薛紹徽序，末有楊藴輝書後一篇，並補遺三人。光緒甲寅鐫於京師。

南浦詩話跋

《南浦詩話》八卷，長樂梁章鉅撰。章鉅既作《閩川閨秀詩話》，又輯浦城先哲之能詩者，自唐迄明，得九十餘人，名曰《南浦詩話》。其書多採自邑志，旁及四部。末且附閨媛、方外及非浦人實與浦地浦事相關者，別爲宦遊一門，其餘則均以時代分。所收以宋代爲最多，蓋浦邑自兩宋時，文物之盛，頡頏中州，入元其風始稍替，故所採特多。間亦掇拾遺聞軼事，不專以詩話尚也。所存爲鉛印本，首有祝煥坡、祖之望、劉瑞紫諸序。

制義叢話跋

《制義叢話》二十四卷，梁章鉅撰。茲集蓋仿詩話或詞話而作。搜集古今之關於制義者，凡程式之一定，流派之互異，明宗旨，紀遇合，別體裁，考典制，參稽史傳，旁及軼事，與夫諸家之名篇鐫句，無不備載。蓋博採廣擷以成斯篇，誠創著也。朱琦序有云："往昔制義未興，雜説家多作詩話或詞話，洪容齋《四六叢談》僅屬駢體，而他不及。惟元陳繹曾《文説》因延祐復行科舉，示程試之式；倪士毅作《制義要訣》，指陳諸弊，足資龜鑑。君書實沿厥例，前敘掌故，後綴瑣事，中數捫撮，舉心賞之文，擷其菁華，開其奧窔，欲求精於理，深於意，偉於辭，殫於經術，學者苟由是探而究焉，可以傳世，可以榮世。"按制義取士，有明迄清，蓋五百餘年矣。萃五百年之英才，精研殫思於八股之中，雖云專制箝制士林之政策，要亦時代文獻之所繫，欲明其源流指要，該書蓋不無所補焉。書重刻於咸豐己未，末並附題名録。有江國霖、朱琦、楊文蓀諸序，林則徐、吴鐘駿後序。

温陵詩紀跋

《温陵詩紀》第二集十二卷，清陳棨仁、龔顯曾仝輯。棨仁傳見《藤花吟館詩録》條。顯曾字詠樵，晉江人。是書集晉江一郡有清一代上起順治下迄道光之詩得百餘人，採其遺篇，爲清源文獻之扈助。其序有云："温陵一郡，僻在海邦，沿革之殊，異於列代。莆田、仙遊宋曾屬治，永春、德化明亦隸圖，至於雍正末年，定轄地輿五邑，版圖既異，編輯宜分。若夫黄俞邰之博洽，而寄籍江陵；鄧幼季之風流，而寓居永郡，律以水木之義，俱爲桑梓之人，故廣與甄羅，仍爲採入。"其體裁先書詩人傳記，後附其詩若干首，即方外、閨秀亦附於末，頗稱博洽。首有龔序及凡例八則。誦芬堂正本，亦園活字版。

元詩紀事跋

《元詩紀事》四十五卷，近人陳衍輯。衍有《石遺室詩文集》，已著録。兹輯元代之詩人軼事，遺聞斷句，分門別類，燦然大備。蓋博採各書詩文集及筆記小説，爲紀事之體，即割據、寇賊、遺老、道流、釋子、宫掖、閨閣、女冠、妓女、神鬼、怪夢、謠諺、讖迷亦在搜羅之列，誠有元一代詩話史料之淵藪也。首有自敘一篇，凡例四則。商務館民十鉛印本，十二册。

感舊集小傳拾遺跋

《感舊集小傳拾遺》四卷，陳衍撰。是書係因王漁洋《感舊集》中所收之明末遺老詩[①]，往往僅存詩人之姓字，即爵里亦不可得而知。後於乾隆間，雖有雅雨山人爲之搜採羣書，各輯小傳，然僅存姓字，並爵里不可得而知者，尚有十數人；爵里具而無書可據，無事可採者，且二三十人；所採軼事寥寥一二則，則又數十人。兹集爲衍於數十寒暑中，翻覽羣籍，偶然發現此數十人遺老之爵里軼事，乃爲之綴拾於此，以補雅雨山人之缺。首並列引用書目，大抵皆得之方志、詩話之中。所列計八十五人，首有自序一篇。

① 按，"是書係因"此四字删去，或更便於理解文意。

本校陳氏書庫福建人集部著述解題序①

本校陳氏書庫者，螺江陳弢庵先生及其哲嗣幾士先生之貽贈也。全庫爲書共兩萬一千八百餘册，三千餘部，都八萬卷有奇。其間不乏佳本秘笈，縹緗琳琅。蓋陳氏本閩中望族，世代簪纓，積書之富，甲於全閩。玆以其一家藏不如舉而公之同好，乃於二十二年秋，與林景潤校長接洽就緒，移儲本校，俾得永久保存，嘉惠士林，良非淺鮮。全藏各書類爲四部舊籍，其間尤以福建鄉賢遺著爲多。本校對於福建文化之研究尤不遺餘力，得此正可作他山之助，惟學者多未明其內容何者爲閩人著述。玆以整理之餘，復於此數萬卷中，窮數月之力，爬梳抉剔，探討搜求，得閩士著述之關於集部者百四十餘部，皆略爲涉獵一過，仿《四庫總目提要》例，分别載明作者之姓名爵里，朝代經歷，或著其書之源流旨要，或敘其書之版刻綱目，間亦參考諸家之評語考證等，作爲解題，分朝録出，俾鉤稽本省文化者，有所取資，亦所以表彰鄉先輩之遺文軼事也。其他尚有經史子叢諸部，以限於篇幅，當另行發表。

① 是爲《本校陳氏書庫福建人集部著述解題》一文篇首小序。各解題已收録於正編及外編，故將該序收録於此，擬題如是。

福建協和大學陳氏書庫所藏清代禁書述略序①

滿清以異族入主中華，對於漢人之思想言論尤多疑忌。蓋有明末造，清人屢次寇邊，明廷上下痛外患之披猖，著述之士莫不對之扼腕興嗟，故明季諸集所記胡虜情狀，奴酋韃子、夷狄腥羯諸語，遍見羣書。入關以後，明季遺民痛社稷之淪胥，有志之士如閻爾梅、黄宗羲、顧炎武、孫奇逢、王夫之、呂留良、金堡、屈大均等，無不以排滿復明相號召。迨大勢既去，又多遯跡山林，從事著述，以言論鼓吹民族思想，借文字發洩其悲憤。故清廷視之爲危險之禍胎，去之務盡。惟立國之初，根基未固，尚存維繫人心之慮，未敢操之過激。迨至乾隆中葉，天下大定，於是一變懷柔政策爲壓制，文字之獄，層見疊出。更恐民間存匿排滿之遺篇，爲暗中之流布，乃假修《四庫全書》之名，訪求天下書籍，其本意則以湮没明末清初蹂躪之史跡，及消滅漢人反清復明之思想。故以種種手段網羅羣書，對於明季諸臣之遺集，尤事比戶之誅求，美其名曰維持世道人心，而實行焚書之實，故十餘年間，焚燬書籍至數十萬卷，種

① 是爲《福建協和大學陳氏書庫所藏清代禁書述略》一文篇首小序。各解題已收録於正編及外編，故將該序收録於此，擬題如是。

類不下三千餘種。即以安徽一省而論，其奏繳次數當在三十次以上，其他江浙等省更無論矣。蓋自秦政以來，當以乾隆焚書之禍爲烈，殺僇文人學士爲最慘矣。予以整理陳弢庵先生書庫之餘，於所見禁書，輒三致意，彙爲提要，對於其書案情獄累之始末，著者所歷之身世，尤不憚煩述。以限於篇幅，故舉凡抽燬之書，如《止止堂集》、《水明樓集》、《漁洋精華録》、《明大政記》等，及見於富路特氏（Dr. L. C. Goodrich）書中之《張太岳集》、《弇山堂别集》、《曝書亭集》、《明詩綜》（按此二種係抽燬）、《元詩紀事本末》……等十餘種，以前者限於局部之抽燬，其書尚得流行，後者其目雖見於陳乃乾《索引式的禁書總録》，但未見於《禁書總目》，或《違礙奏繳書目》，未知何所根據，故皆不録。至於本校圖書館所原存者，如《初學集》、《有學集》、《李氏焚書》、《笠翁一家言》、《白蘇齋集》、《晚香堂集》、《陳眉公集》、《賴古堂集》、《白石樵真稿》、《無夢園集》、《媚幽閣文娱》、《鍾伯敬集》、《萬曆三大征考》、《全邊略記》、《撫安東夷記》、《東夷考略》（即《寶日堂初集》卷二十五）、《平寇志》、《廣輿記》，及《痛史》中之《思文大紀》、《福王登極實録》、《明季南録》、《剥復録》、《甲申傳信録》，以及近年出版《中國内亂外禍歷史叢書》中之《崇禎長編》、《揚州十日録》、《建州考》、《南渡録》、《永曆紀年》……等數十種，以限於篇幅，均不及備録焉。

福建協和大學陳氏書庫所藏清代禁書述略後記

本文參考除上述各書外，尚有：

《銷燬抽燬書目》、《禁書總目》、《違礙書目》、《奏檄咨禁書目合刻》（國學保存會本及《尺進齋叢書》本）及《索引式的禁書總録》。

《乾隆四十八年九月紅本處查辦禁燬書目》，見北京大學研究所《國學門週刊》二卷十二期。

《清代文字獄檔》，故宫博物院文獻館出版。

《十一朝東華録》，雍正乾隆兩朝。

《明史列傳》。

《清史列傳》。

《國朝先正事略》，李元度。

《清代學者像傳》，葉恭綽。

《清代僕學大師列傳》，支偉成。

《清代通史》，蕭一山。

《明文學史》，宋佩韋。

《索引的禁書總録校異》，見《人文》第五卷一、二期。

《清高宗之禁燬書籍》，見《國立北平圖書館》刊七・五。

《清代安徽禁書提要》，見《安徽大學月刊》一卷一、二期。

《四庫全書總目提要》，紀昀。

《四庫大辭典》，楊家駱。

The Literary Inquisition of Chien-Lung-by Dr. L. C. Goodrich, 1935, Waverly Press, Baltimore.

按是篇初稿成於民國二十六年一月間，於福州魁岐校舍，擬登《協大學術》第五期，已付印刷局排印中。不幸盧溝變起，抗戰軍興，敵人飛機，日夜盤旋於榕城上空，濫毀文化機關，該書局亦遷內地，而吾校不久亦北移。於是南轅北轍，出版無期，而稿亦為手民所散失。北遷以後，人事鞅掌，生活蜩螗，此稿久已遺忘。迨至近日，始託榕館友人由舊紙堆內檢出初草，爲重行整理一過，以應《福建文化》之徵。故茲篇得免於灰燼者，殆亦幸矣。民國三十年一月附記。

寧齋序跋集補遺

咸豐邵武縣志跋[1]

民國二十七年夏，以日寇鴟張，蹂躪數省，福州亦一夕數驚。敵機頻來轟炸，吾校乃决北遷邵武，以策萬全。至邵後，擾攘數月，部署方定，乃亟謀蒐羅閩北方志，藉以賡續研究本省文化之工作。祇以閩北諸縣歷經變亂，民窮財絀，存者稀如星鳳。幸得陳易園先生之介，輾轉借得郡人何氏小溪先生所存《邵武縣志》一部，蓋爲郡邑之僅存者矣。此外惟燕京存有一部，其他未有所聞。咸豐至今爲時不過八十餘年，而文獻失墜者如此，曷可勝慨。乃亟傳鈔，以廣流傳。而小溪先生爲保存本省文化計，不敢自秘，亦慨與惠借，且檢其重複者相贈，得附鈔胥補成完帙。計歷時三月，得以竣事，余乃詳爲點校一過，正其脱謬，改其訛悮，然後成書，乃以原本還之小溪先生。先生今已七十四矣，猶健履，性豪爽，飲酒食肉如常人。曾協修《邵武新志》，剞劂有期，當引領望之。抄此書者，則爲陳君鴻恩，王君丕建，郭君文欽。茲三子者，皆本校學生也。時民國二十八年四月十日，金雲銘記於邵武協和大學圖書館。

① 稿存館藏抄本《(咸豐)邵武縣志》卷末，係過録校正稿。

蘄黄四十八砦紀事跋①

《蘄黄四十八砦紀事》者，紀明末清初湖北黄州及皖中英霍一帶之義兵結砦據敵事也。蘄黄者，地憑天險，人富毅力，歷代兵爭，民必合羣疊石爲堡以自衛，漸成傳統之舉。迨至有明末造，蘄黄之民初則結砦以據寇亂，自保身家。及明社既屋，於是一變其自保之心，爲抵抗外族之舉，羣奉明裔以爲號召。明之遺民如王爔、周損、朱統錡、曹胤昌等，皆奉明正朔，憑險固守以據清兵之入侵。忠烈愛國之士，前仆後繼，斷脰洞胸，均所不顧。數十年間，砦雖再破，而爲殷頑之抗終不稍懈。迄太平天國之時，猶有漳州人陳金龍者，自云其先世結砦深山中二百餘年，不剃髮，不奉清朝。洪秀全微時尚至其地，與結異姓兄弟者即此。可見砦民愛故國愛族之心焉。書爲羅田王葆心所作，以鄉人述其先世鄉事，自更親切而詳盡。王氏此書，蓋亦參酌羣書至百餘種，自信其無一字無來歷。其綴拾之勤，取舍之慎，均詳於自序之中。惜列傳部分詳於據寇而略於抗清，蓋經乾隆三十年以後燬禁野史，文網森嚴，文獻不足故也。書成於光緒三十四年，印於民初湖南宏文學社。以其流傳已稀，乃爲抄校存館，以備考焉。一九六二年十月三十日，金雲銘跋於病室。

---

① 稿存館藏抄本《蘄黄四十八砦紀事》卷首，係先生手書。

须菴遺集跋[1]

《須菴遺集》四卷，清侯官鄭際唐著。唐字大章，號雲門，開極子。乾隆二十五年舉人，三十四年進士。自幼頭角嶄露，負岸異姿，出語驚其老宿。刻苦向學，經史諸子百家潛記默識，作爲文章，出入唐宋八家，浸淫漢魏。善書法，由歐顔而米蔡，臨摹無間寒暑，幾於右手生胝，求之者户限爲穿。登第後，由於劉鏞、于敏中之薦，入值尚書房，爲諸皇子師傅，故集中多恭和乾隆之詩及與諸皇子唱和之作。因其少時曾隨其諸父鹺運副使肄業武林署中，從杭人學摹印，貫串六書，專精刀法，故其所爲鐵書殊異流俗。今集卷一多係應酬壽詩及贈行之作，卷二多係奉和皇家及諸前輩如程魚門、翁潭溪、姜宸英等原韻，卷三四則爲遊觀新詩。其詩頗清新可喜，如《和程魚門移居》四首，其一云："略同泛宅儗浮家，未得身閑念歲華。俗美休防羣少惡，巷深差免市聲譁。堂前撲去西隣棗，籐架牽牛隔院花。卻掃支床尋吉夢，明年看爾抱謳鴉。"凡闤闠之語，拾之即成秀句。集中無序跋。其稿身後未刊，故流傳頗罕，其文集已久佚無傳。一九六三年六月廿四日，金雲銘識。

① 稿存館藏抄本《須菴遺集》卷首，係先生手書。

碧花凝唾集跋[①]

《碧花凝唾集》一卷，清侯官魏秀仁著。仁字子安，亦字子敦。父本唐，歷官教職，有重名，世所稱爲魏解元者。君其長子也，盡傳其家學。而仁獨嶔奇有氣，少不利童子試，年二十八始補弟子員，舉道光丙午鄉試。君才名四溢，士多折節下交，而君獨深居遠矚。既累應春官不第，乃遊晉秦及蜀，故鄉先達莫不愛之重之。時值清政不修，時事多危，而君亢髒抑鬱之氣無所發舒，因作《花月痕》小説以寄其沉痛。年四十始主講成都之芙蓉書院。時值太平軍起義，閩蜀音問累月不通，而父弟亦相繼殁，而君亦挾其殘書携眷屬寄命一舟。目擊清廷刑賞不平，吏治腐敗，官兵虜掠之慘，乃出其聞見，指陳利弊，爲《咄咄録》；復依據邸報，博考時人章奏及詩文集等，爲《陔南山館詩話》十卷，以揭發時政之非。抵家後，益貧困寂寞，至於扣門請乞，苟求一飽，仍不廢著述，雪抄露纂，晨夕不輟，不及一年而頭童齒豁矣。尋復遭母喪，形神益落，年五十六卒於延平。顧其生平，心性率直，雖家無隔宿糧，得錢則置酒歡會，窮交數輩抵掌高論，聲如洪鐘。其著作三十餘種，身後均

① 稿存館藏抄本《碧花凝唾集》卷首，係先生手書。末鈐“金雲銘印”白文方印。

未付刻。所考石經十三種稿均未見，余所見者祇《咄咄録》、《詩話》及此集而已。詩爲香奩體，多贈妓之作。自題東冶不悔道人作，有同治己巳夏潛山僧無思子一序，蓋此集原爲其友彙其殘稿所編成者耳。福州金雲銘識，一九六三年六月廿五日。

蘭雪軒殘稿跋[①]

《蘭雪軒殘稿》一册，孫學稼著。稼字君實，侯官人。祖承謨，明萬曆十一年進士，知崇德縣。父昌裔，萬曆三十八年進士，官浙江提學副使。晚舉學稼，愛之篤。因其幼即能詩，年十三補縣諸生，十七食餼，明亡後孫氏猶以故衣冠家居。所居光祿吟臺、道山石梁書屋，林泉清美，過從濡染者多名士。唐王入閩，開儲賢館以待士，學稼諸父昌祖、昌全等皆居清要，父執多九列，而學稼獨漠然自守。及唐王敗，稼先期避跡長樂之三溪者五載。清順治五年，始返故園，田舍盡失，乃出遊吴楚齊魯燕趙秦晉間。因耽杭州湖山之勝，自號聖湖漁者。歷十三年，每間歲歸一省母而已。生平一言一行必以古賢自期，尤愾慕謝皋羽、鄭所南之爲人。凡行遊之間，遇天下山川徼塞祠墓，舊聞之忠佞，人事之得失，四方耆舊之顯晦生死，皆慷慨激楚發爲詩歌，愴然有麥秀黍離之遺音，愛國之氣溢於言表。故其詩浩瀚逶逸，頓挫沈鬱，稱其志氣。時恒山蔡觀察昌登稔其久行，客諸幕。數年而昌登卒，子幼，稼獨力經理其喪，盡出其資爲賻，不留銖兩，人皆義之。嗣以歸里無資，旅滯都門。適

---

① 稿存館藏抄本《蘭雪軒集》卷首，係先生手書。末鈐“金雲銘印”白文方印。

清廷大開博學宏辭之選，銓曹欲以其名應薦，稼固辭引去。於康熙二十年重九歿於懷慶府僧舍。子起宗，走數千里奉喪及遺書歸里。學稼晚盡焚其少作，斷自順治十四年始爲《蘭雪軒集》三十卷，同里黄晉良、高兆序之。然世無知之者。久之，清稿爲其裔稚女誤燬。嘉慶六年，閩縣進士陳鍾濂始得其原稿於京師，皆顧炎武、紀映鍾等所論定者。茲集爲其殘稿，以書口卷次爲書沽所削去，亦未知其爲何卷，今姑爲轉録存館。至於所著《十六國年表并論》四卷，《羣言彙鈔》四十卷等，均已散佚無存之矣。一九六三年六月廿六日①，金雲銘識於福建師院圖書館。

① 原作“一九三六”。福建师范学院更名，始於一九五三年。三六當爲手誤倒置，徑以改正。

盥白齋詩鈔跋[①]

《盥白齋詩鈔》四卷，長樂劉永標著。標字良瑞，一字次北。父廷舉，安貧力學，篤行工文，由二劉村遷福州會成，家焉。永標幼承家學，與弟永樹并擅文名，有二難之譽。登乾隆五十二年（丁未）進士，分發江蘇，以知縣用。值臺灣林爽文起事，奉檄運糧浮海至廈門，差竣授江浦知縣。邑小民貧，前官虧庫金二萬餘兩，永標接收後躬行節儉，以時彌補。宅心仁恕，在邑十餘年，未嘗決一囚。嘉慶四年，補款已足，遂引疾歸林，以詩酒自娱。尋卒於家。此集所收詩文，起自乾隆辛巳（二十六年），迄嘉慶戊辰（十三年），蓋自未仕迄退休四十八年中所爲詩。泰半皆在未仕時所作，作令後祇偶一爲之，故陳壽祺序其詩有云："人或廢吏事而溺於詩，君則輟詩而勤於吏事。"并謂其詩最工者爲《游姬巖》諸作，鑱刻獨造於少陵《石櫃閣》、《鐵堂峽》諸篇，爲五言近體所謂"秀語奪山，緣善於繪難狀之景難顯之情，其他皆清健可誦"云云。按其詩多詠閩中風物，及與時人唱和之作，頗清新可喜。集刻於道光間，已不易得，乃爲傳抄藏館。一九六三年七月十六日，金雲銘記。

---

① 稿存館藏抄本《盥白齋詩鈔》卷首，係先生手書。末鈐"金雲銘印"朱文方印。

小草齋詩話跋[①]

《小草齋詩話》,《福建藝文志存目》作四卷。其書久佚，存者衹此五十餘則耳。書因輾轉傳抄，訛奪甚多，已非本來面目。計唐三條，宋十三條，元二條，餘均屬明。但其間亦雜入唐宋人者，略無法度。殆係雜抄本，缺陋實甚。此抄本前得自舊書肆，係據郭白陽之莫等閑齋抄本所轉録。前有白陽一跋，據云係抄自友人家所存抄本。郭氏本存省館，其中譌奪亦多。特爲校正一過，補其乖誤者數十處，聊備一格云耳。一九六三年十月卅日，金雲銘校訖記。

① 稿存館藏抄本《小草齋詩話》卷首，係先生手書。末鈐“金雲銘印”白文方印。

使閩雜記跋①

《使闽杂记》一卷，記光緒十六年八月，清廷派貴恒、沈源深爲欽差大臣，馳驛福建辦案事。此書雖不著撰人，但考其前後事實語氣，知即貴恒所著。恒爲滿洲廂白旗人，姓輝發氏，字塢樵，同治十年進士。光緒十六年適官刑部，乃與沈源深隨帶隨員四人，於九月初三出都。源深字叔眉，浙江山陰人。祖某，徙河南祥符，故籍祥符。咸豐十年進士，授吏部主事，尋補軍機處章京，累遷至大理寺卿。光緒十六年，充會試總裁，並奉令按獄福建。此書所記皆爲其路上兩月中經過情況，及兩人並隨員唱和之詩，共二百餘首。至十一月初六日，始抵福州。以後所記，均爲提訊人證情況，但此段所記極其簡略，衹有提訊人犯名字，而不言所訊是何案情。其中且有只列日期，而日期之下只留空白者，更令人無從捉摸。玆檢光緒《東華録》卷一百一載："戊寅諭，前據都察院奏，已革福建建寧府知府蔣斯岱，以被参冤抑，案懸莫結，並劣員營謀署缺，賄囑舞弊等詞，赴該衙門呈控。當派貴恒、沈源深前往查辦。玆據查明覆奏，此案舉人王濟光，以梁玉瑜署缺到班，經秦燾（當係書中之秦湘屏）轉託關照，即函致沈茂勝，聲稱係伊從中爲力，囑向梁玉瑜索得銀兩，係屬誆騙已

① 稿存館藏抄本《使閩雜記》卷首，係先生手書。末鈐"金雲銘印"朱文方印。

成。王濟光即王仲霖，著革去舉人；其應得罪名，業經病故，著毋庸議。已革知府梁玉瑜，以署缺到班，託沈茂勝栽培，並求王濟光關照，迨至委署建寧府缺，輒信王濟光從中爲力之言，付銀酬謝。雖訊係事前空言囑託，並非以財行求，究屬央挽營幹，梁玉瑜著發往新疆效力贖罪。已革提督沈茂勝，因王濟光致函囑伊向梁玉瑜需索銀兩，隨即轉達，並派人送交該革員。以武職大員不知自愛，輒代人過付贓私，事發後猶敢捏詞掩飾，沈茂勝著發往軍臺效力贖罪。江蘇候補道劉麒祥，以梁玉瑜署缺電告沈茂勝，已屬不知遠嫌。迨查取電報，輒復扶同捏飾，意存徇隱，劉麒祥著交部議處。已革知府蔣斯岱，始則請緩委署，挾制具禀，繼則抗不交印，其迭次呈禀訐告各情，多有失實過當之詞，惟查明梁玉瑜等實有營謀情事，究非無因，業經革職，著免其置議。已革州同銜縣丞袁光裕，訊無串謀唆弄情事，著准其開復調任。陜甘總督、前閩浙總督楊昌濬，於梁玉瑜署缺，並無受人請託情事，惟幕友誆索得賄，失於覺察，著交部議處。閩浙總督卞寶第審辦此案，迭經嚴飭兩司訊辦，並非瞻徇情面。楊昌濬、卞寶第因案内供詞各執，並提傳人證，日久未能審結，所有該督暨兩司等承審遲延各職名，著該部查明，分别察議。”案於十二月十八日審結。貴恒於廿四日離榕，由馬尾乘輪轉上海，以後再由運河回北京，至翌年二月初三日抵京。沿途所記，均係逐日行程，甚爲簡略。沈源深則留爲福建學使，於光緒十九年卒於閩，年五十一。貴恒則於光緒十七年升爲刑部尚書，光緒二十三年升任烏里雅蘇臺將軍，清史及諸書均無傳。是書原稿係草書，存廈門市圖書館，按日紀載，惟日期之下，敍事及詩題唱和均連續書之，不分詩文。傳抄本均予以分開，以清眉目。一九六五年七月十日，金雲銘校後記。

林錫三先生遺稿跋[①]

林天齡，字受恒，一字錫三，長樂人。其十世祖由長樂遷省城，遂家焉，而仍籍長樂。光緒四年，翰林院侍讀學士，提督江蘇學政，卒於官。民國三年，由清室追謚文恭。天齡幼孤，家徒壁立。長樂舉人陳瀾諗其才，以女妻之，招之學，爲供膏火。咸豐三年成進士，改庶吉士。應臺灣海東書院講席之聘，舟至澎湖，颶風大作，釜甑皆毀，不能具食者五六日，同舟之人嘔噦之聲相聞，天齡手一編讀如故。至臺後，在院立課程，與諸生相勉，爲根柢之學，勤懇不輟。同治二年，散館授編修。倭仁相國甚器重之，疏薦入尚書房行走。俄奉命視學山右大同、岢嵐諸屬，皆親自衡文訓勉諸生。後視學江蘇，未滿三載，以上書房需人召還，授侍讀。九年，以贊善充江南鄉試副考官，闈中積勞，嘔血成疾。已而擢侍講，轉侍讀。京察一等，記名以道府用，命在弘德殿行走。寒暑無間，肺經受傷，常患失音。十一年，轉右庶子，權國子監祭酒。旋出任江蘇學政，光緒二年留任。四年八月，自江陰行部至太倉，而疾作。十月，按臨松江，甫入試院，氣逆不可止。疾篤，左右扶掖

---

① 稿存館藏抄本《林錫三先生遺稿》卷末，係過録校正稿。

登牀，方展衾褥已，趺坐卒，年四十九。卒之日，猶親書試題，手校試卷。終其身，未嘗以聲色加人云。長子開章，光緒乙亥恩科舉人，官郎中、江西廣信知府。次開棻，賜進士，官內閣中書。三開朞，光緒乙未科進士，官河南學政、江西提學使。此册録自天齡遺稿。原書殘缺不全，蛀字缺句及錯簡甚多，幾不能卒讀。茲姑就其詩意爲補其斷詞殘字，使成完句，讀者得勿譏其餖飣古人、點金成鐵可耳。寧齋氏校後記，一九七三年十月。

福建省舊方志綜録弁言①

憶張立書記初奉修志之命，嘗枉過敝廬徵詢鄙見。適案頭有《福建省地方志普查綜目》一書，即寶謙同志前年爲省科委借用時所編印者，余遂舉以授之。張書記閲後，亦以爲方當草創，頭緒紛繁，得有一書，可供摸底，按圖索驥，利賴實多，因甚望能索得一册。余乃將此意函告寶謙同志。不數日，寶謙果持一册來，謂舊印分發已盡，只得轉向他人乞醯以應。此所向乞醯之人，即當時福師大歷史系畢業生林浩同學，寶謙同志之及門高足也。林生在學時，常隨寶謙同志查找資料，余曾親批讓其入庫。師弟居恒皆極勤奮，且又潛心鄉邦文獻。余甚嘉其志，尤盼其能對著述整理早獲成果，以饗當世。余雖老朽，已無能爲，惟所望於繼起新人若長江之後浪也。嗣聞張書記已囑歷史系總支陳樹田書記請寶謙就舊目重加改編，寶謙承命且又邀約二三學生參預其事，爲此曾時來就余商榷。且謂有諸生相助，眾擎易舉，固大好事；然人多手雜，首宜嚴訂體例，俾大家咸有所遵循，乃能有濟。寶謙於是親定凡例，余最賞其用標注辦法，凡一時尚難確定者，不妨先列入標注，以俟他日。如

① 原稿舊藏先師鄭益齋寶謙先生處。先生身故，其一生收藏的書畫、師友親屬往來信札乃至手稿，遂散佚。今謹從《福建省舊方志總録》轉録，序後先生之識語並存焉。

此，則搜集資料遂得如韓信將兵，多多益善；而著録內容又可如亞夫巡壘，號令嚴明。寶謙不以余爲衰朽，望余能作指導，且以勗勉諸生。余但憑鬚髮而居先輩，略無裨益，彌覺汗顔。他日書成，先睹爲快，爲撰序作紹介，所不敢辭；倘在事前，指手劃脚，轉使三軍不聽命於其帥，此豈可耶！

寶謙固請，余難違其意，但就一時所想到者拉雜言之；若云指導，則吾豈敢！所期襄佐諸生，同心協力，務使紛綸衆手，若出一人，集腋成裘，不嫌拼湊。河間載筆，典範匪遙，拭目觀成，有厚望焉。

余維寶謙之編是録，但就學力而言，知必勝任愉快，固不疑其有成。況余皤然白髮，尤殷盼是書早出，將對整理鄉邦文獻有所裨益，久穿望眼，亦深冀其有成。然觀寶謙入校以來，迄難施展其才學，出門有礙，誰謂天寬，此則又疑其能否有成。今幸際修志之昌期，得諸生之襄助，於寶謙尚多鼓舞，故惟望其終獲有成也。此余對寶謙編纂是書最爲概括之言，旁人料或難喻其意，今乃就此以分析之，亦期有以勗諸生耳。

憶寶謙七三年底來校，旋即下鄉，翌年春節期間，參加突擊搜集南海諸島資料。當時分配任務，但充謄録，然不數日，已據所輯資料草就一文，同時諸人皆有望塵之歎。該文除彙印入內部資料上報外交部外，後並選載入地理系《疆域地理》講義中。他如點校《孫子參同》等書，亦足覘其學力。吾友林亨仁先生，探究閩劇有年，於方言讀音甚有造詣，欲廣《戚林八音》、《美全八音》之遺制，選字近萬，廣搜異讀，兼注方音。知寶謙亦通曉此道，浼余爲介，常來問字。寶謙日與討論，每字辨其形義，審其音聲，對常見字之異讀，剖析尤爲周詳，如“不”字便舉出十音以上，俱有書證。餘皆類此，繁徵博引，遠駕諸大字書之上。吾鄉老宿胡水步先生爲畏廬老人入室弟子，聞之亦甚傾倒，雖未謀面，願與訂交，惜不越月，溘然謝世。其爲老成之所愛重如此，吾於是知其編纂舊志綜録之必將有成也。

然余見寶謙初來校，即有若不釋然者，至於今已十年矣，仍有若不釋然者。人恒以此責寶謙，而不探尋其故，終難折服其心，益歎世無昌黎，曷足以知東野！故前年有某老教授南來講學，與寶謙本不相識，經人介紹，匆匆一見，便有“人皆欲殺，我獨憐才”之意，願作曹丘生。此事見仁見智，看法不一，或以爲寶謙當“既來則安”，不可存“見異思遷”之想，余則以爲苟能如“鬱彼高松，栖根得地”，孰不歆羡？然井渫不食，乃不得不轉盼其遷地爲良，冀或楚材晉用，讀退之《榴花》詩“可憐此地無車馬，顛倒蒼苔落絳英”，不禁感慨系之矣！余尚記得某年抽調各單位人員組成臨時組織，從事某書之注釋，余曾舉薦寶謙，未蒙邀准，至今尚留深刻印象。其後寶謙爲省科委借用，參加搜集古天文資料，協助鑒定古星圖等，能以自然科學知識結合古典文獻進行研究，頗具特色，故榮膺省第一次科學大會自然科學成果獎。後又在省地震局領導下搜集地震史料，送交社科院彙編成書。兩次外借，借用單位皆極倚重，然卻有某教師銜命專程走訪叮囑，爲“臧倉沮君”之事，此中覼縷，非余之所能言，乃信寶謙常不釋然，洵非無故。更憶曩時閲《桐陰清話》，記莆田郭蘭石太史嘗爲編修十二載，不遷秩，京師呼爲“金不換”，異代蕭條，後先一揆，寶謙當可釋然矣。又聞寶謙先人曾受業於嚴幾道先生之門，碩彦傳薪，箕裘纘緒，家學淵源，根柢遂深。初畢業時，即隨陳作述先生編纂《英漢熱帶作物辭彙》近萬條。陳先生解放前協和大學畢業，精外文及植物學，執教多年，領導有方，誘掖後進，不遺餘力，後因單位裁撤，兩人分手，此事遂罷，殊爲惋惜。今寶謙編纂綜録，所遇困難正多，不得如當年陳先生之可爲奥援，能否隨心决泄，挽瀾障川，俾是録之編纂卒底於成，此則余猶不敢必也。

所幸高弟林、劉二生，立雪情殷，步趨惟謹，遇有困難，亦能同舟共濟，魚沫相濡，使寶謙終獲“不孤有鄰”之助，則懸《呂覽》於國門，爲期當不甚遠，余拭目俟之矣。

寧齋老人金雲銘先生首與張立主任商定，擬請余就《普查綜目》重加改編，以成新録。太原方志會議期間，張立主任即囑陳樹田系總支書記向余傳達此意。故此《綜録》之作，金、張二公實爲首倡，余則初惟承命，而非創始，溯流尋源，不敢掠美。厥後寧老給予指導支持，亦最得力，屢蒙指點，儼同航海司南，至爲感佩。方冀青藜炳照，來日正長，何期一夕昰風，遽摧樑木。今書既印成面世，執筆者亦自壯而老，青眸緑髮，非復當年，先生館舍久捐，更不及見。而撰序冠篇，早承千金之諾，亦竟成廣陵散，尤爲無可彌補之遺憾。付印之際，盧館長慫恿將此曩年所作指導勗勉之語録出，弁諸簡端。更念二公後先凋謝，追維倡始，不克觀成，悵隔夜臺，彌深腹痛。寶謙謹識。

寧齋序跋集附録

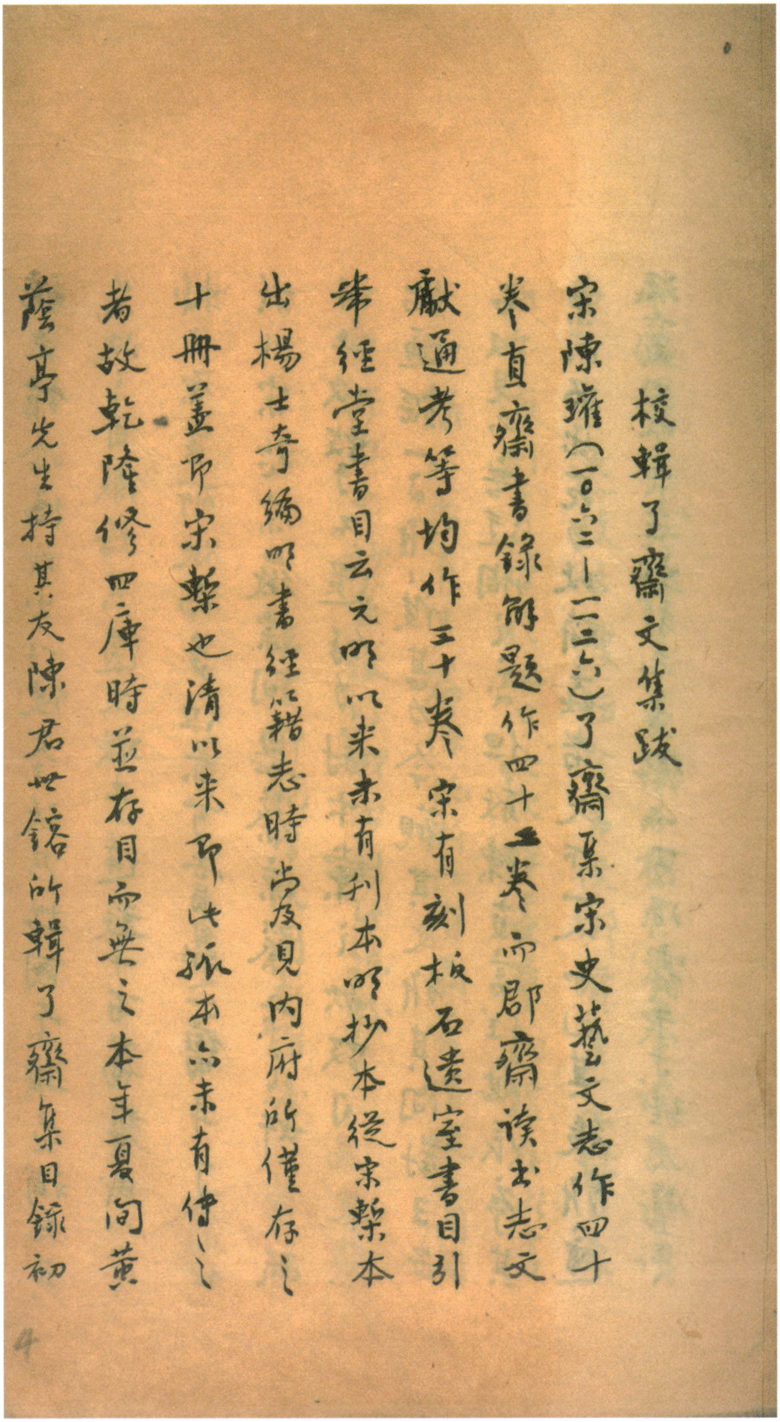
校輯了齋文集跋

宋陳瓘（一〇六二—一一二六）了齋集宋史藝文志作四十卷直齋書錄解題作四十五卷而郡齋讀書志文獻通考等均作三十卷宋有刻板石遺室書目引帶經堂書目云元明以來未有刊本明抄本從宋槧本出楊士奇編明書經籍志時尚及見內府所僅存之十册蓋即宋槧也清以來即此孤本亦未有傳之者故乾隆修四庫時並存目而無之本年夏間黃蔭亭先生持其友陳君世鎔所輯了齋集目錄初

4

校輯了齋文集跋書影（一）

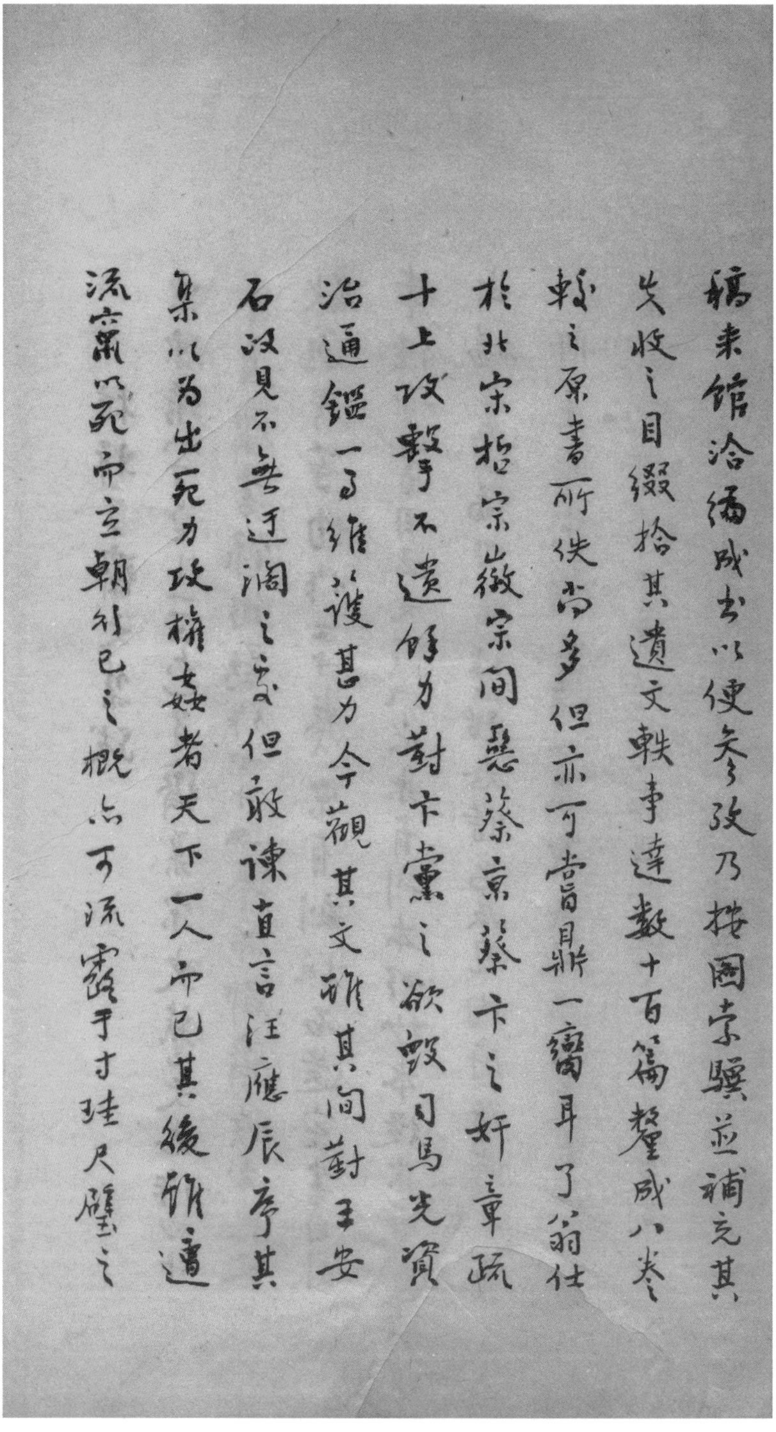

稿來館洽編成書以便參考乃按圖索驥並補充其失收之目綴拾其遺文軼事達數十百篇釐成八卷輯之原書所佚尚多但亦可嘗鼎一臠耳了翁仕於北宋哲宗徽宗間惡蔡京蔡卞之奸章疏十上攻擊不遺餘力對卞黨之欲毀司馬光資治通鑑一書維護甚力今觀其文雖其間對王安石說見不無迂闊之處但敢諫直言汪應辰序其集以為出死力攻排姦者天下一人而已其後雖遭流竄以死而立朝行己之概亦可流露于寸珪尺璧之

校輯了齋文集跋書影（二）

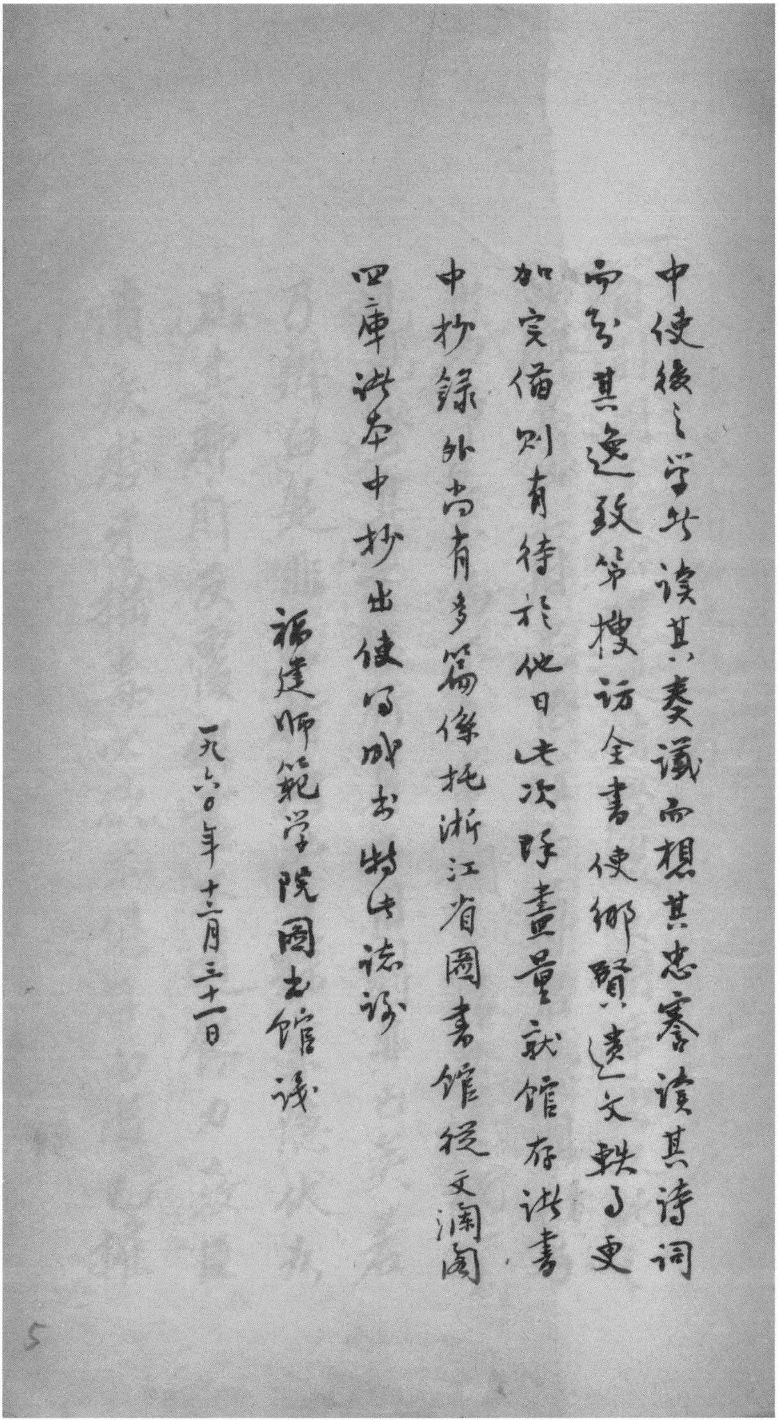

中使後之學者讀其奏議而想其忠謇讀其詩詞而知其逸致第搜訪全書使鄉賢遺文軼事更加完備則有待於他日也次將盡量就館存諸書中抄錄外尚有多篇係托浙江省圖書館從文瀾閣四庫諸本中抄出使得成書特此誌謝

福建師範學院圖書館識

一九六〇年十二月三十一日

校輯了齋文集跋書影（三）

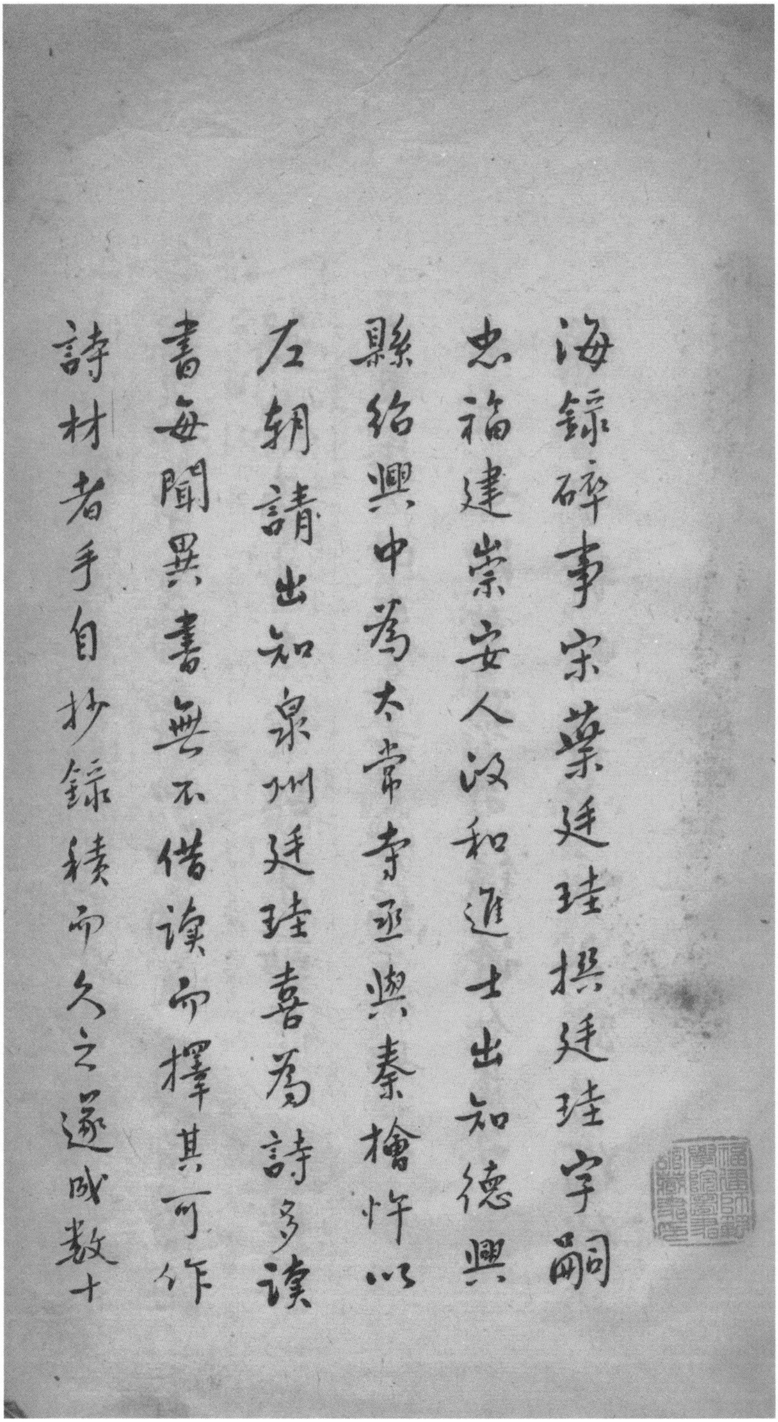
海錄碎事宋葉廷珪撰廷珪字嗣
忠福建崇安人政和進士出知德興
縣紹興中為太常寺丞與秦檜忤以
左朝請出知泉州廷珪喜為詩多讀
書每聞異書無不借讀而擇其可作
詩材者手自抄錄積而久之遂成數十

海録碎事跋書影（一）

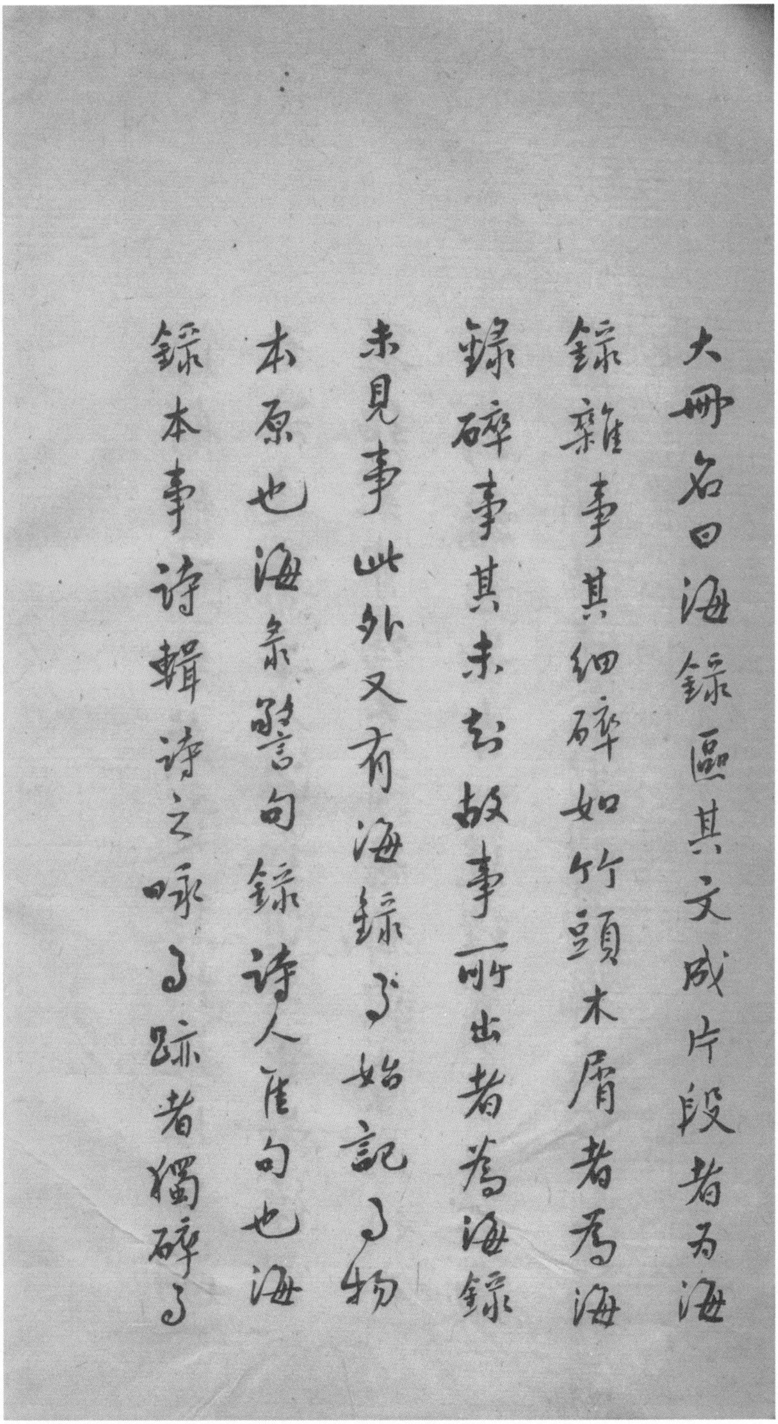
大冊名曰海錄區其文成片段者爲海
錄雜事其細碎如竹頭木屑者爲海
錄碎事其未出故事所出者爲海錄
未見事此外又有海錄之始記之物
本原也海錄警句錄詩人佳句也海
錄本事詩輯詩之詠之蹟者獨碎之

海録碎事跋書影（二）

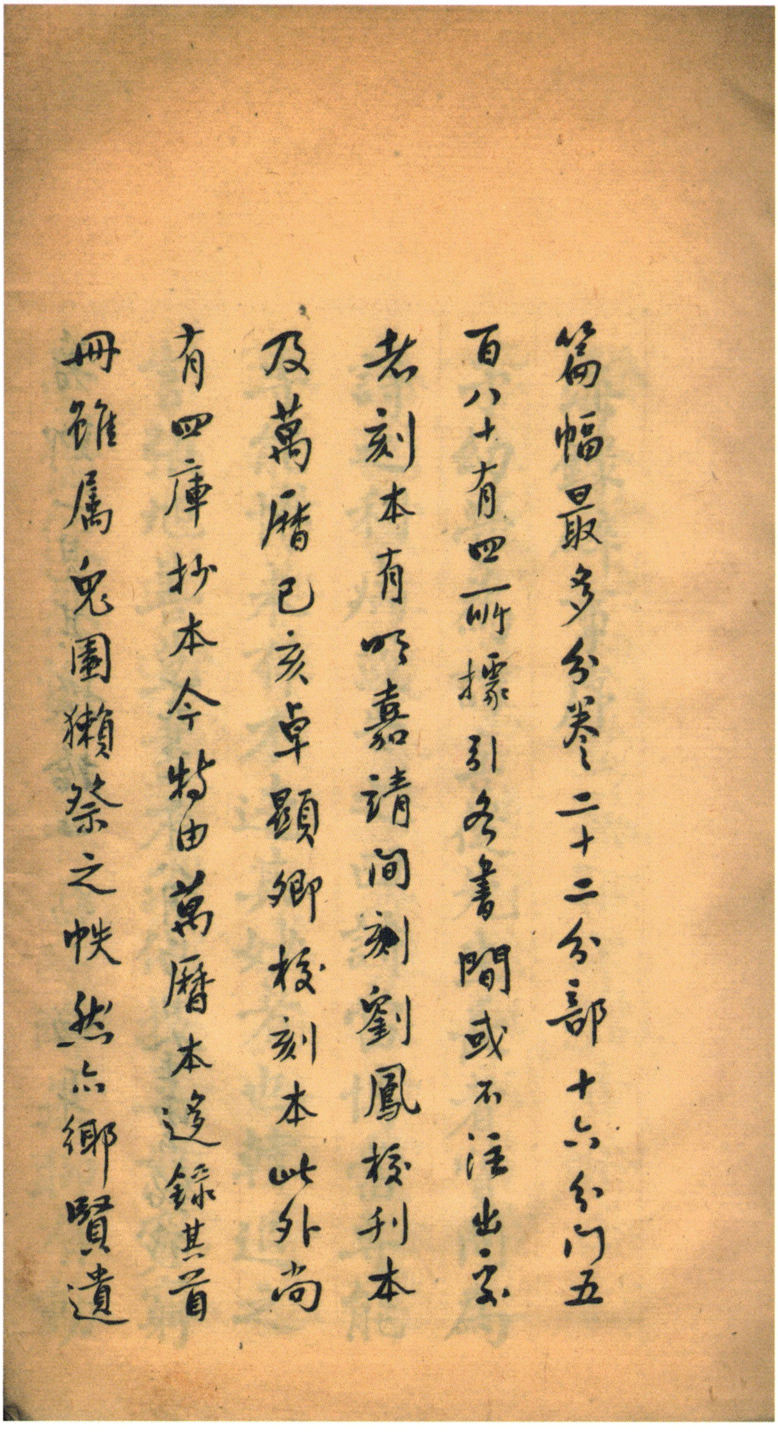

篇幅最多分卷二十二分部十六分門五百八十有四所標引各書間或不注出處者刻本有明嘉靖間刻劉鳳校刊本及萬曆己亥卓顯卿校刻本此外尚有四庫抄本今特由萬曆本迻録其首冊雖屬兔園獺祭之帙然亦鄉賢遺

海録碎事跋書影（三）

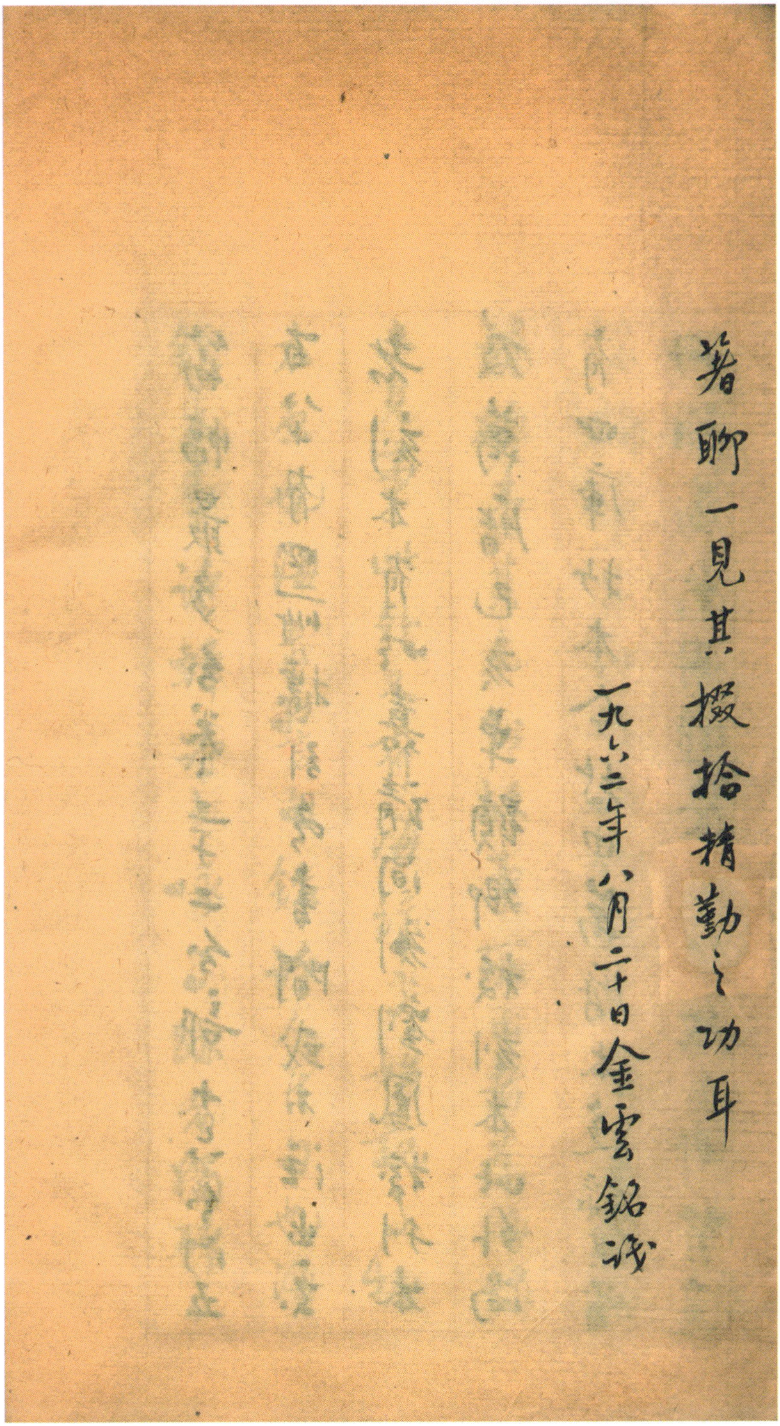

者聊一見其掇拾精勤之功耳

一九六二年八月二十日金雲銘識

海録碎事跋書影（四）

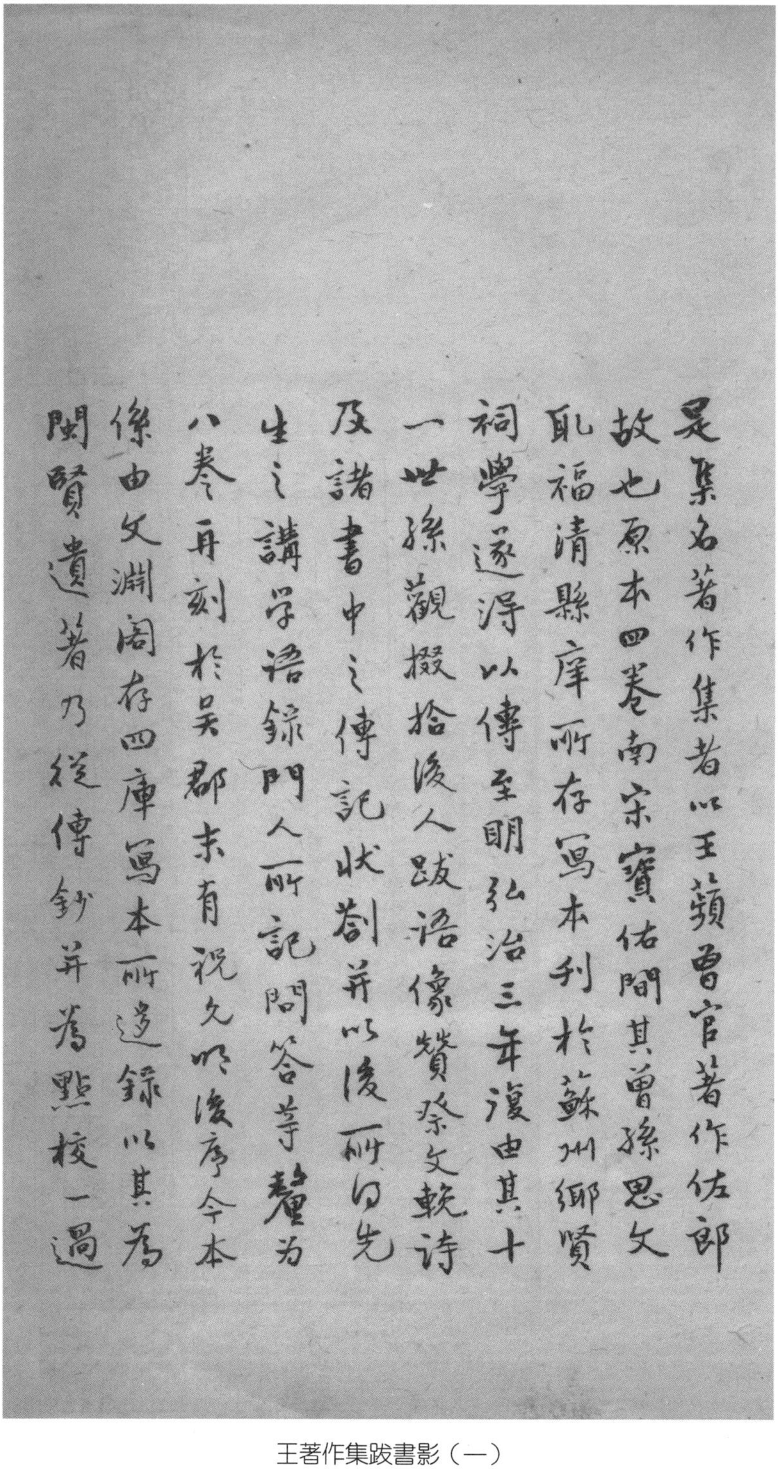

是集名著作集者以王蘋曾官著作佐郎故也原本四卷南宋寶佑間其曾孫思文取福清縣庠所存寫本刊於蘇州鄉賢祠學遂得以傳至明弘治三年復由其十一世孫觀掇拾後人跋語像贊祭文輓詩及諸書中之傳記狀劄并以後所得先生之講學語錄門人所記問答等釐爲八卷再刻於吳郡末有祝允明後序今本係由文淵閣存四庫寫本所迻錄以其爲閩賢遺著乃從傳鈔并爲點校一過

王著作集跋書影（一）

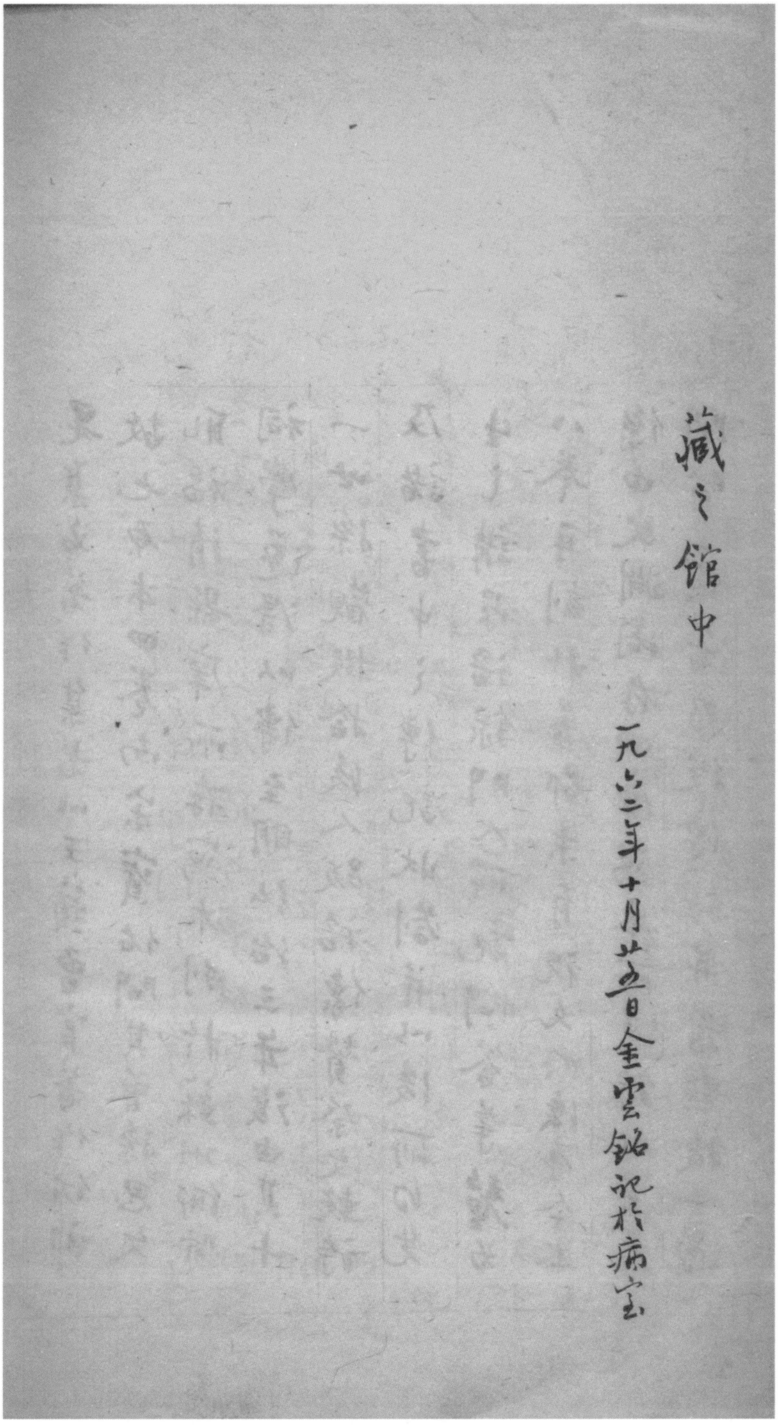
藏之館中
一九六二年十月廿五日金雲銘記於病室

王著作集跋書影（二）

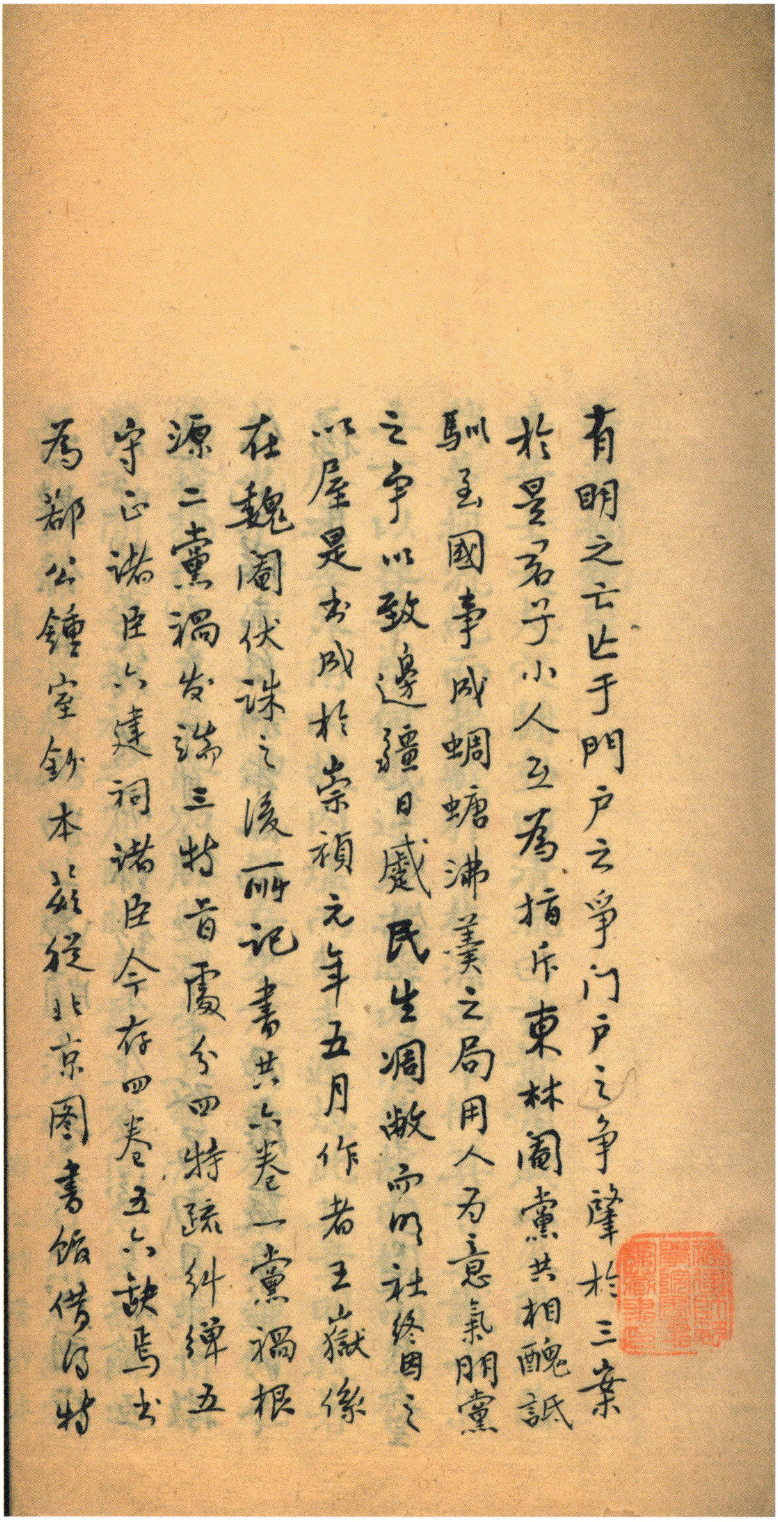
有明之亡亡于門戶之爭門戶之爭肇於三案於是君子小人互爲指斥東林閹黨共相醜詆馴至國事成蜩螗沸羹之局用人爲意氣朋黨之爭以致邊疆日蹙民生凋敝而明社終因之以屋是書成於崇禎元年五月作者王嶽係在魏閹伏誅之後所記書共六卷一黨禍根源二黨禍發端三始首處分四特疏糾彈五守正諸臣六建祠諸臣今存四卷五六缺焉此爲鄦公鍾室鈔本茲從北京圖書館借得特

清流摘鏡跋書影（一）

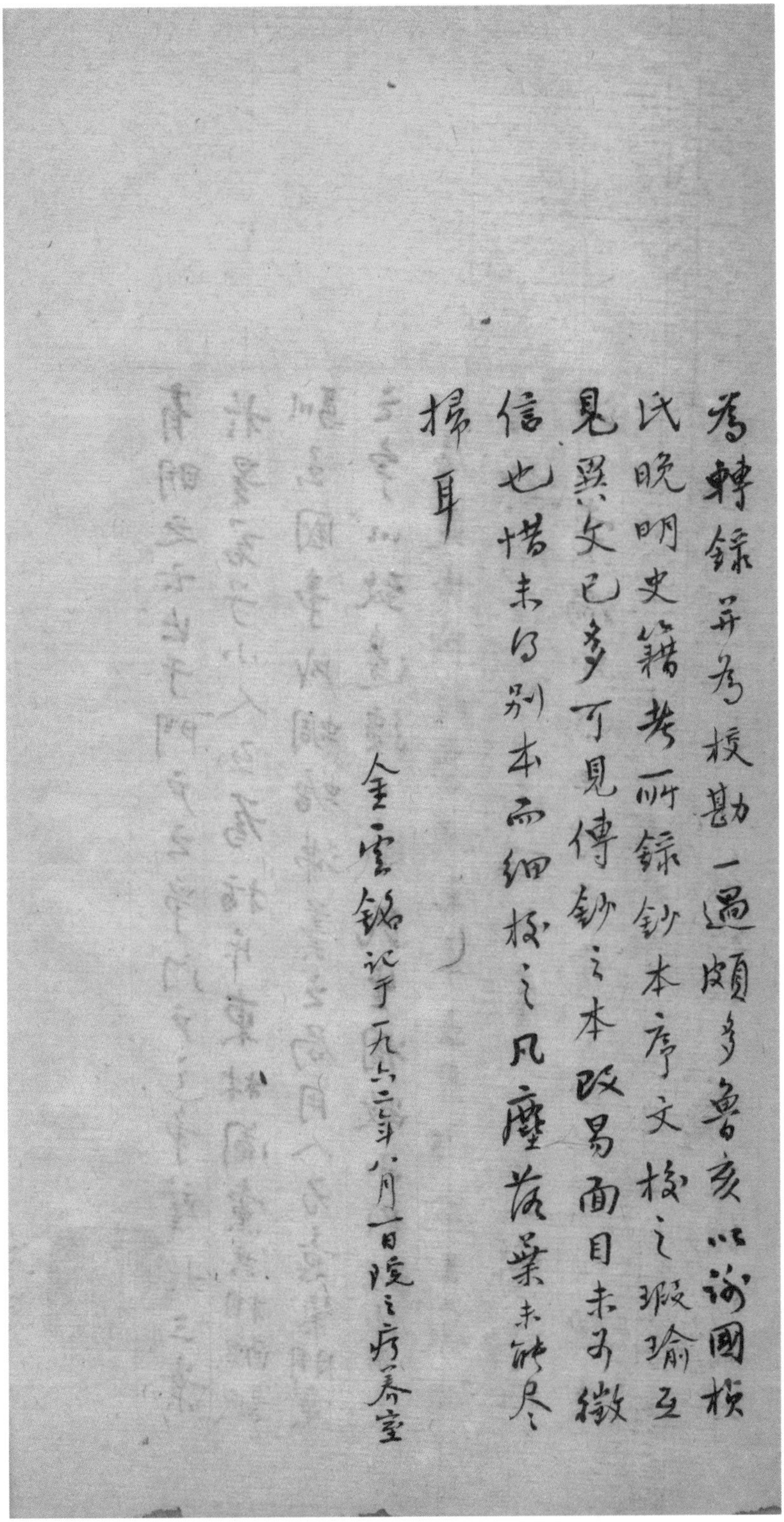
為轉録并為校勘一過頗多魯亥以謝國楨
氏晚明史籍考所録鈔本序文校之瑕瑜互
見異文已多可見傳鈔之本改易面目未可徵
信也惜未得別本而細校之凡塵落葉未能盡
掃耳
金雲銘記于一九六二年八月一日晚之寧齋室

清流摘鏡跋書影（二）

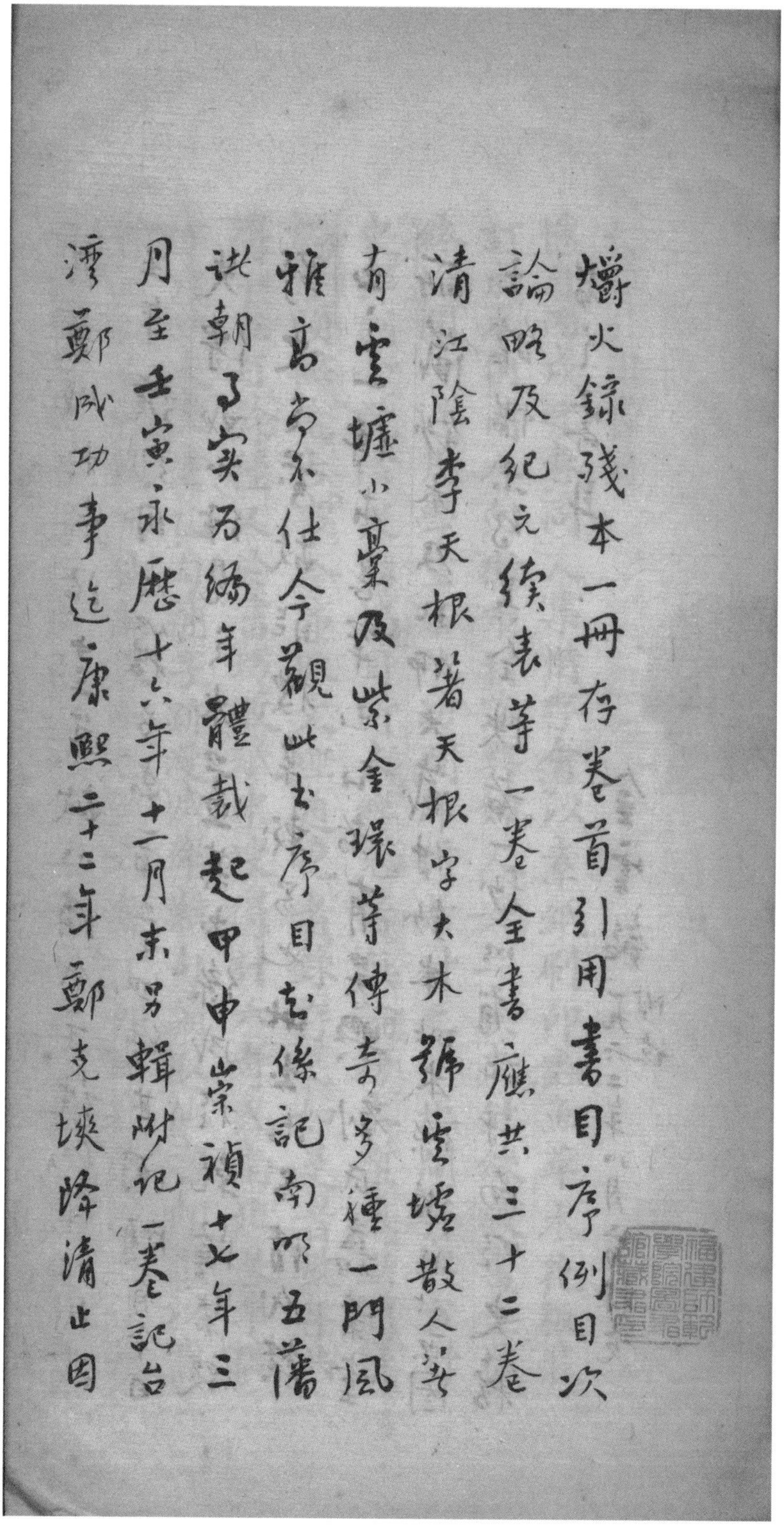
爝火錄殘本一册存卷首引用書目序例目次論略及紀元續表等一卷全書應共三十二卷清江陰李天根著天根字大木號雲墟散人著有雲墟小稾及紫金環等傳奇多種一門風雅高尚不仕今觀此書序目知係記南明五藩訖朝事實爲編年體裁起甲申崇禎十七年三月至壬寅永曆十六年十二月末另輯附記一卷記台灣鄭成功事迄康熙二十二年鄭克塽降清止因

爝火録跋書影（一）

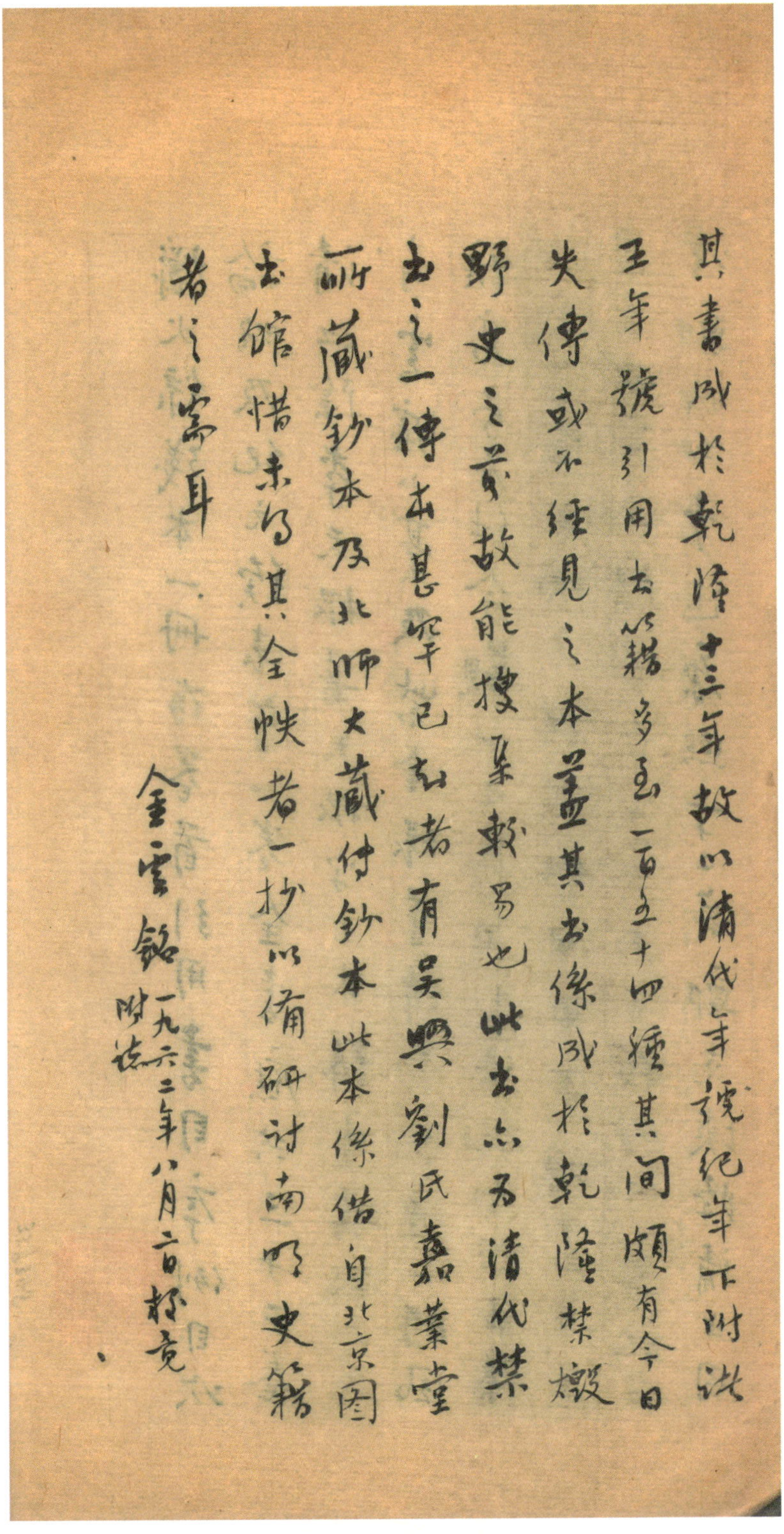
其書成於乾隆十三年，故以清代年號紀年，下附諸王年號。引用古籍多至一百五十四種，其間頗有今日失傳或不經見之本。蓋其書係成於乾隆禁燬野史之前，故能搜集較易也。此書亦為清代禁書之一，傳本甚罕。已知者有吳興劉氏嘉業堂所藏鈔本及北師大藏付鈔本。此本係借自北京圖書館，惜未得其全帙者，一抄以備研討南明史籍者之需耳。

金雲銘附誌 一九六二年八月六日校竟

爝火録跋書影（二）

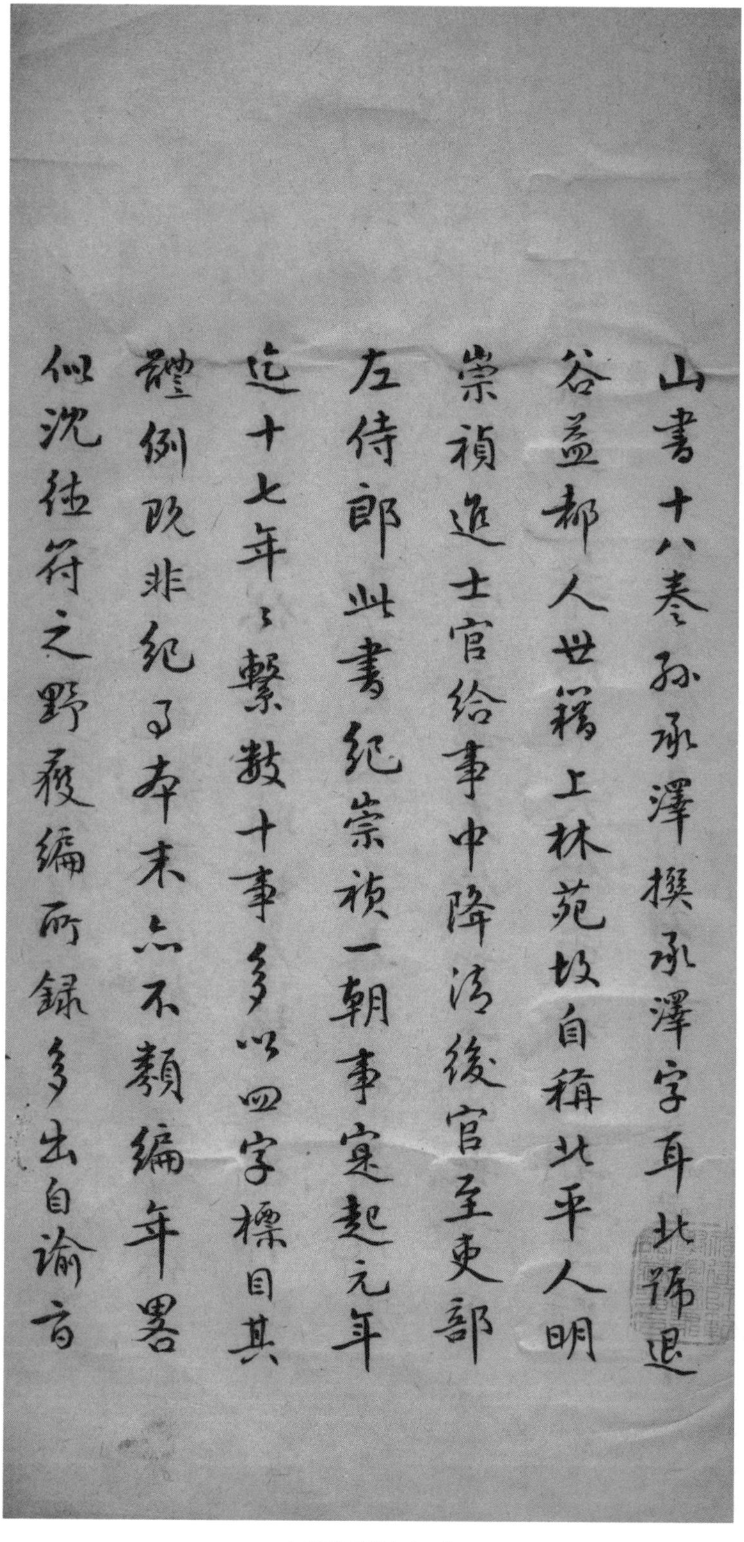
山書十八卷孫承澤撰承澤字耳北號退
谷益都人世籍上林苑故自稱北平人明
崇禎進士官給事中降清後官至吏部
左侍郎此書紀崇禎一朝事實起元年
迄十七年〻繫數十事多以四字標目其
體例既非紀事本末亦不類編年畧
似沈德符之野獲編所録多出自諭旨

山書跋書影（一）

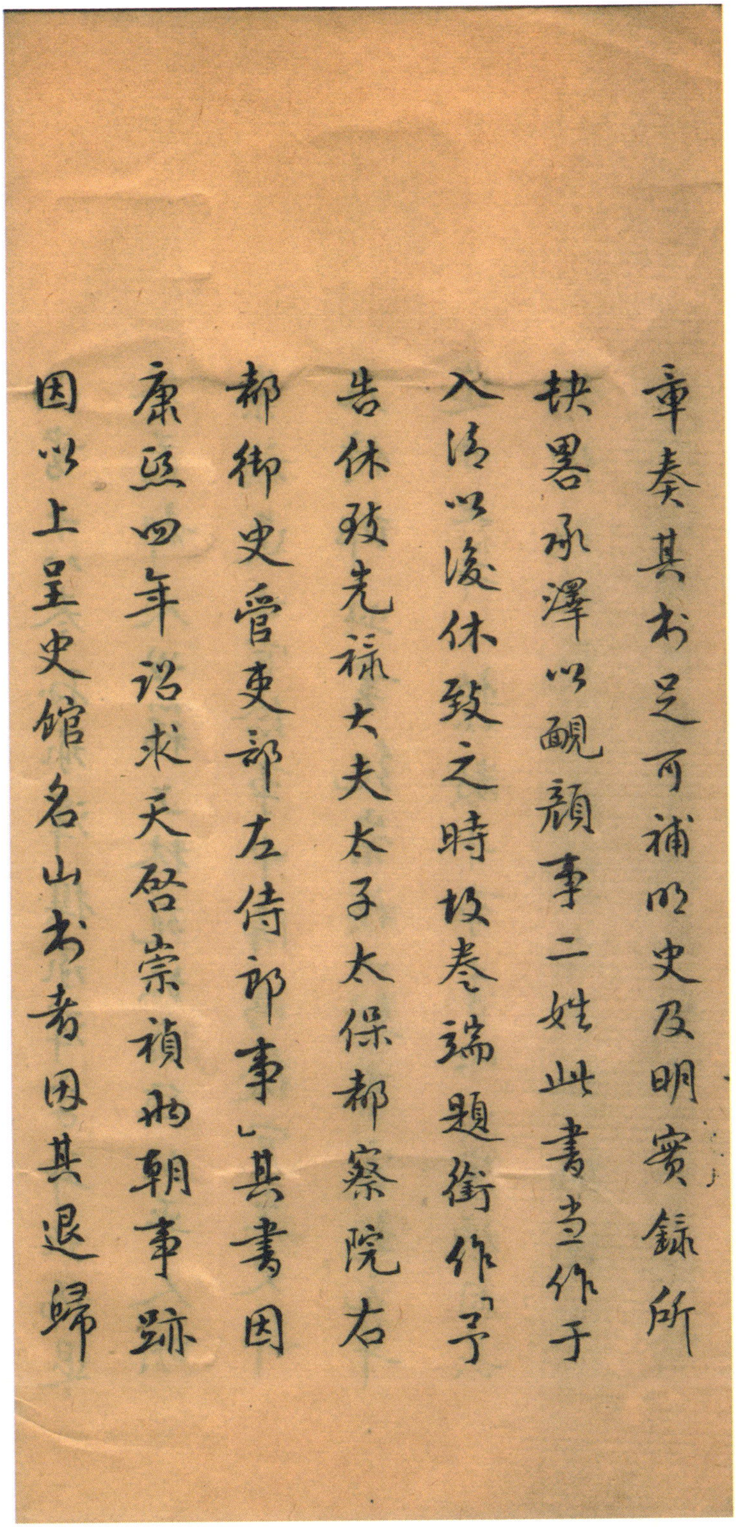
章奏其書足可補明史及明實録所
抉畧承澤以靦顏事二姓此書當作于
入清以後休致之時故卷端題銜作「予
告休致光禄大夫太子太保都察院右
都御史管吏部左侍郎事」其書因
康熙四年詔求天啓崇禎兩朝事跡
因以上呈史館名山書者因其退歸

山書跋書影（二）

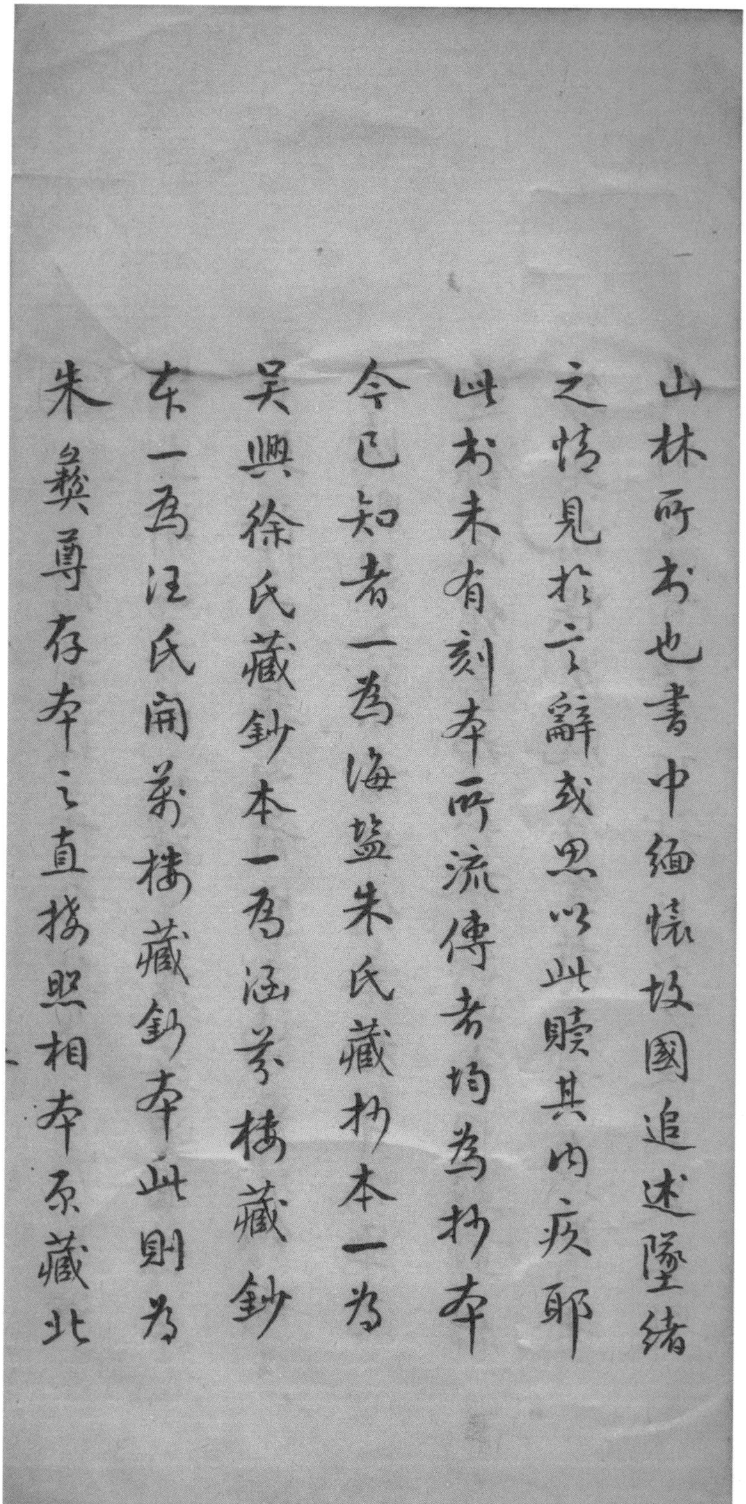
山林所書也書中緬懷故國追述墜緒之情見於文辭或思以此贖其内疚耶此書未有刻本所流傳者均為抄本今已知者一為海盐朱氏藏抄本一為吴興徐氏藏鈔本一為涵芬樓藏鈔本一為汪氏開萬樓藏鈔本此則為朱彝尊存本之直接照相本原藏北

山書跋書影（三）

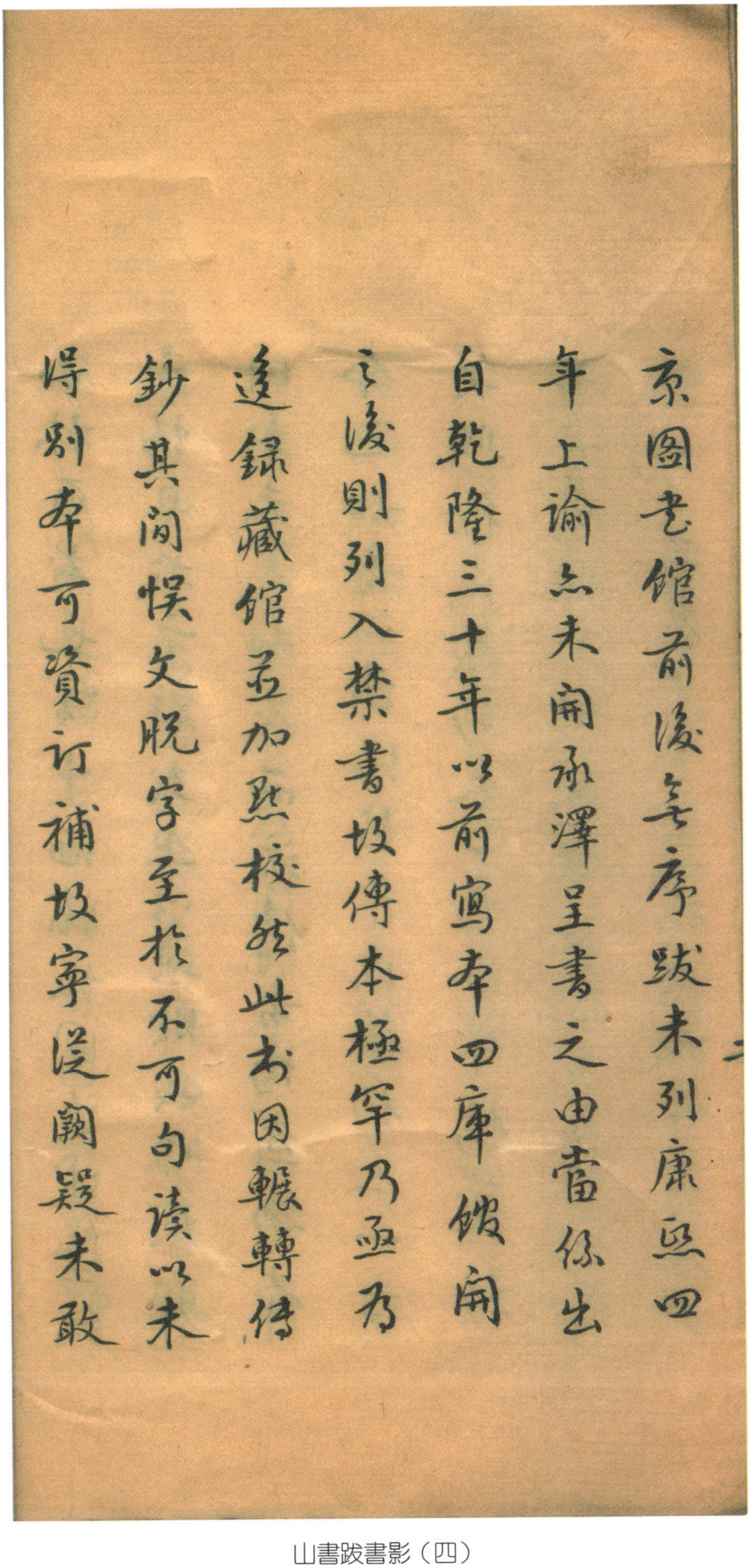
京圖書館前後書序跋未列康熙四
年上諭亦未開承澤呈書之由當係出
自乾隆三十年以前寫本四庫館開
之後則列入禁書故傳本極罕乃亟為
迻録藏館並加點校然此書因輾轉傳
鈔其間悞文脫字至於不可句讀以未
得別本可資訂補故寧從闕疑未敢

山書跋書影（四）

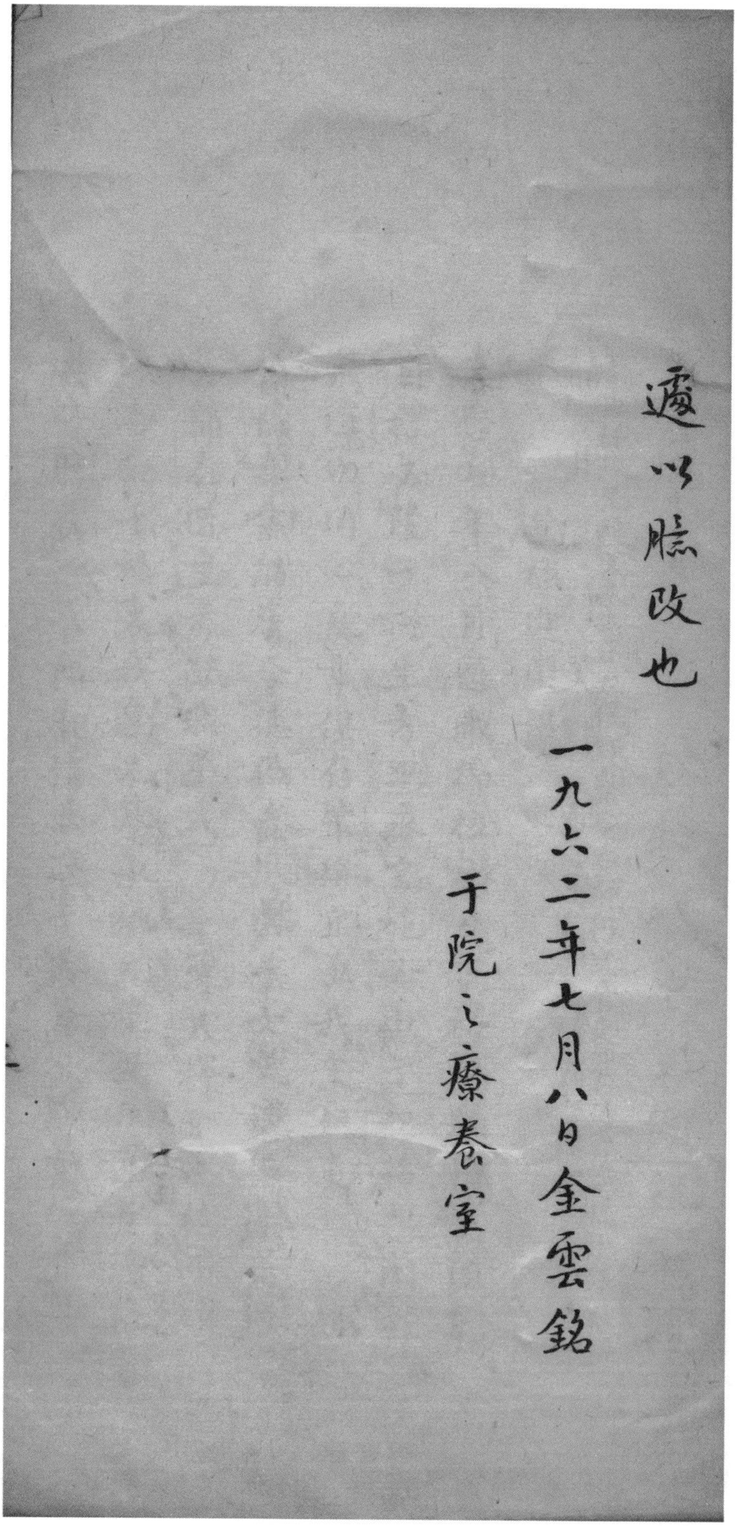
邇以賸改也
一九六二年七月八日金雲銘
于院之療養室

山書跋書影（五）

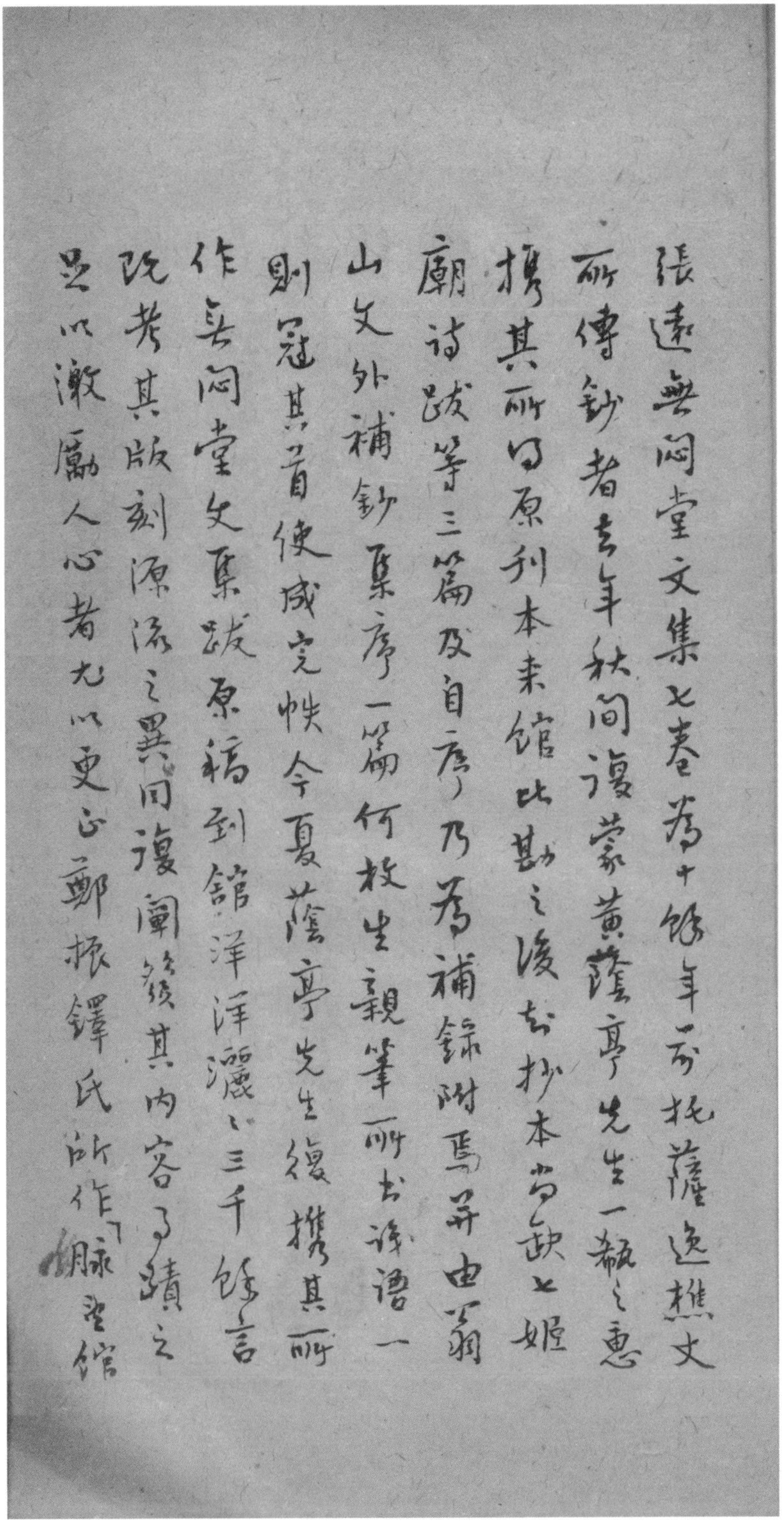

張遠無悶堂文集七卷為十餘年前托薩逸樵文
所傳鈔者去年秋間復蒙黃蔭亭先生一瓻之惠
攜其所得原刊本來館比勘之後發抄本尚缺七姬
廟詩跋等三篇及自序乃為補錄附焉並由翁
山文外補鈔集序一篇何校生親筆所書誌語一
則冠其首使成完帙今夏蔭亭先生復攜其所
作無悶堂文集跋原稿到館洋洋灑灑三千餘言
既考其版刻源流之異同復闡發其內容可讀之
足以激勵人心者尤以更正鄭振鐸氏所作「[illegible]望館

無悶堂文集跋書影（一）

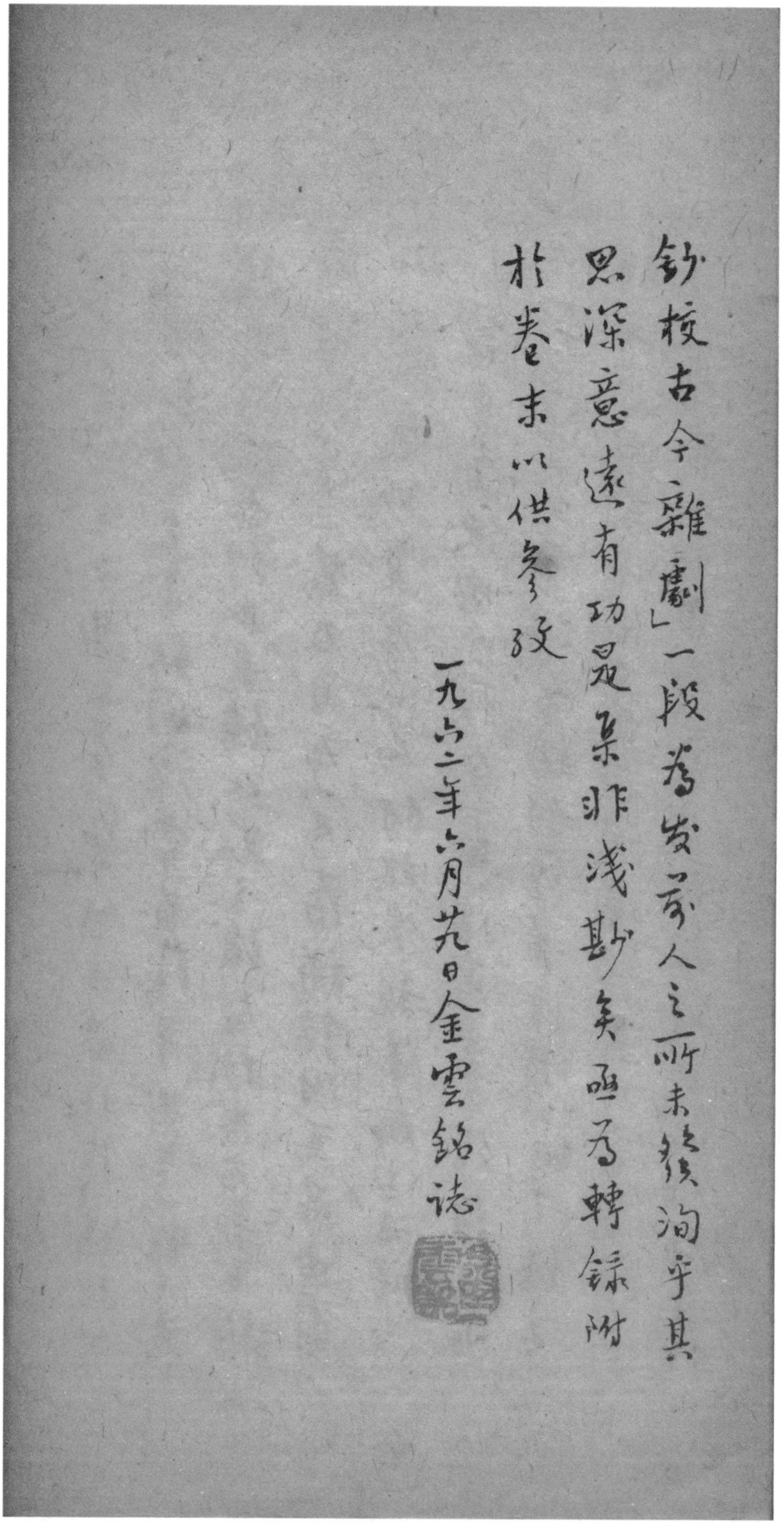
鈔校古今雜劇」一段爲發前人之所未發洵乎其
思深意遠有功最巨非淺尠矣亟爲轉錄附
於卷末以供參考
一九六二年六月廿九日金雲銘誌

無悶堂文集跋書影（二）

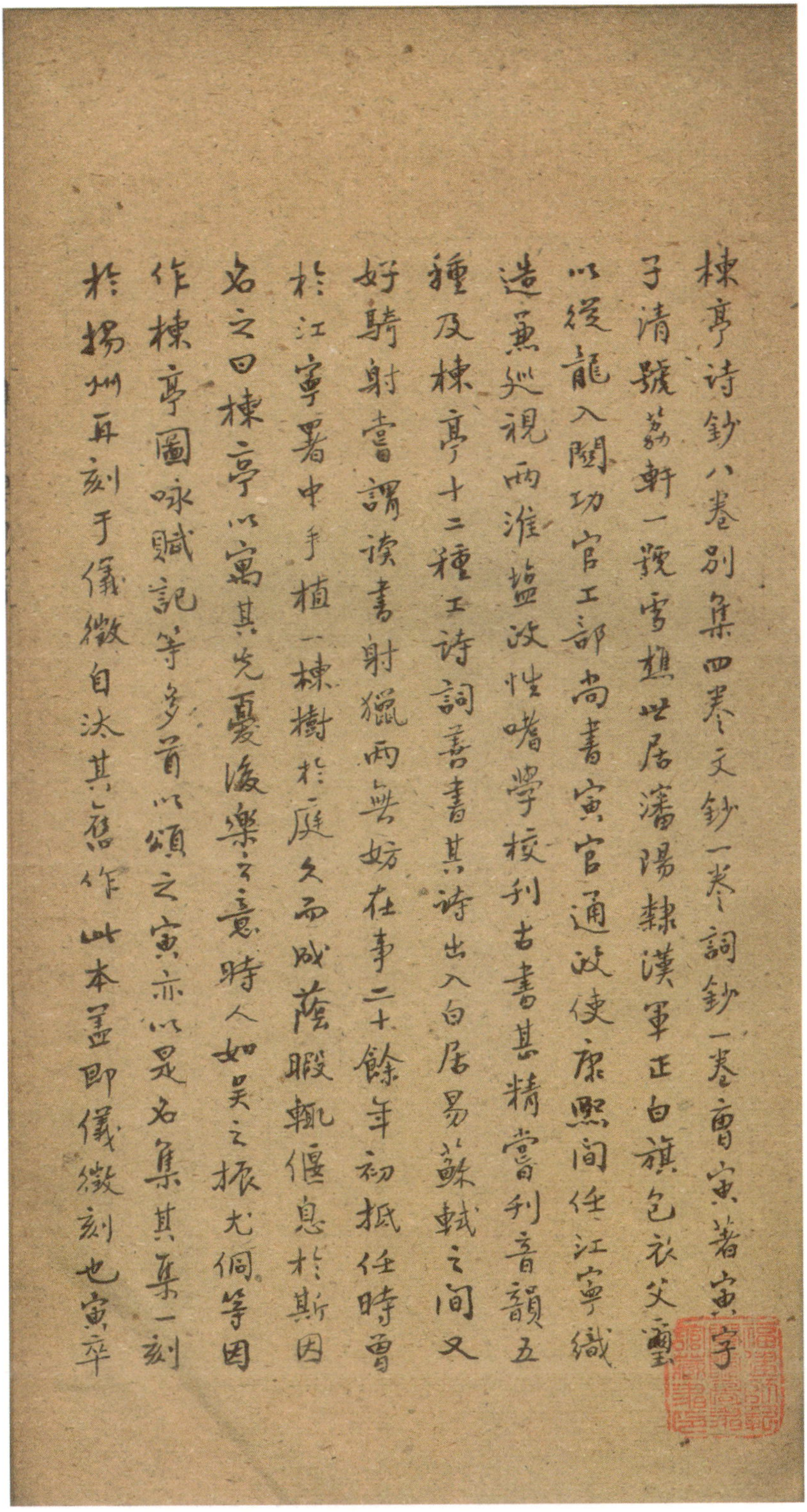

楝亭詩鈔八卷別集四卷文鈔一卷詞鈔一卷曹寅著寅字子清號荔軒一號雪樵世居瀋陽隸漢軍正白旗包衣父璽以從龍入關功官工部尚書寅官通政使康熙間任江寧織造兼巡視兩淮鹽政性嗜學校刊古書甚精嘗刊音韻五種及楝亭十二種工詩詞善書其詩出入白居易蘇軾之間又好騎射嘗謂讀書射獵兩無妨在事二十餘年初抵任時曾於江寧署中手植一楝樹於庭久而成蔭暇輒偃息於斯因名之曰楝亭以寓其先憂後樂之意時人如吳之振尤侗等因作楝亭圖咏賦記等多首以頌之寅亦以是名集其集一刻於揚州再刻于儀徵自汰其舊作此本蓋即儀徵刻也寅卒

楝亭詩鈔跋書影（一）

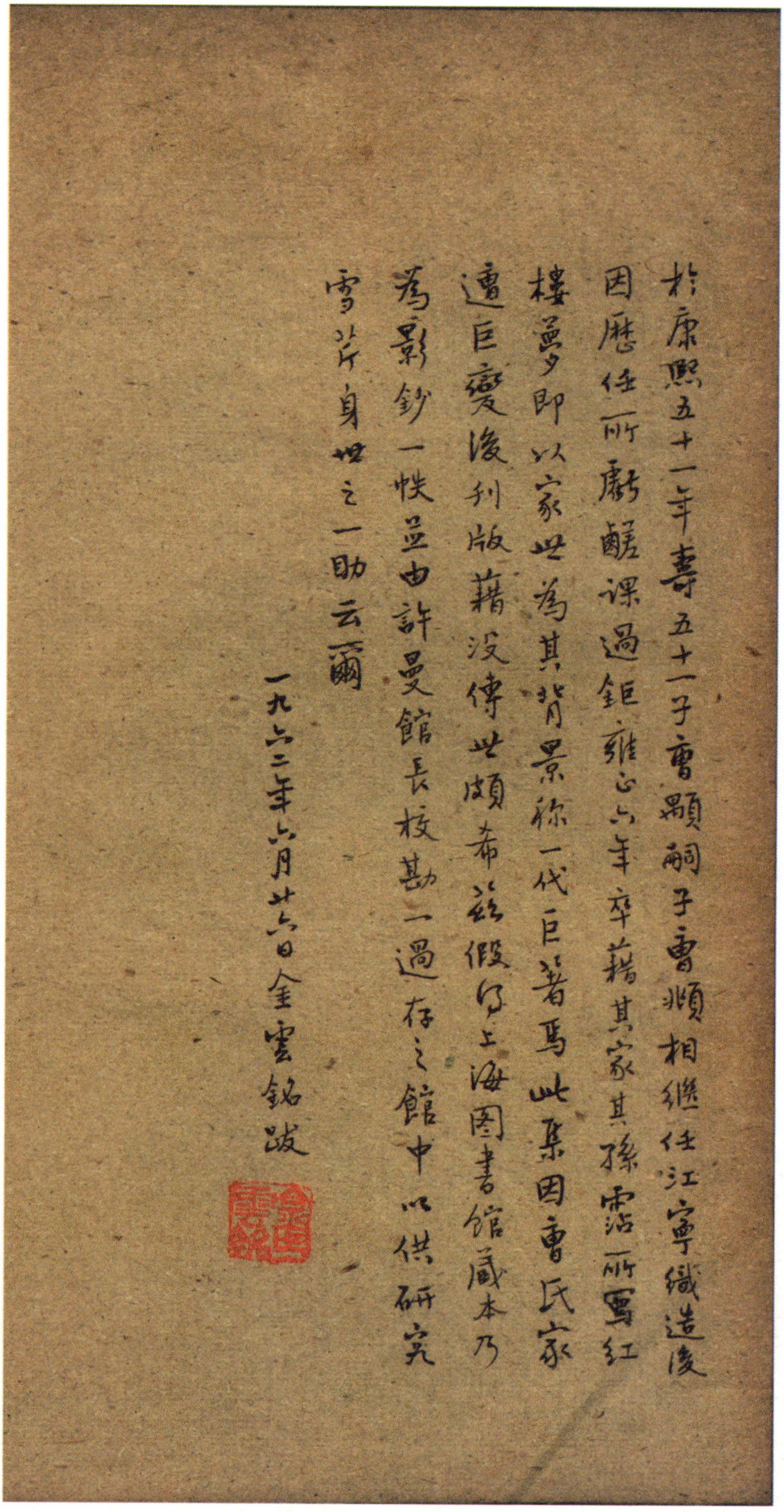

於康熙五十一年壽五十一子曹顒嗣子曹頫相繼任江寧織造後
因歷任所虧鹺課過鉅雍正六年卒籍其家其孫雪芹所寫紅
樓夢即以家世為其背景稱一代巨著焉此集因曹氏家
遭巨變後刊版藉沒傳世頗希茲假得上海圖書館藏本乃
為影鈔一帙並由許曼館長校勘一過存之館中以供研究
雪芹身世之一助云爾

一九六二年六月廿六日金雲銘跋

楝亭詩鈔跋書影（二）

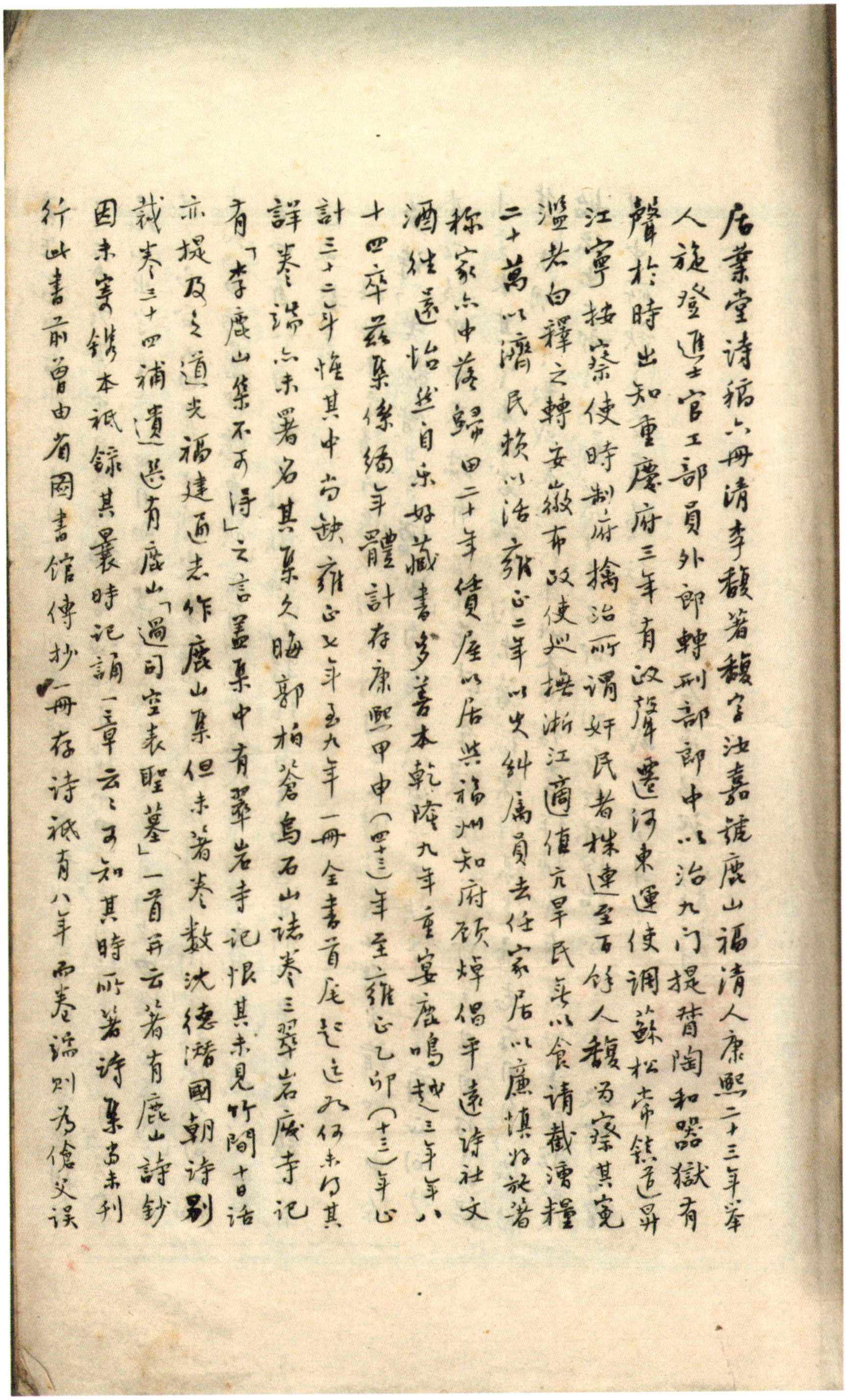
居業堂詩稿六冊清李馥著馥字汝嘉號鹿山福清人康熙二十三年舉人旋登進士官工部員外郎轉刑部郎中以治九門提督陶和器獄有聲於時出知重慶府三年有政聲遷河東運使調蘇松常鎮道昇江寧按察使時制府擒治所謂奸民者株連至百餘人馥爲察其寃濫悉白釋之轉安徽布政使巡撫浙江適值亢旱民多乏食請截漕糧二十萬以濟民賴以活雍正二年以失糾屬員去任家居以廉慎將於著稱家亦中落歸田二十年賃屋以居與福州知府顧焯倡平遠詩社文酒往還怡然自樂好藏書多善本乾隆九年重宴鹿鳴越三年年八十四卒蒸集係編年體計存康熙甲申（四十三）年至雍正乙卯（十三）年凡計三十二年惟其中尚缺雍正七年至九年一冊全書首尾完整迄今仍未得其詳卷端亦未署名其集久晦郭柏蒼烏石山誌卷三翠岩廢寺記有「李鹿山集不可得」之言蓋集中有翠岩寺記恨其未見竹間十日話亦提及之道光福建通志作鹿山集但未著卷數沈德潛國朝詩別裁卷三十四補遺選有鹿山「過司空表聖墓」一首并云著有鹿山詩鈔因未寓鈔本祇錄其曩時記誦一二章云云不知其時所著詩集尚未刊行此書前曾由省圖書館傳抄一冊存詩祇有八年而卷端則爲億父誤

居業堂詩稿跋書影（一）

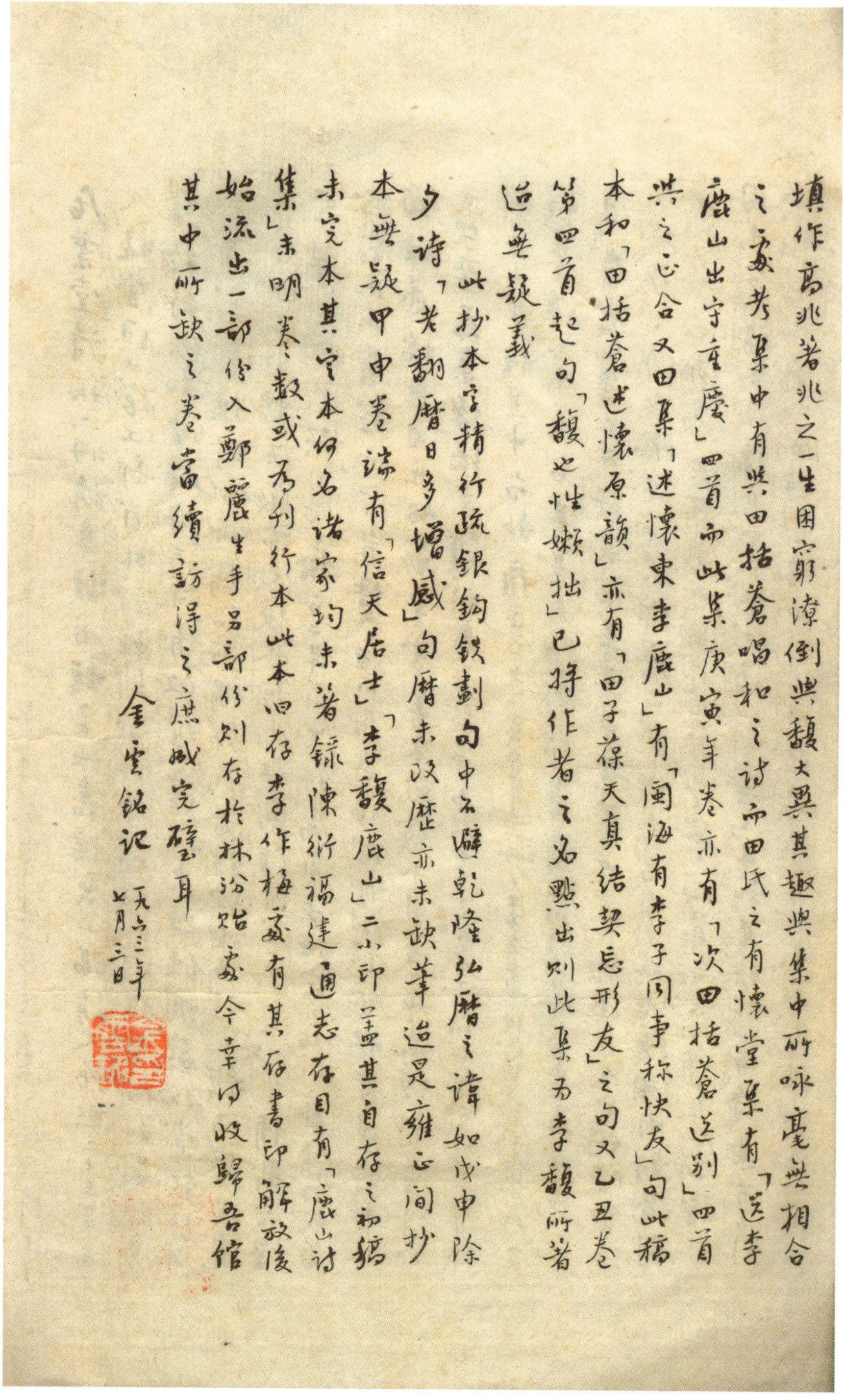

填作高兆著兆之一生困窮潦倒與馥大異其趣與集中所咏毫無相合之處考集中有與田括蒼唱和之詩而田氏之有懷堂集有「送李鹿山出守重慶」四首而此集庚寅年卷亦有「次田括蒼送別」四首與之正合又田集「述懷柬李鹿山」有「閩海有李子同事稱快友」句此稿本和「田括蒼述懷原韻」亦有「田子葆天真結契忘形友」之句又乙丑卷第四首起句「馥也性嬾拙」已將作者之名點出則此集為李馥所著迨無疑義

此抄本字精行疏銀鉤鐵劃句中不避乾隆弘曆之諱如戊申除夕詩「老翻曆日多增感」句曆未改歷亦未缺筆迨是雍正間抄本無疑甲申卷端有「信天居士」「李馥鹿山」二小印蓋其自存之初稿未完本其它本何名諸家均未著錄陳衍福建通志存目有「鹿山詩集」未明卷數或為刊行本此本舊存李作梅處有其存書印解放後始流出一部份入鄭麗生手另部份則存於林汾貽處今幸得收歸吾館其中所缺之卷當續訪得之庶臧完璧耳

金雲銘記 一九六三年七月三日

居業堂詩稿跋書影（二）

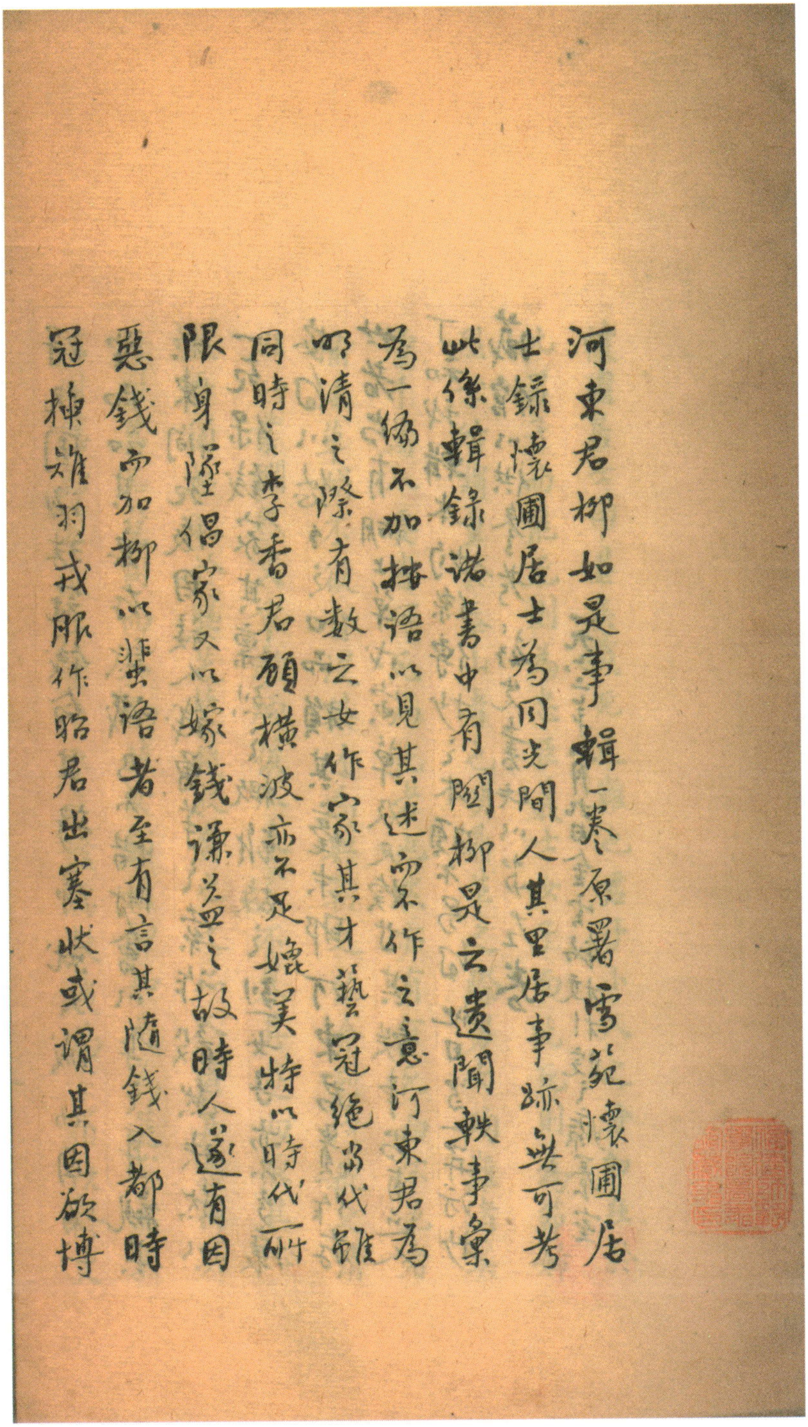

河東君柳如是事輯一卷原署雪苑懷圃居士錄懷圃居士爲同光間人其里居事跡無可考此係輯錄諸書中有關柳是之遺聞軼事彙爲一編不加按語以見其述而不作之意河東君爲明清之際有數之女作家其才藝冠絕當代雖同時之李香君顧橫波亦不足媲美特以時代所限身墮倡家又以嫁錢謙益之故時人遂有因惡錢而加柳以惡語者至有言其隨錢入都時冠插雉羽戎服作昭君出塞狀或謂其因欲博

河東君柳如是事輯跋書影（一）

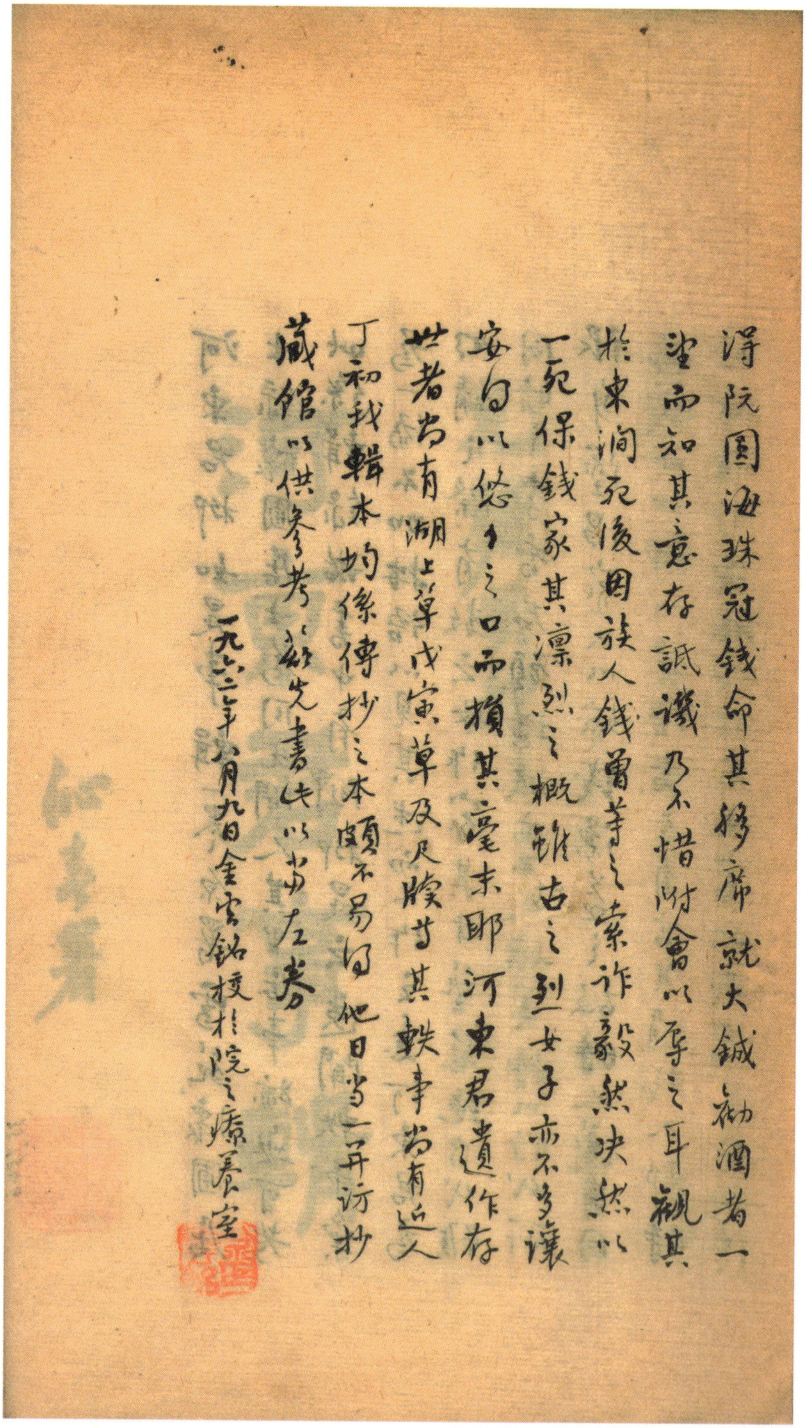
浮阮圓海珠冠钱命其移席就大鋮勸酒者一
望而知其意存詆譏乃不惜附會以辱之耳觀其
於東澗死後因族人钱曾等之索詐毅然決然以
一死保钱家其凜烈之概雖古之烈女子亦不多讓
安得以悠悠之口而損其毫末耶河東君遺作存
世者尚有湖上草戊寅草及尺牘等其軼事尚有近人
丁初我輯本均係傳抄之本頗不易得他日當一并訪抄
藏館以供參考茲先書此以當左券
一九六二年八月九日金雲銘校於院之療養室

河東君柳如是事輯跋書影（二）

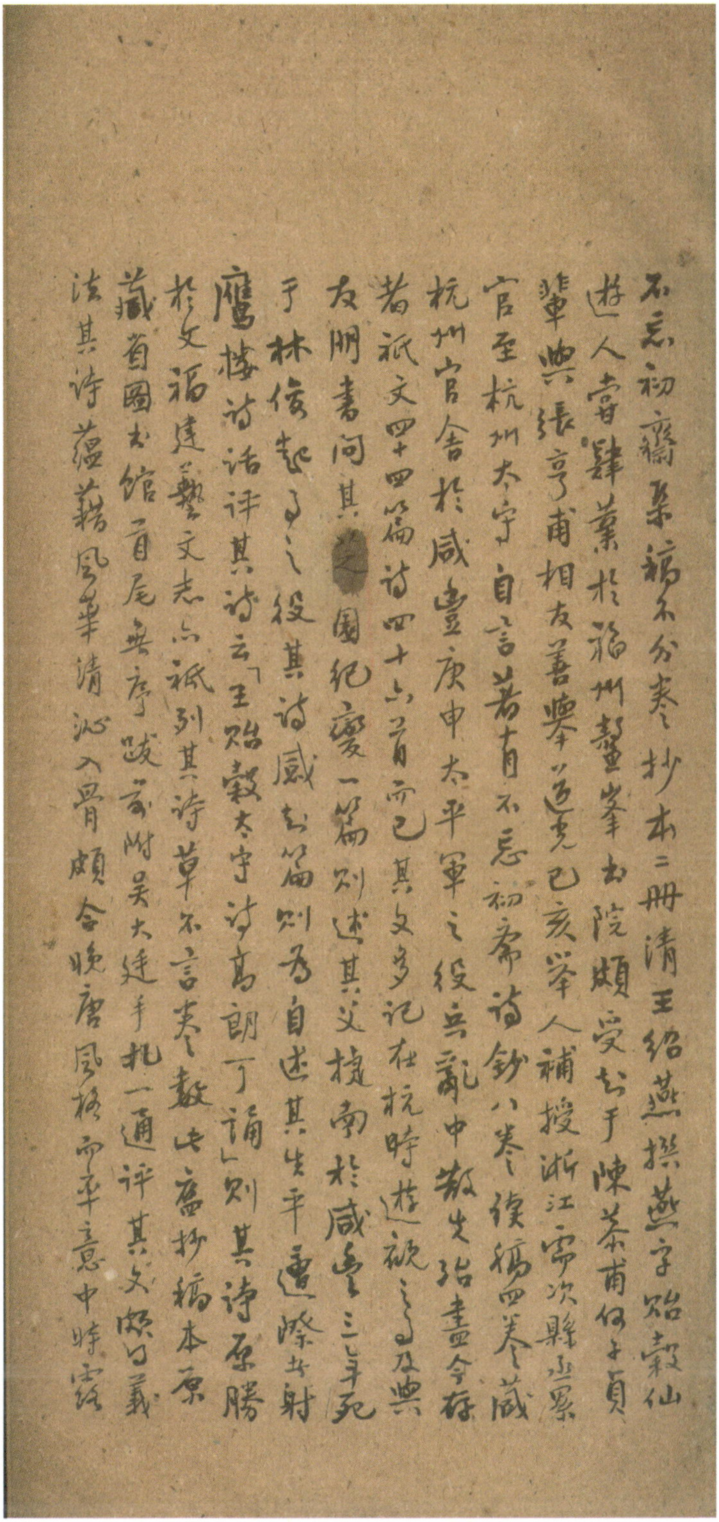
不忘初齋集稿不分卷抄本二冊清王紹燕撰燕字貽穀仙
遊人嘗肄業於福州鰲峰書院頗受知于陳恭甫何子貞、
輩與張亨甫相友善舉道光己亥舉人補授浙江於潛縣丞累
官至杭州太守自言著有不忘初齋詩鈔八卷續稿四卷藏
杭州官舍於咸豐庚申太平軍之役兵亂中散失殆盡今存
者祇文四十四篇詩四十六首而已其文多記在杭時遊覽之事及與
友朋書問其之圍紀變一篇則述其父撫南於咸豐三年死
于林俊起事之役其詩感事篇則為自述其生平遭際甚射
鷹樓詩話評其詩云「王貽穀太守詩高朗可誦」則其詩原勝
於文福建藝文志亦祇列其詩草不言文數卷此稿本原
藏省圖書館首尾無序跋前附吳大廷手札一通評其文頗有義
法其詩蘊藉風華清沁入骨頗合晚唐風格而平意中時露

不忘初齋殘稿跋書影（一）

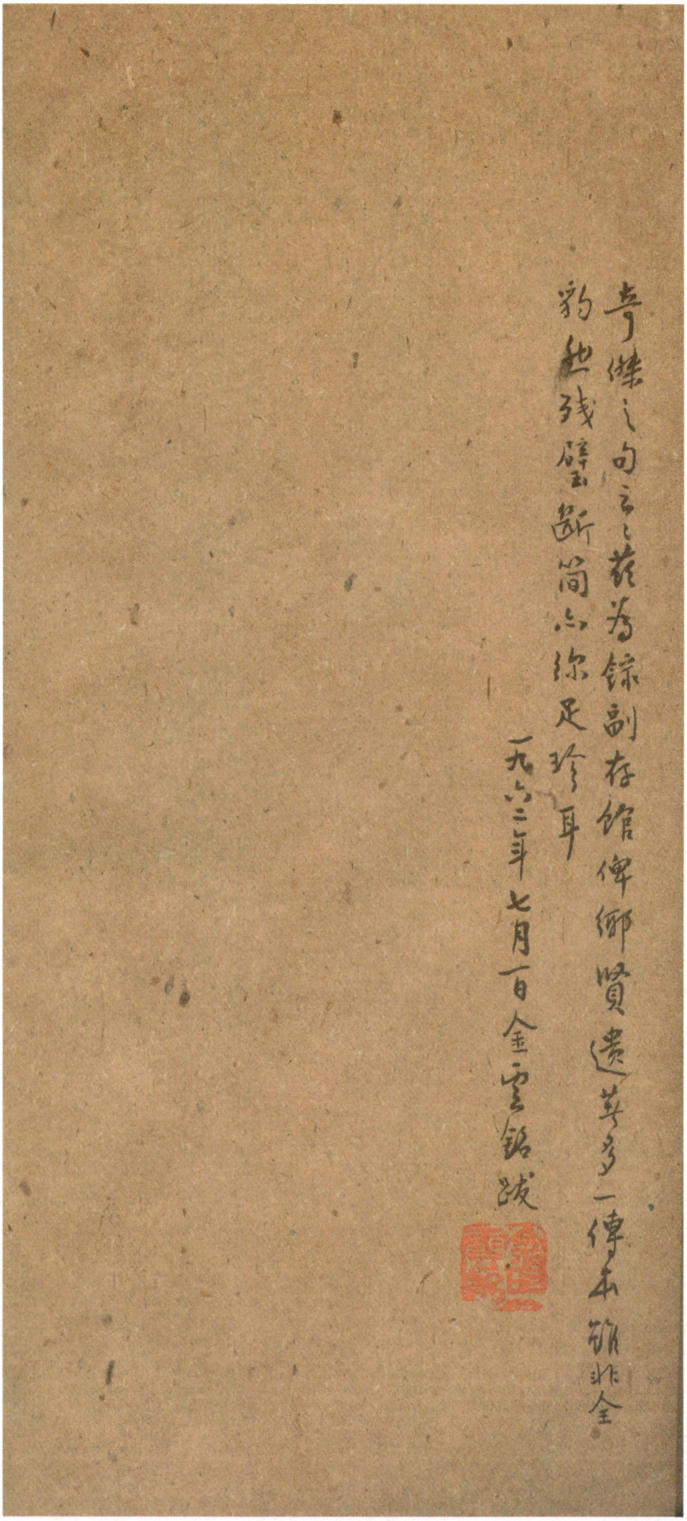

亭傑之句云云茲為録副存館俾鄉賢遺著多一傳本雖非全
豹然殘璧斷簡亦彌足珍耳
一九六二年七月一日金雲銘跋

不忘初齋殘稿跋書影（二）

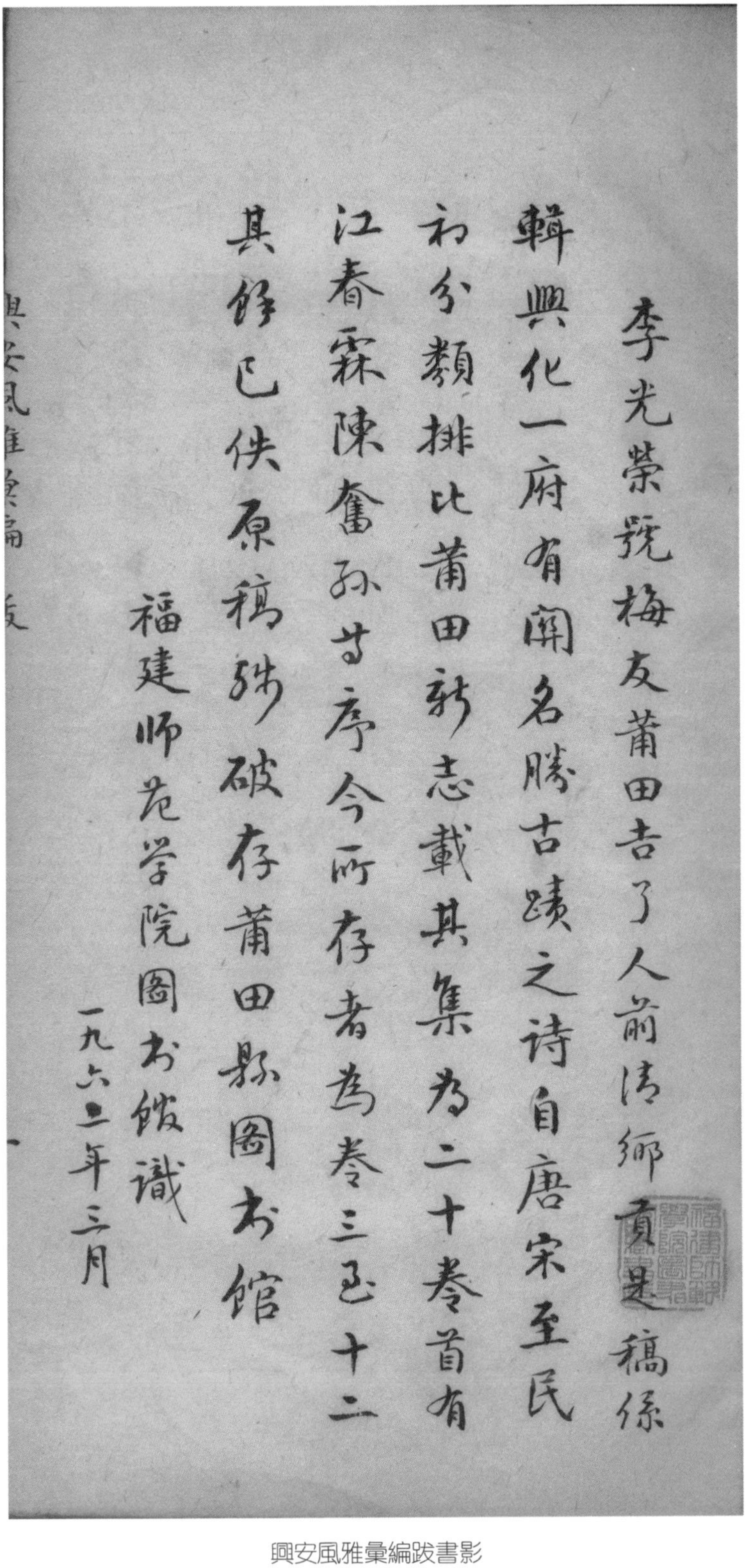

李光榮號梅友莆田吉了人前清鄉貢是稿係輯興化一府有關名勝古蹟之詩自唐宋至民初分類排比莆田新志載其集為二十卷首有江春霖陳奮孫等序今所存者為卷三至十二其餘已佚原稿殘破存莆田縣圖書館

福建师范学院图书馆识

一九六二年三月

興安風雅彙編跋書影

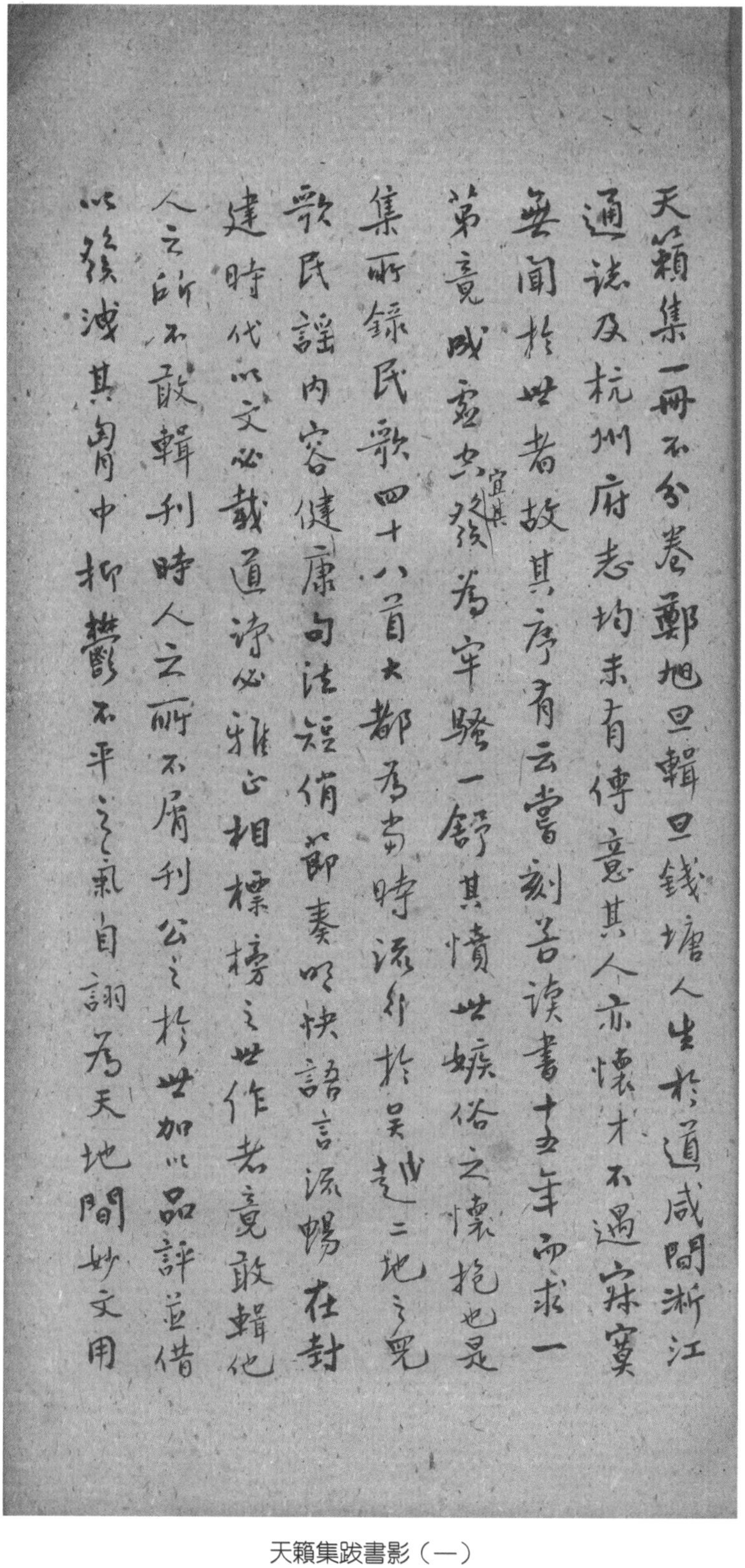
天籟集一冊不分卷鄭地旦輯旦錢塘人生於道咸間浙江通誌及杭州府志均未有傳意其人亦懷才不遇寂寞無聞於世者故其序有云嘗刻苦讀書十五年而求一第竟成畫共宜其發為牢騷一舒其憤世嫉俗之懷抱也是集所錄民歌四十八首大都為當時流行於吳越二地之兒歌民謠內容健康句法短俏節奏明快語言流暢在封建時代以文必載道詩必雅正相標榜之世作者竟敢輯他人之所不敢輯刊時人之所不屑刊公之於世加以品評並借以發洩其胸中抑鬱不平之氣自詡為天地間妙文用

天籟集跋書影（一）

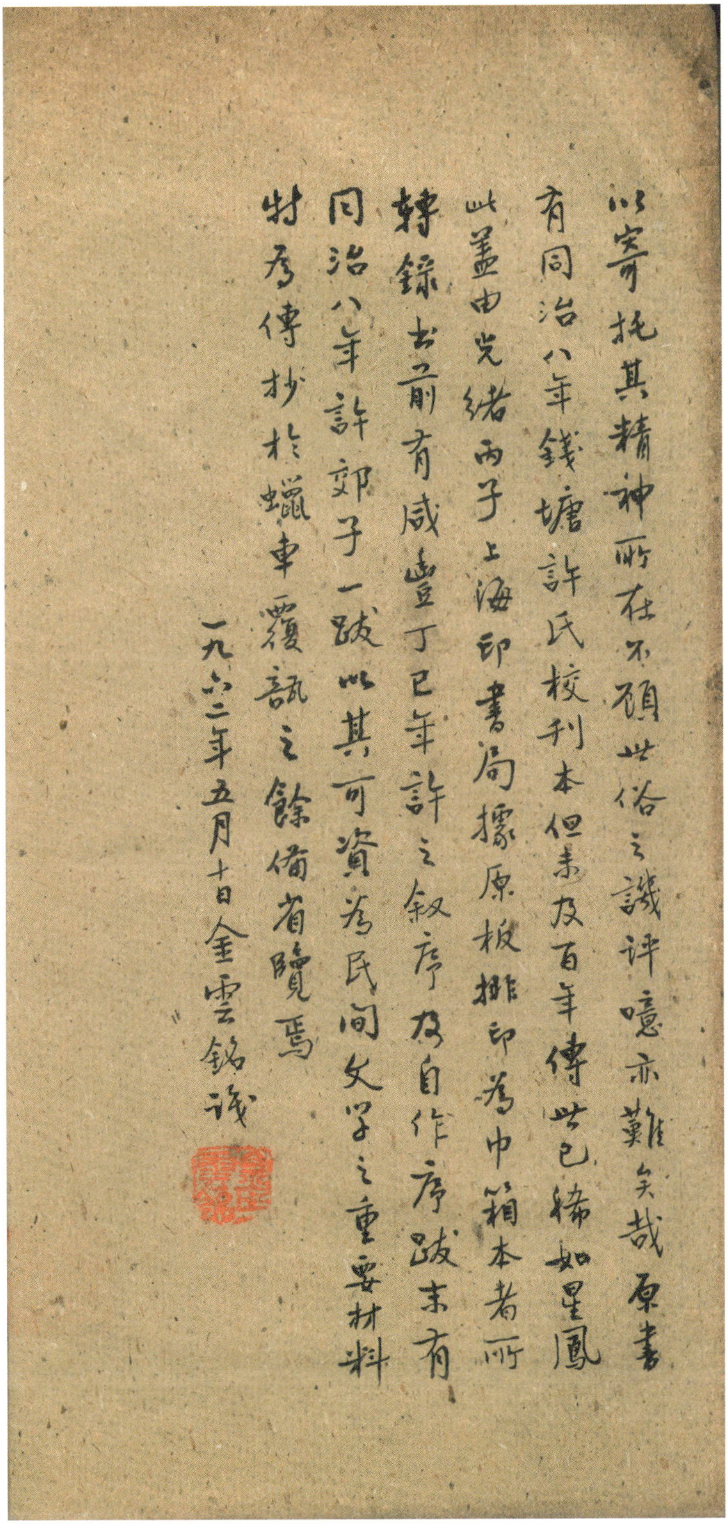

以寄托其精神所在不顧世俗之譏評噫亦難矣哉原書
有同治八年錢塘許氏校刊本但未及百年傳世已稀如星鳳
此蓋由光緒丙子上海印書局據原板排印為巾箱本者所
轉錄出前有咸豐丁巳年許之叙序及自作序跋末有
同治八年許郊子一跋以其可資為民間文学之重要材料
特為傳抄於蠟車覆瓿之餘備省覽焉
一九六二年五月十日金雲銘識

天籟集跋書影（二）

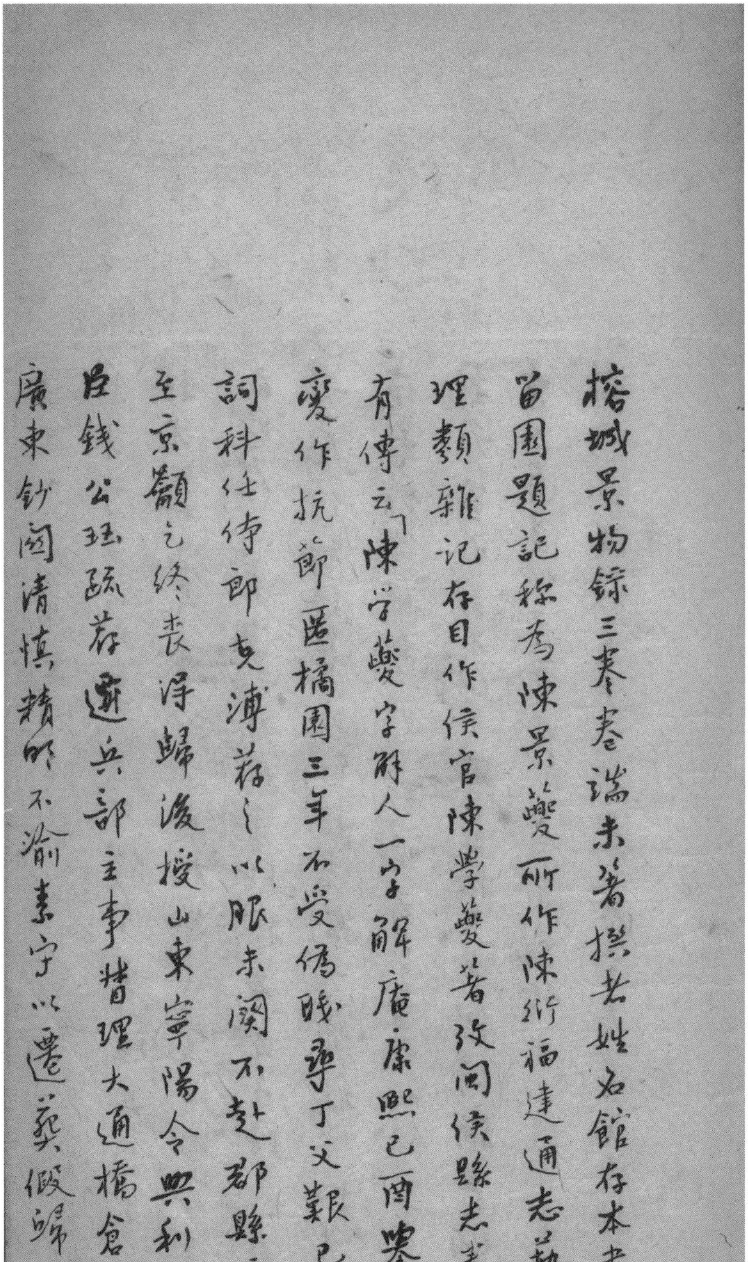
榕城景物録三卷卷端未著撰者姓名館存本書前有
留園題記稱為陳景夔所作陳衍福建通志藝文地
理類雜記存目作侯官陳學夔著攷閩侯縣志卷七十八
有傳云「陳學夔字解人一字解庵·康熙己酉舉人當耿
變作抗節匿橘園三年不受僞職尋丁父艱己未開宏
詞科任侍郎克溥薦之以服未闋不赴郡縣逼迫副
至京顧之終袁浮歸後授山東寧陽令興利除弊撫
臣錢公珏疏薦遷兵部主事督理大通橋倉務又督
廣東鈔關清慎精明不渝素守以遷葬假歸居鄉七

榕城景物録跋書影（一）

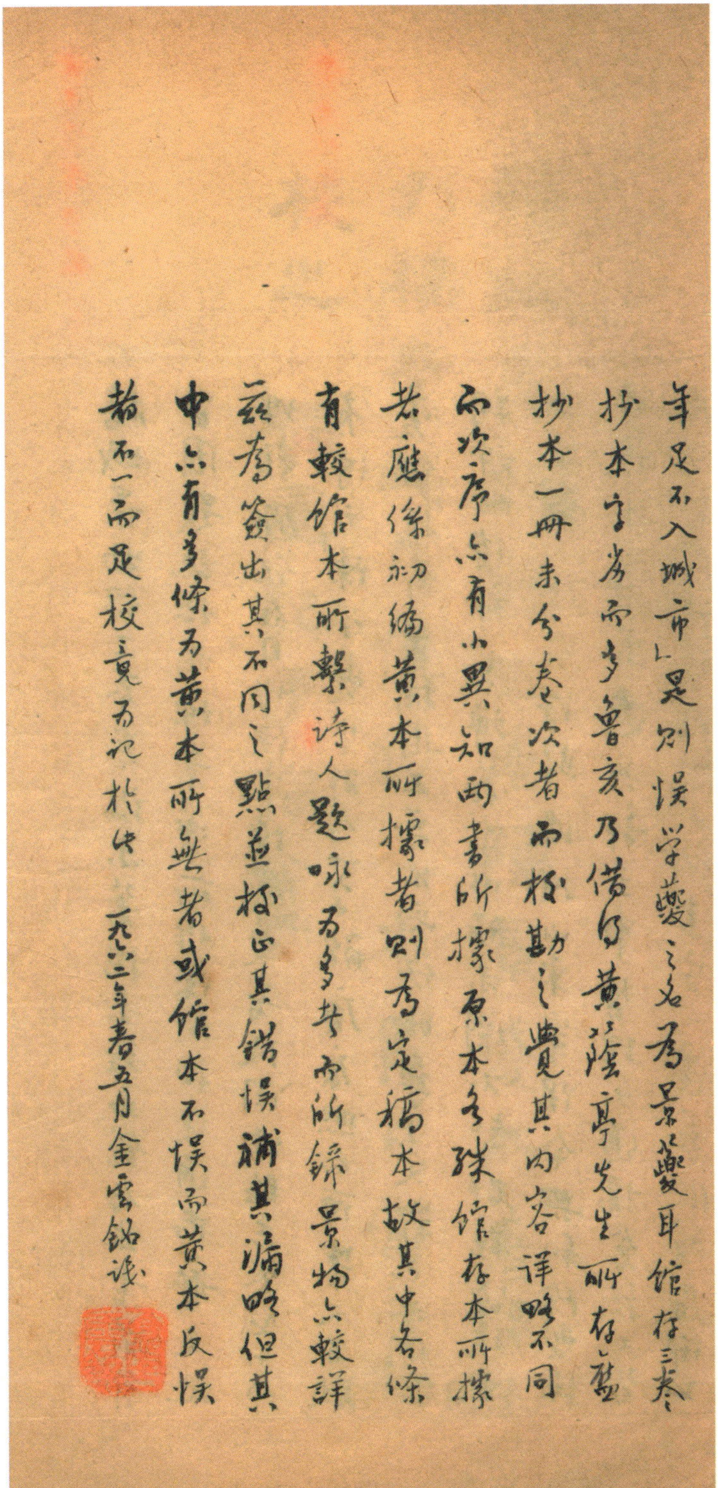
年足不入城市是則悞学夔之名爲景夔耳館存三卷
抄本字劣而多魯亥乃借自黄蔭亭先生所存舊
抄本一冊未分卷次者而校勘之覺其内容詳略不同
而次序亦有小異知兩書所據原本各殊館存本所據
者應係初編黄本所據者則爲定稿本故其中各條
有較館本所繫詩人題詠爲多者而所錄景物亦較詳
茲爲簽出其不同之點並校正其錯悞補其漏略但其
中亦有多條爲黄本所無者或館本不悞而黄本反悞
者不一而足校竟爲記於此
一九六二年春五月金雲銘識

榕城景物録跋書影（二）

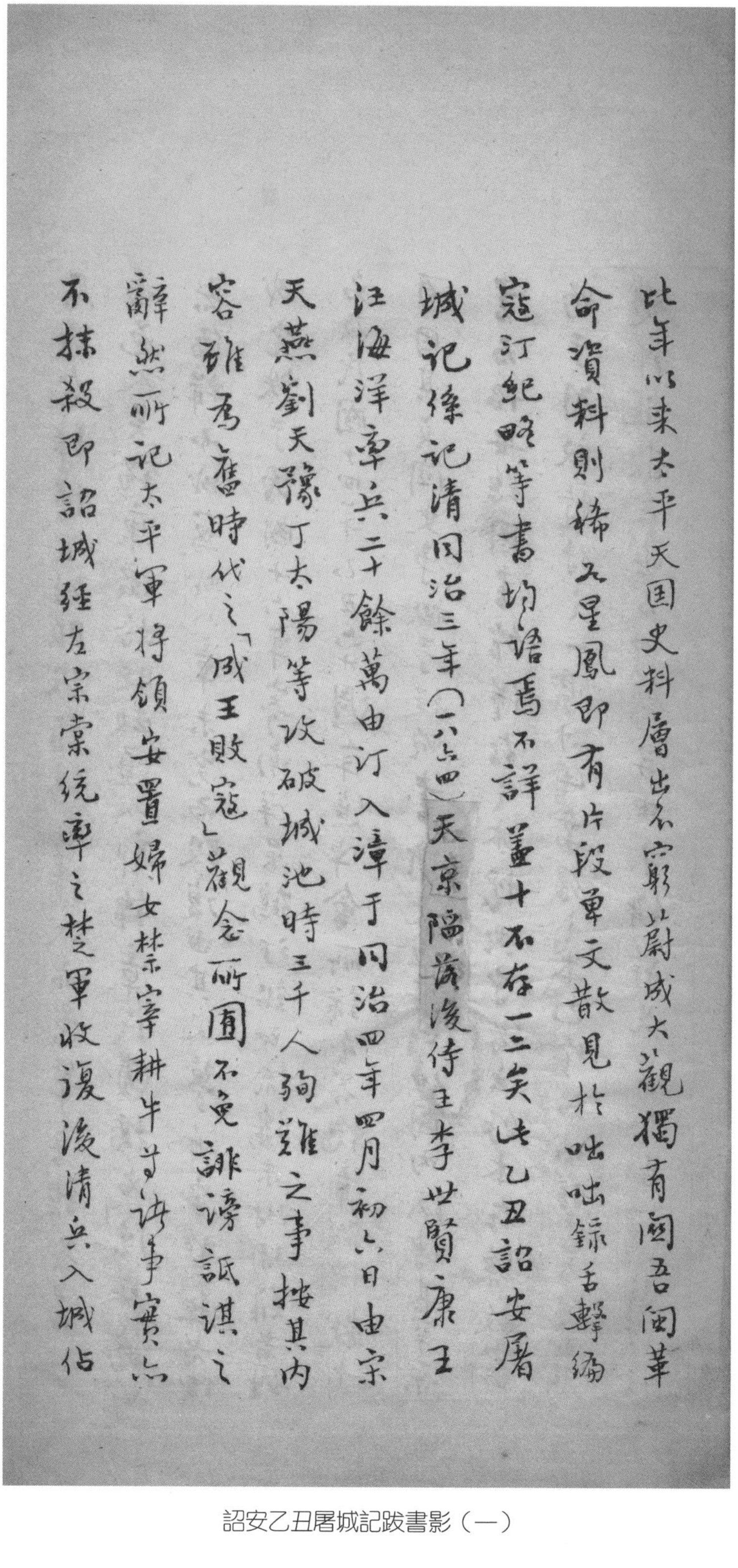
比年以来太平天国史料層出不窮彰彰蔚成大觀獨有關吾閩革
命資料則稀如星鳳即有片段單文散見於咄咄錄舌擊編
寇汀紀略等書均語焉不詳蓋十不存一二矣此乙丑詔安屠
城記係記清同治三年（一八六四）天京陷落後侍王李世賢康王
汪海洋率兵二十餘萬由汀入漳于同治四年四月初六日由宗
天燕劉天豫丁太陽等攻破城池時三千人殉難之事按其内
容雖為舊時代之「成王敗寇」觀念所囿不免誹謗詆諆之
辭然所記太平軍將領安置婦女禁宰耕牛等事實亦
不抹殺即詔城經左宗棠統率之楚軍收復後清兵入城佔

詔安乙丑屠城記跋書影（一）

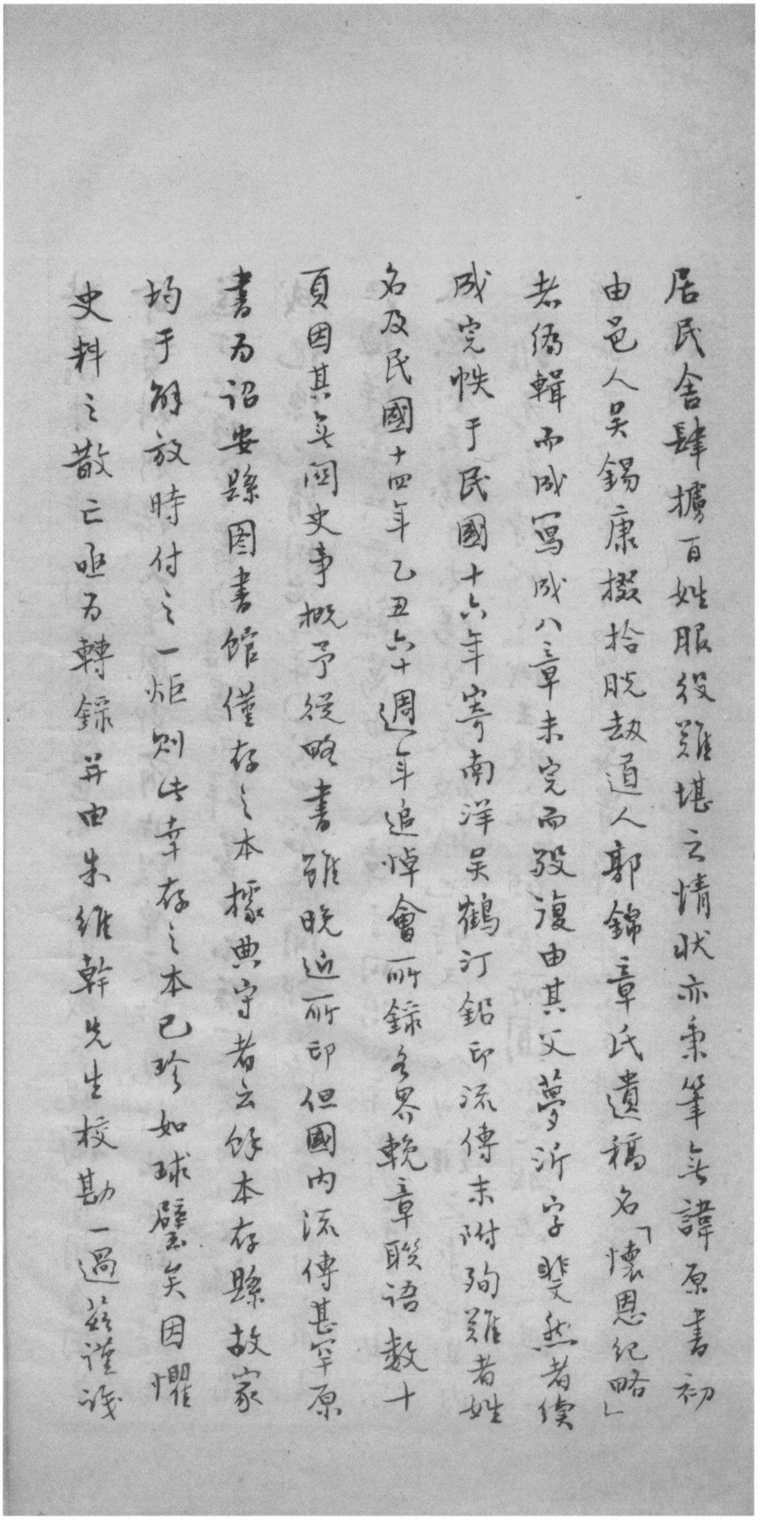

居民舍肆擄百姓服役雖堪之情狀亦秉筆無諱原書初
由邑人吳錫康綴拾脫劫道人郭錦章氏遺稿名「懷恩紀略」
老儒輯而成寫成八章未完而歿復由其文夢沂字雙然者續
成完帙于民國十六年寄南洋吳鶴汀鉛印流傳未附殉難者姓
名及民國十四年乙丑六十周年追悼會所錄各界輓章聯語數十
頁因其無關史事概予從略書雖晚近所印但國內流傳甚罕原
書為詔安縣圖書館僅存之本據典守者云餘本存縣故家
均于解放時付之一炬倖存之本已珍如球璧矣因懼
史料之散亡亟為轉錄並由朱維幹先生校勘一過茲謹識

詔安乙丑屠城記跋書影（二）

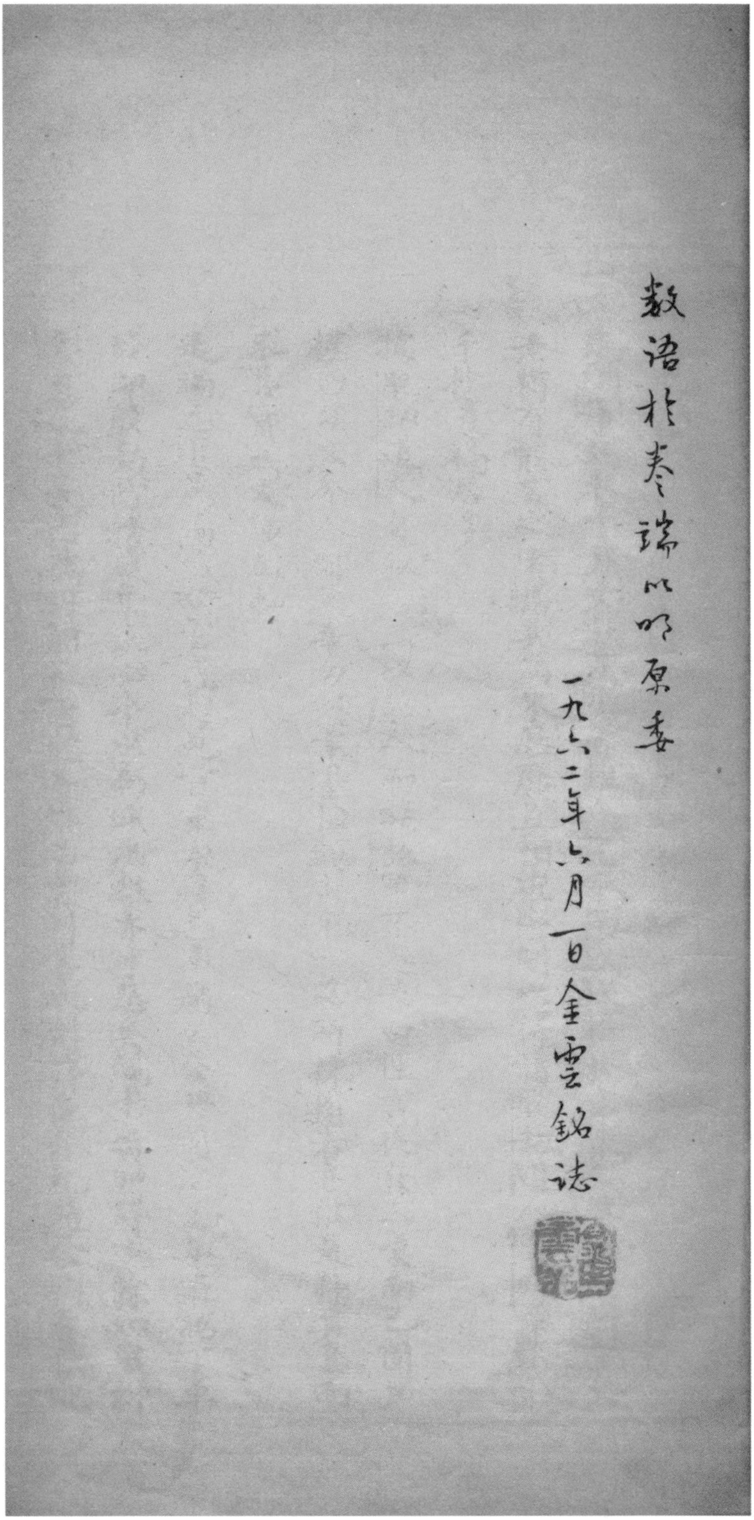
數語於卷端以明原委
一九六二年六月一日金雲銘誌

詔安乙丑屠城記跋書影（三）

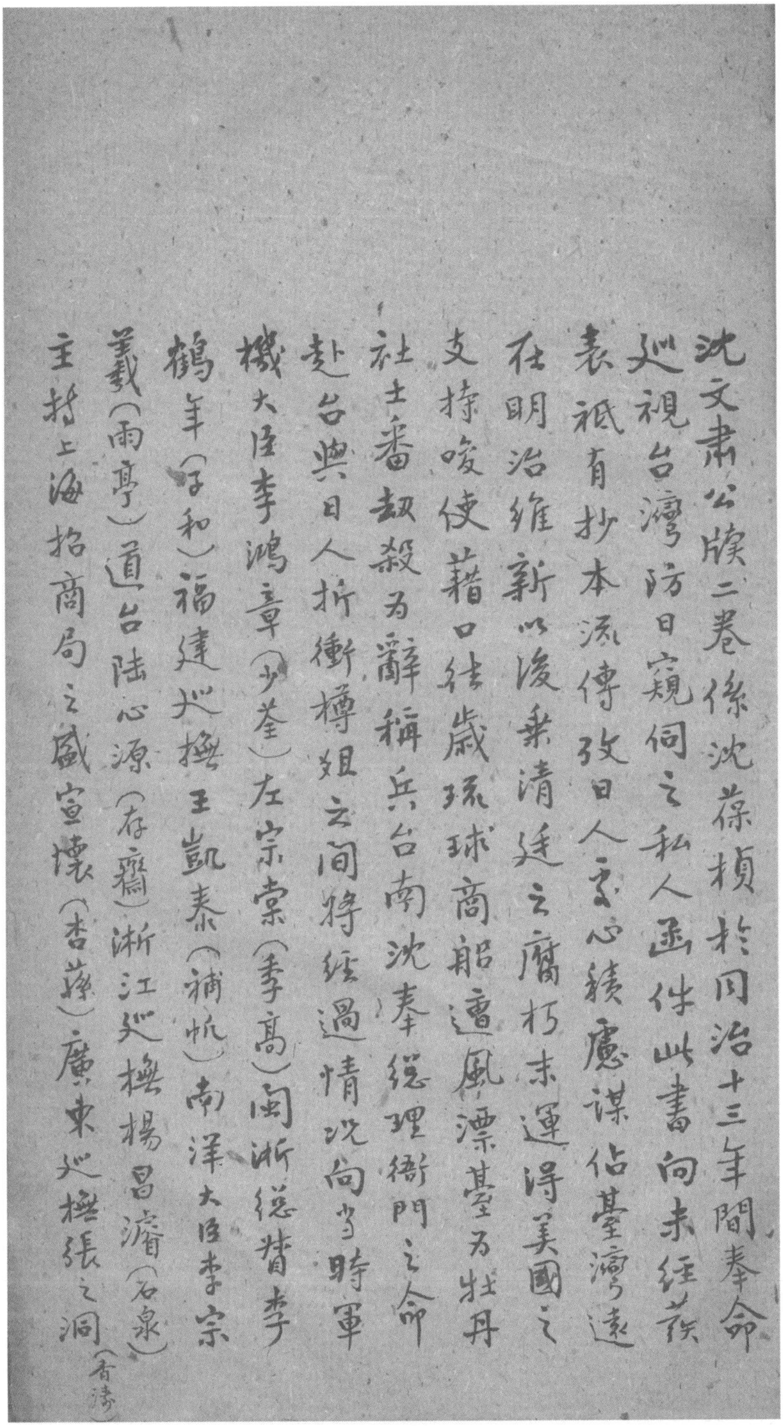

沈文肅公牘二卷係沈葆楨於同治十三年間奉命
巡視台灣防日窺伺之私人函件此書向未經發
表祇有抄本流傳攷日人處心積慮謀佔臺灣遠
在明治維新以後乘清廷之腐朽末運得美國之
支持唆使藉口往歲琉球商船遭風漂臺爲牡丹
社土番劫殺爲辭稱兵台南沈奉總理衙門之命
赴台與日人折衝樽俎之間將經過情況向當時軍
機大臣李鴻章（少荃）左宗棠（季高）閩浙總督李
鶴年（子和）福建巡撫王凱泰（補帆）南洋大臣李宗
羲（雨亭）道台陸心源（存齋）浙江巡撫楊昌濬（石泉）
主持上海招商局之盛宣懷（杏蓀）廣東巡撫張之洞（香濤）

沈文肅公牘跋書影（一）

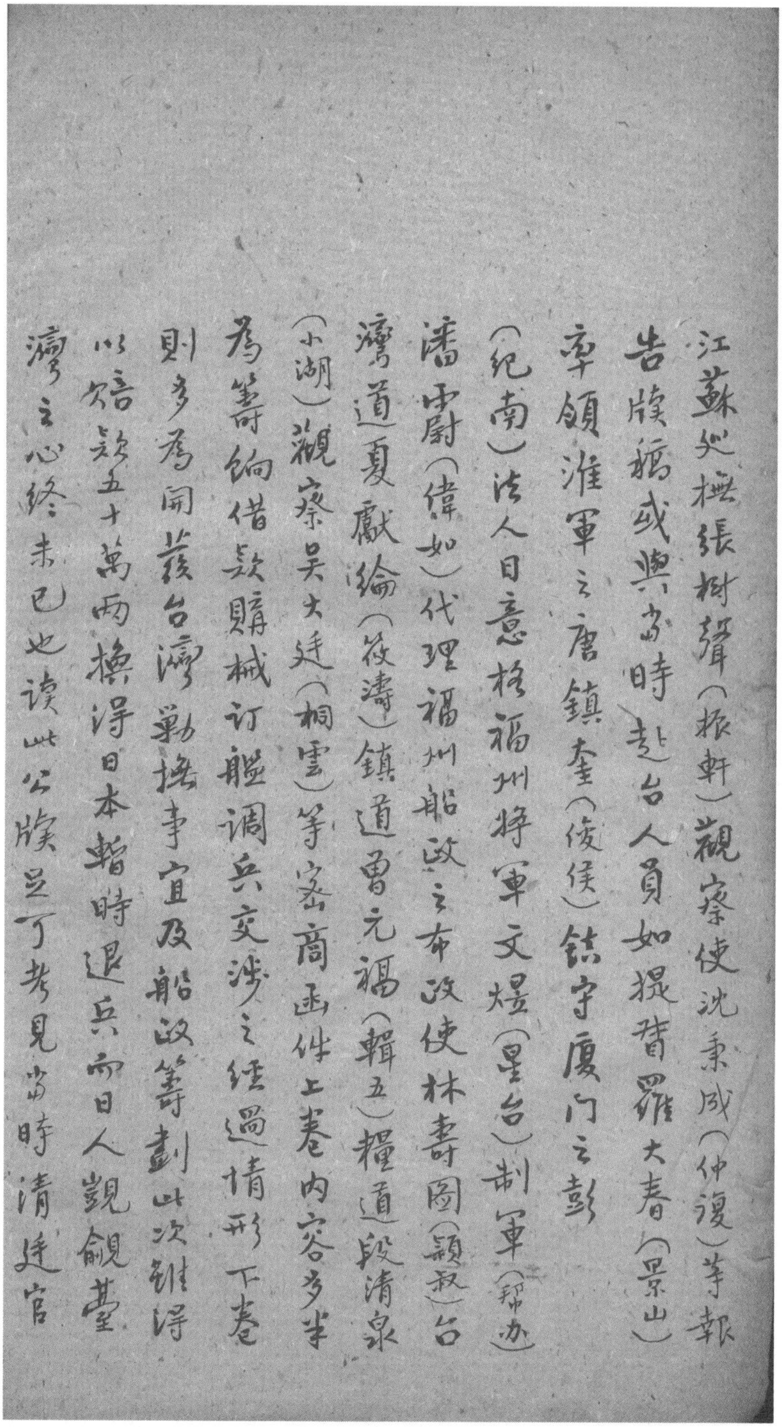

江蘇巡撫張樹聲（振軒）觀察使沈秉成（仲復）等報告牍摘錄與當時赴台人員如提督羅大春（景山）率領淮軍之唐鎮奎（俊侯）駐守廈门之彭（紀南）法人日意格福州將軍文煜（星台）制軍（郓帅）潘霨（偉如）代理福州船政之布政使林壽圖（穎叔）台灣道夏獻綸（筱濤）鎮道曾元福（輯五）糧道段清泉（小湖）觀察吴大廷（桐雲）等密商函件上卷內容多半為籌餉借款購械訂艦調兵交涉之經過情形下卷則多為開發台灣勸撫事宜及船政籌劃此次雖得以賠款五十萬兩換得日本暫時退兵而日人覬覦臺灣之心終未已也讀此公牍並可考見當時清廷官

沈文肅公牘跋書影（二）

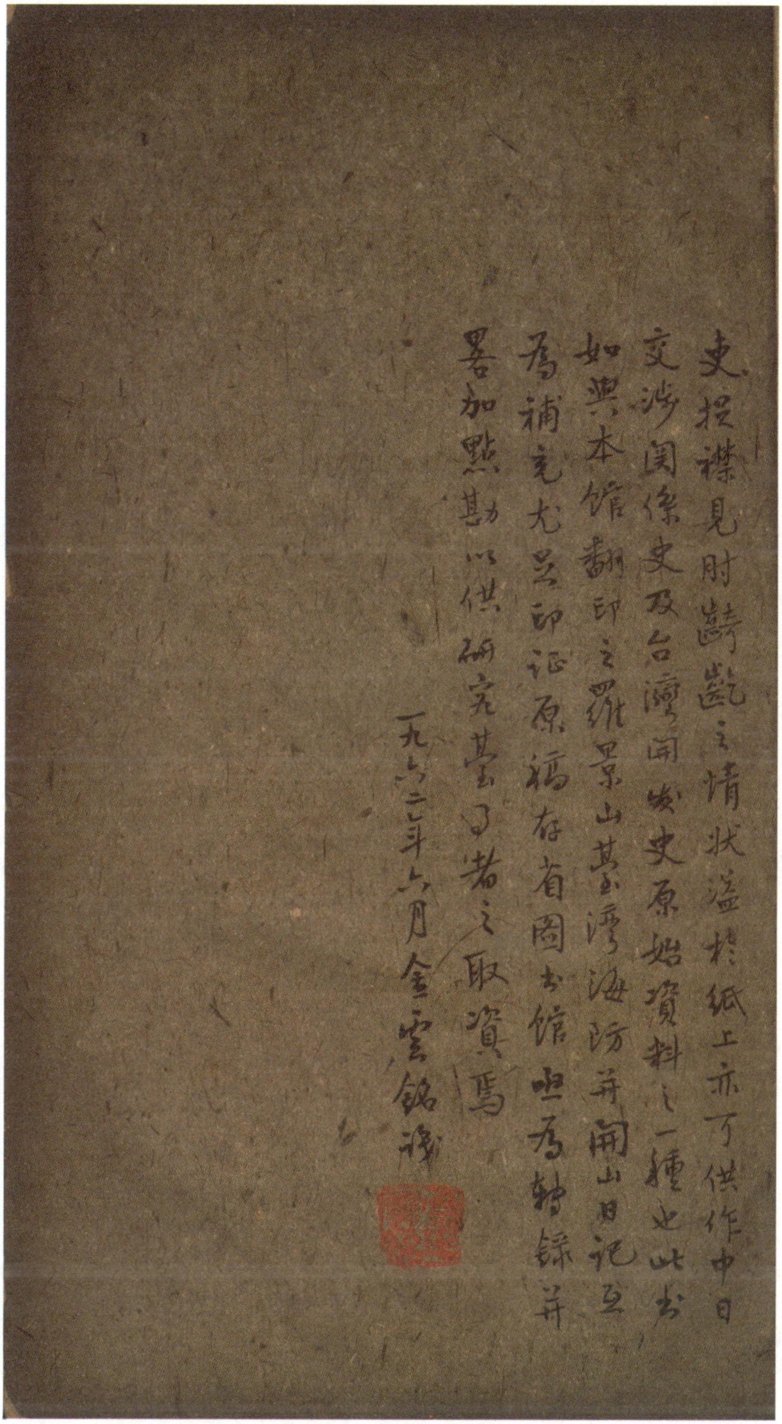
史捉襟見肘齮齕之情狀溢於紙上亦可供作中日
交涉關係史及台灣開發史原始資料之一種也此書
如與本館翻印之羅景山臺灣海防并開山日記互
爲補充尤足印証原稿存省圖書館由爲轉錄并
畧加點勘以供研究臺事者之取資焉
一九六二年六月金雲銘識

沈文肅公牘跋書影（三）

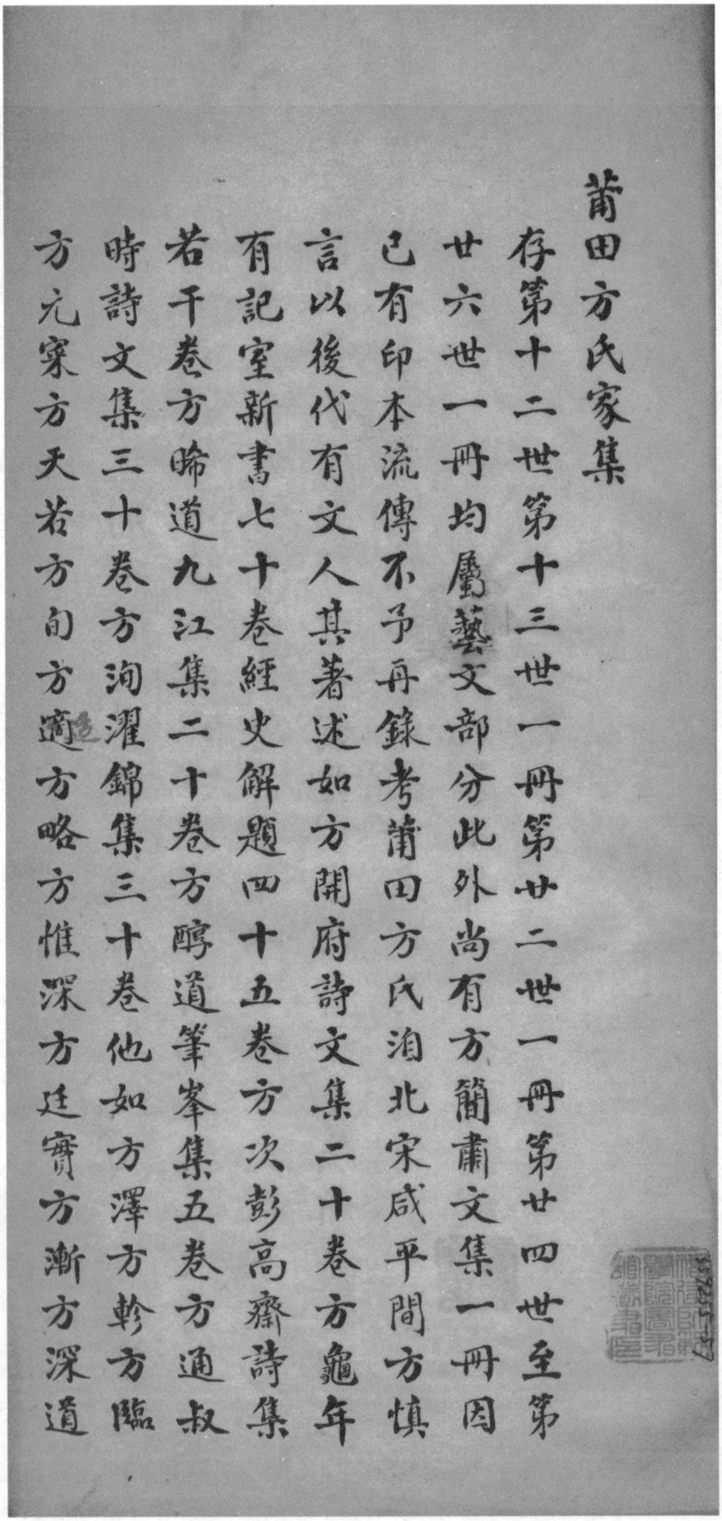

莆田方氏家集

存第十二世第十三世一册第廿二世一册第廿四世至第廿六世一册均屬藝文部分此外尚有方簡肅文集一册因已有印本流傳不予再錄考莆田方氏洎北宋咸平間方慎言以後代有文人其著述如方開府詩文集二十卷方龜年有記室新書七十卷經史解題四十五卷方次彭高齋詩集若干卷方睎道九江集二十卷方醇道筆峯集五卷方通叔時詩文集三十卷方洵濯錦集三十卷他如方澤方軫方臨方元寀方天若方旬方適方略方惟深方廷實方漸方深道

莆田方氏家集跋書影（一）

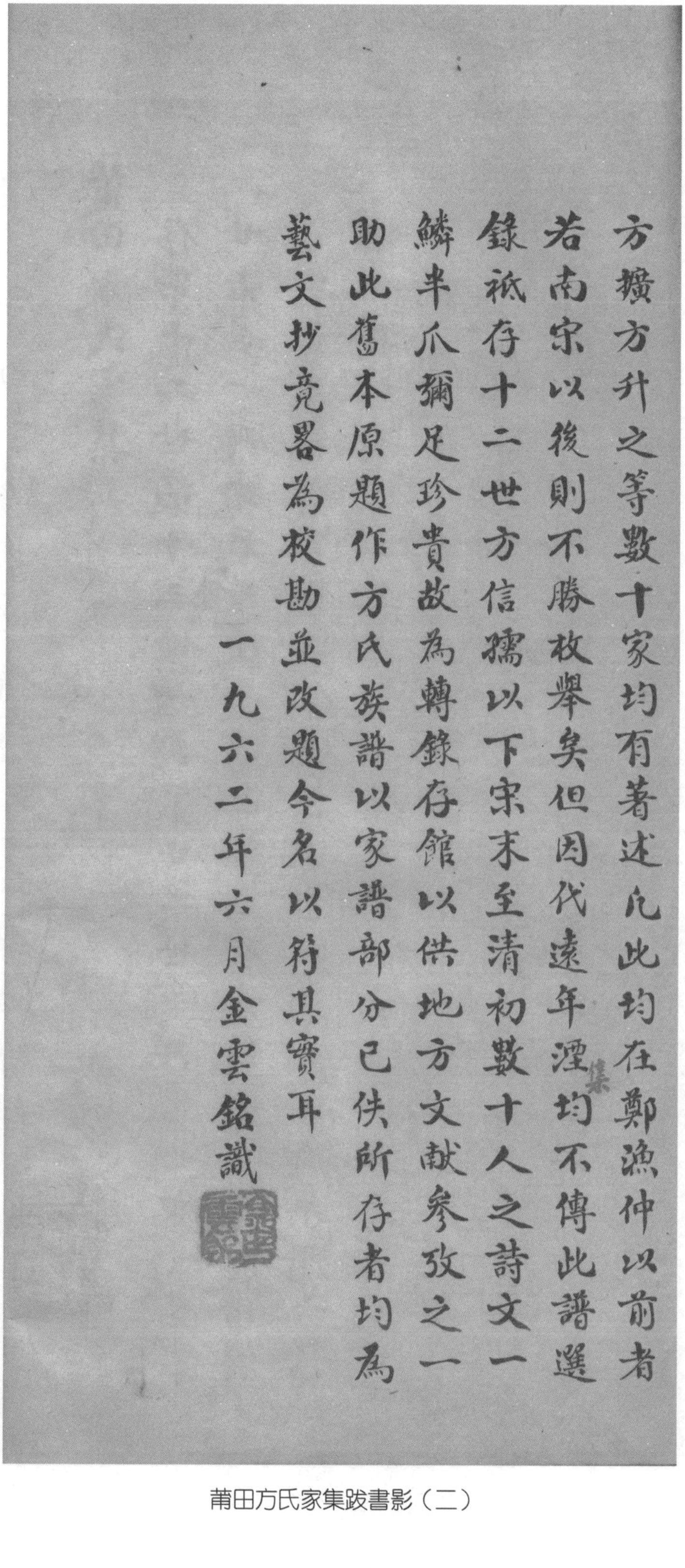

方撰方升之等數十家均有著述凡此均在鄭漁仲以前者若南宋以後則不勝枚舉矣但因代遠年湮均不傳此譜選錄祇存十二世方信孺以下宋末至清初數十人之詩文一鱗半爪彌足珍貴故為轉錄存館以供地方文獻參攷之一助此舊本原題作方氏族譜以家譜部分已佚所存者均為藝文抄竟畧為校勘並改題今名以符其實耳

一九六二年六月金雲銘識

莆田方氏家集跋書影（二）

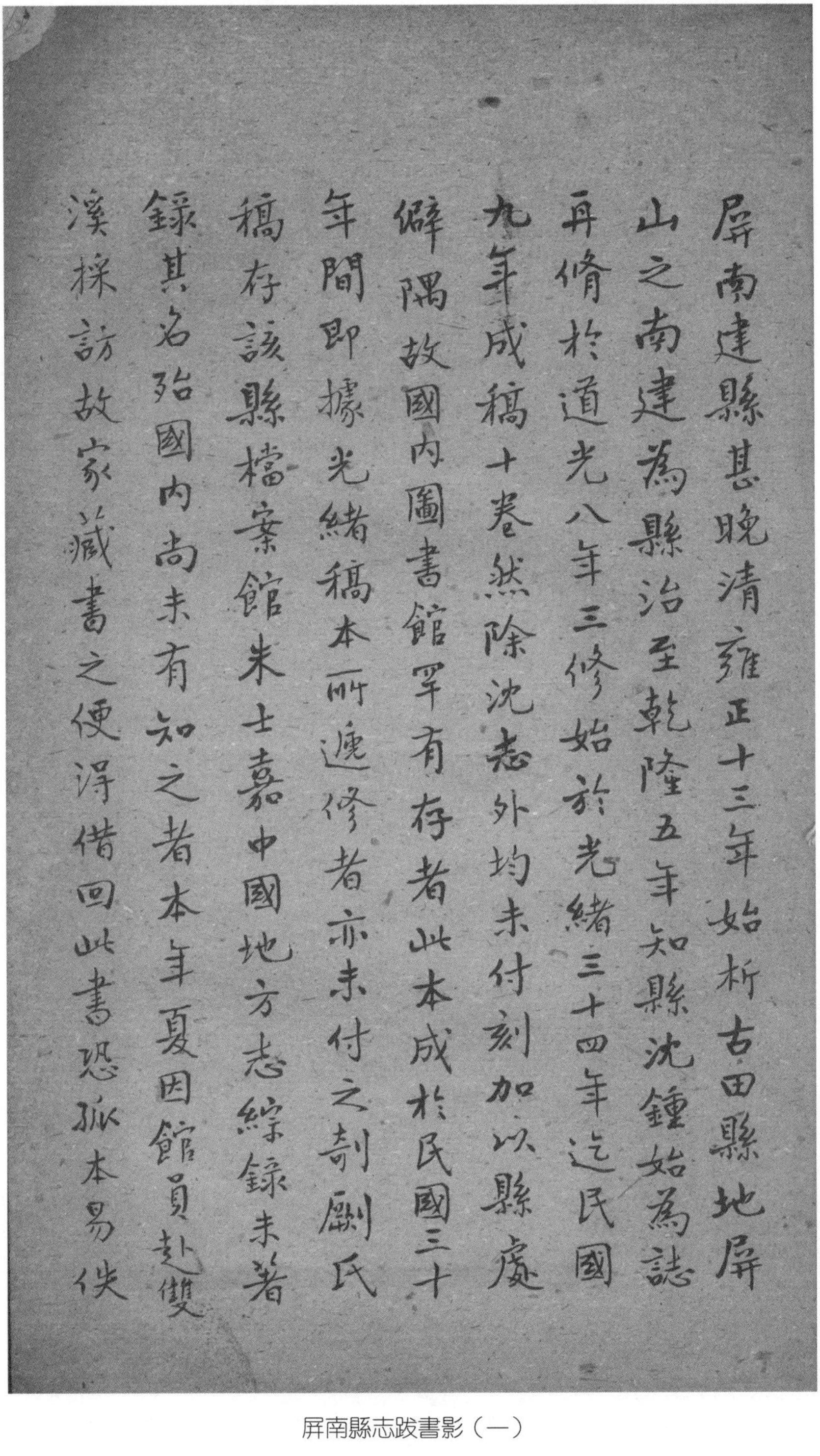
屏南建縣甚晚清雍正十三年始析古田縣地屏山之南建爲縣治至乾隆五年知縣沈鍾始爲誌再脩於道光八年三修始於光緒三十四年迄民國九年成稿十卷然除沈志外均未付刻加以縣處僻隅故國内圖書館罕有存者此本成於民國三十年間即據光緒稿本所遞修者亦未付之剞劂氏稿存該縣檔案館朱士嘉中國地方志綜録未著録其名殆國内尚未有知之者本年夏因館員赴雙溪採訪故家藏書之便得借回此書恐孤本易佚

屏南縣志跋書影（一）

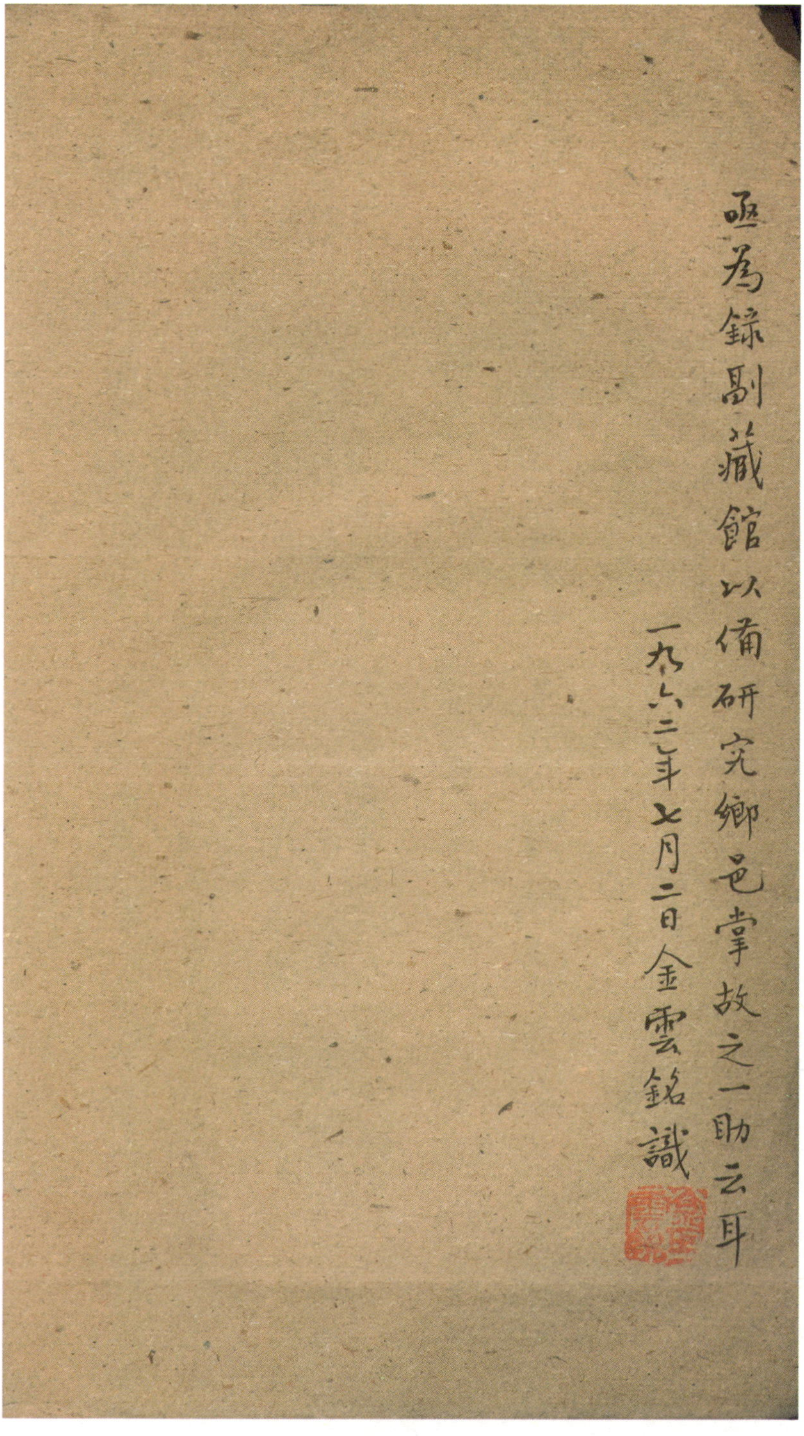
亟為錄副藏館以備研究鄉邑掌故之一助云耳
一九六二年七月二日金雲銘識

屏南縣志跋書影（二）

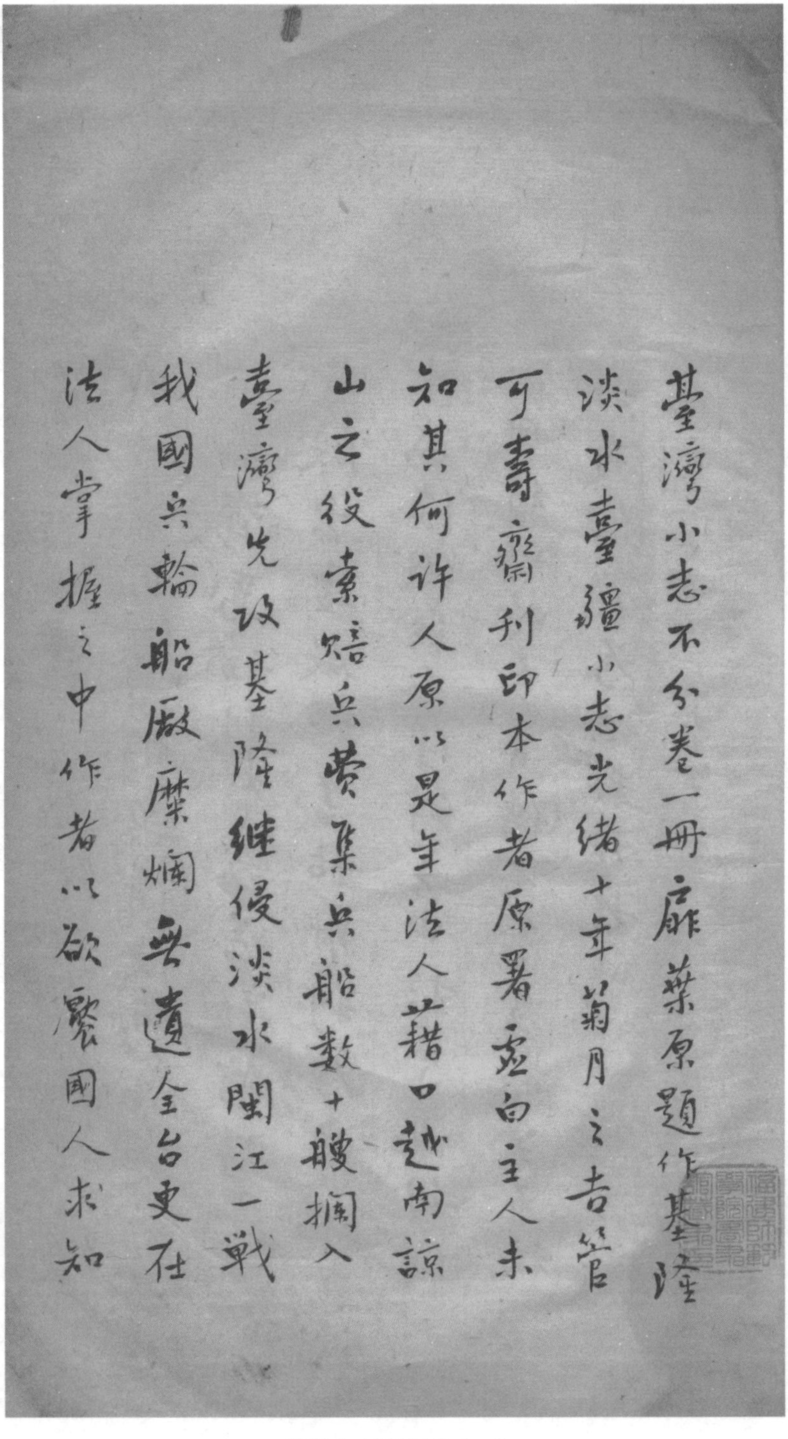

臺灣小志不分卷一冊扉葉原題作基隆
淡水臺疆小志光緒十年菊月之吉管
可壽齋刊印本作者原署孟白主人未
知其何許人原以是年法人藉口越南諒
山之役索賠兵費集兵船數十艘闖入
臺灣先攻基隆繼侵淡水閩江一戰
我國兵輪船廠糜爛無遺全台更在
法人掌握之中作者以欲警國人求知

臺灣小志跋書影（一）

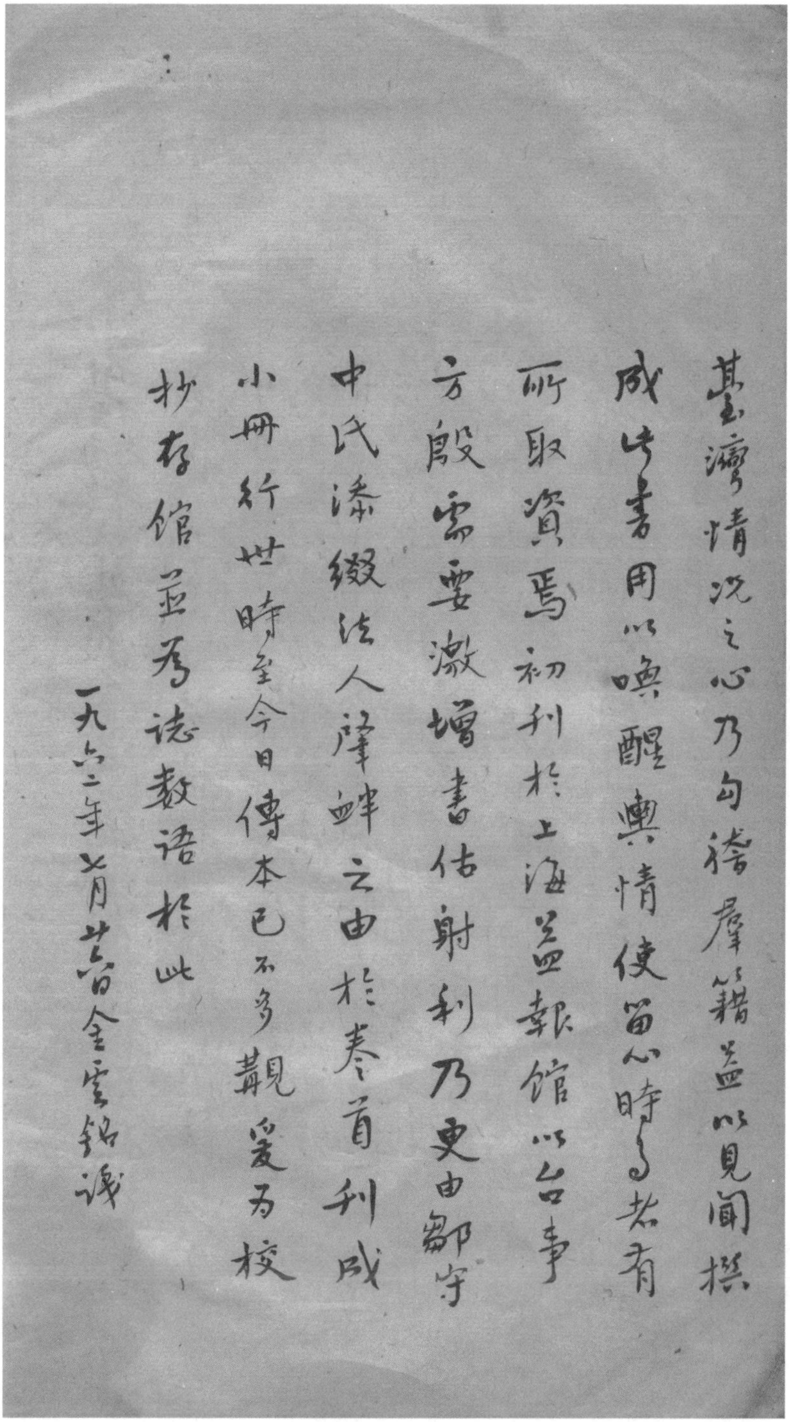
臺灣情況之心乃向稽羣籍益以見聞撰
成此書用以喚醒輿情使留心時局者有
所取資焉初刊於上海益報館以台事
方殷需要激增書估射利乃更由鄭守
中氏添綴諸人肇衅之由於卷首刊成
小冊行世時至今日傳本已不多覯爰爲校
抄存館並爲誌數語於此
一九六二年七月廿四日金雲銘識

臺灣小志跋書影（二）

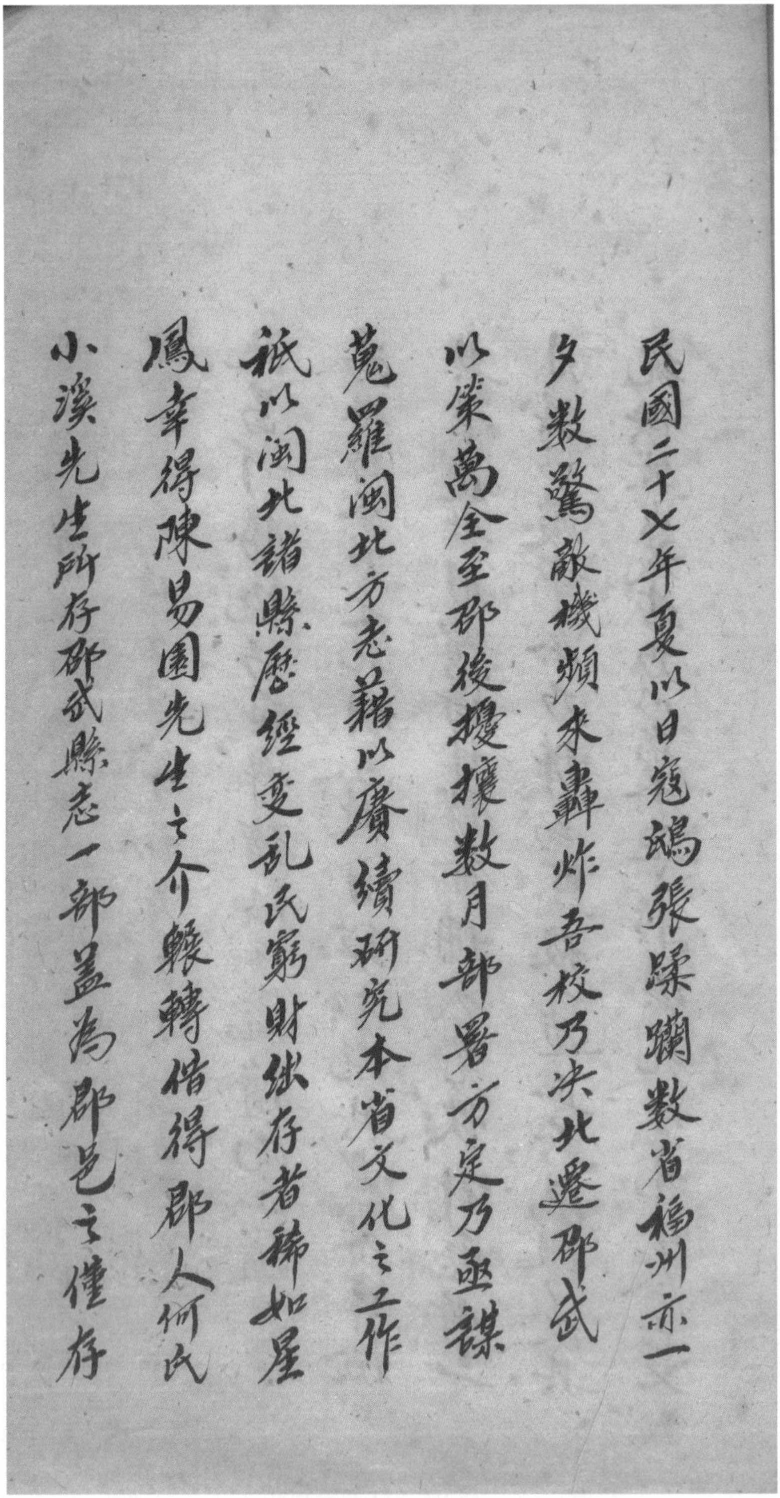
民國二十七年夏以日寇鴟張蹂躪數省福州亦一
夕數驚敵機頻來轟炸吾校乃決北遷邵武
以策萬全至邵後擾攘數月部署方定乃亟謀
蒐羅閩北方志藉以廣續研究本省文化之工作
祇以閩北諸縣歷經變乱民窮財絀存者稀如星
鳳幸得陳易園先生之介輾轉借得郡人何氏
小溪先生所存邵武縣志一部蓋為郡邑之僅存

咸豐邵武縣志跋書影（一）

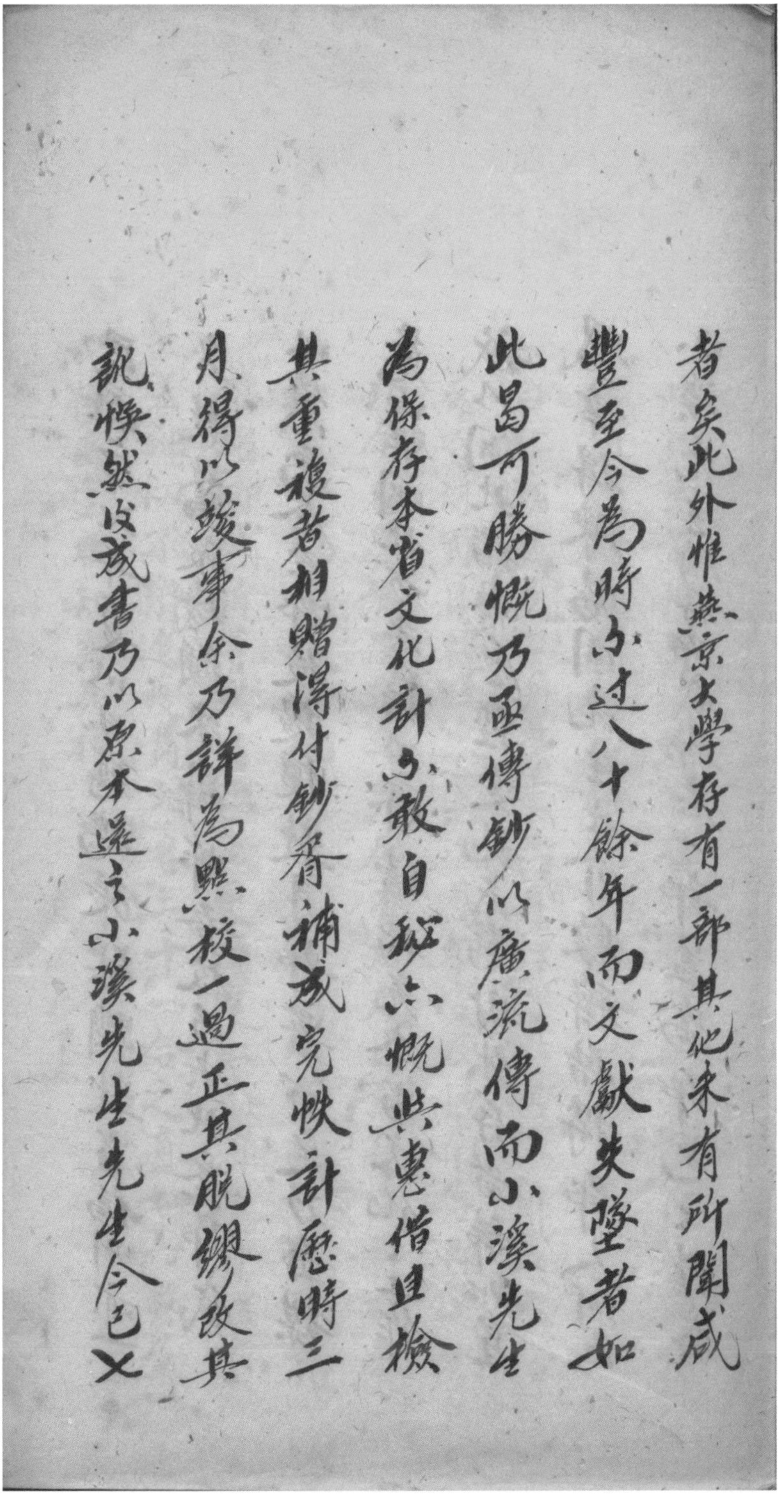

者矣此外惟燕京大學存有一部其他未有所聞咸豐至今爲時不過八十餘年而文獻失墜者如此曷可勝慨乃亟傳鈔以廣流傳而小溪先生爲保存本省文化計不敢自秘亦慨然惠借且檢其重複者相贈得付鈔胥補成完帙計歷時三月得以竣事余乃詳爲點校一過正其脫繆改其訛悞然後成書乃以原本還之小溪先生先生今已[illegible]

咸豐邵武縣志跋書影（二）

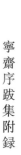

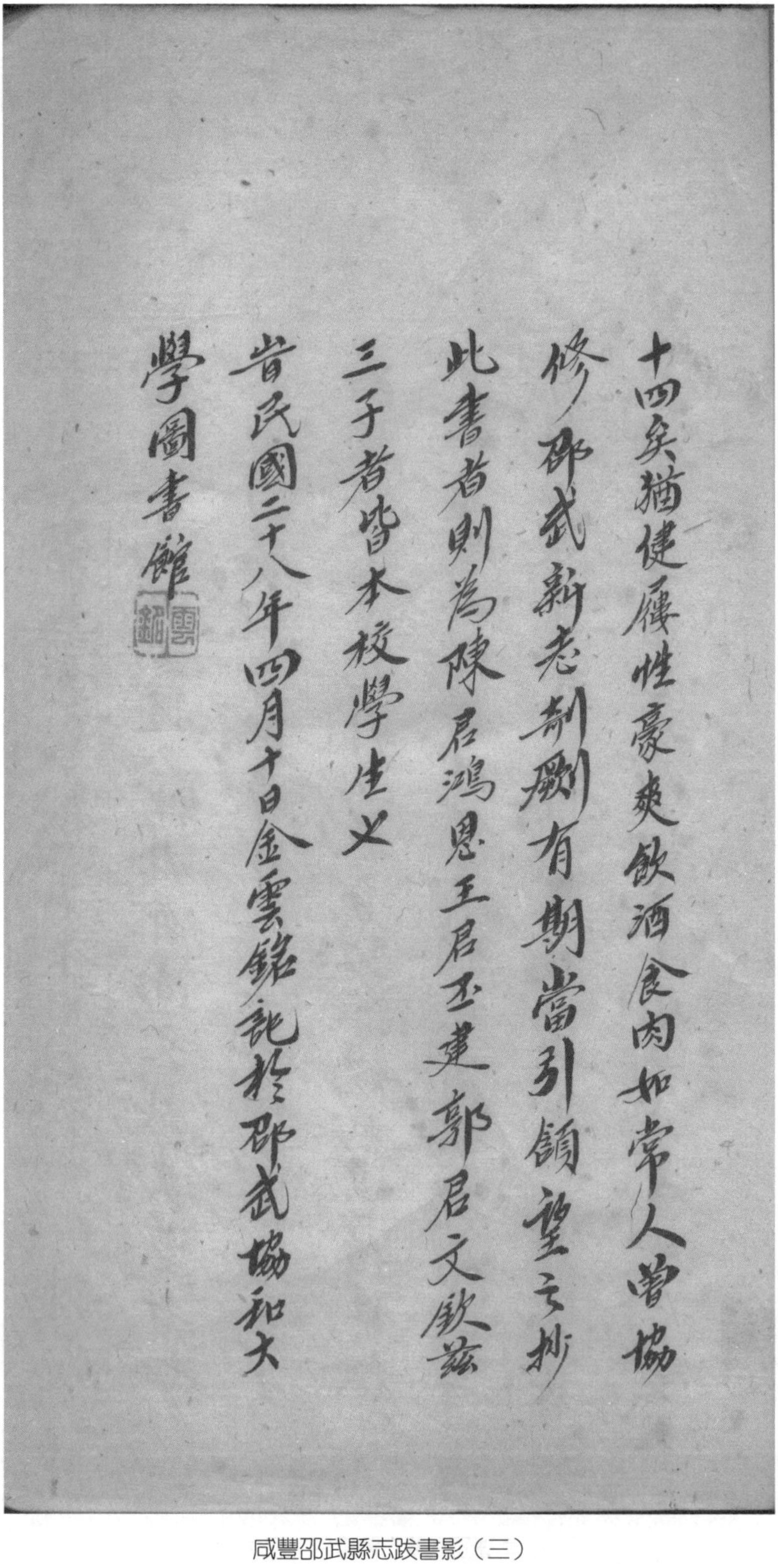

十四矣猶健僂性豪爽飲酒食肉如常人曾協
修邵武新志剞劂有期當引領望之抄
此書者則為陳君鴻恩王君丕建鄔君文欽茲
三子者皆本校學生也
旹民國二十八年四月十日金雲銘誌於邵武協和大
學圖書館

咸豐邵武縣志跋書影（三）

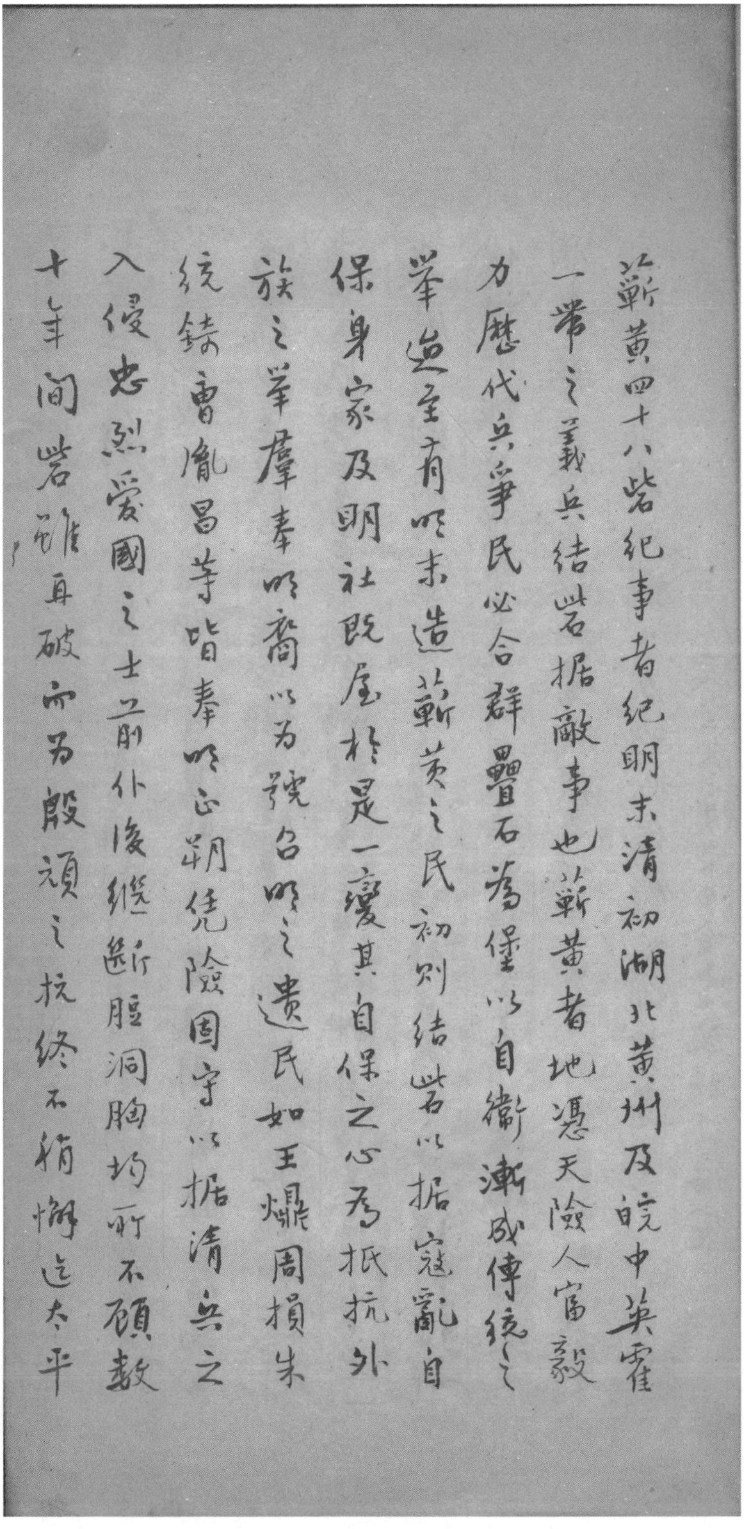
蘄黃四十八砦紀事者紀明末清初湖北黃州及皖中英霍一帶之義兵結砦据敵事也蘄黃者地憑天險人富毅力歷代兵爭民必合群壘石爲堡以自衛漸成傳統之舉逮至有明末造蘄黃之民初則結砦以据寇亂自保身家及明社既屋於是一變其自保之心爲抵抗外族之舉靡奉明裔以爲號召明之遺民如王熼周損朱統錡曹胤昌等皆奉明正朔凭險固守以据清兵之入侵忠烈愛國之士前仆後繼斷脰洞胸均所不顧數十年間砦雖再破而爲殷頑之抗終不稍懈迄太平

蘄黃四十八砦紀事跋書影（一）

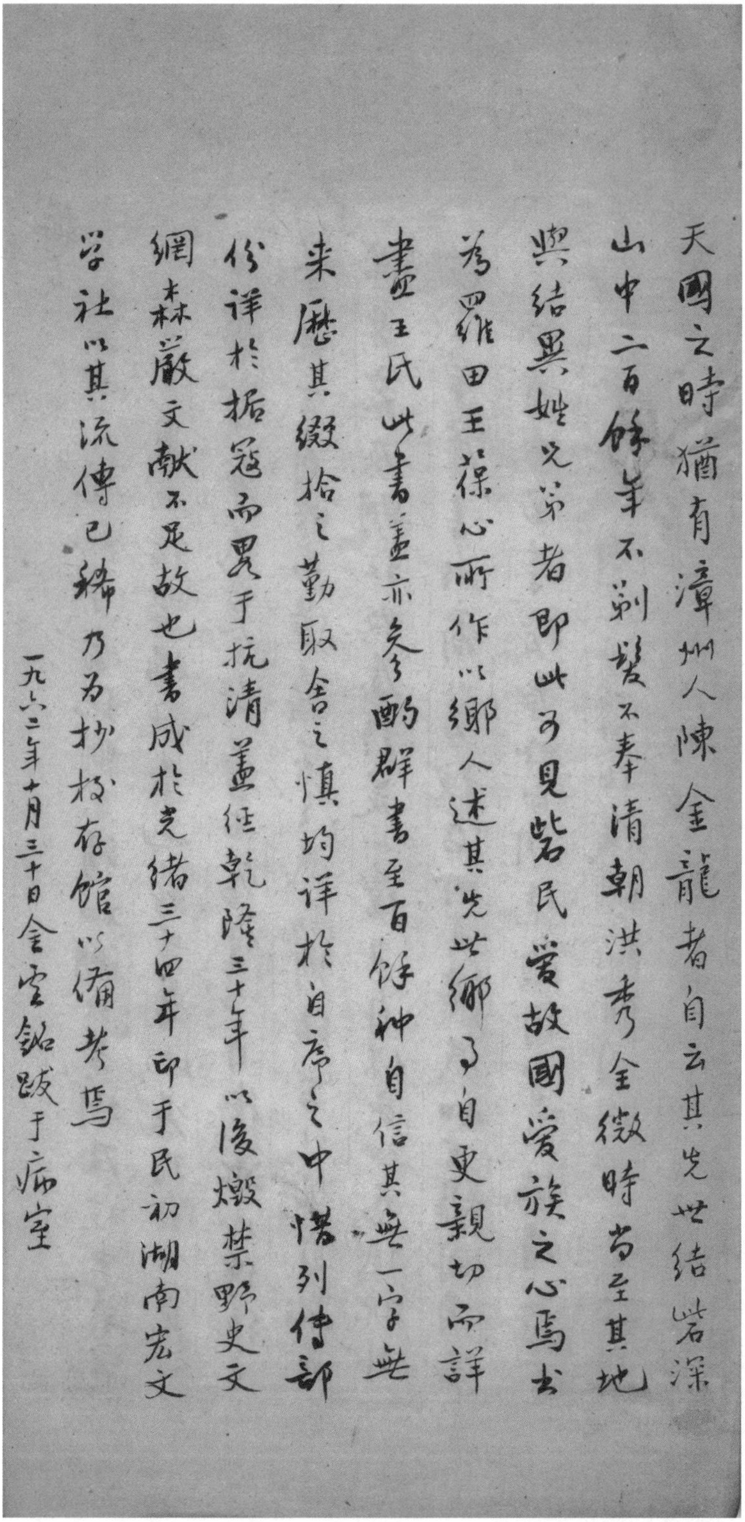
天國之時猶有漳州人陳金龍者自云其先世結砦深山中二百餘年不剃髮不奉清朝洪秀全微時嘗至其地與結異姓兄弟者即此可見砦民愛故國愛族之心焉書為羅田王葆心所作以鄉人述其先世鄉事自更親切而詳盡王氏此書蓋亦參酌群書至百餘種自信其無一字無來歷其綴拾之勤取舍之慎均詳於自序之中惜列傳部份詳於据寇而畧于抗清蓋經乾隆三十年以後燬禁野史文網森嚴文獻不足故也書成於光緒三十四年即于民初湖南宏文學社以其流傳已稀乃為抄校存館以備考焉

一九六二年十月三十日金雲銘跋于病室

蘄黃四十八砦紀事跋書影（二）

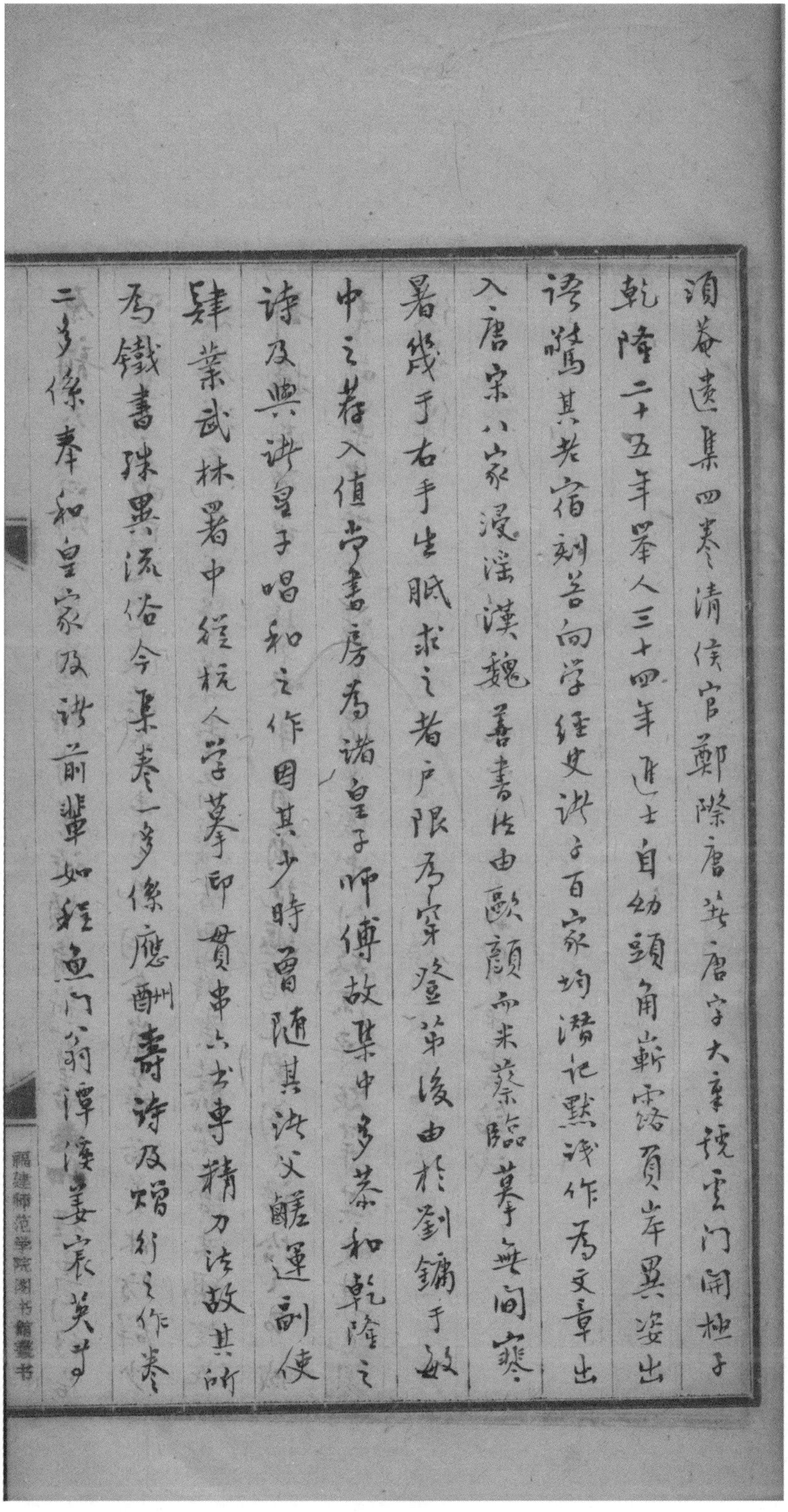
須菴遺集四卷清侯官鄭際唐著際唐字大章號雲門閩柚子
乾隆二十五年舉人三十四年進士自幼頭角嶄露質岸異姿出
語驚其老宿刻苦向學經史諸子百家均潛記默識作為文章出
入唐宋八家浸淫漢魏善書法由歐顏而米蔡臨摹無間寒
暑幾乎右手生胝求之者戶限為穿登第後由於劉鏞手啟
中之薦入值尚書房為諸皇子師傅故集中多恭和乾隆之
詩及與諸皇子唱和之作因其少時曾隨其從父醒運副使
肄業武林署中從杭人學摹印貫串六書專精刀法故其所
為鐵書殊異流俗今集卷一多係應酬壽詩及贈行之作卷
二多係奉和皇家及諸前輩如程魚門翁覃溪姜宸英等

须菴遺集跋書影（一）

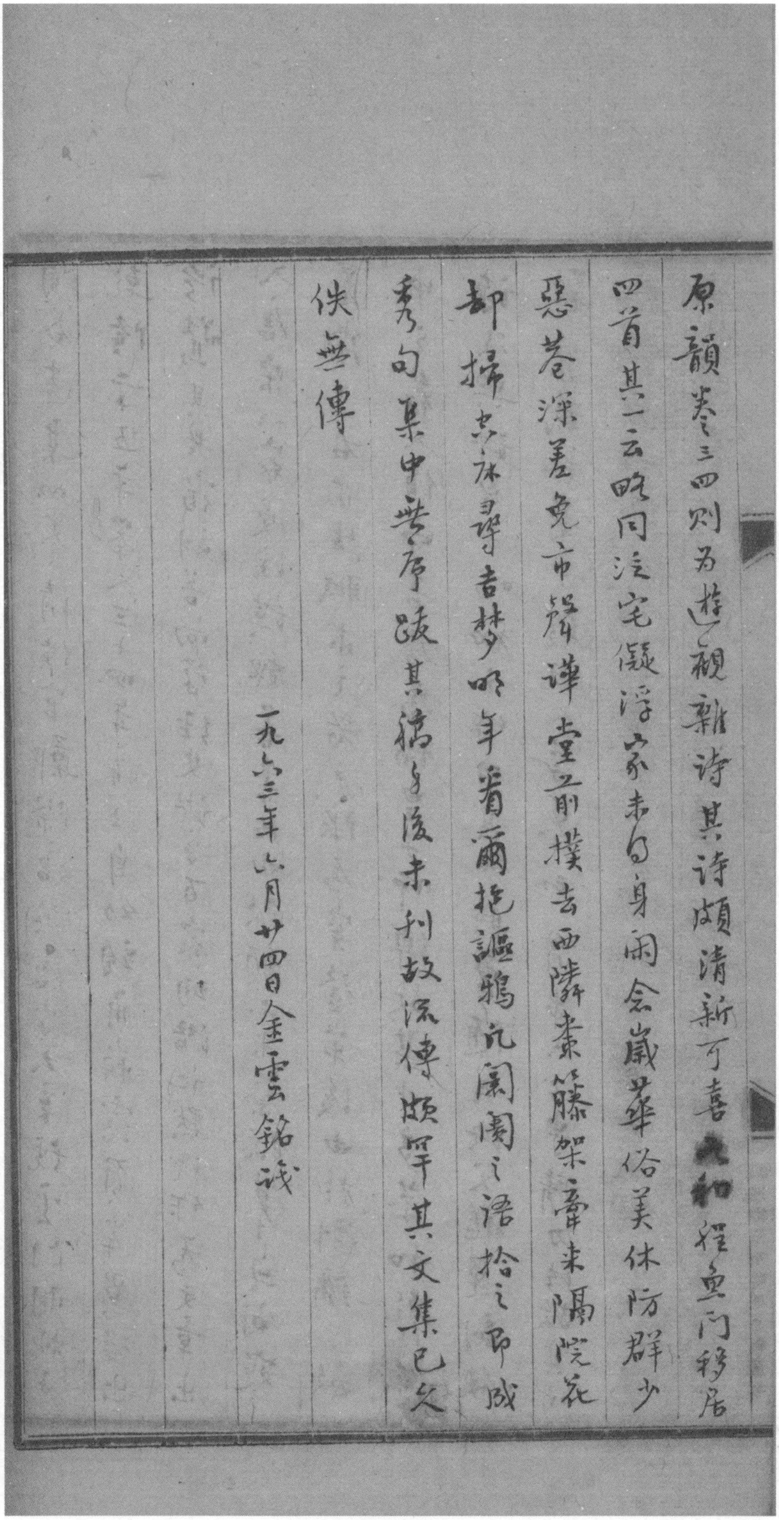
原韻卷三四則爲槎遊觀雜詩其詩頗清新可喜又和程魚門移居
四首其一云昨同泛宅擬浮家未有身閑念歲華俗美休防群少
惡巷深差免市聲譁堂前撲去西鄰棗籬架牽來隔院花
却掃亦休尋吉夢明年看爾抱漚鴉亢園閑閑之語拾之即成
秀句集中無序跋其稿身後未刊故流傳頗罕其文集已久
佚無傳
一九六三年六月廿四日金雲銘識

须菴遺集跋書影（二）

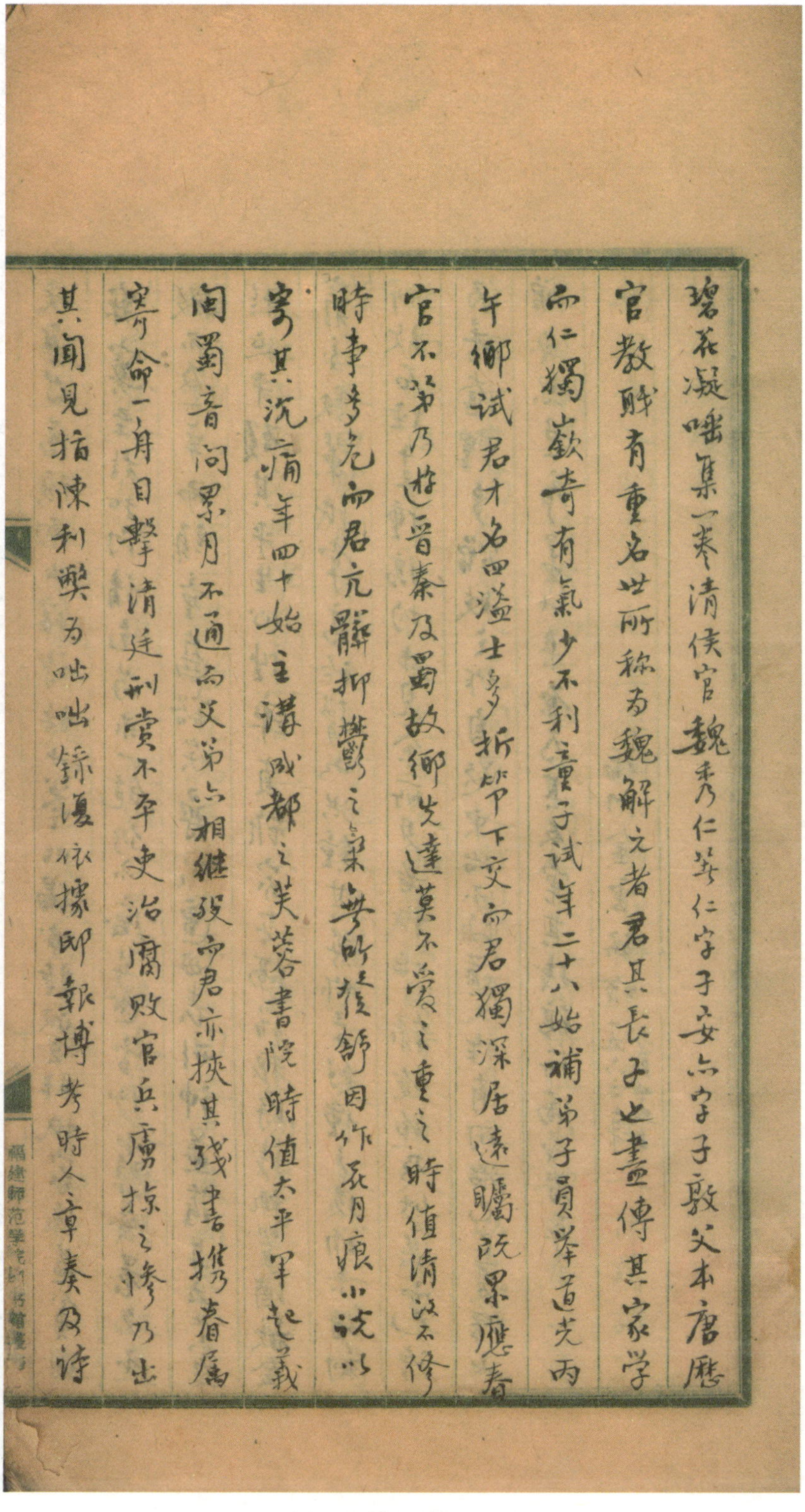

碧花凝唾集一卷，清侯官魏秀仁著。仁字子安，亦字子敦。父本唐，歷
官教職，有重名，世所稱為魏解元者。君其長子也，盡傳其家学，
而仁獨嶔奇有氣，少不利童子試，年二十八始補弟子員，舉道光丙
午鄉試。君才名四溢，士多折節下交，而君獨深居遠矚。既累應春
官不第，乃游晉秦及蜀，故鄉先達莫不愛之重之。時值清政不修，
時事多危，而君亢髒抑鬱之氣無所發舒，因作花月痕小說以
寄其沉痛。年四十始主講成都之芙蓉書院，時值太平軍起義，
閩蜀音問累月不通，而父弟亦相繼歿，而君亦挾其殘書，攜眷屬
寄命一身，目擊清廷刑賞不平，吏治腐敗，官兵虜掠之慘，乃出
其聞見，指陳利弊，為咄咄錄，復依據邸報，博考時人章奏及詩

碧花凝唾集跋書影（一）

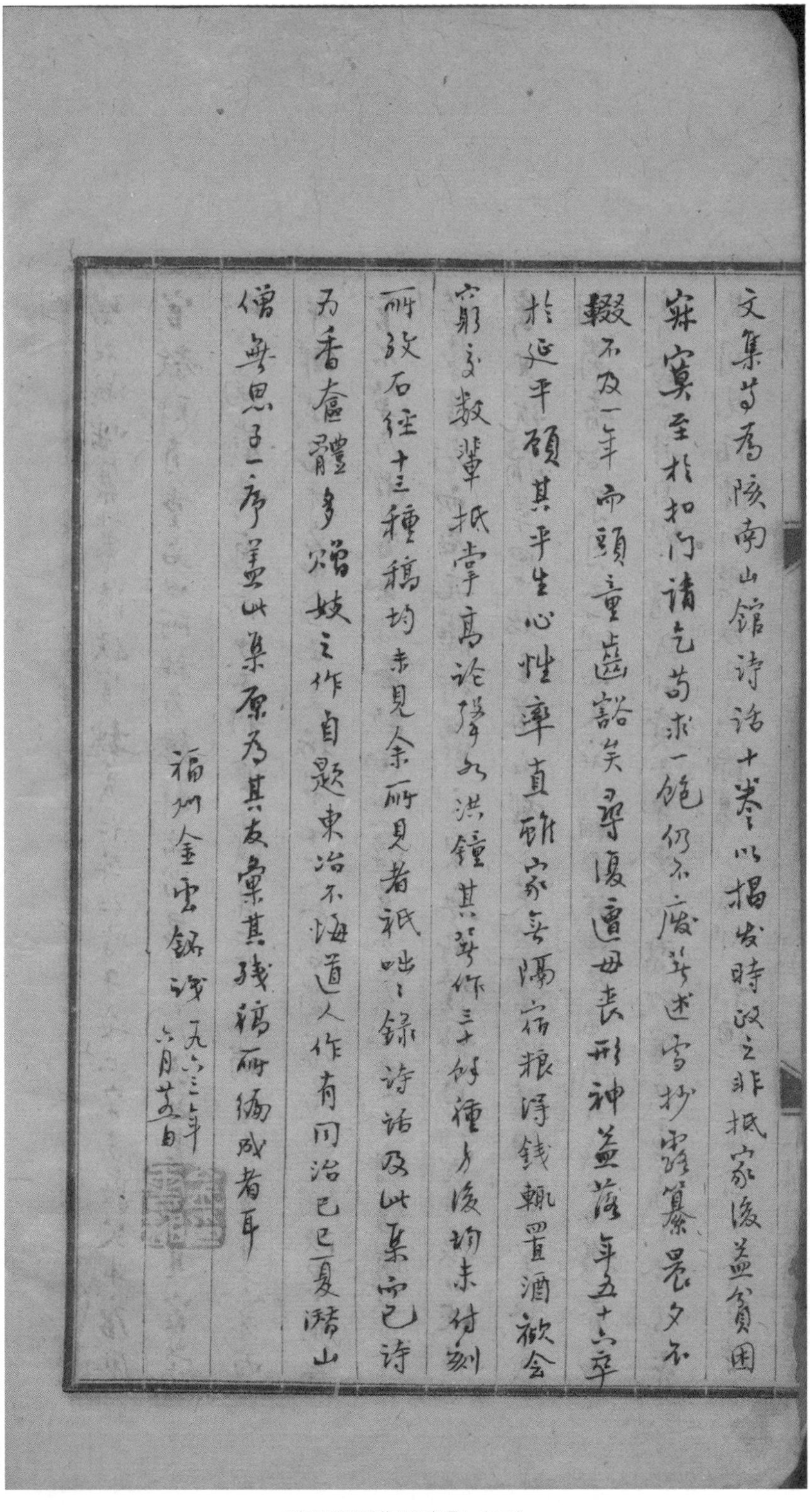
文集若爲陔南山館詩話十卷以揭發時政之非抵家後益貧困
寂寞至於扣門請乞苟求一飽仍不廢著述雪抄露纂晨夕不
輟不及一年而頭童齒豁矣尋復遭母喪形神益瘁年五十六卒
於延平顧其平生心性率直破家無隱有粮得錢輒置酒飲會
窮交數輩抵掌高論聲如洪鐘其著作三十餘種身後均未付刻
所效石經十三種稿均未見余所見者祇咄咄錄詩話及此集而已詩
爲香奩體多贈妓之作自題東冶不悔道人作有同治己巳夏潛山
僧無思子一序蓋此集原爲其友彙其殘稿所編成者耳
福州金雲銘識 一九六三年六月廿五日

碧花凝唾集跋書影（二）

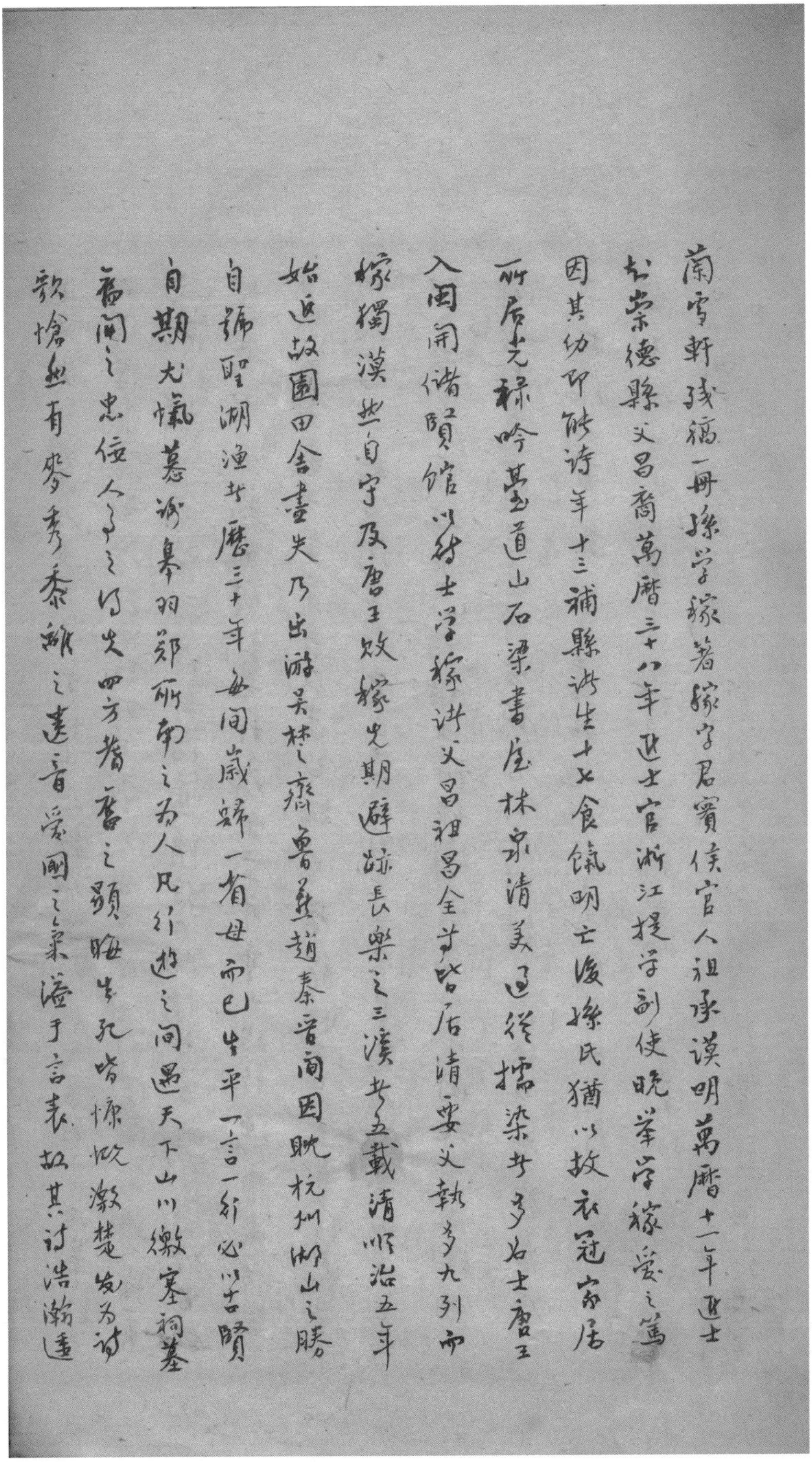
蘭雪軒殘稿一冊孫學稼著稼字君實侯官人祖承謨明萬曆十一年進士
知崇德縣父昌裔萬曆三十八年進士官浙江提學副使晚年學稼愛之篤
因其幼即能詩年十三補縣諸生十七食餼明亡後孫氏猶以故衣冠家居
所居光祿吟臺道山石梁書屋林泉清美互從揣染遂多名士唐王
入閩開儲賢館以禮士學稼諸父昌祖昌全皆居清要父執多九列而
稼獨漠然自守及唐王敗稼先期避跡長樂之三溪者五載清順治五年
始返故園田舍盡失乃出游吳楚齊魯燕趙秦晉間因眈杭州湖山之勝
自號聖湖漁者歷三十年每間歲歸一省母而已生平一言一行必以古賢
自期尤慨慕謝皋羽鄭所南之為人凡行遊之間遍天下山川徼塞祠墓
舊聞之忠臣俠士之行事四方耆舊之顯晦生死皆慷慨激楚發為詩
歌愴然有麥秀黍離之遺音愛國之衷溢于言表故其詩浩瀚遙

蘭雪軒殘稿跋書影（一）

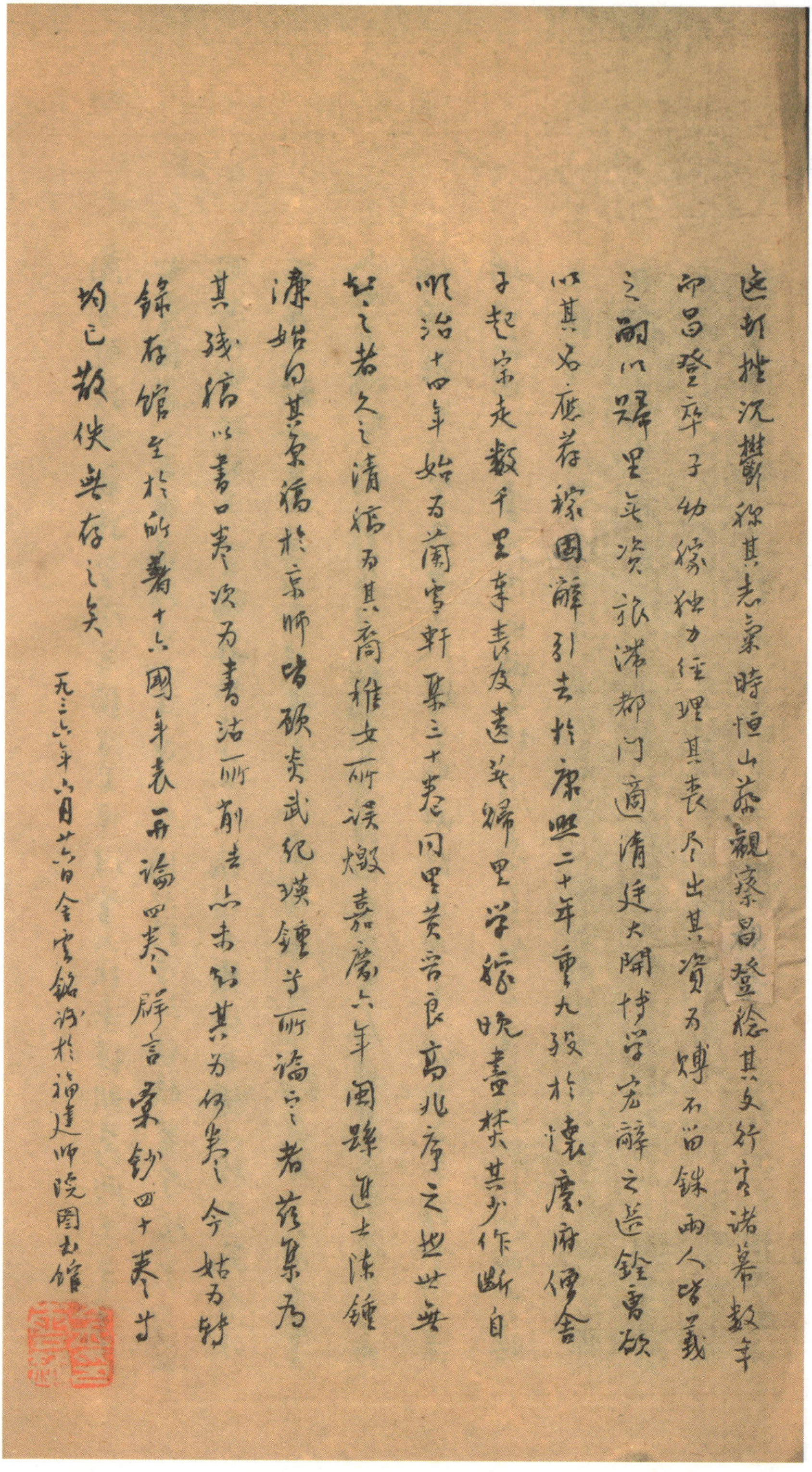

送新撫沈豐潤稱其志業。時恒山蔡觀察昌登總其文行宦諸幕數年
而昌登卒，子幼，孫獨力經理其喪，盡出其資爲賻，不留銖兩，人皆義
之。嗣以歸里無資，旅滯都門，適清廷大開博學宏辭之選，銓曹欲
以其名應薦，孫固辭引去。於康熙二十年重九歿於懷慶府傳舍，
子起宗走數千里奉喪及遠葬歸里。學孫晚歲焚其少作，斷自
順治十四年始爲蘭雪軒集三十卷，同里黃晉良、高兆序之。世無
刻之者，久之清稿爲其裔稚女所誤燬。嘉慶六年閩縣進士陳鍾
溁始自其家稿於京師，借硤炎武紀瑛鍾等所論定者葺集爲
其殘稿，以書口卷次爲書，沽所削去亦未知其爲何卷。今姑爲錄
錄存館，至於所著十六國年表、兩論四卷、騈言、棠鈔四十卷等
均已散佚無存之矣。

一九三六年六月廿六日金雲銘識於福建協和學院圖書館

蘭雪軒殘稿跋書影（二）

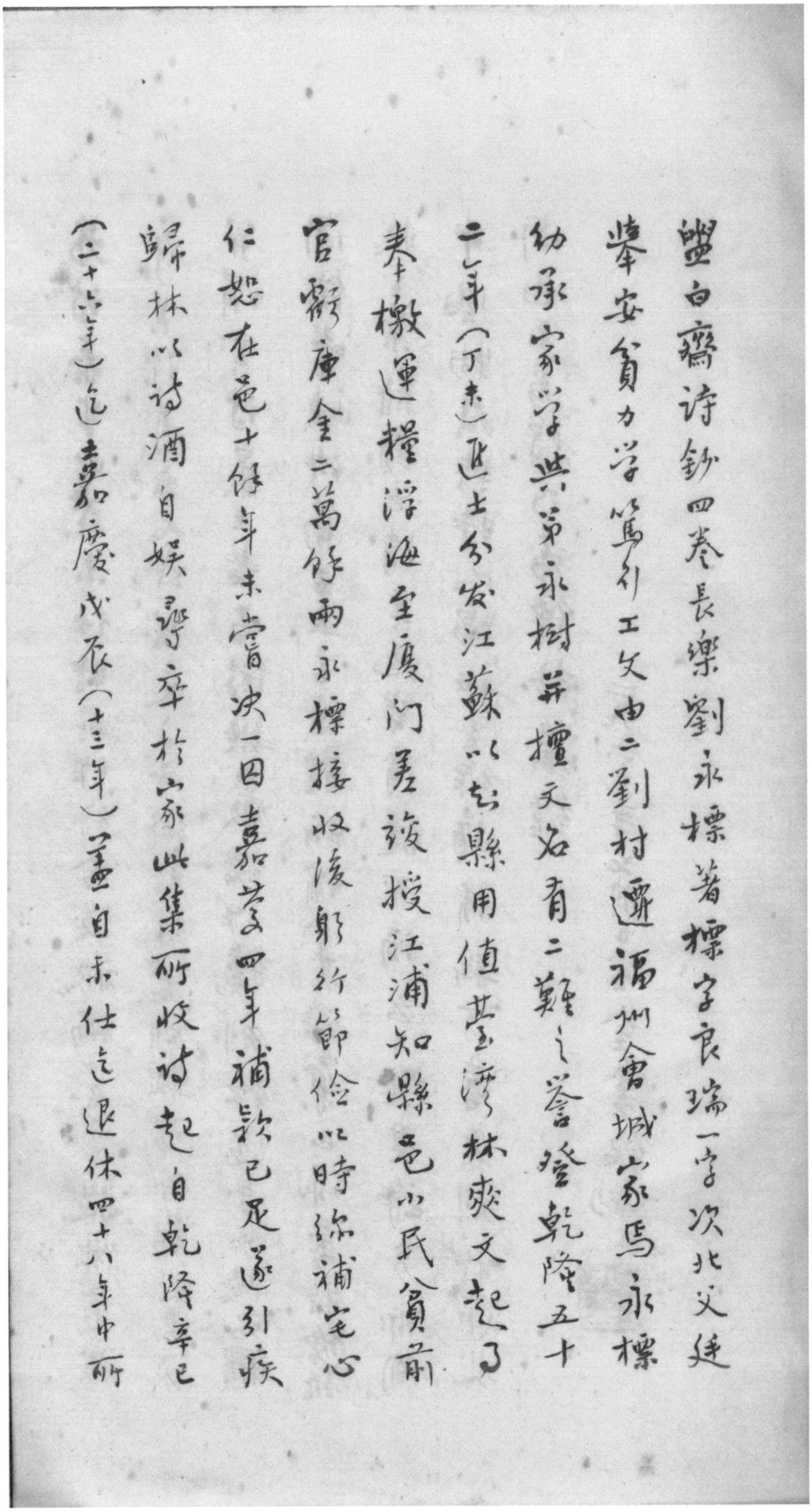
盥白齋詩鈔四卷長樂劉永標著標字良瑞一字次北父廷
幹安貧力學篤行工文由二劉村遷福州會城家焉永標
幼承家學與弟永樹並擅文名有二難之譽登乾隆五十
二年（丁未）進士分發江蘇以知縣用值臺灣林爽文起事
奉檄運糧渡海至廈門差竣授江浦知縣邑小民貧前
官虧庫金二萬餘兩永標接收後躬行節儉以時彌補宅心
仁恕在邑十餘年未嘗決一囚嘉慶四年補款已足遂引疾
歸林以詩酒自娛尋卒於家此集所收詩起自乾隆辛巳
（二十六年）迄嘉慶戊辰（十三年）蓋自未仕迄退休四十八年中所

盥白齋詩鈔跋書影（一）

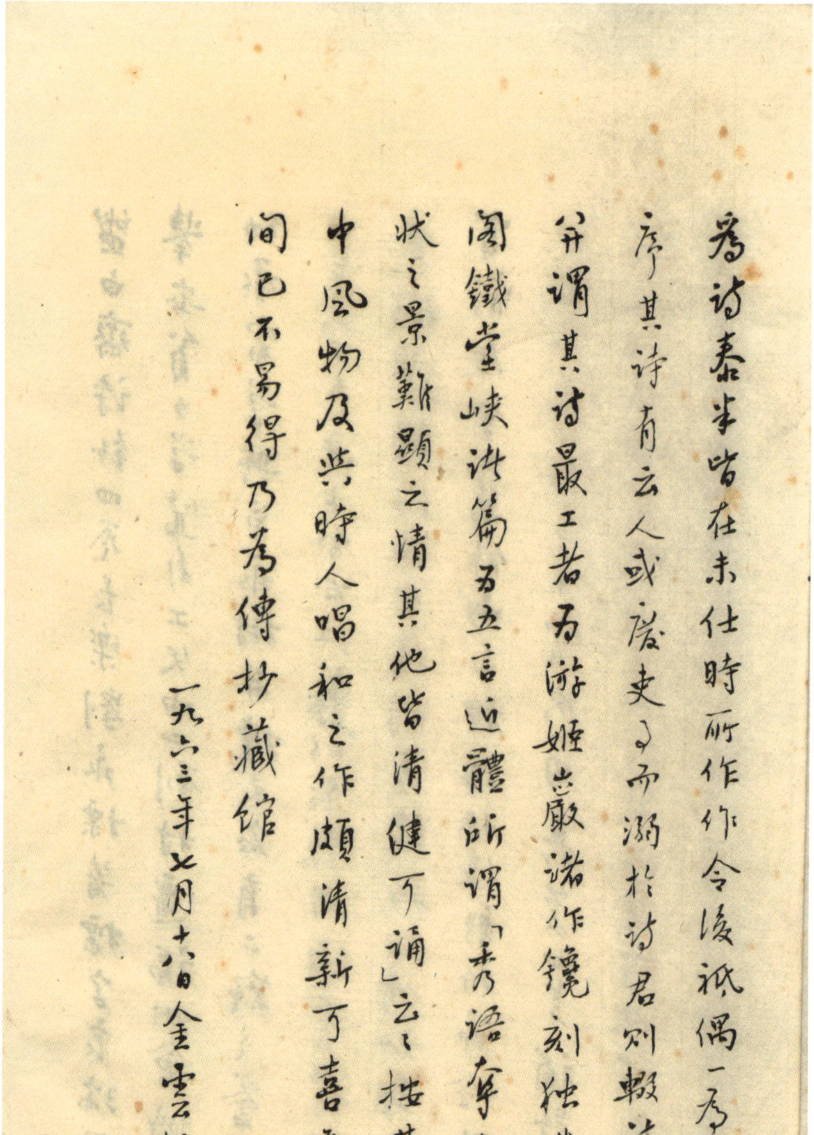
爲詩春半皆在未仕時所作，作令後祇偶一爲之，故陳壽祺
序其詩有云：「人或羨吏事而溺於詩，君則暇詩而勤於吏事。」
并謂其詩最工者爲游姬巖諸作，鑱刻獨造，于少陵石櫃
閣鐵堂峽諸篇爲五言近體，所謂「秀語奪山綠」，善於繪難
狀之景，難顯之情，其他皆清健可誦，云云。按其詩多詠閩
中風物及與時人唱和之作，頗清新可喜。集刻於道光
間，已不易得，乃爲傳抄藏館。
一九六三年七月十八日金雲銘記

盥白齋詩鈔跋書影（二）

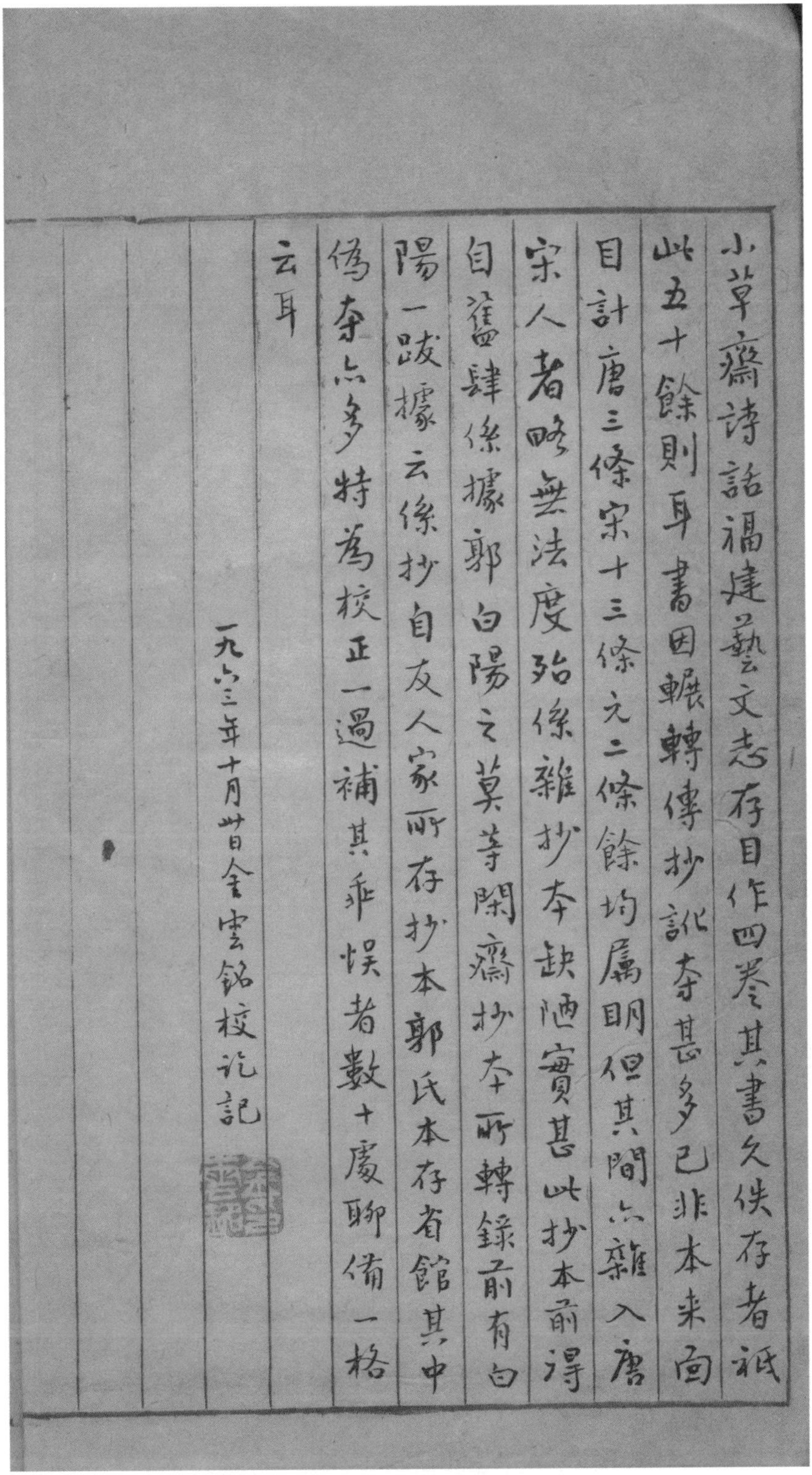

小草齋詩話福建藝文志存目作四卷其書久佚存者祇此五十餘則耳書因輾轉傳抄訛奪甚多已非本来面目計唐三條宋十三條元二條餘均屬明但其間亦雜入唐宋人者略無法度殆係雜抄本缺陋實甚此抄本前得自舊肆係據郭白陽之莫等閑齋抄本所轉錄前有白陽一跋據云係抄自友人家所存抄本郭氏本存省館其中偽奪亦多特為校正一過補其乖誤者數十處聊備一格云耳

一九六三年十月廿日金雲銘校訖記

小草齋詩話跋書影

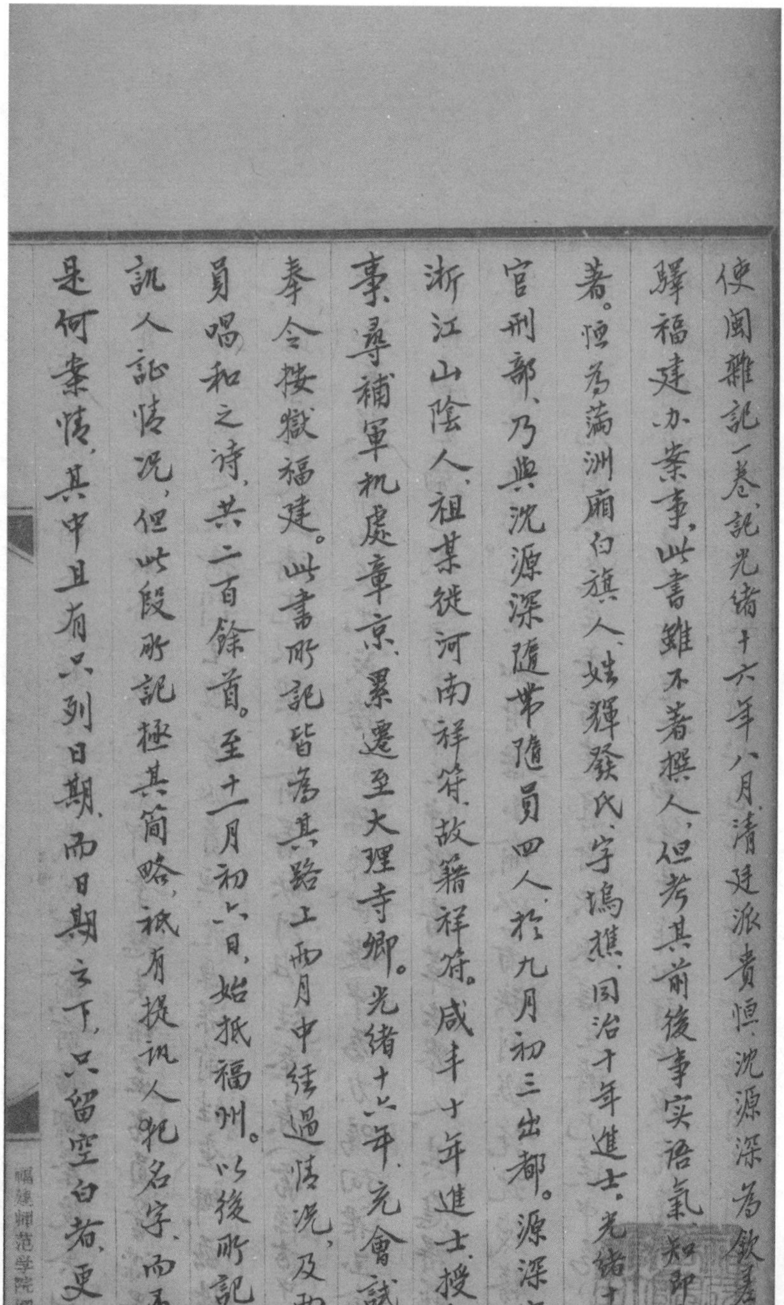
使閩雜記一卷，記光緒十六年八月，清廷派貴恒、沈源深為欽差大臣，馳驛福建办案事。此書雖不著撰人，但考其前後事实語氣，知即貴恒所著。恒為滿洲厢白旗人，姓輝發氏，字塢樵，同治十年進士，光緒十六年，適官刑部，乃與沈源深隨帶隨員四人，於九月初三出都。源深字叔眉，浙江山陰人，祖某徙河南祥符，故籍祥符。咸丰十年進士，授吏部主事，尋補軍机處章京，累遷至大理寺卿。光緒十六年，充會試總裁，並奉令按獄福建。此書所記皆為其路上兩月中經過情况，及兩人並隨員唱和之詩，共二百餘首。至十二月初六日，始抵福州。以後所記均為提訊人証情况，但此段所記極其简略，祇有提訊人犯名字，而不言所訊是何案情，其中且有只列日期，而日期之下，只留空白者，更令人費

使閩雜記跋書影（一）

遂提摸。茲檢光緒東華録卷一百一載：「戊寅諭，前據都察院奏，已革福建建寧府知府葛斯岱以被參冤抑，案懸莫結，並另員營謀署缺，賄囑舞弊等詞，赴該衙門呈控。當派貴恒、沈源深前往查辦。茲據查明覆奏：此案舉人王濟光以梁玉瑜署缺到班，經秦肅（當係書中之秦湘屏）贊記閩照，即函致沈茂勝，聲稱係伊從中爲力，囑向梁玉瑜索得銀兩，係屬誆騙已成。王濟光即王仲霖，著革去舉人，其應得罪名，業經病故，著毋庸議。已革知府梁玉瑜，以署缺到班，託沈茂勝栽培，並求王濟光函照，追至委署建寧府缺，輒信王濟光從中爲力之言，付銀酬謝，雖訊係事前空言囑託，并非以財行求，究屬央挽營幹。梁玉瑜著發往新疆效力贖罪。已革提督沈茂勝，因王濟光致函囑伊

使閩雜記跋書影（二）

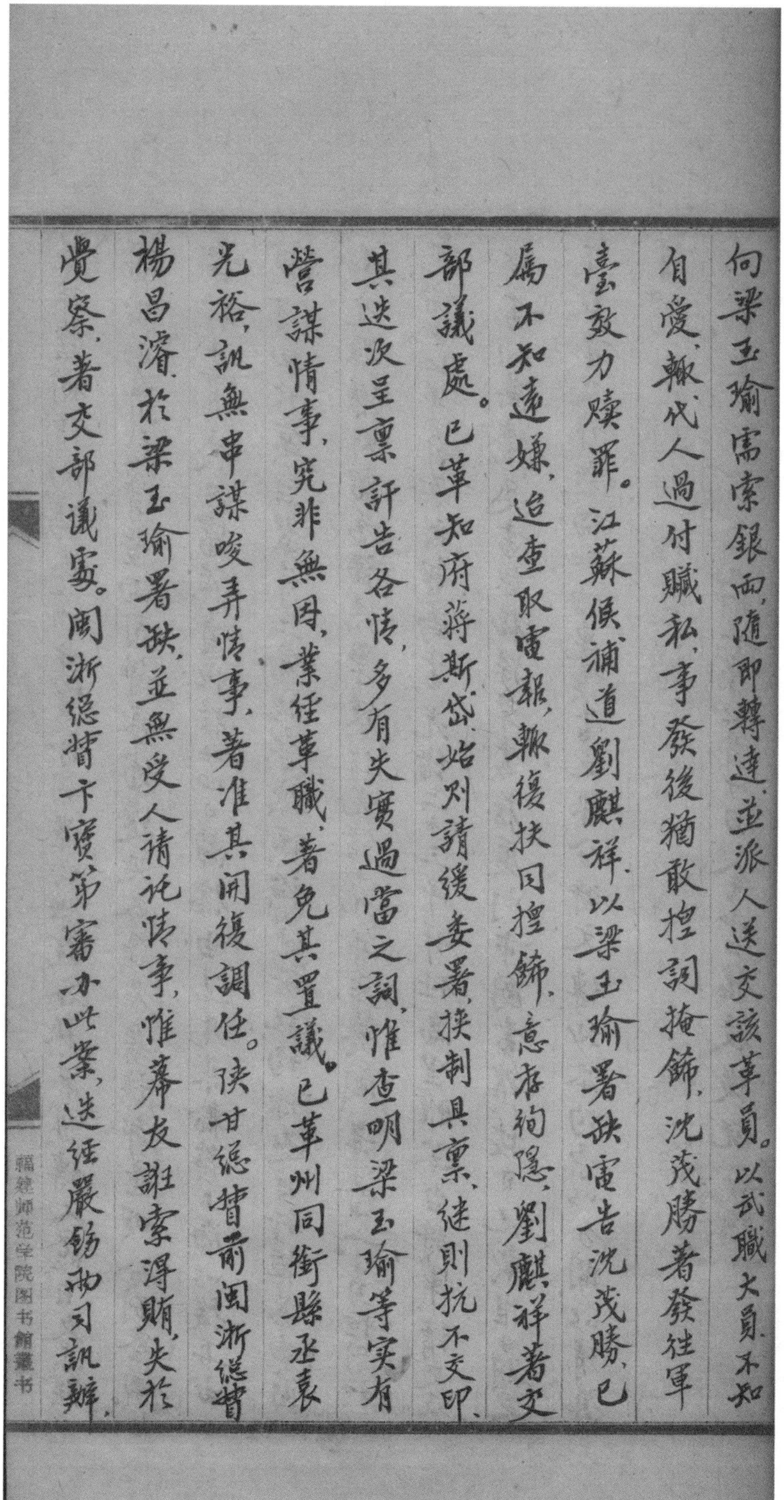

向梁玉瑜需索銀兩，隨即轉達，並派人送交該革員。以武職大員不知自愛，輒代人過付贓私，事發後猶敢揑詞掩飾，沈茂勝著發往軍臺效力贖罪。江蘇候補道劉麒祥，以梁玉瑜署缺電告沈茂勝，已屬不知遠嫌，追查取電報，輒復扶同揑飾，意存徇隱，劉麒祥著交部議處。已革知府蔣斯彧，始則請緩委署，挾制具稟，繼則抗不交印，其迭次呈稟訐告各情，多有失實過當之詞，惟查明梁玉瑜等實有營謀情事，究非無因，業經革職，著免其置議。已革州同銜縣丞袁光裕，訊無串謀唆弄情事，著准其開復調任。陝甘總督前閩浙總督楊昌濬，於梁玉瑜署缺，並無受人請託情事，惟幕友誆索得賄，失於覺察，著交部議處。閩浙總督卞寶第審辦此案，迭經嚴飭兩司訊辦，

使閩雜記跋書影（三）

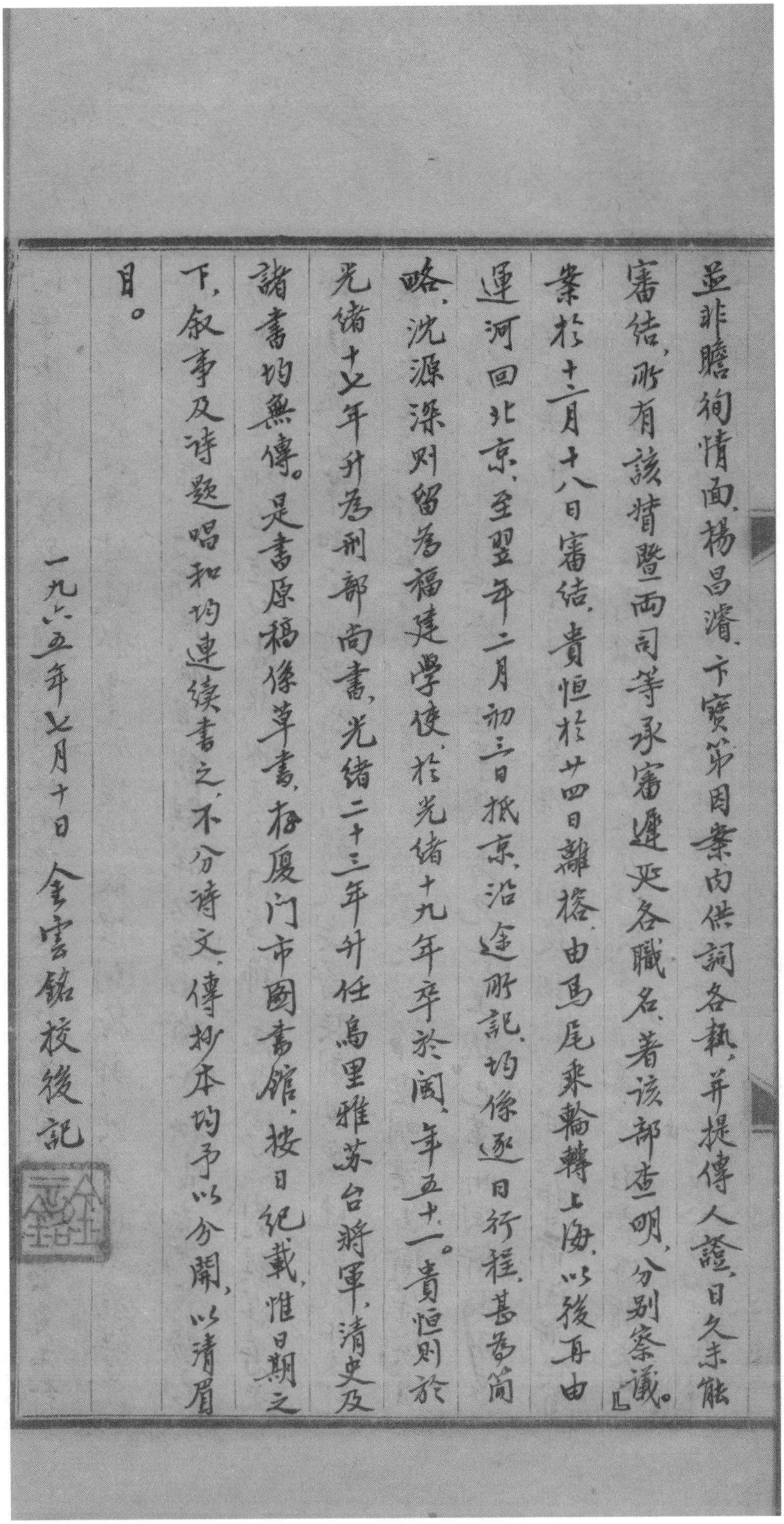

並非瞻徇情面，楊昌濬、卞寶第因案內供詞各執，並提傳人證，日久未能審結，所有該督暨兩司等承審遲延各職名，著該部查明，分別察議。」

案於十二月十八日審結，貴恒於廿四日離榕，由馬尾乘輪轉上海，以後再由運河回北京，至翌年二月初三日抵京，沿途所記均係逐日行程，甚為簡略。沈源深則留為福建學使，於光緒十九年卒於閩，年五十一。貴恒則於光緒十七年升為刑部尚書，光緒二十三年升任烏里雅蘇台將軍，清史及諸書均無傳。是書原稿係草書，存廈門市圖書館，按日紀載，惟日期之下，敘事及詩題唱和均連續書之，不分詩文，傳抄本均予以分開，以清眉目。

一九六五年七月十日 金雲銘校後記

使閩雜記跋書影（四）

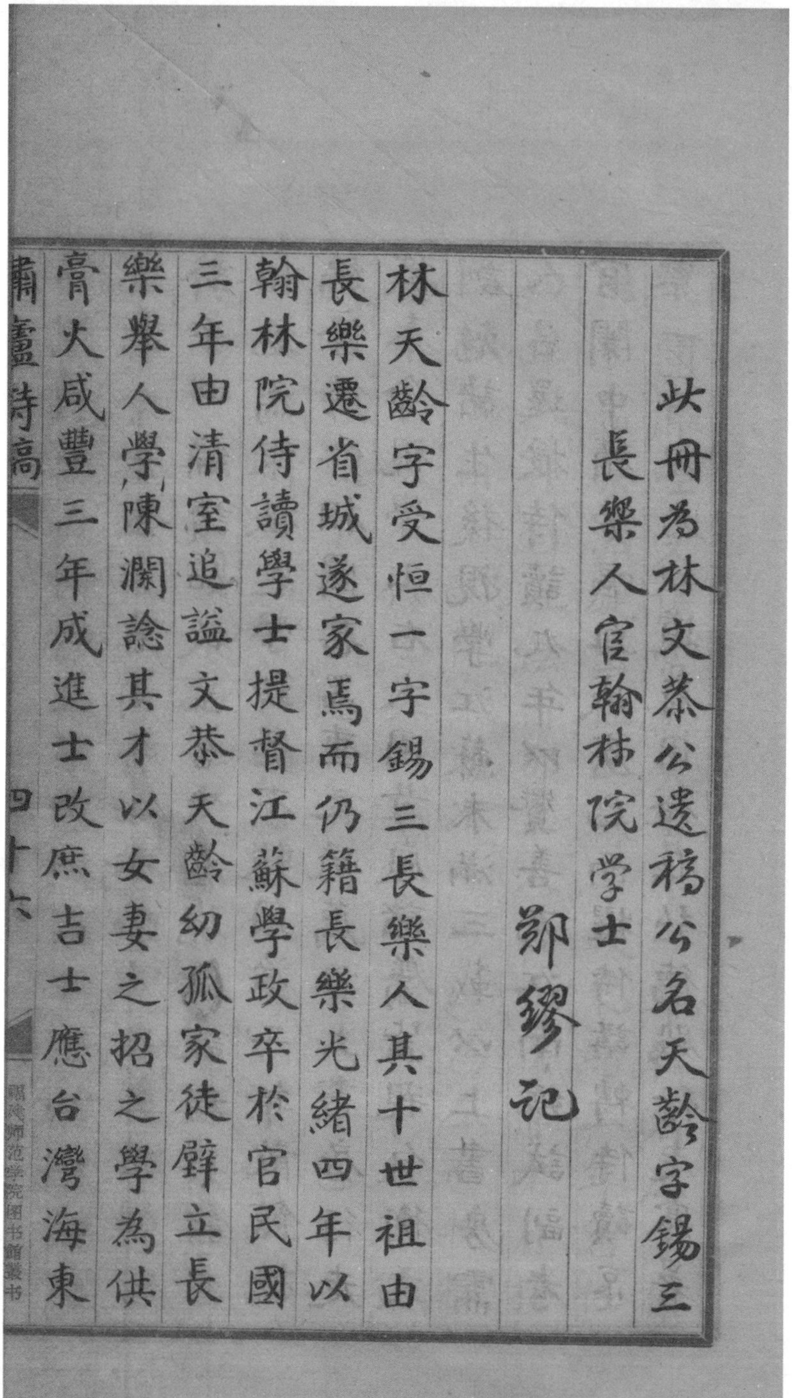
此冊為林文恭公遺稿公名天齡字錫三
長樂人官翰林院學士
鄧繆記

林天齡字受恒一字錫三長樂人其十世祖由長樂遷省城遂家焉而仍籍長樂光緒四年以翰林院侍讀學士提督江蘇學政卒於官民國三年由清室追謚文恭天齡幼孤家徒壁立長樂舉人學陳瀾諗其才以女妻之招之學為供膏火咸豐三年成進士改庶吉士應台灣海東

林錫三先生遺稿跋書影（一）

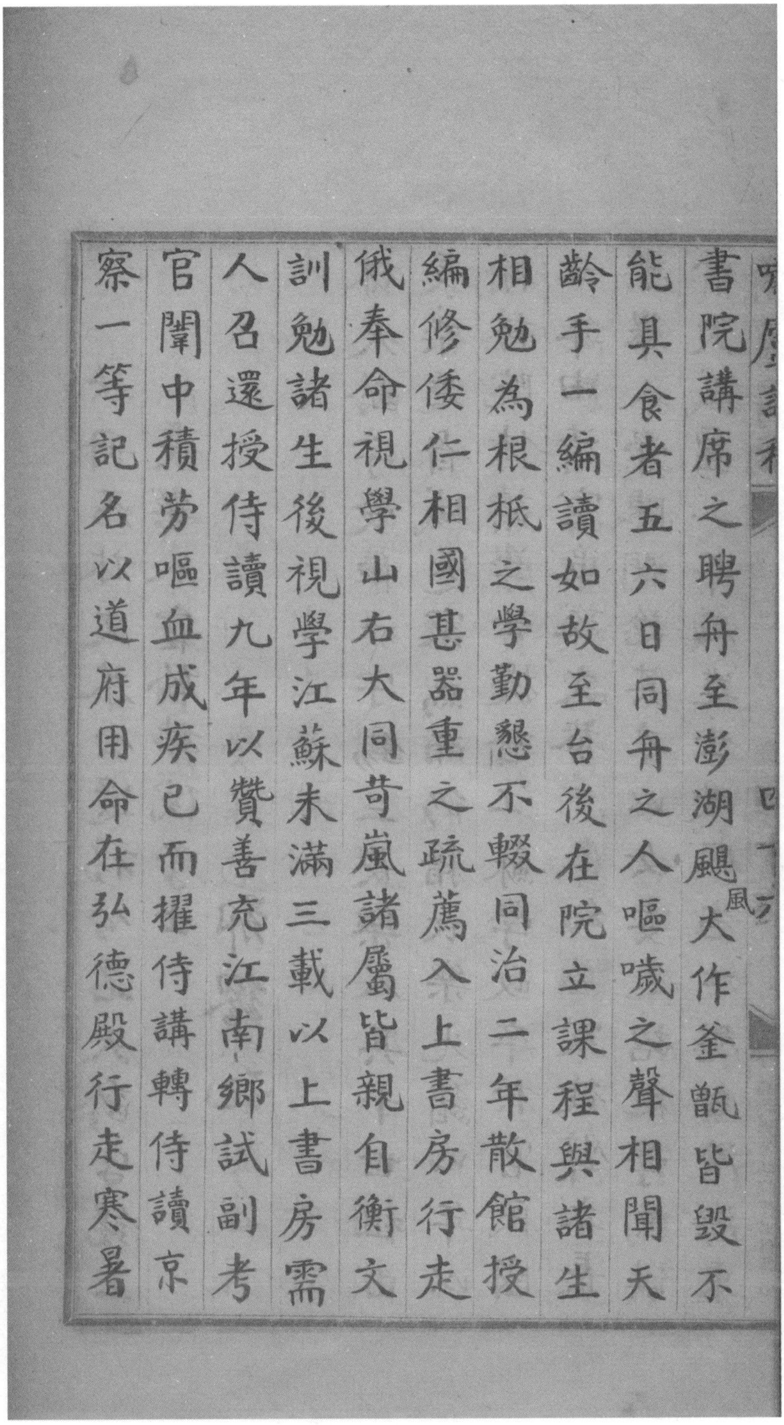
書院講席之聘舟至澎湖颶風大作釜甑皆毀不能具食者五六日同舟之人嘔噦之聲相聞天齡手一編讀如故至台後在院立課程與諸生相勉為根柢之學勤懇不輟同治二年散館授編修倭仁相國甚器重之疏薦入上書房行走俄奉命視學山右大同苛嵐諸屬皆親自衡文訓勉諸生後視學江蘇未滿三載以上書房需人召還授侍讀九年以贊善充江南鄉試副考官闈中積勞嘔血成疾已而擢侍講轉侍讀京察一等記名以道府用命在弘德殿行走寒暑

林錫三先生遺稿跋書影（二）

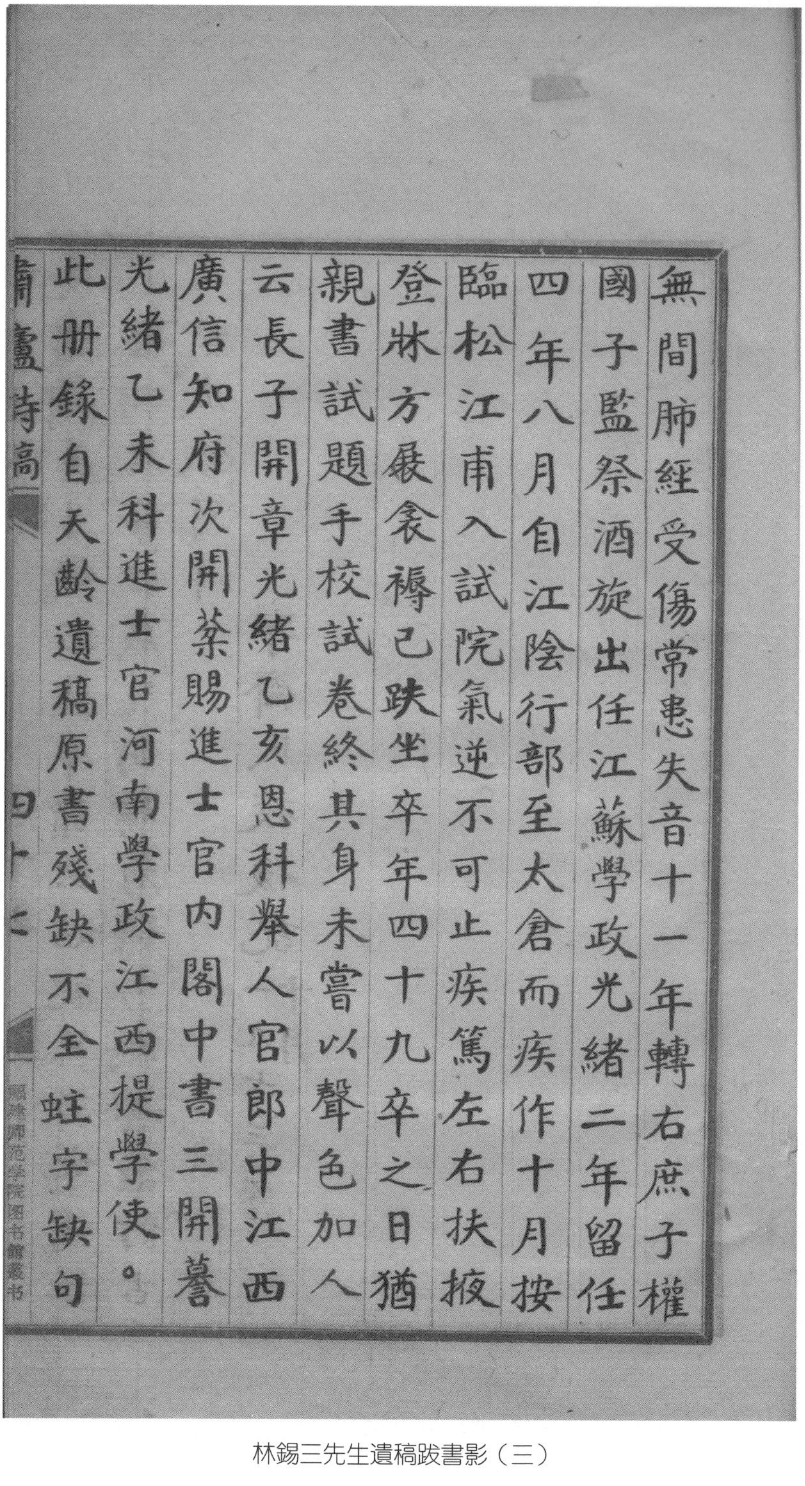

無間肺經受傷常患失音十一年轉右庶子權
國子監祭酒旋出任江蘇學政光緒二年留任
四年八月自江陰行部至太倉而疾作十月按
臨松江甫入試院氣逆不可止疾篤左右扶掖
登牀方展衾褥已趺坐卒年四十九卒之日猶
親書試題手校試卷終其身未嘗以聲色加人
云長子開章光緒乙亥恩科舉人官郎中江西
廣信知府次開棻賜進士官內閣中書三開蓍
光緒乙未科進士官河南學政江西提學使。
此册錄自天齡遺稿原書殘缺不全蛀字缺句

靖盦詩稿

林錫三先生遺稿跋書影（三）

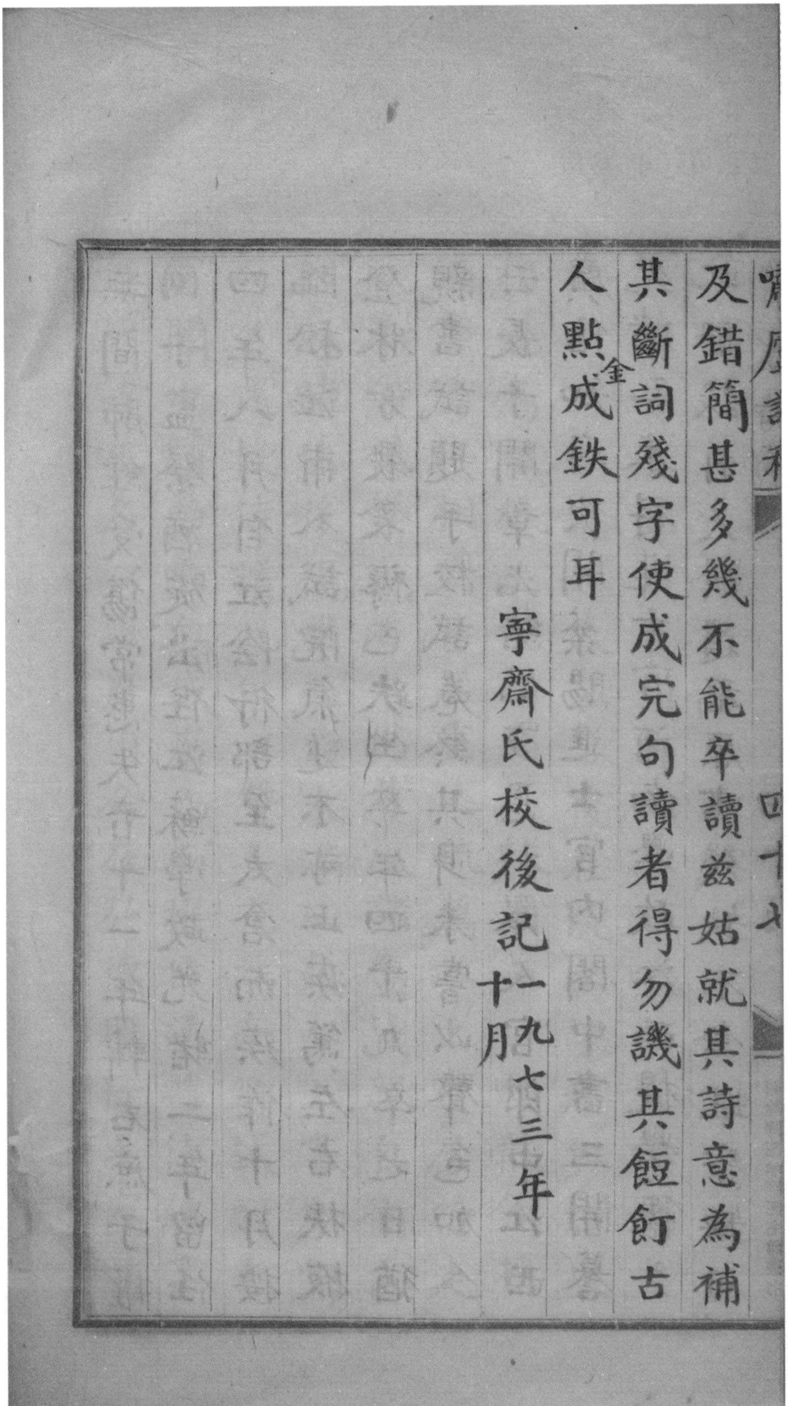

及錯簡甚多幾不能卒讀茲姑就其詩意為補其斷詞殘字使成完句讀者得勿識其餖飣古人點金成鉄可耳

寧齋氏校後記一九七三年十月

林錫三先生遺稿跋書影（四）

責任編輯:詹素娟
特邀編輯:沈錫麟
裝幀設計:東方天地

圖書在版編目(CIP)數據

寧齋序跋集/金雲銘 撰;陳旭東 整理. —北京:人民出版社,2017.10
ISBN 978 - 7 - 01 - 018420 - 3

Ⅰ.①寧… Ⅱ.①金… ②陳… Ⅲ.①序跋-作品集-中國 Ⅳ.①I265.2

中國版本圖書館 CIP 數據核字(2017)第 254073 號

寧齋序跋集

NINGZHAI XUBA JI

金雲銘 撰 陳旭東 整理

人民出版社 出版發行
(100706 北京市東城區隆福寺街 99 號)

北京中科印刷有限公司印刷 新華書店經銷

2017 年 10 月第 1 版 2017 年 10 月北京第 1 次印刷
開本:710 毫米×1000 毫米 1/16 印張:24.75
字數:390 千字

ISBN 978 - 7 - 01 - 018420 - 3 定價:118.00 元

郵購地址 100706 北京市東城區隆福寺街 99 號
人民東方圖書銷售中心 電話 (010)65250042 65289539